COLLECTION FOLIO

Patrick Grainville

La lisière

Gallimard

Patrick Grainville est né en 1947 à Villers. Il est critique littéraire et professeur. Son œuvre se compose de onze romans, dont *Les flamboyants,* qui lui a valu le prix Goncourt en 1976.

A mes favoris : Gildas et Vivie.

*A chacun selon ses usages lascifs
du moment que la mer
module un commun frisson.*

*... Car il n'était qu'une épave
déchiquetée d'orage et de bise
livrée à tous les océans mauvais.*

PREMIÈRE PARTIE

Les Polypiers dodonéens

Devant la mare, les arbres de sureau forment écran. Des fragments violets, rouges, unissent les saillants et les redents des feuilles. Gildas a une vision de quetsches ; sous sa prunelle gicle un bouquet de cerises. La lumière solaire s'accroît. Le vert s'allège en tissus de vapeur flottante que trouent les résistantes flammèches rouges, violettes. Dans cette buée de feuilles Gildas convoite les pendeloques de couleur. Déjà, il patauge dans le végétal mou, le corps noyé sous une fumée d'odeurs trop douces. Il ne tend plus que vers ces éclats fruités, solides, intervallaires. Il s'élance, voit les carreaux de l'étoffe pouffer, s'amollir sous lui, puis les teintes durcir subitement en contour d'épaule sous sa paume plaquée. Le dos s'arque, il voit le short blanc, une bande de chair... peut-être... tous les plis de l'étoffe convergeant vers sa main. La petite fille reste un instant clouée à cette prise... Explosion de la main, carreaux d'étoffe roide, et tout autour, le corps s'égare dans le mouvement latéral des bras, la fuite des jambes, le tumulte des boucles de la tête, entr'aperçu, tremblant, fondu dans la lumière qui rebondit de la mare en aveuglants reflets. La grappe de carreaux violets, rouges, remue tout à coup dans la main de

Gildas. L'épaule se dérobe. Le garçon ne tient plus que la peau flasque du corsage. Alors il lance ses deux bras autour de la taille, la petite fille se sent serrée d'étreinte définitive, elle se retourne et dit : « Idiot... tu as fait fuir le poisson. » Alors, il aperçoit la ligne, le bouchon rouge à la dérive sur l'eau et la fuite des carpes au fond de la mare. Il dit : « Pardon Vivie... »

Ils se sont accroupis dans le désordre du feuillage. L'eau calmée semble, sous de très souples clapotis, ourdir quelque chose. Le bouchon, fuselé au sommet et bombé à la taille, se balance. Des plantes crépues, confuses, mangent un tiers de la mare, puis s'usent en pellicules de fins confettis verts qui augmentent l'impression de masque et de secret.

On voit bientôt surgir les vandoises tranquilles, elles font valse dans les replis larges de l'eau : goules béantes, bulles, nageoires lentes, tandis qu'à la surface, une vélie trace son aigre sillage. Soudain le bouchon s'enfonce ; illuminé, le fil se tend. Vivie tire, la carpe émerge, se débattant peu, agitée de spasmes lents, on la couche sur l'herbe. Il faut ôter l'hameçon profondément ancré. Vivie essaie d'abord une manœuvre adroite, à travers la carcasse. Puis, d'un mouvement d'impatience, elle arrache tout, sortant et l'hameçon et l'entraille. Ses mains sont toutes poisseuses de sang. C'est un sang rosé, lactescent, jaune en son intimité, séminal, cependant étiolé, dénudé des richesses du sang : une humeur âcre de poisson. La mâchoire démolie tombe de côté, l'entraille grouille, armée de filaments et de nodosités. Vibrante, une mouche frôle les cheveux de Vivie et se pose, écarquillée, sur le monceau sanglant. Elle est nervurée de lumière et sa musique découpe ce clapotis de bulles grasses que produisent les derniers remous de la mare. Gildas écarte le poisson, la mouche s'envole, et dans le creux des feuilles, il embrasse la bouche sèche de son amie que viennent d'altérer les émotions de la pêche. Son premier baiser remonte à très peu de jours et il lui semble qu'il n'en tire qu'un plaisir maigre. Le contact l'étonne, lisse, charnu, quelque chose en quoi il ne pénètre pas ; et quand l'écume de salive humidifie la lèvre, il se sent tout barbouillé sans être plus ravi. Aux baisers, il préfère les caresses, les serrements, mais ils ne peuvent s'y livrer que dans des abris bien définis. Ici le feuillage ne leur offre qu'un refuge ajouré. Aussi, prend-il la petite fille par la main, abandonnant la ligne et le poisson, pour gagner une sorte de cabanon que l'on distingue dans un pré voisin.

Les champs étaient plats, barrés de haies rares. Un vallonnement pouvait monter, tout à coup, suivi d'un creux, d'une surface étale, la plaine recommençait. Autour de la ferme familiale, des herbes, des palissades, des noisetiers, des cerisiers et des pruniers arrêtaient cependant la vue.

Gildas embrasse du regard ces paysages dont l'émeut le désordre de haies et de clôtures mal contenu, puis débordé de plaines, enveloppé de forêts à l'horizon.

Gildas et Vivie bondissent dans l'herbe longue. Des sauterelles jaillissent sous leurs pas, comme de multiples pointes de flèches. Elles s'élancent et retombent dans un bombardement incessant de miettes vertes, distinctes, laissant aux jambes des traces. Plus loin, les pulsions du vent et l'émoi des insectes communiquent aux herbes une turbulence vague que simplifient, en la marquant, les déplacements de pédoncules plus raides.

Gildas porte un Lewis bleu marine et une chemisette à carreaux bleus et blancs, enfoncée dans le pantalon. Il a peut-être douze ans. Vivie porte une tenue identique, à l'exception d'un corsage à fleurs qui s'est échappé du Lewis pour voleter alentour. Elle n'est guère moins âgée que le garçon. Ils arrivent à un fossé, et Gildas ne sait comment expliquer l'importance que revêt brusquement à ses yeux cette brèche parmi les herbes, argileuse, mouillée où l'eau révèle des orbes bleutés, comme des œillets, des œillades, les yeux de l'habitante de la maison voisine qu'il est venu espionner en compagnie de Vivie.

Une haie de troènes dissimule aux regards la maison des étrangers.

Elle est bordée à l'arrière par un fossé, sur un côté

par un verger dont un petit mur la sépare. Le coude d'une rue sans importance longe les deux côtés restants. C'est par l'arrière que Gildas et Vivie se sont approchés. Ils remontent sur l'autre penchant du fossé, s'agrippent aux troènes et doucement écartent les tiges.

C'est un jardin confus, rempli d'arborescences et de fleurs. Sous les branches d'un sapin, ils voient dans un flot de lumière rasante, la jeune fille et le garçon couchés sur des chaises longues. Ils semblent nager dans ces barques ligneuses dont le soleil allège la coque. Gildas distingue les deux jambes pendantes de la fille de chaque côté du rectangle entoilé qui termine la chaise ; elle laisse ses mains ballotter autour d'elle, comme si les portaient d'invisibles remous.

Le ventre est barré dans son enfonçure par un pavois d'étoffe rouge ; le torse doit être nu, Gildas n'en voit latéralement que les pointes des seins ; le buste se dérobe sous elle, dans le creux du dossier, son existence n'étant attestée que par les aréoles jumelles et décalées.

Parfois, un débris tombe des branches de sapin, quelque chose d'aigre comme une sauterelle ; le buste lancé en avant, la jeune fille chasse la brindille d'un revers de main ; alors tout le globe du sein apparaît de profil, suscitant dans l'esprit de Gildas une surprise, une émotion dont il n'arrive pas à démêler le sens. Il fait chaud. La jeune fille se lève, elle s'approche du garçon, caresse son flanc, puis la main descend, disparaît, cachée par la toile du siège qui sous le poids du corps remonte de côté.

Au bout d'un instant, la jeune fille s'écarte de son compagnon, elle entreprend une petite promenade dans le jardin, au hasard des allées. Elle passe devant

Gildas qui s'incline, crispé d'inquiétude. Il voit cependant les seins blancs, menus, grassouillets, festonnés de veines. Ils émanent, bizarrement intacts, des voilages continus de bronzage qui ceignent le reste du corps, comme si la caresse ample du soleil avait glissé sur ces globes d'émail sans en troubler le teint. Et il fixe le phénomène de ces deux corniches passantes, éblouissantes... renflements songe-t-il, bosses, buttes... moulures, méduse. Alors, Vivie intervient, lui disant qu'elle n'aime pas ces seins, qu'elle préfère être plate. Plus tard, lorsqu'elle serait grande, elle ferait tout pour empêcher cette croissance de gros pis.

— Oui, c'est laid, répond Gildas, mais c'est drôle.

Et il pense qu'il aimerait toucher la fille, la serrer dans ses bras comme Vivie, avec ses deux seins contre lui, saugrenus, inutiles pendentifs dont il a envie sans savoir pourquoi.

... La fille repasse, il voit le cisaillement des colonnes des jambes. Une sensation de velours, de plénitude charnue, hésite dans son esprit, obscure. L'image revient, les seins, les jambes, cet arrondi et ce lait, il ne parvient pas à élucider le sens de ce retour, et cependant rien ne l'excite vraiment dans cette perception. Il ne désire que Vivie, son torse plat et le profil brunâtre de ses fesses. Il recule et entraîne son amie dans les prés. Ils s'arrêtent et contemplent la campagne alentour, s'allongent.

Après quelques baisers, Gildas défait le Lewis de Vivie tout en ôtant le sien. Il heurte son ventre contre celui de son amie, s'y frottant, en des changes incessants de posture, à la recherche de contacts nouveaux, sentant en lui une excitation sourde, générale, qui tombe peu à peu au fil de l'étreinte. Il mord plus crûment la bouche de la petite fille, la salive lui porte à la langue encore cette impression d'humidité désagréable, puis, tout à coup, une saveur bonne, sucrée, profonde, envahit sa bouche. Il insiste, appuyant ses baisers de brefs assauts des reins. Il se sent meurtri. Le plaisir baisse, il ne le retrouve que dans des frictionnements généraux, plus lents. Et puis, c'est fini, il est bien, mais il garde le souvenir dans ses tensions de quelque chose qui plus intimement perce. Et les globes laiteux de l'inconnue roulent soudain sous sa vue, les colonnes épanouies des jambes, sans qu'il sache relier cet effort en lui-même à cette vision d'adulte nue. Une anxiété lui vient, un tourbillon de lyrisme secret ; il serre à nouveau Vivie, toute rouge, qui saisit entre ses jambes la cuisse du garçon et ils restent dans ces tenailles de fer et de bois tendre, aimant la vie, longtemps, tandis que reviennent les sauterelles mâchonnant autour d'eux avec leurs froissements aigres.

Le crépuscule approche quand ils décident, harassés, de composer l'élixir qui leur redonnerait des forces. C'est une cérémonie dont eux seuls connaissent la liturgie et le secret. Ils montent à un cerisier et ramassent un kilo de cerises. On étale toute cette cueillette dans une zone d'herbe rase. Puis on va voler une truite dans le vivier de la ferme. Gildas casse les vertèbres cervicales du poisson qu'il éventre et dont il presse les entrailles et les flancs. Le produit de l'opération est un liquide assez léger, rose, que quelques grumeaux épaississent par endroits et que l'on verse dans une cuvette. Les cerises à leur tour sont écrasées au moyen d'un pilon. Un récipient accueille le jus et les lambeaux des pulpes. Vivie va alors chercher un demi-litre d'eau à la source la plus proche. Et les enfants mélangent les cerises, l'eau et le sang de la truite auquel ils ajoutent une dizaine de morceaux de sucre. Quand la mixture est délayée, Vivie la verse dans une bouteille avec un entonnoir ; du bout de l'index elle pousse dans le goulot les fragments de cerises qui s'y coincent. Ils regardent un moment leur élixir se balancer dans la bouteille puis s'en versent un verre. Les pulpes des cerises nagent, capuchons de velours gras que l'imprégnation du liquide effiloche et pourrit. La boisson dégage une pestilence suave qui intrigue les enfants, achève de les captiver comme une chose interdite. Ils plongent leurs mains dans le verre et le bout des doigts curieux, fureteurs, touche les caillots, les lymphes, tous les débris veloutés, puis ils boivent à petites gorgées en crachant, tout étourdis, riant de la vilaine mais respectable saveur. Tantôt, ils saisissent la bouteille à bout de bras, en versent le contenu au sol. La boisson tombe, goutte à goutte, encrassant l'herbe ; les morceaux de cerises s'affalent majestueusement, produisant des cloques, un semis de bulles fascinantes. Puis l'on reboit de ce beau jus, rose, gras, puissant, de fruit et de truite crue.

Cette fois-ci, Vivie trop gourmande surestime sa soif, une nausée la saisit et elle vomit, mais ce brusque accès n'est pas sans ajouter au mystère de la cérémonie.

La nuit était tout à fait tombée quand Vivie et Gildas crurent sentir déferler dans leurs veines un flot de vivifiante chaleur, leurs tempes battaient ; main dans la main, ils coururent vers le cabanon voisin.

Le jardin est entouré d'un petit mur que l'on a évidé en son centre et rempli de terre. Il peut ainsi porter des troènes qui s'élèvent à hauteur d'homme. Cette haie suspendue est drue, puissante. Félix a sans cesse l'impression que le grouillement de racines sous-jacentes va écarteler les flancs du mur. Les briques, chassées, rouleraient au sol, offrant leur face cachée, terreuse, ébouriffée de radicelles et les troènes s'épanouiraient librement, poussant sous la terre leurs ramifications, gonflant leurs frondaisons dans toutes les directions du ciel. Pour le moment, le mur tient, concis, blanchi, gainant les troènes odoriférants. Le jardin est rempli d'inégales pelouses, d'allées désordonnées. Il y a des arbres partout et de toute nature. Félix jouit de la multiplicité des formes et des arborescences. Il est couché par terre à côté de Laura. Une couverture fait écran entre l'herbe et leur peau. Ils ont renversé autour d'eux quatre chaises longues composant une palissade protectrice de châssis et de toiles que la brise enfle et fait claquer. Parfois d'un seul élan toutes les toiles sont poussées vers l'intérieur du refuge et ils se trouvent pressés de rondeurs, d'étoffes versicolores. On y met le doigt et l'ensemble palpite, déborde, convulsif, les armatures rigides, comme le feraient, un jour, les troènes sur les ruines de leur carcan de pierre. Des regards scrutateurs peuvent percer l'épaisseur de la haie de troènes, mais les baisers et les étreintes des amants exigent un peu de secret, d'où la muraille de toiles.

Récemment, il avait semblé à Laura qu'un enfant l'épiait derrière la haie qu'elle longeait ce jour-là, poitrine nue. Elle croyait connaître l'enfant, l'avoir déjà vu courir dans les champs voisins. Il avait regardé ses seins, ses cuisses...

Le soleil donne dans l'enclos des chaises longues. Félix voit le visage de la jeune fille s'empourprer, le ventre est le plus touché, bistré et ruisselant de sueur. Le nombril plein d'eau. Le torse se dérobe derrière ce ventre qui revêt une importance extrême, bouclier d'airain sous le soleil. Dans l'embrasure des flancs et des épaules minces, les seins à demi sortis que la chaleur déforme, étiole, paraissent cependant plus charnels que le disque ventral. Du slip enfoncé, sort le pelage serré, crépu, nettement découpé entre les sillons lisses et divergents des aines ; et c'est encore sous la vue de Félix ce mélange de fixité et de désordre qu'offre l'épanouissement circonscrit du poil par l'étau des aines et du slip.

Il aime ces métamorphoses du soleil qui font valoir la majesté de la chair, ou bien quand la chaleur s'épaissit, l'altèrent, l'amaigrissent. Le corps déchu s'effondre alors autour du ventre dur qu'environne toujours le rempart de chaises claquantes et bigarrées. Puis, son regard s'échappe de l'enclos vers les arbres. Les mirabelliers sont chargés de fruits luisants, cela grouille de billes, de balles contiguës. Parfois la face d'une prune est mouchetée de points rouges ou d'aréoles plus larges, brunâtres. Il aime cueillir les fruits qu'il sent mous sous la peau. Il les fait rouler dans ses paumes, les fend, et la chair juteuse sort.

D'un verger adjacent plusieurs branches de quetsches ruissellent par-dessus le mur et envahissent le jardin. Piriformes, violâtres, à double croissant, les prunes pleuvent serrées comme des pignes. La sensation au doigt est particulière : quelque chose d'oblong et de beaucoup plus ferme que la mirabelle. Le fruit mordu cède en tranches nettes, grenues, tandis que la prunelle jaune, fille, se brouille sous la bouche, dégage son jus tumultueux, sucré, laisse choir ses cubes de miel. Au détour d'une allée se dresse un cerisier tardif dont les fruits rachètent leur petit nombre par un éclat inouï qui rameute tous les oiseaux. On voit les touffes s'agiter, bourrées d'étourneaux, de merles, de pies, de tourterelles et de geais. Des noyaux desséchés pendent au bout des queues, parfois l'oiseau a interrompu son festin et la cerise bée, le noyau saillant tout blanc de son calice de chair sanguinolente.

Félix raffole de ces bouts de fruit pantelant et chaud qu'ont picorés les tourterelles. Il y a pourtant des cerises défuntes de belle mort et on les voit rabougries, noircies, plaquées à leur foyer persistant et nucléé.

Dans le soleil les oiseaux volettent, couronnant l'arbre de plumages et c'est comme un prolongement des frondaisons dont les contours se perdent. La chaleur, la fatigue créent une confusion de feuilles, de duvets, de rectrices. L'arbre fait la roue, paon ocellé de cerises et de geais, tantôt parcouru de trémulations, gris, nébuleux, suspendu dans un rêve ou rayonnant sous l'œil de bariolures, de froufrous et de cris. Soudain le cerisier pouffe, saute dans la torpeur comme un dindon qu'on tue dans un tourbillon de plumes. Le soir, la chaleur baisse, les oiseaux s'apaisent. Laura décide de monter au sommet du cerisier. Elle étreint le tronc et commence sa reptation ascensionnelle. L'écorce aride la griffe et la circonférence de l'arbre écarte laidement ses cuisses et ses bras. Elle arrive bientôt au niveau des premiers croisillons ; c'est un soulagement, d'un coup la silhouette libérée bondit, demi-nue, galopant sur toutes les coupoles du feuillage, et Laura ne s'arrête qu'en haut. Elle enfourche une branche, les jambes ballant de part et d'autre, les bras entourant devant elle le cylindre d'écorce comme l'encolure d'un cheval.

— L'on voit tout, presque toute la ville, s'écrie-t-elle, on aperçoit la place, au débouché d'une rue, de la rue Saint-Jean, l'on voit même une fontaine, l'eau et la statue de Neptune, tu sais, quand il enfonce l'épieu dans le monstre... C'est joli, un fragment de grille étincelle, toutes les dorures.

Elle se retourne, regarde de l'autre côté et dit :

— La vue par là porte encore plus loin. Dans la plaine, il y a les deux gamins qui jouent, ils se poursuivent, ils roulent à terre. Tu sais c'est le garçon qui m'épiait, je suis sûre que c'est lui, on dirait qu'une fillette est avec lui, c'est amusant, je lui retourne son indiscrétion. Ah... tout au loin, la forêt commence. Elle enveloppe tout l'horizon.

— La forêt de Champenoux, déclare Félix au pied de l'arbre.

— Oui, et elle vient vers la ville qu'elle encercle à l'ouest.

— Oui c'est vrai, dit Félix, c'est la forêt de Champenoux, tu sais bien, ton grand-père s'y est battu pendant la Grande Guerre, ça bardait là-bas, on découvre encore des casques, des baïonnettes en morceaux sous l'humus.

Elle sort du bureau de tabac, leste, paquet de cigarettes en main. Elle suspend son pas à l'endroit où le trottoir et la chaussée se heurtent. Le corps bascule en avant, une jambe reste relevée un instant vers l'arrière : posture voltigeante de la Fortune... Elle décapuchonne le paquet, tire une cigarette, et la bouche s'enfouit entre les mains, le temps d'un allumage qu'aucune brise ne contrarie. Elle oscille toujours entre le trottoir et la chaussée, au bord du léger surplomb. Paulin, brusquement, mesure combien les cigarettes la vieillissent, elle aussi. Certes, la manie n'a pas encore délabré le visage. Le mûrissement est tout relatif, latent. Lui seul peut le déceler. Il lui apparaît d'abord dans la perfection du geste dont l'habitude a gommé toutes les surcharges. Pas une aspérité dans cette complicité des doigts, de l'allumette et de la cigarette. Ce matin, Claire est fardée à l'extrême selon un penchant qu'elle confirme jour après jour. Un fard parfait, ombrant les sourcils, les joues, éclairant le regard bleu. Cependant, les cernes élargis, l'accentuation des traits, un pli au front, deux petites rides divergentes au coin des yeux laissent percer une fatigue intime, déjà une expérience du temps que la grande vivacité du visage ne masque qu'incomplètement.

— Ouf! ça fait du bien, s'exclame-t-elle.

Les volutes dansent autour de son nez, de ses lèvres amincies. Paulin surprend une zone de joue presque grenue, sèche, derrière le voile du fard qui a été à cet endroit mal appliqué, et cette tare légère renforce étrangement la richesse du visage, cette séduisante maturité où il aperçoit des fuites, des outrances, certains relâchements, des convoitises moulées dans le menton et dans le coin de la bouche... et surtout, encore, dans tous les traits, cette lassitude assez marquée, dans la substance même de laquelle s'engendre l'incessante fécondité des mimiques.

— Quel jour décampons-nous ? demande-t-elle, la place est magnifique, d'accord, mais trois jours de perfection, pour moi, c'est assez. — Puis elle a honte de ce mauvais motif et dit, trouvant des arguments plus nobles : — Ces gens sont tristes, si tristes, le soleil n'est pas de la partie...

Il l'interrompt pour déclarer qu'il fait très beau, qu'elle est injuste. Elle annonce que le mieux serait de descendre passer la dernière quinzaine dans le Midi. Il hésite, et dans un soupir s'étonne de ce qu'elle veuille toujours changer, toujours bouger. Ils sont parfaits ici, l'hôtel est bon, la vue parfaite. Et puis, il a l'intention d'aller étudier un peu Callot, au musée. Il a lu un livre, cela l'incite à aller voir Callot. Il veut rester là, sans précipitation, il écrirait un article sur Callot, un petit essai...

Elle trépigne, dessine un geste immense d'ennui de tout son bras jeté : grelots des bracelets, cercles bouleversés de fumée, la cendre éparpillée lui pique le nez, les prunelles se contractent et se mouillent. Puis, au bout d'un instant, avec le même geste d'incommensurable ennui :

— Tu écris bien assez comme cela, l'hiver, sans continuer pendant les vacances... — Et aussitôt, relevant, selon son habitude, le registre de ses motivations, elle ajoute : — Tu vas encore travailler, m'échapper... tu as besoin de repos, et puis Callot, à présent ! — Elle hésite... — Un graveur sans volume, sans coloris, c'est un prétexte, tu te complais dans cette Place d'art, pour des raisons à toi, des raisons loufoques...

Pas du tout, ses raisons sont solides. Il est subjugué par cette Place d'art comme elle a si merveilleusement dit... Encadrement parfait des façades, couronnes d'architraves, moulures, colonnades à rythme régulier. Des grilles ferment les accès du lieu avec leurs ferronneries, leurs garnitures d'or, coquilles, fougères, épées, calottes éblouissantes dans le soleil, car il y a du soleil, ne lui en déplaise... Depuis trois jours, chaque matin, il parcourt la place, passe sous les longs cous des coqs auxquels sont suspendues des lanternes chapeautées de couronnes ducales. Un cou tous les dix mètres ; le plumage ventral de la bête, convulsif, doré, est scellé dans les corniches des façades, puis le cou libre saille, épileptique, la tête toute petite, le bec puissant enserrant la lanterne géométrique et ducale. Il aime ce passage sous les cous d'épilepsie fixe, or, ces bréchets palpitants coincés dans la corniche. Et puis les fontaines... à chaque fontaine, un arrêt. L'eau dévale, irrigue les rochers où des sirènes nues, charnues, se cambrent. Neptune occupe le centre de tout l'échafaudage de rocs et de nageuses. Il se tord, musculeux, le pied calé sur le dos d'un monstre marin qu'il perce d'un violent coup d'épieu. Les boucles courtes et agitées de Neptune, les cheveux lisses et longs des filles, le soubresaut vaste du poisson entre le mâle et les femelles, ce spectacle répété régulièrement dans l'intervalle des grilles et des façades, attache Paulin. Enfin et surtout son plaisir inclut un trouble secret, une pointe d'angoisse, car la place bée soudainement sur les bêtes et les arborescences d'un parc zoologique. Les grilles ouvertes, repoussées sur les côtés, sont filandreuses, rencoignées, noires, comme ces ténébreuses tentures qui encadrent le portail d'une maison endeuillée, elles donnent sur le jardin sinueux, mamelonné de pelouses, peuplé de cages où criaillent des oiseaux, où piétinent des boucs. Il y a un gorille superbe, un éléphant poussiéreux, et des boues, des boues glaireuses remplies d'ours. C'est son angoisse à ce contraste de place parfaite et de zoologie, d'arbres, qui le retient. Alors, soudain, il lui dit :

— On ne peut tout de même pas partir sans être allé rendre visite à ma cousine...

— Laura ! après Callot ! ta cousine ne t'attend pas, elle vit avec son petit ami, tu sais bien... tu ferais l'importun. Tu ne vas pas gâcher le répit que leur laissent ton oncle et ta tante partis dans le Midi, comme tout le monde... parce qu'il y fait si beau, ajoute-t-elle, corrigeant *in petto* son pitoyable « tout le monde »...

Paulin a dit qu'il avait promis au père de Laura d'aller voir sa fille, que Laura les aimait bien Claire et lui, que l'existence du petit ami n'empêchait rien, Laura les sachant assez jeunes d'esprit pour ne pas s'en formaliser.

— Et bien, on ira voir Laura demain, ce soir, et le lendemain on décampe ! on s'en va, Paulin...

— Accorde-moi trois jours, petite Claire, trois jours de Callot, un essai qui fera du bruit !

— Tu en as assez fait de bruit ! Immobilisation, tapage... depuis des années, avec ces lieux impossibles dont tu t'entiches... la barbe... l'ennui...

Il l'invite à venir boire quelque chose à la terrasse, une terrasse très gaie, avec des serveuses, des charnues, des vigoureuses !

— Des Walkyries, des bonniches, coupe-t-elle.

— Pas du tout, il y en a une... tiens celle-là...

— Elle est énorme, tu es fou !

— Très belle... des fesses tendues comme des marsouins.

Claire ricane et fait la grimace. Toujours un peu jalouse, pense-t-il, une petite femelle fardée, jalouse...

Elle s'emporte, l'instant d'après, contre la bière chaude. C'est qu'il fait du soleil, conclut-il. Puis la rumeur de la radio déferle sur eux, par la porte ouverte de la brasserie...

— Le boucan !... pour une Place d'art...

Et ses yeux cernés s'élargissent, s'arrondissent... cela fait des cernes concentriques, luisants d'ironie... quand le tapage s'organise, les mots se détachant, plus distincts, et ils comprennent qu'un naufrage s'est produit pendant la nuit... plein Pacifique... trois cents disparus... incompréhensible.

Il s'habille, jette un coup d'œil par la fenêtre. Il fait beau. Claire a tort décidément. Sur la place, en face, la serveuse du café s'incline devant un vieux couple. Il voit l'arrière de la jambe jusqu'à mi-cuisse. C'est fou comme l'on voit bien... La terrasse du café encadrée de façades paraît plus détachée dans l'espace, mieux circonscrite, rien ne se perd, au fond, dans cette place, tout est recueilli, soigneusement réparti entre les grilles, les colonnes, les fontaines ; et la serveuse blanche, brune, trotte entre les chaises, traversant les contrastes d'ombres et de clartés géométriques.

Claire couchée sur son lit somnole, la tête casquée de cheveux noirs, visage peint, orbites bleuies, joues blêmes, lèvres rouges. Les contours du visage sont découpés suivant les zones de couleur, et brusquement, au-dessous du menton, est déroulé le corps nu, légèrement orangé. Il ne lui a jamais paru si homogène, si nu. Le buste est affalé en avant, les seins enfoncés dans l'édredon, les jambes repliées de côté, et la hanche se hausse avec le profil de la cuisse et de la fesse gonflée qui y aboutissent. Son regard est attiré par cette portion de la cuisse commençant au-dessous du pli arrondi qui borde la joue fessière. Le sang a afflué là, imprégnant la chair, celle-ci n'est ni maigre, ni alourdie de graisse ; on ne peut pas davantage en critiquer le dessin, et pourtant, l'on perçoit comme un grouillement latent, quelque chose de moelleux, de vaguement grappeux, une maturité d'auréoles bistres et rouges. C'est bien cela, une confusion affleurante de la chair. Claire vient d'avoir trente-cinq ans, et ces trente-cinq ans sont là, dans ce rougeoiement de cuisse, d'imperceptible tuméfaction.

Il fait déjà chaud, Claire bouge lentement son corps continu, sa tête peinte. Alors, incompréhensible, le mot apparaît dans son esprit, brutal : putain, puis raccourci, saugrenu : pute ! pute... Il s'approche d'elle, de la portion de chair enrichie de sang, la baise, la mord. Elle se retourne en s'exclamant : sal... ! puis indulgente : chéri...

Des frondaisons qui pendent ébouriffées partout, des mirabelles en vadrouille, petits sacs lumineux et pansus que frôle la joue. Quetsches fendues, et dans l'accroc : un grouillement de chair bistre, mûre. Puis les bosquets s'épaississent et, devant eux, la maison incurve, gonfle ses façades feuillues. Laura les attend, cheveux rangés, en jupe ; c'est la première fois qu'il la voit en jupe, jambes nues dans le halo d'une lanterne.

... Après un vestibule, ils pénètrent dans un petit salon. Laura fait une pause un instant, tenant Claire par le bras, elle chuchote une histoire de naufrage. Claire semble horrifiée, elle s'incline vers sa cousine, tout juste plus petite qu'elle, vers cette bouche dépouillée de fard et arrondie qui détaille les singularités de l'épouvantable nouvelle. Et les boucles de Claire sont secouées de droite à gauche, dans un geste de négation, de refus, le regard interdit, les sourcils haussés ; toute l'expression du visage indique l'impossibilité de comprendre, de mesurer... tandis que Laura posément, jambes nues, débite avec un air attristé d'hypothétiques conclusions.

Paulin a vaguement entendu le mot naufrage, puis son regard est attiré par le large divan qui occupe le fond de la pièce. Il est recouvert d'un tissu violâtre et satiné. La couleur parme, quetsche, est comme liquéfiée dans les ondulations infinies de la moire. Un poste de télévision sur une commode fait face au divan. Ils doivent se coucher là pour regarder la télévision. L'étoffe s'étiole, se creuse, attestant le séjour récent des corps. Le mobilier avoisinant est vieillot, surchargé de statuettes... chérubins enlaçant leurs cuisses rondes et courtes, étreignant leurs torses charnus ; une Diane souple, nue, perdue dans son enjambée, décoche dans le vague des flèches. Enfin, sur une console, Neptune entouré d'un troupeau de sirènes pourfend un monstre marin dont la gueule souffrante s'élargit. Le marbre des statues est vert clair, fluide. Une sirène singulièrement jolie s'élève vers le ventre de Neptune, on la voit de dos se hissant vers son Dieu ; sous l'effort, dans les buttes des fesses, les muscles se carrent, les forces sont ramassées là, au pied de l'échine lovée, avec une fermeté de cale. La tension prête à tout le corps un air de juvénilité tordue, la chevelure verdoyante coule jusqu'aux reins.

Des fresques qui ornent le haut des murs racontent des combats stylés, des joutes d'amour, des exils de poète... Décidément, Paulin ne réussit pas à faire entrer le poste de télévision dans ce décor. Allumé, l'écran ovale doit répandre sa lueur blafarde, ses contrastes déchirants jusqu'aux corps allongés de Félix et de Laura. Le rayonnement électrise l'étoffe parme, la douant d'un éclat violâtre, laiteux, où s'immergent les amants... Il entend un léger craquement. La porte d'un placard enfoncé dans un mur s'est d'elle-même entrebâillée. Dans l'ouverture ainsi créée, Paulin voit d'abord un amoncellement de robes en suspens, puis, certaines se sont franchement jetées dans l'embrasure, toute la masse comprimée des parures s'est brusquement dilatée, poussée vers l'extérieur. Cela déborde le cadre du placard. Derrière les surfaces infécondes et cirées des panneaux extérieurs, Paulin imagine l'envers du meuble, des pans vierges et inégaux de boiseries, avec encore l'odeur des forêts. L'humidité murale, la chaleur de la pièce ont favorisé sans doute le surgissement d'excroissances ligneuses, internes, peu à peu compliquées de ramures, d'andains, d'un buissonnement de portemanteaux ; et les touffes de tissu vert tendre et jaune pomme ont germé, bourgeonné, habillé les armatures de bois nu d'une floraison de robes, d'envahissantes corolles. Elles fleurissent au-delà des huisseries, des ferrures astiquées, sortant du mur, des profondeurs du bois. Paulin voit voltiger les échancrures libres, les manches flottantes, les tailles étranglées, autour de possibles Laura, fantômes jaillis de branches, de troncs... Quand la lentille blessante du poste de télévision troue la nuit, dans le clapotis des marbres verts, l'incessant fracas d'éclaboussures et de remous d'un monstre marin agonisant sous l'épieu de Neptune... les sirènes, et Laura sans robe dans les bras de Félix...

La table a été mise avec soin, ornée de deux bouquets : bleuets et coquelicots. L'odeur pigmentée de ces derniers donne à Paulin le frisson, sans cesse il frôle l'éternuement et Laura en rit beaucoup. Elle s'entend très bien avec Claire qu'elle semble admirer. Envie-t-elle cette recherche dans les bijoux, le fard ?... Claire dit que l'ennui la prend dans la Place sempiternelle où l'enferme Paulin. Il proteste, allègue l'essai projeté sur Callot.

— Callot, Callot ! on ne va jamais voir Callot ! déclare Laura.

Félix explique qu'il préfère le jardin à la ville, si fatigante, l'été, bourrée d'inacceptables touristes ; la beauté de la Place lui semble gâtée par sa renommée :

— Ridicule !... tous ces bonnes gens qui se font photographier devant les fontaines et puis cet apparat des portails, des grilles... c'est aussi la place de la mairie, du grand théâtre municipal !

— Cependant... Callot ! s'étonne Paulin, Callot...

Sur quoi, Laura propose à Claire de venir lui tenir compagnie quand Paulin ira subir ses envoûtements auprès du graveur adulé.

... Félix leur sert des tranches de saumon grasses, soyeuses, qu'il sépare avec difficulté car elles s'accrochent comme des muqueuses par toutes les papilles de leur chair.

— Comme c'est salé !... je crève de soif !

Et Claire remplit de vin blanc le verre de Laura. La jeune fille regarde son aînée... comme elle fait bien cela, avec des minauderies dans la façon d'empoigner la bouteille, de lorgner le goulot, de mesurer les cataractes de vin blanc qu'elle déverse par à-coups, qui vont bouillonner dans la coupe étranglée du verre de cristal.

— Il est trop parfumé ce vin... avertit Félix.

— Oh j'aime beaucoup ! Je suis sophistiquée jusque dans le choix des boissons...

Claire est interrompue par l'écroulement d'une corbeille de fruits. Une mirabelle file sous deux rangées de couteaux et de fourchettes levées. Les autres se répandent autour des verres, se coinçant sous les assiettes, tombant à terre... Claire, mains écartées, secouée de rires, accueille cette ondée de fruits mûrs, indifférente aux taches qui pourraient la souiller... Une quetsche dans sa chute est venue s'empaler sur la lame d'un couteau. Félix triomphant brandit le fruit malheureux et fendu.

— Tu vas mettre du jus partout, s'écrie Laura.

Aussitôt la quetsche dédoublée jusqu'au noyau en ventricules frémissants lâche son plein jus. Des mirabelles sont accumulées par endroits, familles raplaties et contusionnées. De larges ecchymoses assombrissent les rondeurs d'une grosse prune. Un fruit très mûr s'est lézardé, il demeure tassé et immobile, suintant par toutes ses brèches. La petite catastrophe a décapé tantôt un fragment de fruit, dégageant la chair gonflée, nue, tantôt bigorné un fruit, suscitant sur l'autre face un relief compensateur et incongru ; elle a surtout enfoncé jusqu'au noyau une reine-claude qui livre au regard une chenille soudaine, repliée et spumeuse avec laquelle on décide aussitôt de jouer. On la fait ramper sur la table. Laura passe son doigt sur l'échine voilée, s'étonne de la mollesse :

— C'est mou... tout couvert d'espèces de cils mous...

La chenille atteint les contreforts d'une quetsche grasse et moche ; on poursuit la petite saleté égarée dans ce paysage de collines dorées, violettes. Elle s'enfonce au milieu d'éminences gluantes, puis s'essouffle, s'arrête. Paulin intervient, attrape alors la bestiole et déclare qu'ils sont trop cruels. Il s'empare de la reine-claude d'où l'on a exilé la chenille, il remet celle-ci doucement dans l'orifice, calfeutrant le nid avec les filaments de duvet qui s'y trouvent encore, mettant mille précautions à recoudre entre elles les moisissures, bouchant la plaie avec une noix de chair humide et brune, tirée d'un autre fruit.

— Demain, je replacerai la prune sous son arbre, conclut-il avec un ton voulu de moralisateur...

... Puis les filles s'aperçoivent de certains effets fâcheux : « Les sales fruits ! Ils ont taché la nappe, dit Claire. — Une prune a taché ma robe ! s'exclame Laura... la barbe de cette graisse de quetsche, il y en a partout ! c'est dégoûtant, elles sont trop mûres... » Paulin et Félix, au milieu du désordre des femmes, picorent çà et là les fruits ronds, étincelants, qu'ils gobent d'un coup.

On change la nappe. Laura disparaît un instant dans le salon voisin. Paulin entend le craquement du placard, le heurt des portemanteaux. Les robes multicolores remplissent sa vue, descendant une à une sur le corps nu de Laura... Celle-ci paraît, vêtue d'étoffe immaculée.

Le vin les a quelque peu assoupis. Laura à la faveur d'une conversation banale observe Claire et Paulin. Elle s'aperçoit que Paulin néglige beaucoup Claire et que celle-ci lui rend son indifférence. Paulin parle sans cesse à Félix et jette souvent des regards sur elle, Laura... Il est très bien, mais trop vieux, une quarantaine inquiète... Elle est beaucoup plus attirée par Claire qui a l'air d'en savoir long, de savourer des secrets, avec quelque chose d'équivoque et d'inavoué toujours dans la façon de parler, de tenir les objets, de poser sur vous ses yeux, ses cernes...

Les deux femmes se font face, d'un bord à l'autre de la table, à demi penchées. Paulin contemple sa cousine, les deux seins ont été relevés de force dans l'échancrure de la robe. La tricherie les rend superbement ronds, fournis. Leur pureté, leur fraîcheur s'allient dans l'esprit du garçon à l'idée opposée de rouerie qu'implique le truquage du soutien-gorge. Celui-ci raidi, à moitié garni de bourres et de sangles, étaie cet épanouissement de surface, fragile et comme suspendu. La base cachée des mamelons doit supporter difformités, rides, brides, meurtrissures sans doute, pour permettre ce décolleté exagéré.

A cette poitrine pure, naturellement dodue, quoique trop exaltée, répond celle de Claire. Que peut-il lui reprocher ? Pas un soupçon de tricherie... cependant, un rien dans la couleur, le grain trop orangé de la peau, quelque chose de trop riche qui manque d'éclat, avec, à la base du cou, une zone d'imperceptible étiolement : effet de la lumière, amaigrissement infime, local, ou bien...

Les deux femmes parlent très bas, murmurent dans l'engourdissement et le parfum du vin... Il désire étreindre leurs mamelles communes. Il eût pétri les tétons blonds entrés dans la saignée des tétons bruns. Il eût noué, dénoué les bizarres moulures, engrenures, brioches... pense-t-il, l'une bistrée, l'autre trop tendre, trop blanche, un sein cru... Manier ces deux filles, communiquer le levain de la blonde à la brune, le tanin de la seconde à la première, pétrir, pétrir... la cousine et l'épouse, en cadence... ce pain... familialement, dans la maison de l'oncle... doser, mêler, goûter, mordre... leurs petits cris de gorge...

Les joues de Laura se sont légèrement empourprées. Claire : orbites bleuies, lèvres rouges, joues blêmes... un cerne naît, s'élargit sous le regard translucide. Visage marqué de fatigue, un peu nerveux, expressif à l'excès, mains et avant-bras très gracieux, bruns, racines qui s'allongent, se tordent et fascinent Laura... La jeune fille dodeline... ce cœur qui bat plus vite : sans doute le vin blanc... des houles, des houles, et Claire qui demande s'il est vrai que cela a eu lieu pendant un bal, au milieu du Pacifique, et que les femmes riches, très belles, ont sombré en robes du soir. A ceci Félix a répondu d'une voix lente, pâteuse... que les incertitudes étaient nombreuses, les causes du désastre mal connues, que la presse s'est emparée de l'affaire, car les bizarreries, les contradictions étaient en si grand nombre qu'elles autorisaient toutes les légendes... Pensez-vous.... tout à coup, les appels se brouillèrent, on les reçut de directions opposées, comme si quelqu'un en voulait au navire perdu, le diable s'acharnant à l'isoler, à tromper d'éventuels sauveteurs...

Des pierres blondes, grenues, avec parfois des reflets mauves ; et sous les corniches, dans le cadre des portes et des multiples fenêtres, le long des colonnes : des ombres tapies, des zones foncées et veloutées comme des cernes. La Place a le charme de certains visages, et c'est ce mélange de beauté humaine et d'infrangibilité qui attache l'âme.

L'enveloppement surtout est parfait, pas d'architectures asymétriques, brouillonnes, qui déportent la vue et perturbent l'équilibre du contemplateur. Les ondulations de guillochis, le tumulte des ferronneries qui festonnent les grilles sont ordonnés suivant des lignes justes ; mais surtout : l'absence des toits si raplatis qu'ils échappent à la vue...

Rectilignes, dégagées, les architraves règnent sur l'azur. Quand on est au milieu de la Place, on se sent au cœur d'une baie rectangulaire dont les rivages suspendus se découpent sans bavure ; ou bien encore, dans l'embouchure anguleuse d'un volcan, un cratère dont les bords de basalte pur sont exquisément tracés. Il n'en finit pas de fixer cette ligne dépouillée, franche, l'enserrant de tous côtés, ajustée au bleu du ciel d'un contact absolu, comme si la coupole d'azur venait s'appuyer sur toutes les margelles de l'enceinte où il loge, chapiteau bleu soudé aux murailles de granit ; et puis... des crépuscules assombrissent plus singulièrement des cernes, les creusent dans l'encoignure des portes, des fenêtres, des sillons guillochés, la pierre gonflant brune... brune... entre ces artères d'ombre.

Une quarantaine d'atlantes soutiennent les entablements. Corps tronçonnés dont ne subsiste que le torse, poitrails excessifs où toutes les forces ont reflué, avec cette tumescence des nerfs, des muscles et des tendons de la gorge pour supporter une charge généreuse de frises, de moulures, feuilles d'acanthe... Leurs gueules de dieux torturés et coincés dans le roc, la nuque baissée, le cheveu raplati sous les corniches. Paulin contemple les esclaves juchés, enchaînés, haineux dont l'effort garantit l'équilibre du lieu, le caractère authentiquement humain et souffrant de l'art... et soudain, cette idée le trouble : leur souffrance... Épaules meurtries des atlantes, surtout la haine des faces altérant l'harmonie de la Place... Une menace, là-haut, perce à travers les oscillations trop gracieuses des frises, dans les cernes agrandis, toutes les bouches d'ombre de la pierre.

... Il a détourné le regard, fui le danger et continué sa promenade. Les grilles, par buissons, cinglent dans les brèches des façades, roides, avec des serpents d'or fin enlacés, des épées droites, guerrières, inscrites dans l'exhaussement général des barres, dont les pommeaux, énormes, étincellent, globes de reine-claude, boules d'or, lisses, gonflées, nucléées de marbre et de pierre, dépositaires des principes de l'équilibre et de la joie... Il a la vision, au-delà, du jardin zoologique. Il passe, passe sous un flot d'arcades, bousculade des tables vermillonnées, rondes, où boivent des couples.

La serveuse est absente. Il scrute l'intimité de la brasserie. C'est pourtant son jour... Il continue, et la fontaine prévue se creuse, échancrant largement la muraille.

... Silhouettes aspergées d'eau... Leurs seins, leurs reins humides, luisent et font vrai. Les jets partent des bouches, d'orifices inattendus : oreilles, nombril, narines, anus, verges, pubis... Dards lumineux, sonores qui atteignent les épaules, le ventre de Neptune, créant des petits caillots localisés d'écume, des blessures où toute l'eau s'active et d'où elle rejaillit en miettes éparses, traits plus mous, gouttes qui vont cahoter sur des renflements de pierres périphériques et vous rafraîchissent la bouche.

... Le monstre marin, ailé, dentu, aux éperons de rascasse, est écartelé sous l'épieu, il mugit, la face grande ouverte, et Paulin inquiet se détourne à cette vision renouvelée de la souffrance. Une sirène, la plus jeune, celle qui se hausse vers Neptune, si solidement calée dans ses fesses et ses reins, a un visage, des yeux de secret. Les cheveux collent au crâne fusiforme, puis s'enflent et bouillonnent derrière la nuque, dans toute la rigole de l'échine. Fille nue, verte, aux jambes écailleuses, douée d'une nageoire battante, ventrale, qui l'équilibre un peu au-dessus du nombril... Elle est toute soulevée dans le vide, vers Neptune, son Dieu, Laura devant Claire, un saumon tremblant, oblique, rongé d'écume et de lumière, que le cliché a surpris dans l'ascension d'une chute d'eau.

... Il pousse le portail clouté, s'engage dans un couloir, gravit un escalier pierreux, sonore. Une flèche indique le nom de Callot, au bout du couloir, à gauche :

Callot. Il traverse une sorte de chemin de ronde dont les ouvertures en coupe ogivale dominent la Place. Il aperçoit alors la serveuse. Elle prend la commande d'un homme seul. Elle n'est pas pressée, c'est le matin... le client doit lui demander un renseignement car elle se penche vers la carte qu'il vient de déplier. Paulin voit les contours gais de la fille ; la main court sur les chemins de la carte ; la serveuse se redresse, respire, puis se baisse à nouveau vers le touriste qui sourit. Elle pose presque ses seins sur le dos des mains larges et interrogatives de l'homme ; enfin, elle s'écarte, disparaît dans la brasserie. Paulin attend ; une minute s'est à peine écoulée qu'elle reparaît avec une bière qui miroite à son poing. Paulin reprend sa route. Il entre de nouveau dans l'ombre, et il a comme la volupté rétrospective de son passage sur le chemin de ronde, sentier suspendu, demi-ombreux, à flanc de pierre, surplombant la Place, et par intermittences : ces portions ogivales d'azur au fond desquelles la serveuse avance, se penche, sourit...

Un petit homme écussonné, casqué, lui fait débourser trois francs, il fixe ses chaussures poudreuses comme s'il redoutait qu'elles ne ternissent le parquet vitrifié. Muni d'un billet rouge, Paulin avance dans la pièce où l'introduit le garde. Une flèche, encore, indique Callot. Enfin il arrive dans la salle d'exposition.

Il a une première impression de grisaille, de choses vénielles, menues et embrouillées un peu partout. Cela lui rappelle les musées entomologiques où l'on contemple des bestioles sèches à travers des panneaux de verre. Des gravures montrent, derrière leur vitre, des massacres microscopiques : prises de village, pendaisons, viols, poursuites.... tout cela rendu dans un dessin méticuleux : *Les Misères de la Guerre*. Au bout de trois gravures il en a assez, perdu l'envie de lorgner. Dans une pièce voisine, il y a heureusement un tableau plus important : *La Tentation de saint Antoine.* A regarder de près, la multiplicité des figures, le grouillement peuvent impressionner, cependant tout est exposé là sans profondeur : un tapage de vice, des sabbats, avec fragments de kermesse, autels dévastés, filles charnues qu'enfourchent des boucs. Les formes gravées le déçoivent. Pas de couleur, de volume. Il se dit : « Admirable... c'est un graveur ! n'oublie pas... quel art !... » Il poursuit l'inspection du tableau. Sur une terrasse rocheuse gambadent des bandes d'histrions, visages coiffés de bonnets pointus, tuniques d'Arlequins, jouant fifres et violons. De miasmes marécageux s'exorbitent, dans un lointain, les anneaux d'un dragon gigantesque et conventionnel. Il y a des oiseaux munis de membres interminables et courbes qui forcent, à distance, l'anus épaté de gros ânes. L'idée quoique schématisée lui plaît, il songe à ces avions bombés, vrombissants, qui s'alimentent en plein vol, l'un au-dessus de l'autre, et que relie un pédoncule roide et tremblant : libellules s'enfourchant, mariant leurs dards...

Les ânes ruent, le corps jeté en l'air, déporté en tous sens, envoient leurs fesses rebondies... les yeux protubérants, les gigots, les bourrelets, le ventre ballonné, les lèvres... Et les bêtes bardées se trémoussent avec ivresse. Puis des pics saillent jusqu'aux cieux, leurs flancs troués de grottes vomissant des flopées de bestioles, de putains et de démons.

Les nuées sont parcourues d'hippogriffes, d'oiseaux-serpents, de ptérodactyles, de chauves-souris et de harpies. La chair distendue, pléthorique, envahit tout. Au bord d'un lac s'étire un cortège de squelettes amers.

Plus loin, de grandes ripailles se déchaînent... Bras noirs, musculeux, engouffrés entre des cuisses de vieilles ; le vin pisse, des jets de fiente éclaboussent les faces ; hommes et bêtes, hilares, fesses raides, abdomens en saillie, se chevauchent. L'espace est travaillé de brèches, de trouées, de cavernes. Des geysers s'élèvent et arrosent le sol de lymphe bitumeuse, bouses pyrogravées, gâteaux farfelus, idées baroques, tracés soigneux... décidément, il ne comprend rien à ces dessins, tout en grisaille et en fils. Des gueules de diables exhalent des flammes, et puis, tout là-haut, cocasse, dominant le pandémonium, un immense oiseau reptile se déploie, crachant feu, battant ailes poilues, fouettant l'air de sa queue bifourchue, claquant des dents, gras, griffu, jubilant. Les techniciens d'un opéra baroque n'eussent pas mieux fait.

Au fond, ce remplissage hideux laisse en repos l'imagination. Les monstres semblent ne résulter que de combinaisons arbitraires d'idées. La diablerie a quelque chose de plat, d'intellectuel et d'outrancier. Aucune obsession confuse, souterraine, ne confère unité à ce chambardement. Fulminations, cuisses, pattes, jarrets velus, grottes, fiestas, goitres, culs, buttes mammaires, pénis épileptiques, trognes, geysers s'enchevêtrent dans un pêle-mêle inouï et dérisoire. Toutes les angoisses, tous les désirs sont détaillés, peints au stylet. Il tente de percer cette imagerie creuse et superfétatoire, d'animer véritablement les corps, de donner aux monstres la palpitation interne qui leur manque. Il fixe croupes, verges, mamelles, recherchant la secrète puissance du sang, l'excitation des volumes internes. Il échoue. Callot a jeté sur le tableau les êtres qui peuplaient son imagination, comme l'on dit... mais l'imagination est justement vide de monstres détaillés, de délires exacts ; ce qui fait défaut dans le tableau est, bien sûr, le ronflement de forces latentes, la poussée de terreurs et de désirs informulés, une bourrasque indicible, virtuelle... tout est dit, fait. Les péchés recensés. Hommes et bêtes dispersés aux quatre coins du dessin en brigades démentes mais connues. C'est comme si tous les gestes jusqu'au plus hystérique avaient été définitivement arrêtés en un contour qui prohibait tout avenir et tout mystère. L'enfer lui paraît enfermé dans une grosse bulle qu'enveloppe un espace blanc, abstrait. C'est un art de graveur... Il se demande ce qu'une telle assertion peut bien vouloir dire, ce qu'il racontera dans son essai... Il fixe le tableau, il s'habitue. Les détails se perdent, de grandes ondes agitent la surface molletonnée de bosses, de cahots. Cela tressaute sous la prunelle, puis le fouillis tremble, les lignes rétrécies se serrent, fibreuses, pour brusquement s'arrondir en série de pastilles, pustules, phosphènes. Il pense à une forêt, au square zoologique... le gorille, les serpents, les vautours ne réussissent pas à peupler le tableau, à infuser leurs viscères et leur sang aux monstrueux fantoches. Oui, la couleur manque... Mais le reproche est absurde. Un graveur n'est pas un coloriste, un peintre. Qu'est-ce qu'un graveur ?... Et puis, comme il s'en fiche !...

Cependant, les anomalies à force d'être fixées, d'être confrontées à ses obsessions, finissent par se défigurer pour engendrer des monstres familiers... L'oiseau reptile crachant feu lui jette un regard malin. Il semble sourire enchevêtré et suspendu dans tous ses fils. Paulin chasse une soudaine inquiétude... Il se répète que c'est de la gravure, que cela n'entraîne pas.

... Une demi-heure après, dans la rue, il s'aperçoit de

l'emprise de certaines images sur lui, des évocations crues, obscènes, surtout, marquées dans son cerveau, se mêlant pour y prospérer à des images voisines mais familières. Ainsi, une pensionnaire de l'hôtel où il loge et qui demeure sur le même palier que lui s'identifie étrangement à certaines figures de Callot. Surpris, il la rencontre dans l'escalier, jeune, grasse, rubiconde, sanglée dans une robe jaune. Il la voit soudain, renversée sur les marches, violée par un âne furieux. Il a dans un éclair comme la curiosité et le désir des fesses impotentes, du bedon vaste, gluant, écarquillé de poils comme un œil...

Les dessins de Callot, descendus dans les artères de son sang, renaissent donc ; comme des êtres que l'on a séchés dans un but de conservation, ils s'imprègnent de ses humeurs, profitent des circonstances, pour reprendre vie, substance, se déployer et haleter avec un froissement de viscères éclos, des battements de sang. Il s'est brusquement senti âne brayant et forcené, pourvu d'un pédoncule pourpre, pileux, et cela lui a semblé dans un très bref éclair être l'image la plus parfaite, la plus excédentaire de l'amour...

Le soir, le désir véhément de la femme opulente et lascive l'avait hanté. Surtout le ventre débardé, le cratère lippu, hirsute et rubescent lui revenaient à l'esprit dans le tourbillon des hippogriffes et des ptérodactyles. Ce creuset de chair rouge et de sérosité donnait, peu à peu, vraisemblance aux monstres de Callot qui lui en parurent fraîchement issus, engeance velue, rageuse, palpitante et vernissée de sang.

Les allées sinueuses entourent des bosses couvertes d'herbes. Soudain le chemin bifurque, se ramifie en sentes, artérioles qui fendent des pans inégaux de pelouses...

Dès le premier jour, Paulin a déploré le laisser-aller dans le choix et l'emplacement des arborescences. La distribution foncièrement relâchée des plates-bandes ne lui plaît pas davantage. « C'est un mauvais jardin ! » dit-il à Claire. Son épouse s'étonne d'une condamnation si péremptoire. Elle s'accommode quant à elle du désordre. Pins, peupliers, saules, platanes mélangés sans souci des harmonies possibles entre les formes, les tailles et les teintes... Fleurs campanulées, basses, lancéolées, immenses, s'enchevêtrant et se contrariant mutuellement... Tant de mauvais goût excite la jeune femme : « c'est fade, c'est mal fichu, j'aime... », répond-elle à Paulin quand il gémit à cet amas de dissonances. Au même moment, l'allée fait un coude et plonge. Claire titube, se ressaisit, rit. Les maugréments de Paulin redoublent. Les pelouses sont bigornées, mamelonnées dans un bric-à-brac de petits escaliers, de fontaines, de statuettes, de pentes, de parapets et de terrasses improvisées. L'on descend, l'on remonte là-dedans comme dans un grand huit. Parfois, l'on passe sous des ponts d'où pleuvent des lierres qui vous décoiffent et vous griffent les joues. Le pire est la rue qui coupe le jardin. Une rue goudronnée, large, urbaine où se pressent les voitures dans des nuages de poussière ; tous les reflets éblouissants des chromes... Le trait séduit Claire. Elle y voit l'alliance du machinisme et de la nature. Les belles automobiles lancées au milieu d'un gazon laissent entrevoir des couples, des femmes élégantes. Elle imagine des aventures, des vies...

La rue franchie, le jardin renoue avec son désordre caractéristique. Puis c'est le coin des animaux et les choses prennent un aspect nouveau.

Des bassins longent les allées ; à travers l'eau sale l'on distingue des poissons : tout au fond, une tache vague, rouge, lente, qui parfois monte, exhumée des vases et vient luire au soleil. L'écaille étincelle, le corps se prélasse dans un remous, ventre fécond, doux, hideux ; puis la bestiole s'enfonce, grosse et somnolente torpille rejoignant des compagnons, des lichens immergés.

Une flopée de canards se trémoussent sur l'eau ; gonflés de plumes, cous tendus, gloutons, ils jacassent avec des bruits de gorge, de fouille, de boue, de caoutchouc mouillé. Un poisson noir et très gras mange un congénère plus petit sous l'œil horrifié de Claire. C'est à Paulin de rire... Les mares dégagent une odeur sucrée, tenace, de fientes blanches et vertes, de plumages doux, de feuilles en décomposition et de brindilles noyées.

L'allée fait un lacet, grimpe. Tout surpris, le couple débouche sur une large terrasse que mangent sur plusieurs fronts la périphérie d'un parking, les méandres d'une avenue vacarmeuse et, à l'opposé, un bout de quartier excentré, silencieux, chic. Paulin, une nouvelle fois, réprouve la collusion des éléments champêtres et urbains.

Claire a entendu bramer. Elle s'est avancée et fait signe à Paulin de la rejoindre. Derrière un rideau d'arbres, lui apparaissent des cages juxtaposées le long d'une allée rectiligne. Cette première marque d'organisation lui apporte comme d'habitude un léger apaisement. Les animaux attendent chacun dans une boîte, séparés des curieux par une barrière. Le spectacle n'est pas sans rappeler à Paulin les gravures sous verre et numérotées de Callot : *Les Misères de la Guerre*. La même exigence d'ordre s'y manifeste, l'horrible y est compartimenté, échantillonné, observé de derrière les barreaux. Mais il y a dans le cadrage strict des essences animales une logique supérieure. Elle évoque au-delà des étalages du musée la cohérence et la beauté de la Place, ses atlantes solidement piégés, ses monstres marins jugulés. Paulin rectifie aussitôt ce rapprochement. La Place est inaltérable, unique. Le zoo n'offre que l'illusion d'un ordre. A y regarder de plus près, derrière les barreaux droits, dans les cages rectangulaires, les bêtes croupissent au milieu des bouses. Les parois resserrées leur renvoient leurs haleines brûlantes, et l'air qui leur vient à travers les grilles est chargé de souffles humains, parfums de femmes, remugles acidulés des babines d'enfants.

Campées sur leur fumier les bestioles étouffent, tournoient sur elles-mêmes, puis s'affaissent, leurs yeux dorés posés sur vous, leur gueule barbouillée d'écœurement. Certes, l'alignement des cages, les intervalles calculés, les bouquets de fleurs qui précèdent les abords de la ménagerie contiennent la menaçante bestialité. Au lieu de bondir, de mordre, les animaux roupillent, puent. Mais la menace précisément est là pour Paulin. Il essaie d'ordonner ses idées qui sont devenues confuses, incompatibles...

D'une part, les bêtes sont pour ainsi dire étiquetées, embrigadées, présentées espèce par espèce avec tous les attributs distinctifs de leur essence ; et il ne trouve rien à redire, puisqu'il reconnaît là le niveau chéri de la permanence et des principes. D'autre part, les cages s'enfoncent dans la brune des souffles, des toisons, et derrière les essences nominales, il perçoit la bête vivante, rétive, embarrassée de son sang, de son parfum, de toutes ses forces inutiles. Ce second point de vue fait perdre à Paulin son assurance... Bêtes chaudes et souffrantes qui miaulent, engoncées dans leur chair, pataugeant dans leurs déjections, suscitant dans l'esprit de l'homme l'angoisse de la déchéance, du temps ; et par-dessus... ces fragments d'urbanité qui rongent le jardin, le tohu-bohu de la circulation dans l'avenue traversière, le parking éventrant les pelouses, zébré de bandes jaunes, de plaques noires, neuf, minutieusement découpé en lamelles obliques de stationnement ; c'est plus, plus qu'il n'en peut supporter...

Cependant, comme Claire le lui fait observer, il est libre de ne pas venir au jardin. Mais une attirance morbide l'y ramène, réprobateur, rétif, immensément curieux. Attentif, par exemple, à cet éléphant qui promène des enfants sur son dos : un grouillement d'enfants bariolés, balancés. Intéressé par ces ânes engagés dans des itinéraires lents, somnambuliques, avec leur charge de petiots maladifs et couards, et le troupeau concomitant des mamans inquiètes, tandis que, là-haut, sur les versants du pachyderme, les gosses hardis rient et se moquent, dominant les tigres, les lions captifs, toutes les nappes d'odeurs, les marchands de gaufres, les gourmands qui s'éparpillent munis de gâteaux vêtus de crème Chantilly, l'envol des miettes de pain vers le bec des canards, les gueules des singes, des ours, sans distinction.

Comme toujours Claire finit par l'entraîner devant la cage du gorille : le clou. Un colosse masqué, un géant déguisé en gorille, tellement cela fait vrai. Il a des petits yeux noirs qui vont et viennent, vous regardent en coin. Il suce son pouce, plaque sa tête contre son épaule et ne veut plus vous voir, puis, il s'aperge le crâne de paille, galope de droite, de gauche, se carre devant vous, bras écartés, accrochés aux barres, cuisses tordues, le torse bombé, les reins cassés, le cul rejeté. Il colle son visage aux barres et vous fixe, vous fait une grimace hideuse de souffrance, de terreur et de haine, avec cette tête boursouflée, léonine, des atlantes qu'écrase, sur la Place, le poids des frises, des corniches. Un atlante tous les dix mètres, pris dans sa cage de pierre. Mais Paulin rejette cette dangereuse similitude. Toute analogie entre la Place et le zoo est superficielle ; comme si l'on pouvait comparer la durée et l'éternité. Il en sourit, rassurante impossibilité.

... Claire a tout vu, revu, les tigres, les ours, les serpents, la volière, les poissons et les singes ; rien ne lui a échappé. Elle ne sait plus où aller, commence à piétiner, à tournoyer, à baguenauder, à tout revoir, une nouvelle fois, au hasard. Quand on visite un zoo, on se presse, on va vite, toujours tendu vers la cage suivante jugée la plus intéressante, la plus révélatrice ; on consomme un désir, une ambition à la minute, et Paulin pense que cette hâte offre une sorte de raccourci de la vie, de la course après des choses rêvées dont on se lasse dès qu'on les tient... cage après cage, selon les pentes, les tertres de gazon, ours, tigres embrasés, tordus de muscles, de dorures, avec leurs gueules d'écussons. Singes, perroquets, dans ce va-et-vient des frondaisons, du ventre du pachyderme triste et gris, des voitures sur la route sécante, des carpes sous l'eau, d'un maniaque qui zigzague, yeux fous, épiant leur couple, les oscillations d'un landau, les gaufres de la main aux bouches, la bouche de Claire fardée comme un bouvreuil.

Puis ils arrivent aux grilles, à cette élévation triomphale des cages dorées, derrière lesquelles la Place s'offre à la vue, royale, pure, couronnée d'architraves, où Paulin court aussitôt se mettre en sûreté.

Gildas sent sous son ventre comme un radeau qu'une houle déporte, soulève... Autour de son visage, la rumeur de feuilles fraîches, nombreuses. Les branches plient, craquent, s'écartent dans la brise et sous le poids du corps. Invisible, dans les ramures, il domine le jardin des étrangers. Sous lui, au fond d'une trouée, le talus où Vivie somnole. Elle a la main posée sur un petit transistor qu'on vient de lui offrir et qu'elle ne quitte plus. Il zézaie sous les branches, imperceptible, intime, confondu avec les chants d'oiseaux ; c'est comme des volutes de musique qui montent en spirale vers le garçon et le lient à Vivie.

Dans le jardin, les herbes se tordent, ondulent. Les hortensias plient. Sous les saules qui se balancent, une chaise longue, vide, attend comme une barque. La chaleur croît. Il sait qu'elle va venir se faire bronzer. Les oiseaux dans le cerisier font un charivari fou.

... Elle surgit, avance en blue-jean ardoise. Elle porte un gilet de laine. Elle s'allonge dans la chaise. Le soleil chauffe. Elle sent le pull qui se charge de chaleur, étau brûlant de boucles qui la ceint. D'un coup, elle ôte le pull : soutien-gorge... Elle met de grosses lunettes bleues, lit, se gratte le poignet. Elle soulève le buste et retire le soutien-gorge bride à bride. Soudain : ce choc de mamelles déliées. Il reconnaît son trouble devant les globes plus pâles que le reste de la peau, pommes accolées au torse, pulpes. En lui, cette crispation, cette allégresse qui déferle, volupté chauffant le thorax, le ventre, et cette exigence sourde qu'il n'arrive pas à formuler... comme un gouffre.

Enfin, Laura se lève, s'approche d'une pelouse. Elle empoigne un tuyau vert et arrose régulièrement en partant de la périphérie, en ramenant peu à peu son jet vers le centre. L'herbe mouillée peuple le jardin d'odeurs. Laura humecte ses seins. Elle cueille un hortensia, ses doigts s'enfouissent dans les boules crémeuses. Puis, juste avant de se recoucher, elle ôte son pantalon, pousse, se déhanche : rebords humides du bassin... elle jette le slip entrevu, s'allonge. Il voit brusquement le triangle blanc du ventre et cette tache sombre comme une araignée à l'enfourchure des cuisses. Il s'interroge. Il reconnaît vaguement des boucles, du poil. Alors, il se tourne vers Vivie, et dans la trouée des feuilles lui souffle : « Vivie... des boucles, des boucles !... entre les jambes... je viens de voir... comme les animaux... peut-être tu en auras aussi !... »

Vivie lève le nez : « Tu peux toujours courir... jamais ! » Il reprend son guet. Dans sa barque, Laura flotte, écartelée sous les saules. Tout à coup, elle se retourne sur le ventre et lui apparaît absolument nue, lisse, divisée en deux par la ligne qui commence à la raie des cheveux, glisse de la nuque dans le couloir de l'échine, s'enfonce entre les fesses et file entre les cuisses qui se touchent. Une ligne embuée parmi les boucles, ferme le long du dos, noyée dans le fessier, puis effondrée, vide dans l'ajustement des cuisses et des jambes. Le suprême voyage dans ce dérobement gradué de la chair... surtout les fesses l'ébahissent, rondes et plus gorgées que celles de Vivie. La nudité s'orchestre autour des quatre boules. Les fesses sont après tout des mamelons bas et renversés. Il a le sentiment qu'en appuyant sur les seins il ferait ressortir les fesses et que le contraire bomberait la poitrine. La nudité étale ses données mirifiques, charnues, lyriques, de dos, de face, exaltées à toutes les altitudes, les charmes s'échangeant, s'équilibrant sous la vue... Une femme onduleuse, blanche, velue, grappeuse qui submerge l'image effilée, brune, de Vivie.

... Quand Félix surgit, se déshabille à son tour, Laura se lève et l'embrasse. Ils sont nus. Lui, villeux plus largement, jusqu'au nombril, aux cuisses et dans les fesses. Ils avancent à travers le jardin, main dans la main. Le soleil culmine. Ils se penchent vers les fleurs, nourrissent au passage un serin dans une cage qui les asperge d'hymnes. Laura s'incline sous le mirabellier et ramasse un fruit qu'elle offre à son amant. Il entame le fruit, à son tour elle mord, approfondit l'accroc. Puis, Félix saisissant la prune, la plaque contre les seins de Laura, en barbouille les bouts. Fou rire. Félix s'approche, baisse sa bouche et mange les seins.

... Gildas dans les feuillages s'esclaffe tout à coup. Laura aussitôt lève les yeux et aperçoit un geai qui passe en criant, en gloussant au-dessus des arbres. Gildas est sauf. Il pouffe en silence, hilarité incoercible à cette vision de l'homme glouton qui mange les tétons. Il souffle à Vivie : « Eh ! Vivie... à présent, il lui badigeonne les nichons, il croque !... »

Vivie, sans lever la tête, s'applique l'index sur la tempe et furieusement visse, avec une lippe de mépris.

Le couple s'est assis devant le grand cerisier, médusé par le tapage des oiseaux qui gigotent, vont, viennent.

Gildas se sent lui aussi fasciné par l'arbre vivant. Des étourneaux, pattes posées sur la courbe du fruit choisi, instables, mordent. Une tourterelle pousse son cri de vierge déchirée et s'agite dans les touffes de l'arbre. A trois, parfois, sur le même fruit, dans le frétillement des feuilles, des plumes lustrées. Ils se battent, s'infligent des coups de bec, tombent au sol, roulent sur les cerises écorniflées dans les ruisseaux rouges du jus. Ils forment un seul oiseau doué de trois têtes fendues de courroux, griffu, jubilant. Le monstre bondit, saute lourdement au-dessus du sol, éparpille ses grappins... Sous les yeux de Félix et de Laura, le combat des oiseaux se défait, renoue, alterne avec des trêves où les ennemis se toisent sur des branches distantes, puis fusent et tout à coup se cognent en plein ciel au-dessus d'une marée de cerises rouges. Joutes, poursuites, heurts des pattes, des becs, prunelles farouches. Les duvets pleuvent.

Les grives avides et insoucieuses du bruit fouillent les robes du feuillage, scrutent, en quête de fruits à peine mûrs glissés dans le secret des encoignures. La tête de l'oiseau acharné détecte, le cou sonde la niche, le fond, l'ombre. Sous les surfaces torrides des frondaisons gît le globe nu et exsangue du fruit que les becs écorchent, rincent...

L'arbre se bombe dans le déferlement d'oiseaux, de cerises, têtes pourpres de chardonnerets, crêtes rouges de coq, ailes aux nervures de feuilles qui battent, vertes, prunelles comme des noyaux humides, gouttes des fruits. Un geai feule, craque, roule et pique sur l'écume émeraude, balance sa carène bleuâtre, levant sa proue, son col d'acrotère...

Les plumes se joignent, s'interpénètrent par toutes les engrenures des duvets qui se soulèvent, descendent, comme des éventails oscillent dans l'air chaud, élargis, montent devant les cous, s'immergent parmi les gorges nues. Orbes de velours, galons, jaspures des tuniques, chlamide gemmée d'or, volants nombreux, écarquillés, mauves, crosses ligneuses des becs. Les plumages frémissent, s'épanouissent, comblant les vides entre les feuilles, les fourches des ramures, s'épanchant au travers des golfes où l'azur perce entre les branches...

L'arbre rouant, houleux, voilure exorbitée, penche dans le remous solaire sa mâture bariolée de fientes, coiffée de pennes, de rectrices. Il gémit, gonfle, fécondé d'oiseaux luxueux, caressé d'oriflammes, de labarums, de gonfalons, tout irisé, foisonnant d'ocelles chauds, de huppes, de jabots... Ses flancs d'où pendent des fumerolles d'ailes diaphanes ; les barbons coriaces des cuisses, le bréchet profond. Puis il se cabre dans les sautes du vent, l'azur éclaboussé, la frénésie de bêtes gloutonnes. D'un coup, le glaive solaire l'ouvre et son bréchet déboutonné écume, bourgeonne, dans un débordement soudain d'entrailles fleuries, de cerises, de chardonnerets, de chamarrures, d'encolures et de ventres mouchetés.

... Gildas et Vivie reviennent dans les champs. Midi. Les sauterelles mitraillent. Ils installent un gîte parmi les grandes herbes, couchent les tiges, les battent, les accumulent en édredons. Ils mettent à ces préparatifs un soin méticuleux. Des touffes, surgit une grosse sauterelle verte avec des crocs dans la bouche qui tournent sur eux-mêmes, un scapulaire jusqu'à la nuque, des ailes translucides, un abdomen énorme, jaune et mou. C'est la première fois qu'ils en rencontrent de cette sorte, ils décident une prochaine chasse à ces hélicoptères coriaces et belliqueux.

Gildas dénude Vivie, caresse le torse, palpe. Sous les aréoles des seins la chair comme molle s'affaisse sur une très mince épaisseur. Illusion... Le ventre est lisse et brun. La main glisse sur ce marbre sans cils. Les fesses fusiformes, menues, sont de petites poires enchâssées sous l'échine. Pas de collines rondes, roulantes, ni de cadence. Il embrasse son amie. Le contact des lèvres est dès l'abord superficiel, décevant. Vivie le prend. Alors, s'enfle en lui le plaisir qui lui creuse le thorax. Ils s'étreignent à petits coups secs; dans l'anarchie des poses s'accomplit la recherche d'un Eldorado mal connu qui tout à coup les comblerait. Puis ils s'embrassent. Une joie extraordinaire, morale, les soulève : Vivie... Vivie... Et ils oublient... Gildas... l'incomplétude du plaisir physique, comme si la sainteté de leur joie était la prémonition d'un bonheur proche, torrentueux, indescriptible.

... Et c'est la déception qui revient, brève, le membre fléchi et l'oubli.

Ils pensent à la chasse aux sauterelles. Il faudrait aussi changer l'eau des poissons rouges et renouveler la paille des lapins. Les problèmes de leur élevage personnel les accaparent... quand le petit transistor de Vivie craque, renâcle, sur la musique interrompue... on n'a pas de nouvelles des naufragés. Le paquebot s'est bel et bien perdu dans le Pacifique. Inconcevable disparition. Le speaker énumère des personnalités célèbres, des noms d'actrices, d'héritières, de femmes, de femmes, qui devaient être riches, américaines vivant dans des piscines floridiennes, dont la vie s'écoulait aussi en vagabondages luxueux, sur l'Océan, d'îles en îles.

Et Gildas dit à Vivie : « Tu te rends compte... faire une croisière, vivre plusieurs semaines sur l'eau, dans un bateau... qu'est-ce qu'on doit s'amuser... imagine un peu... sur le pont ! moi je serais toujours sur le pont ! » et l'étrave se hausse, s'abat et brise l'eau. Clameur des vagues fendues sous l'épieu neptunéen, ruisseaux éblouissants d'écume, de souffrance. Le silence environnant. La mer à perte de vue. Sur le pont ! Un pont harmonieux, aux entournures souples, tout caparaçonné de métal blanc...

Les enfants jouent à cache-cache derrière les guindeaux cannelés en leur milieu comme des pommes croquées. Dans leurs courses, ils frôlent des coquilles de plomb, des pitons, passent sous des portiques ; lignes arrondies du vaisseau, saillants mous, comme si une belle main érosive lui fournissait incessamment sa nudité sur l'eau... des petits escaliers font communiquer les étages, des couloirs longent l'eau, passerelles, cabines secrètes. Gildas entrevoit ce paradis sur la mer...

Une large terrasse occupe l'avant. Dans des chaises longues, des jeunes femmes prennent un bain de soleil. Côte à côte, brunes de peau, de slips bruns, de soutiens-gorge bruns. Dessous, les seins, les fesses, de la blancheur du vaisseau. Une cargaison de femmes exposées avec les attributs de la féminité parfaitement circonscrits sous le fragment indicatif de l'étoffe, comme si, à chaque instant, le lever de rideau allait se produire, une révélation de femelles adultes pour Gildas, pour lui seul, l'étrangère du jardin multipliée entre les braises solaires et les embruns humides de la mer.

Une très jeune fille sableuse qui en dit long derrière ses cils repose à côté d'un garçon assis dans un fauteuil. Elle le snobe, boit du jus de citron à petites gorgées, ses cheveux desserrent l'étreinte d'un ruban mal noué. Elle ajuste des lunettes sur son nez, les ôte, renverse la tête en riant. Et le gars tapote sur le bras du fauteuil, s'abaisse pour dormir, puis se redresse, mal à l'aise, la regarde, lui parle... Elle qui distraitement rit, remet la bride du soutien-gorge qui a glissé sur l'épaule ; elle se faufile là-dedans comme dans sa nudité, puis remue sur la chaise longue, se cale, équilibre son échine, ses reins, ses cuisses, dans l'axe du soleil, indifférente au garçon... comme si elle faisait toujours l'amour avec son propre corps.

Il y a une femme plus âgée, trente, trente-cinq ans, accoudée au parapet, la croupe déjetée, qui boude, jette un coup d'œil au garçon méprisé. Il n'a pas vingt ans, il est plutôt charnu, blond, duveteux, avec des yeux bleus inquiets...

Le bateau voltige par toutes les roues de l'Océan, éblouissant, profilé sur le bleu insondable. Les femmes oscillent dans leurs chaises longues et font face au soleil ; il y a des gamins qu'elles appellent de temps en temps, embrassent et renvoient à des jeux sous les portiques, dans les couloirs, dans tous les recoins souples du bateau.

Un verger borde la ferme sur l'arrière; jouxtant ce verger, il y a un petit pré enveloppé de haies où les enfants pratiquent leur élevage personnel. Deux fois par jour ils viennent rendre visite aux animaux, contrôlant le bon état des lieux, renouvelant l'eau, les feuilles de laitue, la paille, toute une variété de pâtures plus ou moins en rapport avec l'espèce domestiquée.

Dans un bassin qu'alimente un ruisseau indigent sont emprisonnés une douzaine de poissons rouges. Deux d'entre eux en raison d'une corpulence bien supérieure à la moyenne ont été honorés d'un nom. Le premier, rouge, long, marqueté de taches noires, s'appelle Oscar ; le second : Julie, opulente, écailles roses et douces. Oscar est preste, vigoureux, il hume toujours à fleur d'eau mais s'effarouche au moindre contact de la main. Julie plus molle nage à mi-hauteur; quand le soleil brille, elle monte en surface, et l'on peut caresser son ventre charnu en passant lentement la main sous les flancs. Les nageoires alors palpitent, tièdes, errant sous les doigts écartés de Gildas, comme des feuilles qu'une pluie mouille, soulève, rabat, dans les sautes du vent.

Enfin, dans tous les coins du bassin, à des niveaux

différents, selon des orientations diverses, flottent les poissons rouges. Il y en a d'un beau vermillon qui restent visibles même lorsqu'ils vont ramper sur les vases du fond. On distingue leur poche informe, oscillant sous l'eau noire avec ce rougeoiement sinistre, lubrique, d'un soleil d'hiver. Puis, des impatients, des expansifs viennent battre en surface et claquer de la queue : cœurs écarquillés que ballotte un sérum gris-vert ; car le bassin où se mêlent traces terreuses et fragments végétaux est sali. Il faut l'avouer... le ruisseau d'alimentation bouché, de faible débit, ne parvient qu'imparfaitement à renouveler l'eau, et Gildas, Vivie doivent souvent, pour restaurer le cours, nettoyer les rigoles d'accès et d'évacuation qui se chargent de gadoue. Ils extraient aussi chaque semaine les vases accumulées au fond du bassin. C'est une lie douce, fétide, où des vermisseaux rouges se tortillent ; débandade des puces noires et caparaçonnées, caillots fuyants de vase. Ils jettent le tout dans le pré et la morve saumâtre dégouline le long des hautes herbes, assombrissant les boutons-d'or. Il y a toujours un ver gigotant, affolé, suspendu dans le calice jaune et grenu d'une pâquerette. Il finit par crever asphyxié de pollen.

Le ruisseau dégagé, l'eau vive accourt et le bassin claircit. Les poissons là-dedans s'enflent comme des ballons parmi l'azur. Mais trois jours suffisent à ramener la crasse et à obturer les conduites. L'eau se remet à verdir, à épaissir jusqu'à la prochaine vidange.

Cette eau souillée ne déplaît pas aux enfants ; souvent, ils en recueillent dans leurs mains jointes et ils sont momentanément séduits par le liquide velouté et odoriférant, sorte d'élixir de la terre, pensent-ils... une fois, ils ont même éprouvé le désir de boire, de goûter une gorgée de mare, c'eût été écœurant et délicieux, ils auraient eu sous la langue le frôlement même du ventre pulpeux et rose de Julie. Mais ils s'étaient ravisés par crainte d'une pollution et étaient revenus à leur élixir de cerises et de sang de poisson.

Quel que soit l'attrait qui les lie à cette eau corrompue, il faut tout de même la changer, car elle ternit les flancs de Julie, l'engonce dans les replis de bouffants verts, de lichens adipeux, qui menacent de l'étouffer.

Pour l'instant, l'eau est encore propre. Il fait chaud et les poissons sont enfournés dans le bassin à des hauteurs différentes, immobiles infrarouges, miches passées au minium. Julie blanche, tumescente est couchée sur le dos d'Oscar roide, plus noir que d'habitude, comme mort. Vivie dit : « Ils sont drôles aujourd'hui. » Gildas attribue le phénomène à la chaleur...

— Tout de même on dirait qu'ils sont logés dans de la glace, et la glace c'est le contraire du chaud...

Gildas élude la bizarrerie, l'essentiel est que l'eau soit claire, dit-il : « Ça tient... » Et il passe la main dans le bassin, retire une gorgée de liquide :

— Il est encore léger, à peine quelques cils de verdure... c'est moins gras que l'élixir. Il n'a pas beaucoup plu pendant la semaine, le ruisseau s'est moins bouché, on ne nettoiera pas avant trois jours, tant mieux !

Les enfants passent aux lapins, six lapins derrière un grillage losangé, qui marmonnent parmi des plantes grasses. Ils sont ronds et leur nez se trémousse dans un reniflement fébrile, trépidant, chronique. Vivie leur donne quelques touffes de légumes et ôte une litière huileuse de crottes et d'urine... que ça pue !... Le cinquième lapin, isolé en raison d'une maladie, est le plus sale. Les enfants répugnent à nettoyer sa cage ; depuis plusieurs mois il est atteint d'une espèce de myxomatose en voie d'autoguérison ? stationnaire ? à évolution lente ? Difficile de trancher. Le poil des oreilles et du crâne est tout rabougri, gondolé, rissolé, on dirait que la bête est tombée dans un feu. Elle les fixe, haletante, sur un monceau de fientes dont jaillit une ortie encore verte. Elle est prise dans l'encadrure de la cage, renvoie une odeur vireuse, un souffle de lapin moribond, plus vrai, peut-être, d'une individualité plus saisissante que l'haleine fade des bêtes bien portantes.

— Il faudrait le jeter au tas de fumier, dit Vivie.

— Pas du tout ! Je crois qu'il va guérir, il tient bien le coup, il se vaccine lui-même...

— Tout de même... deux mois de vaccination... tu ne crois pas ?...

Puis les poules, un peloton de sept poules en virevolte, gloussant, ébouriffées, dingues. Dans un enclos : d'éblouissantes ailes et des crêtes rouge sang. Cependant, elles ont les duvets du croupion jaunis comme de la sciure ou du copeau. Lorsque les enfants les regardent sous cet angle, elles leur déplaisent immensément : un cul prétentieux, effarouché qui semble toujours marcher sur la pointe des plumes... avec des ternissures de pipi ; des petites vieilles prestes, coquettes, sous leurs jabots, leurs collerettes, mais relâchées de la vessie et le fond de culotte bistre. Avec elles, pas de problèmes, du maïs ! une aspergée de grains de maïs...

Enfin : Homère. Le paisible, le mystérieux Homère. Il est emprisonné dans une ancienne loge à chien dont les enfants ont bouché la porte et dont ils ont ôté le toit. Par l'ouverture on voit Homère au fond de sa niche, sur une paillasse d'ordures soigneusement triées : escargots, champignons, feuilles de laitue, limaces, limaçons, moustiques, moucherons...

— Il faudrait tout de même que nous sachions ce que cela mange ! dit chaque fois Gildas. Il faudra demander. Il y a des tas de trucs qui sont peut-être inutiles, nuisibles ?...

A la différence des lapins, des poules, de Julie, Homère ne se tourne jamais vers ses maîtres, pas un regard, la tête orientée toujours dans le même sens, il fixe, il perce les ténèbres de sa prison, au-delà... L'échine bossue, jaspée, une grosse bulle gonflant par spasmes à son cou.

— Il est hideux, dit Vivie sans conviction.

Gildas lui répond qu'un crapaud est toujours hideux, que c'est pour cela qu'au fond ils l'admirent. Il n'est que cela : hideux, un monstre hideux, tu te rends compte...

— Il paraît que c'est venimeux aussi, vicieux...

— Vicieux ça oui !

Ils ne peuvent oublier qu'ils l'ont trouvé chevauchant un confrère au beau milieu de la route. Ils avaient arrêté leur promenade, rigolé, dépris l'étreinte au moyen d'un bâton ; la femelle décollée battait éperdument des pattes et, semblait-il, dégobillait. Homère était énorme, gonflé par la volupté d'une longue saillie, il y avait autour de sa gueule, le long de ses flancs, une espèce de luisance, comme les gouttes d'un suc, et il grognait. On l'avait fourré dans un vieux sac et jeté dans la loge décapitée. Depuis ce jour, pas un geste !... Homère, le ventre soulevé par des inspirations régulières, profondes, sue, fixe comme un prophète toujours le même point, attend ?!...

Les enfants vont dévisager encore quelques babioles captives, un chardonneret criard, une petite musaraigne, dans une boîte comme un tapir en miniature dont ils renouvellent la tasse de lait. Un casier vide attend une moisson de sauterelles.

— Et si on trouvait une femelle à Homère, dit brusquement Vivie.

— Tu sais les reconnaître, toi, les femelles des crapauds ?...

Vivie doit avouer que non... à moins de mettre plusieurs crapauds à l'essai, on verrait bien celui avec lequel ça marcherait.

Alors Gildas se souvient et lui annonce que les crapauds ça marche avec tout, qu'ils font ça ensemble indépendamment du sexe ; dans les marais on en trouve, parfois trois, quatre superposés, un tas de jouisseurs qui coassent, on en bouscule des grappes sous les bottes. Mais Vivie pense à la bonne, si elle voit les crapauds forniquer dans l'ancienne loge du chien, c'est sûr, elle se fâchera, tuera les bestioles ou les jettera dehors... « Tu comprends, elle va trouver ça dégoûtant... » Alors les enfants décident de garder Homère triste, chaste, prophétique, en tout cas vivant...

Il avait fallu quitter la Place. Il n'avait pu refuser à Félix, et puis Claire était contente de passer l'après-midi avec Laura. Le plus dur fut les premiers instants de la sortie : cette secousse brutale des rues lancées qui vont étreindre tous les quartiers de la ville. Les buildings pris dans ces étaux se dressaient comme étranglés à la base, élargis vers le sommet. Et les voitures dévalaient sur toutes les pentes, s'engouffraient à tous les carrefours, se tassaient, se pressaient devant les feux intermittents. La poussière gonflait sur le trottoir, enlaçant la cohue des piétons. Ils zigzaguaient entre les véhicules, titubaient dans l'enchevêtrement de leurs silhouettes, des lampadaires inutiles. Le bruit était affreux. Des myriades de fenêtres trouaient les façades, agrandies en vitrines au pied des bâtiments. Les glaces renvoyaient les serpents de la foule, leurs ondulations vives, leurs poussées, les heurts, le chevauchement des grappes de femelles devant les camelots rameutant le long des Monoprix. Il y avait une grande fille qui se haussait sur la pointe des pieds, n'en pouvant plus ; la tête émergeait de la houle, lasse, fardée. Des adolescents étaient happés à la suite de jeunes femmes, jupes courtes, poitrines nues sous les pulls. La voiture de Félix n'avançait pas. Paulin scrutait les vitrines où se réfléchissait l'engeance de la rue. La grande fille réapparut, sa tête, ou du moins son reflet, coiffait bizarrement une alignée de pantalons pendus à l'intérieur d'un magasin, elle glissait, ornant, l'une après l'autre, les culottes viriles, puis elle partit comme un ballon, roula sur des foulards, des soutiens-gorge qui la dotèrent de masques de dentelles, d'œillères instables, divaguant du cou au front. Elle revint, soudain plus proche, ramenée par un ressac, immédiate. La jeune fille côtoyait presque le véhicule, elle rasait la machine lente, feulante, son mollet frôlait les chromes, elle jetait un regard vers lui, elle était grande, mince, tenant haut le fessier, elle se dédoubla encore dans les vitrines : jumelles identiques, symétriques, répercutées de la rue aux glaces du magasin, empêtrées dans la ferraille brillante des autos, nageant sur les robes, les monticules de coton. Elle fut reprise, alors, et de nouveau arrachée à lui, plus qu'un orbe clair dans la brèche d'une pharmacie.

Les façades se bousculaient privées d'épaisseur, parfois, contenant mal la vague des gens ; puis, tout à coup, un carrefour les révélait à la vue, de profil, on mesurait leur largeur, on voyait qu'elles se répétaient d'une rue à l'autre, encadrant tout un cube. La ville prenait une étonnante consistance, comme des rochers énormes, résistants, que la mer a sculptés en façades verticales, décorés d'algues, parmi lesquels elle se rue, tourbillonne, les reliant, les enserrant tous. La ville exhumée de la marée humaine. Les pieds des édifices rongés par les reptations, le grouillement de multiples crabes. L'image géologique avait hanté Paulin et l'avait rassuré à demi. Au fond, la nature inventive, chaotique, gravitait autour de lui, mais laissait deviner une souterraine orchestration. Puis, le tumulte recommençait, si fort, inextricable au point que l'angoisse s'emparait à nouveau de lui.

Les machines acculées, mordant leurs pare-chocs respectifs, étaient freinées comme sous l'effet d'une puissance rétrograde. Alors, la foule avait le dessus, elle n'hésitait pas à descendre dans la rue, à se mêler aux véhicules, à envahir les couloirs restreints séparant les carlingues. La masse grondait, métallique, puait les gaz, l'essence, toutes forces retenues, exaspérées. Les filles et les gars s'engouffraient là-dedans. Les vieux n'y risquaient pas leur peau. Toute la jeunesse galopait sur les chemins miroitants des pare-chocs soudés, au-dessus des nappes tournantes d'huile, des ailes noires, mortes, à la hauteur des visages farouches : les conducteurs, têtes coupées, dans chaque boîte, sous chaque tôle, une tête qui attend, grimace... Robes salies de poussière, phares, mollets, portes, poignées dures, cuisses. Les fesses fermes des garçons, leurs bonds, les cuisses des filles, jetés au milieu de ce trafic jugulé et tendu à se rompre...

Puis, tout se mettait à bouger, à mugir, à ramper imperceptiblement, et les filles, les gars avançaient d'un pouce dans leur carcan de bagnoles. Ils poussaient de petits cris, riaient. Le mouvement prenait un peu de vitesse. Les jambes ressentaient l'unanime pression des moteurs déliés, mais l'on continuait de traverser, de zigzaguer vers l'autre rive, selon cette progression contrariée du nageur que le courant déporte vers l'aval...

Les filles froissées, déchues, sitôt abordées au trottoir d'en face, étaient ressaisies par la foule d'autres filles, d'autres garçons, qui les heurtaient cette fois, de secousses fraternelles, coups de butoirs tendres des hanches humaines, des seins pressés contre l'échine, des ventres scellés aux ventres... Après les violences des voitures, les écorchures des chromes, c'était un bain doux d'hommes et de femmes, longeant les vitrines remplies de soie, de laine.

A tous les angles : de nouvelles perspectives... L'auto hésitait, risquait une percée. Les buildings pivotaient sur leur tranche et toute la ville s'épaississait. Puis on enfilait une avenue et la cité offrait des façades plates et lisses. Tout d'un coup, la voiture s'arrêta devant une boutique pour infirmes, une sorte d'antre vert où des carrioles d'aluminium, des appareils pour pieds bots, culs-de-jatte, poliomyélitiques, étiraient leurs barres, leurs guidons, leurs armatures nettes, entrecroisées. C'était horrible, après les avalanches de tissus luxueux au fond des magasins lorgnés de filles : un vide, une propreté sinistre, la sensation du couperet ; et la vendeuse avait surgi, était passée parmi les véhicules des atrophiés, haute, cuisses avides sous la jupe courte, la tête bouclée, les yeux remplis d'un désir vif, mouillé. D'un bond, elle s'était assise sur son bureau, entrebâillant les jambes, un éclopé qui entrait au même instant entrevit la trace, le remugle d'un lichen d'été...

Ce fut pire que l'angoisse du monde, comme la félicité, peut-être, dans l'esprit du boiteux, quand cette fille inouïe retomba sur ses jambes, circula dans les rangs des carrioles, maniant pédales, guidons, chaînons, les poignées que chaque jour un jeune mécanicien lubrifie, qu'elle faisait jouer dans ses mains comme les rotules, les chevilles, les épaules roulantes du garçon.

... Enfin la poussière se leva, les bruits s'espacèrent avec le rabaissement des édifices, leur égrènement intervallaire et lent. La rue s'élargit aux dimensions d'une route d'asphalte et la voiture fila. L'on avait fait une pause chez Laura, le temps de déposer Claire, de savoir qu'elles se feraient bronzer toute la journée sous les mirabelliers. L'idée de Laura en bikini, auprès de Claire...

Puis la route recommence ; on la quitte pour suivre le méandre d'une voie secondaire. Velaine est le premier village rencontré, tout en pente, tout accouru au bord. Quelques tas de fumier. Une pestilence riche, hardie. Par les portails des fermes : des cours aperçues, internes, enfournées dans d'épaisses murailles, avec, çà et là, des poules, des oies, des bonnes qui traversent, qui sont belles, qui guettent le retour des hommes. Puis le second village : Cercueil.

On abandonne la route, on s'enfonce davantage dans l'âme des choses, au-delà des chemins décidés, c'est une voie de terre et de caillou où la voiture progresse lentement.

— Tu verras la forêt, dit Félix, elle est magnifique, elle encercle la ville, et quand on la domine du haut d'un certain point, on dirait, au crépuscule, qu'elle l'entame, que tous les parcs verdoyants en sont comme des vestiges, des avant-postes.

Et ils entrent plus profondément à l'intérieur des campagnes, par des chemins latéraux, puis des sentiers, des sentes, comme de longues échines, effilées, coriaces, garnies de mousses. La forêt en est secrètement fendue. Seuls les chasseurs et Félix connaissent ces chemins-là, caillouteux, chauds, intemporels, comme les galets, toutes les pierres de la Place, pense Paulin.

Les terres ourlées de mottes, de sillons, sont derrière eux, les premiers bosquets, ce mélange frontalier de champs et de taillis, les plants nouveaux disséminés en ordre et de taille semblable, les arborescences confuses des marges, des commencements... Ils sont à présent au cœur de Champenoux, l'approche a cessé. C'est l'ébullition des frondaisons, le feuillage volcanique, l'élan des fûts, la verte pâture, chargée, pendue, capricieuse, à toutes branches, en attente des bêtes.

Paulin heurte du pied un renflement de sol, il hésite, se baisse. Sous la mousse il dégage la calotte rouillée d'un casque, puis, plus loin, un bout d'écorce, de crosse... et Félix lui dit que des combats ont eu lieu ici pendant les grandes guerres, que l'on retrouve couramment des armes, parfois des ossements, que la terre est incrustée de balles, de fer, sous l'humus.

Soudain : tumulte de branches brisées ; Félix souffle à Paulin de ne pas bouger. Ils voient dans la clairière ouverte devant eux passer une harde de sangliers, comme les âmes des anciens soldats, hirsutes, réincarnées, guerrières.

Enfin ils atteignent ce promontoire qui domine la forêt... Champenoux s'étale sur les collines et dans le creux des vallées, envahissant la plaine, en nappes irrégulières, houleuses, de poil sombre... Mousses crépues de teinte gris-vert qui sous l'effet d'une lumière crue semblent adhérer étroitement au sol, tandis que dans le crépuscule d'un nuage elles commencent à ramper, à flotter, sur toutes les éminences, le long des couloirs de la Meurthe... troupeaux de bêtes gourdes, confuses, issues du sol, piétinant à demi l'humus, la nue...

A l'horizon, la forêt avance sa calotte biseautée et tombe sur l'à-pic d'une falaise : bouche de glaise rousse qui hurle au soleil, à la douleur que lui inflige un sapin planté à l'orée de la nuque, comme un épieu neptunéen.

Puis les brumes passent, grisaille verte ; les frondaisons se mettent à onduler, frémir, pulluler en cahots, bosses serrées, une cohue de casques, de capotes terreuses qui se pressent vers les étangs intérieurs.

Et de l'autre côté : la ville, la ville rocheuse dresse tous ses profils devant les premières colonnes de Champenoux, et Paulin fait aller, venir son regard dans la lisière mitoyenne, la lisière... où les buildings s'effritent en maisonnées, fermes.. amours des villes, halètement, amours puérils des champs, volupté des banlieues, et l'azur comme la mer... Les parcs urbains s'enfoncent sous les murailles et rejaillissent, au-delà, en bosquets, taillis, campagnes, jusqu'aux luxuriances de la forêt primitive, verte.

— Une heure après, elle s'ennuyait déjà de lui.

— Ils ne se quittent jamais ?

— Ils restent dans le jardin, sous le mirabellier, à l'intérieur des charmilles, ou dans la maison. Il doit y avoir des chambres spacieuses si j'en juge aux dimensions du toit, et puis, tu sais... c'est une baraque basse, vieille, garnie de boiseries, de tentures... avec des recoins, des surprises, des débarras... songe au petit salon baroque, une merveille non ? et le vieux placard inséré dans le mur ?...

— Parle-t-elle beaucoup, de femme à femme ?...

— Non... Plutôt silencieuse, mais elle écoute avec beaucoup d'attention, elle a de petits coups d'œil sur vous, observe les gestes, le corps... c'est parfois gênant, quoique très fugitif... car elle est timide.

— Elle est jolie en bikini ?

— Charmante... harmonieuse... elle ne se farde pas assez... un bikini blanc, pas gros du tout en revanche, pour une fille timide... Au fond, il y a des tas de choses recueillies en elle, secrètes, sensibles, une certaine fureur parfois dans la façon de se cambrer sous le soleil, et tout cela pour son Félix... Et lui ? ce guide dans la forêt !...

— Ah très beau... nous y retournerons ensemble, immense... avec des sentiers secs, chauds... tu sais, c'est si souvent humide et frais les bois, et bien là, pas du tout... un sol croûteux... à deux pas de la ville...

« ... Pour revenir à Laura, le peu qu'elle a ouvert la bouche a été pour parler de la... beauté, si tu veux... Elle feuilletait des magazines, je lui demandais de me montrer les photos, et elle s'est livrée sur mon invite à quelques commentaires, tout revenait à la forme, le galbe, l'harmonie... Elle a un sens étonnant de la perfection. Il n'y a que la beauté du corps qui compte pour elle, j'en suis certaine, elle se fout du reste... Elle te trie les femmes avec une sagacité, scrute les cuisses, le ventre, repère le moindre défaut, elle est presque cruelle... Je n'aime pas les petits coups d'œil qu'elle glisse sur moi... Avec Félix, ils ne s'intéressent qu'à la forme, qu'au contour idéal, cela donne lieu, paraît-il, à des débats, des disputes... Elle pousse une certaine exclamation quand une fille est très jolie, et tu sais, cela ressemble à ces expressions qui ne sont pas de nous mais que l'habitude d'une vie commune nous a fait emprunter à notre amant, un ami intime, tu vois ce que je veux dire... un rictus parfois, une façon de secouer les épaules en riant, de renverser le cou, d'agiter la main... Je distingue assez facilement ces sortes de larcin ; en l'occurrence, l'exclamation vient de Félix, pas de doute là-dessus...

— Et toi, m'as-tu emprunté quelque chose ?

— Oui... l'ennui... Quand file-t-on ? Paulin ! Je m'ennuie, dis !...

— Mais tu pourras retourner voir Laura... je ne peux filer maintenant... j'ai des choses à poursuivre sur Callot, ça prend forme, et puis je ne suis pas bien remis encore...

— Justement, c'est en restant ici que tes inquiétudes persisteront ; tu sais... la psychologie ne se soigne que par le mouvement ! Je suis sûre que ton état empirera si tu restes piqué là.

— Je vais beaucoup mieux depuis que je suis arrivé dans cette Place... avant, tu sais... ça devenait insupportable. Un rien me menaçait, je n'étais jamais tranquille.

— Eh bien ! Je soutiens qu'en stationnant ici, tout va recommencer, tu vas remacérer des choses, des idées... Tu ne penses pas que, moi aussi, je ressente une certaine peur... allons... je vois bien à des signes qu'il y a le temps... la mort, je ne sais quoi... tous ces trucs... l'insignifiance. Mais enfin ! c'est si commun, si courant, il ne faut pas se bloquer là-dessus ; c'est l'oisiveté... tu as toujours eu des manières oisives. Il faudra te lever plus tôt ; le matin, tu somnoles jusqu'à dix heures, parfois, et je suis sûre que tu rabâches des histoires, parfois : quatorze heures couché... un nourrisson, une putain... L'après-midi, tu as une manière hâtive, furieuse de préparer un cours, d'écrire... en deux heures le tour est joué, mais tu es crevé, une fulguration de joie devant les pages finies, et c'est la nervosité qui reprend, l'oisiveté, des heures à somnoler, à déambuler, à errer partout... Il faudrait ralentir, étaler, harmoniser tout cela... Ici : pareil, tu paresses, tu écris en bourrasque... Il faut déguerpir, voilà tout ! Moi, je ne trouve pas que le séjour de cette Place t'ait changé. Au contraire, tu reprends tes habitudes de refuge, de trouille...

— Peut-être... mais surtout pas le Midi ! la cohue, le cirque !...

— Oh !... si c'est pour aller encore s'engoncer dans un de ces berceaux d'art, de verdure, où tu retrouves des images de toi... Je pense que tu te trompes. Tu ne sortiras de ton inquiétude qu'en fréquentant le monde normal, comme il est, pas seulement les lieux choisis sur le volet... et puis, moi... j'en ai ma claque !...

Paulin sursaute.

— Eh bien oui... Il faut bien dire les choses... — Elle sourit, secrète : — Je vais me trouver un amant, un petit jeune...

— Original !...

— Vulgaire... mais excitant... plus excitant que tes colonnes de pierre, tes frontons, tes gravures... un petit poulot gracieux, timide, plein de crainte et d'allant...

— Pour l'allant, je croyais convenir encore...

— Oui, mais notre éducation est faite, il n'y a plus le suspens des débuts, on a fait le tour des surprises...

— Peut-être...

— D'ailleurs, toi-même tu es hypnotisé par les minettes, l'artiste ! avoue... pourquoi pas moi alors ?

— Et bien, vas-y... ton poulot ?

— Un petit singe étroit des hanches et bien galbé, des boucles... peu de duvet... un rien d'un peu champêtre à l'encoignure des pattes... avec ça : froussard, tumultueux... pas d'approche, de détour... j'avance la main, je prends... un geste qu'on ne fait qu'à la fin... Dis, la tête qu'il ferait... Les tempes battantes, tout rouge, le souffle coupé...

— Oui, mais après ça irait très vite, tout serait trop rapidement usé, plus de charme, d'emblée tu as avalé le morceau... ma pauvre...

— Pas sûr, peut-être que les petits trucs seraient revalorisés, on ferait le chemin à l'envers.

— Non... tu n'y es pas... tu l'auras consommé d'un coup ton poulot...

— Au fond, c'est impossible...

— Tu deviens grave... c'est vrai... c'est le début qui est bon, il faudrait toujours un début, sans cesse maintenu, diversifié, un déshabillage qui n'en finirait pas, un corps démultiplié, polymorphe, hardi, riche qu'on n'en n'achèverait jamais le tour... Comme ces repas. — Il rit. — Ces bons repas dont on prévoit encore des plats, au fur et à mesure que la ripaille avance, et puis, bientôt, il n'y a plus que les desserts à venir, d'abord des gâteaux, des choses encore profondes, matérielles, rassurantes, puis s'allégeant... liquides, les derniers plats, les soucoupes, babioles inconsistantes, une cerise, des liqueurs... fini, plus que la fumée...

— Tu vas me donner le bourdon, et puis cette image horrible de cuisine, n'empêche qu'avec mon adolescent on aurait des minutes violentes... son émotion qui contrarierait son désir... toute une débâcle, une torture...

— Je ne te savais pas si rêveuse...

— Rassure-toi... rêverie commune... je jouais, voilà tout... La situation ne me rebuterait pas... je ne suis pas hypocrite au point de mépriser... mais de là à chercher l'occasion, à m'en retourner la cervelle... Les frustrations, c'est pas mon fort, petit Paulin... Ce que je demande, c'est foutre le camp... pour le reste, mon chéri, tu es très ce qu'il faut, l'artiste porte bien ses quarante ans...

— Cesse de m'appeler l'artiste !... on reste encore une semaine.

Claire interloquée, convaincue par l'autorité du ton, se tait, bouscule une chaise :

— La barbe !... la barbe !...

Elle a subitement chaud, passe dans la salle de bains, s'asperge, revient, se sèche à la hâte. Le corps surgit, morcelé, dans les plaquages intermittents de la serviette-éponge. Un bon moment : le fessier, quand elle travaille les cheveux, la tête et les épaules. Un plus long moment encore : les seins, quand elle s'escrime sur les hanches, le bassin. Des yeux furieux, des mamelles en sursaut, des pieds coupés et la serviette blanche sur le croupion comme si c'était un chien qu'elle essayait de museler, mais surtout, le visage tiré, révélé... oui, décidément... par la douche décapante.

Claire enfile un short, par méchanceté... un short qui lui descend à mi-cuisse et qui la tronçonne. Elle se carre sur le lit et entreprend la lecture du journal. Ça lui fait des jambes d'écolier gris-rose, de tennis-girl d'avant-guerre, un buste sectionné de statue grecque, et les Grecs n'ont jamais bien sculpté que les hommes, d'ailleurs il n'y a que les hommes qui sont sculptables, les femmes, profondes, ne sont bien qu'au cinéma...

Deux seins, à ras de ceinture, brusquement, collés là, imbéciles, sans rapport avec rien, caoutchouteux, propres, il a envie de pincer, un miaulement de poupée sortirait...

Elle se vautre dans le journal, un grand canard déployé, couvert de striures, gribouillis, pattes de mouches, qui bientôt lui masque les seins ; plus que le nez, le bas des jambes, cartilagineuses, lisses. Le journal l'embarrasse, elle l'étire, l'étreint, essaie de terrasser ce papillon dégoûtant qui résiste, s'entortille, alors de rage, elle le jette, le piétine...

Paulin se détourne, approche de la fenêtre et regarde la Place, immobile, complète, éclaircie d'un jour très pâle. Quelques touristes stationnent devant Neptune et les sirènes, un adolescent longe les façades, s'avise d'un trait peu remarqué : les cous des coqs porteurs de lanterne. Un policier verbalise, car les voitures sont interdites au pied de la statue centrale. Une femme traverse la Place, habits modestes, bien balancée pourtant... et tout à coup... oui, c'est elle ! la serveuse... non plus cette perfection du tablier blanc, la compétence des gestes, cette dextérité à servir, à porter le plateau, mais une silhouette profane, sortie du sanctuaire...

Ça doit être son jour de congé. Pourquoi alors revient-elle au bistrot ? Elle ne prend tout de même pas son service à quatre heures de l'après-midi. Elle s'approche de la terrasse, fait un signe d'amitié au garçon et s'installe à une table. Elle lui apparaît soudain mesquine, malhabile au milieu des touristes bariolés, dans sa tenue trop correcte, jupe plissée, corsage, quand les Allemands, les Anglais, autour d'elle, vont à la débraille, en pantalons, shorts retroussés, rigolant, étanchant toute la soif d'août... Elle doit venir de la campagne, de Cercueil, de Velaine, peut-être, des lisières de Champenoux, d'où le défaut de coquetterie, elle n'est jolie qu'en tablier rond et blanc... et pourtant, les Américaines, les Anglaises qui gigotent derrière leurs lunettes, leurs fanons, le fard, la poudre, n'éveillent en lui nul désir, toujours rose, molle, une Anglaise, et bouclée jaune, avec du son, des pantalons moulés aux fesses et trop étroits du bas, trop courts, et des godasses impossibles... avec quelque chose d'instable, d'énervé, tandis que la serveuse, à y songer... paisible, dans son corsage et sa jupe, dégustant une bière, elle est solide, mais étroite de taille, bondée de forces, et ce visage rond, la bouche ronde, le front rond, un peu large, les seins qui doivent être ronds aussi et larges, des hanches... Une fille inactuelle, au-delà des modes, gainée dans sa beauté personnelle. Elle boit, épanouie, ferme, le houblon roux, et environ : la pagaille des touristes surchauffés, les pattes au grand écart, les rides, les clips.

Il y en a une qui vient de s'asperger le visage à la fontaine. Elle rejoint sa table, tout en manières, les bras déhanchés de bien-être, la gorge renversée qui savoure... avec des « Ah... ». La main posée sur le sein comme si elle venait d'accueillir le bon Dieu. Tant d'indiscrétion l'exaspère... quand la fille bombée, close, immobile, s'assoupit.

La Place parfaite, rayonnante, ce matin, renflée de corniches, de moulures, avec la tumescence de toutes les pierres chauffées. L'eau des fontaines, écailleuse, grouille, grappes solides d'œufs ; les hanches des sirènes, beauté fécondante du ventre. Ardoises violettes, fleuries d'un toit. Et la statue centrale, plantée, prégnante, verte. Il perçoit les feulements d'un tigre derrière les grilles, du côté du zoo, et peut-être la rumeur des gosses sur le dos balancé du pachyderme. Houle de poussière, brume, l'eau recouvre, au travers, un aspect fluide, elle pleut, mouille, et le sol bombé, aride, s'abreuve...

L'émerveillement le saisit, il voudrait rouler sur les trottoirs, dans cette prairie de dalles, de galets, s'allonger sur les tufs poreux, voir au-dessus de lui bondir la boule du ciel, et surtout, embrasser la totalité, d'un seul regard : les façades, les grilles, les fontaines, l'allure des feuilles parmi les ferronneries, les atlantes douloureux, les cous d'épilepsie des coqs, et les sirènes, le monstre béat sous l'épieu.

Selon un geste coutumier, maintenant, il pousse le portail et gravit l'escalier sonore, parcours fléché vers Callot, la passerelle à flanc de roc s'étire, des portions ogivales de Place. Chaque ouverture enserre un élément, une zone qu'elle individualise soudain. Par exemple : la croupe du cheval de la statue centrale, une croupe émeraude remplissant la vue; ou bien : une surface plane, océane de pierres ; encore : un fragment de grilles, d'arêtes noires. La Place, tout à l'heure complète, s'émiette en facettes, essences distinctes, comme la nudité qu'analyse un regard amoureux, lent. Et la petite sirène, celle qui se hausse hardiment vers Neptune, apparaît de face, le ventre noirci d'eau. Brusquement, la nuit ; et au fond d'un halo : le garde.

Coup d'œil sur les souliers ternis, ticket rouge, viatique — Callot. Ce sentiment, tout à coup, que le graveur est mal gardé. Le bonhomme à galons, avec sa grimace de soupçon stéréotypé, a l'air d'un imbécile. Il suffirait de lui demander un renseignement, il tendrait le bonnet et Paulin l'assommerait avec la Vénus de marbre qui orne le bureau, une Vénus dont la croupe ferait massue.

De là, plus d'obstacle, jamais vu un musée déserté à ce point. Il galoperait dans le couloir, passerait au petit pas dans la galerie à claire-voie... Tout à coup, il pense que le garde, revenu à lui, donnerait l'alarme, son signalement. Il faudrait tuer le garde : plus compliqué, en opposition avec quelques-unes de ses valeurs. Pourtant, le garde abruti, avec ses tickets rouges, sa bobine et ses galons... et puis grognon, jamais content, c'est sûr... Il dérape sur le parquet, l'abruti qui rigole dans son dos. Paulin se retourne, l'autre dit, admiratif, l'air d'en connaître un rayon : « C'est que c'est ciré... on cire quatre fois la semaine... » On sent qu'il parlerait là-dessus pendant des heures, de la femme de ménage... Ils doivent ricaner en jetant des coups d'œil aux gravures, *La Tentation* surtout, les membres pédonculés des diables ; blasphémateur, le garde, qui sait... ? Avec l'ambiance... l'orgie du tableau, la bonne femme qui sue, s'marre, cire...

La Tentation. Paulin observe les diables, dévergondés, vraiment fous, expédiant leurs lancettes dans le cul musclé des ânes. Une frénésie de langues déliées, de ventres, de bouches... Et le monstre qui plane sur tout ça avec ses yeux en coin, vifs. Mais surtout le regard de Paulin s'arrête sur le dragon du fond, au milieu d'un lac, lové, la tête dressée au-dessus des débris d'un navire naufragé, avec une femelle nue, le long du rivage, épouvantée, qui se sauve... Une espèce de serpent de mer. Il se sent ému par l'image, la force, le dépliement des anneaux splendides, la bête rengorgée, rouant, dominant tout l'horizon, l'ouverture de contrées indéfinies qu'indiquent certains tracés en perspective, l'espace du serpent, le domaine de son empire : quelque chose de fluide, mêlé d'air... A quoi s'opposent les récifs pitonneux du premier plan, troués comme du gruyère, d'où jaillissent des hordes de boucs, de putains. L'inquiétude revient. Callot, revu, agit mieux sur lui. Le dessin n'est qu'un support que toute son imagination habille. Il s'adosse à un pilier pour prendre des notes, mais l'appui lui transmet la sensation horrible d'un froid. La pierre se dresse grise, morte. Et il voudrait avoir la force de Samson, pousser le pilier vers le soleil, afin qu'il y tourne, irrigué de chaleur, bruni, le fût gonflé, jusqu'aux feuilles, aux fruits du chapiteau, mûrissants.

Puis Paulin se dirige vers de grandes fresques voisines. *Les Sièges* : Bréda, La Rochelle, Ré... Les dimensions, l'ordre, l'abasourdissement. L'enfer de *La Tentation* a trouvé ici son équilibre, sa banalisation ?... Partout les goules des canons crachent, le coutelas étripe, l'arquebuse fulmine. On imagine des viols derrière les rideaux d'arbre et l'oiseau invisible de la guerre qui plane, jubile... et pourtant ce chaos pressenti reste soigneusement masqué. C'est l'orchestration qui frappe, la minutie dans le massacre. Les carrés rangés d'hommes avancent sous leurs cuirasses le long du ruban d'un fleuve. Derrière, sur une hauteur : des canons qui protègent, ouvrent la voie, et ces monticules exquis de boulets, à intervalles égaux, grappes luisantes, moléculaires ! Puis des espèces de gabions, de fascines logées au-delà du fleuve ; arquebusiers alignés sur leurs chevaux, lanciers, masse losangée d'enseignes dans le plein du combat.

Chaque personnage est reproduit dans le détail du visage, de l'armure, juxtaposé à un personnage semblable, et les soldats, contigus, progressent, de larges plants de soldats. La guerre n'a pour ainsi dire lieu qu'au point de rencontre des lignes de front, l'ordre alors, sur une assez mince lisière, s'égratigne, s'effrite, une silhouette culbute, quelques enchevêtrements, une lance oblique, un casque défait, mais ce remous n'altère en rien l'opacité, la résistance des groupes internes qui n'ont pas l'air de savoir qu'à l'avant on se bat, qui demeurent rigoureusement soudés les uns aux autres, et progressent.

Il y a sur une colline des chevaux chamarrés, des hommes bouclés, des plumets. Le général suit le combat avec l'œil du géographe qui contemple une perturbation géologique prévue de longue date, cataclysme mesuré jusque dans ses bouleversements de détail.

Parfois, on ne voit que les têtes des soldats, des faces, des boules, accolées les unes aux autres, dénuées d'horreur, chapeautées de casques, comme dans un défilé.

Il y a une maisonnette isolée au milieu de la plaine, des archers tirent par les fenêtres. Derrière un bosquet : gesticulation de chevaux. Où est Bréda ?...

La Rochelle, Ré, scrupuleuses égorgées, hérissements de guerriers occupant le terrain comme des taillis. Cascade sinueuse d'une chevauchée : phénomène soudain, fluide, limité arbitrairement dans l'espace ; et puis, encore, ces tas délicieux de boulets, miroitants et coniques, comme des oranges au marché.

Carnages mécaniques et méticuleux. Lances, buissons d'arêtes, destriers jugulés. Des corolles de nuées rondes, un peu partout, émergent du ciel, des canons, dans le printemps de la guerre.

Et tout cela en couleurs, songe Paulin... Ces corolles roses émanées des canons, leurs bouches de feu, les lèvres rouges des hommes, les plumets bigarrés des officiers, la forêt mouvante des casques, un très jeune lieutenant fardé d'excitation, le souvenir d'une jolie fille, d'accouplements... armes fourbies, coutelas étincelants, la marée roulante, vacarmeuse des guerriers qu'orchestre toute une machinerie secrète, et les heurts des premières lignes, écumeux, dans le soleil, pleins de brisures, d'éclats. Les morts ont des entailles nettes et les chevaux terrorisés cabrent d'impeccables silhouettes, au-dessus des chefs, collerettes, bouffants parme et or.

Et tout cela en bruit, en vrai... des tocsins peut-être dans tous les villages, le craquement des incendies, la trémulation de la terre, le tonnerre, les cliquetis, les sifflements, le sabre fauche, des bruits gras, riches, comme des plantes, d'autres qui plongent, prolongent, océaniques, ou ligneux, cognent, se brisent, éclatent.

Éperons mordant le ventre des chevaux, jambes coupées, fracas superficiel de l'armure fendue, souterrains mugissements du sang. Des murailles de bruit qu'on ne traverse pas, ou bien des rideaux de salves mourantes, résorbées par îlots de bruit, de silence... avec quelque chose de docile, d'ennuagé, de pastoral encore, dans les râles éloignés... quand déferlent de nouveaux vacarmes qui garnissent tous les interstices des anciennes rumeurs, éparses, affaiblies... rempaillant, ligaturant, réunissant la trame de la symphonie afin qu'aucune sonorité n'en soit distraite, que le concert unanime et triomphal remplisse le ciel, fermente, en frondaisons tressées, solides.

Était-ce plus beau qu'à Champenoux, sous les frondaisons noires, dans les châtaigneraies, leurs massacres incolores... ? Les échines des sentes, coriaces, effilées, duveteuses, sont celles des adolescents morts.

L'enquête piétinait, la perplexité fécondait l'imagination des journalistes. Il y avait une multitude de gros titres : « Le navire perdu », « Naufrage ou volatilisation », « Le vaisseau fantôme », « Un habile sabotage », « Une opération politique assez mal déguisée », « Fin aux scandales des détournements de navires », « Le dossier des assurances », « Témoignages inédits des indigènes du Pacifique » : le serpent de mer expliquerait tout... Et les colonnes à la une s'émiettaient en informations de détail, anecdotes qui parsemaient le journal jusqu'aux nouvelles de dernière heure...

Paulin jette un coup d'œil par la fenêtre, il fait un temps moite, lourd. Il a traîné toute la matinée dans sa chambre, tenté quelques incursions au milieu de la Place qui n'ont pas réussi à le soulager. Claire avait dit : « Je vais faire quelques courses », et elle était partie dans la ville, par la grille ouest, la moins intéressante, car pour y accéder, on ne passe ni devant la terrasse du café, ni devant la fontaine de la petite sirène.

Elle était maintenant dans la foule, à la recherche d'une boutique chic en vue d'y dégoter un pantalon. Elle adorait choisir, essayer. Elle pillait une bonne dizaine de pantalons à l'étalage, emmenait tout dans une cabine, et là, pendant des heures, elle ôtait, enfilait, pavanait, hasardait une fois sur trois une sortie pour mieux se contempler dans les grandes glaces du magasin et les vendeuses laudatives s'empressaient, l'une d'elles entrait parfois dans la cabine avec eux... Paulin, Claire, la vendeuse, à l'étroit, devant la glace, dans laquelle elle se déhanche, ôte le pantalon... le slip poussé vers le bas qu'elle remonte, un slip si ajouré qu'elle est à peu près nue. Et la vendeuse, lui, habillés, bizarrement réunis pour assister au strip-tease. Ses regards à lui, que la vendeuse, pourtant habituée, en rougit. C'est que Claire se démène, y va des reins, de la croupe ; les pantalons, écartelés, basculent, s'empilent, jonchent le sol, Claire fait comme un numéro de jongleur.

La chaleur monte, il a envie d'essayer lui aussi des pantalons, d'ôter la jupe de la vendeuse pour voir si les parures dédaignées de Claire ne lui iraient pas mieux. Et il dit à l'affable marchande qu'il est si mince que les pantalons de sa femme lui vont comme un gant. Elle le regarde... suppute, approuve ; tous les trois agglutinés dans l'étouffante cabine partagent des avis sur les mesures, les tailles... les hommes maigres, petits, gros, les femmes... Les voilà entrés dans l'intimité des considérations anatomiques, la vendeuse qui dit que les pantalons sont trop chauds dans les magasins, qu'elle préfère vendre en jupe, et Paulin reconnaît qu'elle est très bien ainsi, écourtée, et de remercier... un air à ne pas y toucher, une petite frimousse bien léchée, silhouette équilibrée, pas d'imagination, des perceptions, des jambes harmonieuses, sans histoires, cochonne parce que c'est ce qui plaît ; sans vocation ni contrainte...

... Elle reste clouée dans la cabine, comme si le menu torse de Claire, ses cuisses très fermes malgré ce grouillement imperceptible de la chair à la rencontre du bassin, l'excitaient elle aussi. Peut-être qu'elle compare, imagine des choses, c'est que Claire aime les vendeuses, les sollicite sans cesse, les tiraille, les eût embrassées pour un rien ; une vendeuse aimable, élogieuse devenait aussitôt une amie... Petits rires, morte de fatigue, Claire, au bout de dix-huit pantalons, toute rouge, les boucles en désordre ; et la vendeuse prenait petit à petit l'aspect d'une infirmière, aidant une impotente à enfiler ses vêtements, elle poussait du côté des fesses, pressait, boutonnait, s'associait aux halètements de Claire, qui soufflait, qui était torturée, qui ne trouverait rien à sa taille, qu'il fallait à tout prix encourager, que l'on agrafait, déshabillait, rempaquetait comme un bébé, dont la chair était toute ramollie, pétrie d'étreintes de vêtements trop étroits, de ceintures plaquées, de doigts rajustant, mesurant, insistant... Et la chaleur des laines, des cotonnades, des moquettes partout enduites, de la vendeuse brûlante et moite, le piétinement étouffé des femmes qui choisissent aux étalages, vont, viennent, dans cette torpeur d'orage.

C'est par le même temps épais, bouché, que le bateau a fait naufrage, songe Paulin. Les choses se sont déroulées avec lenteur et sans fracas. Nul choc brutal contre un récif, pas un cri, mais un enlisement progressif dans des renflements aréneux, une formation de sable imprévisible que le navire frôle, râpe, dans laquelle doucement il s'enchâsse, par un ciel moelleux et empesé d'orage. Dans la salle des machines on perçoit une sorte de mugissement, les turbines s'essoufflent, les chaudières bouillonnent. Le bateau oscille, s'incline. Comme si le moteur avait cessé de le porter, qu'il glissait sur des vagues plus épaisses, par elles-mêmes motrices. Drôle d'impression, une tortue qui s'enfonce dans le sable pour y pondre des œufs, en creusant selon certains balancements, certaines oscillations fécondatrices ; l'idée saugrenue d'une autruche anguleuse et pourtant pleine de plumes qui elle aussi s'immergerait dans le sol poreux.

Les femmes, les hommes, sur le pont, demandent au capitaine ce qui se passe. Il leur annonce qu'ils ont touché les fonds. Des fonds ! s'étonnent-ils tous. Avec cette mer verte, si dense... qu'on aurait presque envie de plonger, de descendre à l'infini dans ses gouffres huileux, spirés. Et ils ont brusquement l'image d'une plage pesant en dessous, veloutée, moite comme le ciel d'orage. Le vaisseau couché entre les litières molles des nuages et du sable. Ils éprouvent une sorte d'engluement de la gorge, de la bouche, avec le sol en dessous qui se dandine, comme une bête, l'épanouissement peut-être d'un dos de baleine. « Que va-t-on faire capitaine ? — Attendre, les courants peuvent d'eux-mêmes nous déloger, à moins que la carène ne continue de s'enfoncer. » Et d'imaginer la pénétration du vaisseau au sein de ce sarcophage fourmillant d'algues, de crabes. Les hommes, les femmes embourbés dans le limon que fouillent des poissons. Les spasmes des dernières turbines, bulles d'huile, soudain la remontée sur le pont des mécaniciens fourbus, noirs, au milieu des femmes demi-nues. C'est comme un avant-goût des bêtes sous la mer. On les interroge avec une répulsion voilée, ce sont des spécialistes, de ces démons peut sortir le salut. Ils font des signes d'abandon, de dénégation. Puis ils ricanent, tout à coup. Ils n'avaient jamais vu le pont dans la journée, les jolies filles qui le hantent, une saveur de vengeance rachète en eux l'angoisse du naufrage. Les voilà goudronneux, mêlés aux dames des premières. Elles coucheraient toutes avec eux pour sauver leur peau. Il y a même de jeunes mécaniciens encore très beaux sous la crasse qui allégeraient le supplice.

Quand la coque du navire produit un bruit nouveau, le frottement liquide mue : quelque chose de compact, qui résisterait, de plus raide. Le son d'une scie maintenant, comme si le bateau ayant rencontré une mystérieuse cale avait cessé de s'enfoncer. « Que se passe-t-il capitaine ? — On a dû toucher un obstacle au creux du sable. — Un rocher, capitaine ? — N'importe quoi, un débris. — Une épave, monsieur le mécanicien ?... » Il y en a une très jeune, très pâle, qui voit un galion incrusté d'or, emmitouflé de sable, de larges rubans d'arène protectrice. « C'est un espoir, monsieur le mécanicien ? — Ça dépend de l'obstacle... On dirait que ça scie... on a fini de s'enliser, mais c'est peut-être le saillant d'un rocher maintenant qui nous lime... qui s'enfonce en nous. »

« Voyons, une carapace comme celle du paquebot, vous plaisantez... il plaisante, capitaine ? — Tout est possible, quoique l'hypothèse d'une perforation soit infiniment improbable... mais ça ronge... indéniable. »

Un récif creusait, mordait le beau navire rond, c'était l'épieu de Neptune, de l'océan universel... Et les passagers ressentaient une titillation au niveau des entrailles, un limage irritant, usant... un feu... « La chaleur n'a-t-elle pas augmenté ? — Non... la peur..., répondit le capitaine, bien que... il y ait une certaine percée de soleil. » Les cabines craquèrent, tout le bateau délié de son effort sur l'eau s'étirait autour de l'ergot neptunéen qui le retenait, le lâchait. Il y eut une odeur de brûlé, un éclat solaire inattendu, un ciel qui se dégage, le bateau parut se désancrer, se hisser, reprendre flot, le monde soyeux se balancer, inexplicablement...

... La Place sous les yeux de Paulin était illuminée, les gros nuages d'ombre étaient dissous, envahis de rayons. Les murs, les fontaines revêtirent un aspect subitement aérien, libre. Et le soleil neuf éblouissait Paulin. Un dernier nuage glissait dans le ciel, chargé de voiles vives, de vapeurs ignées.

Agile, le vaisseau sur l'eau claire filait. Le monde était fragile, de verre. Des traits de lumière perçaient les vitres des cabines. Les femmes étaient pailleuses, craquelantes. L'huile dont elles couvraient leur corps tarissait aussitôt.

Aride, profilé comme un bec, le bateau effritait la mer, le ciel, quand les premières flammes jaillirent à l'arrière, sans fumée, une forêt de crocs. D'un même élan les femmes nues, dorées, se dressèrent, silhouettes crispées d'angoisse, déhanchement des flammes longues que réfléchit le milieu bleu de la mer. Les cris stridents, la course vers les barques de sauvetage, le cliquetis des chaînes illuminées, boiseries éclatantes des coques, sonneries, le feu bondit, argentin, allume tout, dénude, épines vibrantes, fleurissement, dards, langues extraordinairement pures, inspirées, du brasier. La flambée se généralise, sans brume, ni rougeoiement, inflige aux corps des blessures nettes. Femmes terrassées, fleurs divagantes du feu, les hurlements percent, le bateau n'est plus qu'un buisson de fulminations sur l'eau, au milieu du disque élargi et limpide du monde. Les flammes se disloquent dans le vide, comme si rien ne les alimentait, brusquement surgies du choc de la mer et du ciel, de leurs verres coupants.

Et lui seul, dans sa chambre, au bord de la Place, naufragé que torture une angoisse creuse...

Dans la rue... pour retrouver le sens du monde normal comme dit Claire. D'avance il est convaincu de son échec... Buildings, hommes... Claire était revenue, porteuse d'un pantalon miroitant, rouge. Il ôta d'un coup la parure, elle était l'aboutissement d'une multitude de pantalons, de Claire efflanquées, replètes suivant la taille, la forme du vêtement essayé.

C'était une heure de la vie de Claire qu'il récupérait, avec la fatigue, les ventres harcelés de ceintures, les gestes de la vendeuse, ses mains... Une heure parfaitement limitée dans l'espace riche d'une cabine d'essayage. C'était comme s'il la portait au bout de son bras, la serrait sur son torse, en faisant dégorger la meute des pantalons multicolores. Surtout, la cabine était incluse au sein d'une boutique. Il sentait ce qu'il y avait de clos, de bondé, de capsulé dans le mot : Boutique. Il possédait Claire à double tour, l'emmagasinait dans une jouissance rétrospective, grâce au petit pantalon culminant au sommet de la pyramide des choix.

La foule roule devant lui, rapetissée parfois, et il la domine ; la vue va jusqu'à de lointains carrefours grouillants d'hommes, parfois : obstacle, muraille vivante des dos qui lui barre la route. Il avance propulsé par l'élan général, la danse des épaules et des tailles sous ses yeux. Il en est hypnotisé : battements de bras, cous crispés, les dos ballottent, voûtent, se cabrent. Masses brouillées, ondulations, tressautements de silhouettes contiguës comme si personne n'avançait plus, que chacun s'était mis à sautiller sur place. La cohue se resserre. Son ventre est pris dans un carcan de hanches, échine secouée d'homme lui doublant le thorax ; bassin de femme, sans doute, oscillant contre ses reins, les douant de protubérances charnues, excentriques. Il voit obliquement balancer, devant, derrière, les quatre, les six bras. Il adopte la forme de ces divinités indiennes aux membres multipliés. Il avance comme une araignée, peut-être, bras pliés, haussés, actionnant le corps rond.

Selon les remuements corpusculaires, il frôle des jeunes filles accolées, soudures des fesses, des ventres, longues chenilles souvent d'hommes acoquinés, entrefilés de courants d'enfants sinueux que relient des anneaux de vertèbres scellées. Les cordons de rires secrets réverbérés de bouches à nuques, une traînée de mèches écorchant à même hauteur les flancs des adultes... Puis le mouvement ralentissait, le sillage brisé se ramassait en groupes fragmentaires, paquets coagulés d'enfants farcissant les recès de la foule. De soudaines ouvertures avaient lieu, et dans une zone clairsemée : des filles désinvoltes, jupes courtes, shorts d'été. La nudité vulnérable des jambes, quelque chose de délié, d'indemne, que bientôt la masse recouvrait.

Il se sent freiné par des agglutinements devant les vitrines, il longe comme des corniches immobiles et compactes d'hommes. Il est déporté par le ressac cadencé de courants latéraux qui le renvoient, des arbres plantés le long du trottoir, vers les murs. Toujours la même secousse, à intervalles égaux, qui le dévie contre les magasins où il se trouve bloqué par le rempart résistant des curieux...

Des hommes se faufilent entre les automobiles, apparaissent dans l'encadrure pierreuse des fenêtres; des voitures quittent la circulation générale pour entrer par des porches dans les profondeurs rocheuses de la ville. Les buildings sont rongés, évidés, remplis d'hommes. La mollesse des formes tranche sur la raideur des façades, silhouettes pendues aux embrasures, sortant, entrant, montant le long d'escaliers intérieurs que l'on distingue derrière des vitres. Il y a des hommes dans toutes les galeries de la ville. Et les voitures par contagion quittent leur aire pour envahir des cours dallées, des parcs intramuraux; des orifices imprévus les gobent : stations-essence, garages incorporés aux façades. Débouchés brusques de tunnels où s'évanouissent, surgissent les véhicules. Des ponts s'arquent au-dessus des maisons et ruissellent de voitures nouvelles, comme si tout était barbouillé de pierres, d'hommes, d'automobiles ferrugineuses, image immuable que répercutent des passerelles aériennes, des couloirs souterrains, des criques latérales... les cavités molles de la terre et le ciel devant accueillir la progéniture expansive et toujours identique.

La foule nodeuse, ramifiée, chevilles, poignes, ventres garrottés de ventres, muscles, bielles tractantes. Des hommes juchés et surnageant à l'intérieur des brasseries jaunes. Voitures jointes, buildings... La vie partout, une transition incessante de la mort à la vie. La mort des murs placés dans l'ombre, mais l'urine chaude et reviviscente des enfants, les bouches humides d'un couple contre une vitre. L'épanouissement des pierres dans le soleil, la vitalité des moteurs sur l'asphalte, le martèlement de son angoisse, de ses tempes, la vie profonde des hommes, des boutiques, l'éreintement, l'égarement... le long des rues, dans la niche des voitures, dans l'embrasure des portes, des fenêtres, l'enclos des bistrots végétatifs, des landaus, des bus, des guérites, des tombereaux d'hommes dans des camions décapotés, qui chantent, en habits kaki...

Paulin est poussé, dirigé par ce qu'il redoute le plus : la foule, le sens du monde normal avait dit Claire. Puis il y a des échappées miraculeuses où instantanément les muscles se défroissent, des places où l'on tourne, où la ville, la vie s'arrondissent, s'éclairent. Et il est jeté tout à coup comme un inutile surgeon dans un abîme vert.

C'est là, au milieu de la ville, où ?, une place paisible et dédaignée des hommes avec des châtaigniers qui dressent, dilatent entre les pierres leurs frondaisons par panaches. Il regarde le rectangle de façades calcaires, les troncs jaillis au milieu, gonflant démesurément leurs feuilles comme si toute cette végétation était gorgée d'un invisible suc, issu de quelles artères souterraines, de dessous quelles calottes arides de béton ?... venus sans doute de la force des filles aux fenêtres, des sèves, des dos ramifiés, des femmes qui prennent le soleil sur les balcons, des adolescents jouant sous les branches, du magnétisme de certaines boutiques que la ville éparpille, remplies de germes, de graines, de la sorcellerie des marchands de fleurs, de purin, qui toujours surprennent derrière leurs vitrines proliférantes, vertes. Le gros nuage émeraude oscille, pouffe, bloque la vue, rafraîchit l'échine. Partout, les châtaigniers larges cachent les derniers étages des maisons. Paulin avance là-dessous : un sol terreux, lisse, quelques débris roux, des troncs roides, espacés, un silence saint. Des bancs. La vie profuse, céleste, comme une houle harnachée de houles, rumeur...

Il s'assoit sur un banc, les troncs montent, les croisillons délicats des carrefours rayonnent, branches...

Au-dessus, toute la campagne grasse et ronde. L'idée subite que la serveuse du bistrot habite une ferme, aux lisières de Champenoux. La place serait une résurgence, un signe de là-bas.

Le bastion de feuillage attire les enfants qui viennent y jouer. Un ballon part, bondit, ricoche entre les troncs, les jambes fauchent, arrêt... un enfant précautionneux, ralenti, vient chercher le ballon coincé sous le banc de Paulin, sourire timide, le bras se tend, volte-face, course, et la balle ravivée vole.

Il y a des adolescents qui garnissent bizarrement un banc, accrochés en tous sens, grimpés sur le dossier, il a l'impression que le banc va démarrer, qu'ils vont lui adresser des signes d'adieu, du haut de cette jeep, chargée, pétaradante.

Une fille plus âgée a l'air de s'ennuyer, elle s'éloigne du groupe, hésite, s'enfonce sous les coupoles du feuillage et s'approche de lui, brusquement elle s'assoit à son côté. Elle a un visage blanc, très pur, une jupe si courte qu'on ne sait plus que penser. Les minutes passent, les garçons, sur le banc, ont rigolé, plaisanté, puis déguerpi. Une heure. La fille ne bouge pas. Les gamins ont eux aussi disparu à la suite de leur ballon. Le silence déferle des frondaisons, altéré par les grattements de mésanges infimes. Autour d'eux la ville ensoleillée longe les branches basses, une bande lumineuse où les buildings prennent essor, portes dessinées, fenêtres, des roues de bicyclette débitent reflets, rayons. Passants rares. A peine si une automobile perturbe l'accalmie, comme s'il y avait toujours une oasis quelque part, que tout le monde ignore, qu'il suffit de chercher.

Les tronçons de murailles torrides se détachent coincés entre les échancrures basses des feuilles et le trottoir, avec ce retrait, cependant, que crée l'intervalle des arbres aux façades, grâce auquel on peut sentir l'espace, l'aise.

Tantôt, une avenue ouvre l'enceinte et va plonger dans les épaisseurs de la ville que l'on distingue brouillonne, et surpeuplée dans un lointain poudreux.

Les feuillages sur eux-mêmes tournent, gonflent. Cela grésille. La fille se rapproche de lui, s'accote. La tête s'appuie sur son épaule. Elle reste sérieuse, ne sourit pas. Elle est extraordinairement blanche de peau, de jambes, comme engendrée par la fraîcheur, l'ombre, l'émeraude massive. Un visage d'amande sous les feuilles, les veines. Sa main avance, caresse la joue, descend le long du torse, se pose sous le ventre de Paulin et y demeure, avec quelque chose de pacifique, de chaste qu'il semble qu'on ne puisse penser mal. Puis, tout à coup, irrépressible, un frémissement lascif qui vient de lui, pas d'elle, qu'elle ne comprend pas, elle s'écarte avec une grimace douloureuse qui paradoxalement au lieu de les disjoindre les relie, car l'expression de douleur est devenue une moue obscène. D'abord, elle n'y avait pas pensé ; à le voir, à le sentir soudain crispé, l'idée lui est venue, mais elle n'avait pas envie aujourd'hui, elle s'était écartée de lui, blanche, cerclée de feuillages, entre les troncs, puis courant, science des jambes... vers la zone périphérique, dorée, où elle se résorba. Il quitte la Place, une côte bientôt grimpe ; aussi nécessairement qu'une ville fût-elle grouillante d'hommes inclut une oasis centrale, à un moment donné, elle offre un espace surélevé d'où la vue domine.

Alors il voit les buildings secs, poudreux. La ville avec sa gélatine roidie de cubes, ses appartements dont l'enchevêtrement mesuré remplit l'espace, cellules superposées, additionnées, juxtaposées dans les implications de leurs textures mutuelles, rochers madréporaires qui prolifèrent jusqu'aux premières lignes ombrées de la forêt de Champenoux, où naissent les marcassins, où saignent les poissons au fond des trous.

La ville champignon, morille géante, agglomération de caoutchouteuses parcelles, ceinturées de méandres. Bulbe renflé que perce une multitude d'orifices, de cavités, rongeantes et chantournées.

Aussi, comme les cimes du nuage atomique, elle se hausse, en architectures mouvantes de voûtes, de coupoles, émanées les unes des autres, de campaniles, de chancelantes tourelles.

Beauté de masse cérébrale faite de cubes gélatineux irrégulièrement soudés, qu'enlace un écheveau de lignes et de veines.

Il restait emmuré dans cette vision, ce va-et-vient de silhouettes urbaines, entassements pitonneux, tissulaires, amoncellement de tertres caillouteux, et surtout l'obsédait l'image des cercles de famille qu'encadre l'embrasure de fenêtres identiques. La levée de ciment s'ordonnait selon les lignes maîtresses qu'indiquaient la répétition des ouvertures, des séries de balcons superposés, le bourrelet des corniches, le tracé géométrique des rainures entamant le pourtour des plaques de béton ; l'on devinait, l'on sentait, sous-jacents, les appartements correspondants, les familles rancunières, intimes que distribuent les pièces. Il y avait toujours une fille dans l'aube de chaque salle d'eau comme, dans un bloc d'argile, un lombric nu. Et l'envie lui prenait de démanteler pierre à pierre l'architecture serrée, selon l'agglutinement des pièces, les secrètes soudures, pour découvrir, dans le mince tunnel, ce ver humide et plein de féminine audace.

Puis l'image se modifie. Alors la ville tombe du ciel dans l'épouvante d'un orage tonnant. Les édifices crayeux des nuages fondent sur la terre au milieu des fulminations.

Une pluie de pédoncules larges, croûteux, violâtres, descend et s'enfle. Enrichis peu à peu de poignes caillouteuses, de menottes solides, d'extrémités rigides, cubiques, ongulées, ils déploient leurs envergures croissantes de béton. Fendant au sol de larges brèches, ils y carrent assises, fondations. Les tentacules de pierre évident des tunnels souterrains, fouillent pour s'y loger le grottes internes de la terre, comme un gui étrange, géant, s'empare d'un arbre pour s'y inscrire et y repaître l'exubérance capitale de ses pousses, de ses feuilles, d'un grouillement de fruits solides.

Ils s'empoignent et s'assènent des coups violents, roulent au sol, s'étreignent. L'arme tout à coup tournoie dans le ciel, prend son élan, s'abat. Cri. La lutte reprend au milieu des corps couchés et vagissants. Courses maladroites des silhouettes empêtrées. Leurs jambes replètes s'enlacent, les ventres boudinés s'accolent. Ils se tirent les cheveux, brandissent des pelles de plastique et cherchent à s'assommer. Les mères interviennent, séparent les agresseurs, claquent les fessiers, miaulements, détresses inouïes. Il y en a d'adipeux, de royaux, carrés sur leurs pattes fermes qui font le vide autour d'eux, pillent les seaux, les poupées, les pelles, ravagent, culbutent d'éventuels opposants et triomphent au milieu de la débâcle générale des poupons ; et de pâles, veineux aux faces translucides, dodelinant dans leur coin, admiratifs, bouche bée devant l'énergie des autres loupiots.

Tout autour de l'enceinte aréneuse où ils jouent : le cercle des mères, chaises contiguës, femmes qui tricotent, harcèlent les petits, les encouragent, grondent, devisent entre elles. Certaines volubiles, rieuses, houspillant les gosses, d'autres jacassant, essuyant les baves, torchant, rhabillant, avec des bras comme des rames, des épaules en roulis, les cuisses écartées regorgeant d'enfants. Puis, de frêles, de voûtées, unies d'un invisible lien par-dessus la pagaille à l'étique marmot, visage gonflé, diaphane, que ballotte le sable.

Il y a des petits déjà qui dominent, mènent les autres, des lâches qui se font piétiner et uriner dessus, des habiles qui se rangent du côté des forts, des diplomates qui concilient, coupent la part en quatre, des vénaux qui troquent, des vicelards qui lorgnent et touchent, des braillards, des babillards, des larmoyants... des poètes qui fixent d'un regard agrandi les cheveux blonds, bouclés d'une petite fille grave.

Les petiots s'entassent, se chevauchent, partent pour des galops. Surtout : la bagarre, on s'accroche, on se pince, mord, hait. Il y a des jarrets dodus, d'irrésistibles bedaines bourrées de confiture et de lait. Les mamans ont chaud, perdent de vue leurs petits, cuisses ouvertes, têtes lasses, tournées de droite, de gauche, elles se crispent et c'est comme si, d'un coup, elles venaient de lâcher leur engeance sur le sable.

Le cercle des femmes s'enrichissait toujours d'une nouvelle venue qui avançait sa chaise, resserrait les mailles, livrait son rejeton au ring où il était reçu avec férocité.

Aux environs de six heures du soir, les pères viennent chercher leurs femmes ; debout derrière les chaises, ils se penchent au-dessus des épaules pour contempler leurs gosses. Ils voient les genoux alignés et dénudés des mères, toutes ces cuisses de mamans jeunes, les ventres flapis d'enfanter, les mamelles pétries, meurtries... Des toutes récentes qui aiment ça, en sont à leur premier, ont les reins encore fiers, la chair lisse et roide. Des sensibles, haletantes, avec des cernes noirs, des désirs qui ne tarissent pas, qui en ont l'air affolé.

De belles rondes, grasses qui pondent sans douleur les gosses.

Et les maris cravatés, costume gris, chemise bleue, petit cartable, se trémoussent, rouges... Derrière le veston impeccable perce le mirage du bas-ventre, pileux, rougeaud, des géniteurs.

Hommes butés derrière leurs femmes morfondues, confrontés à l'involontaire marmaille des tortillons empotés, roses. Ils sentent brusquement leurs parties dilatées, pleines à craquer d'une flopée de marmots déjà mûrs, un cauchemar, comme si leurs semences hâtives avaient germé spontanément, grossi sans même avoir été émises, et puis directement jetées là sur le tas de sable : les gamins...

Ils en ont honte brusquement, confondant enfants, épouses. Tout droits, dans leur veston, leur cravate, leurs souliers vernis, mugissant là-dessous, dégoûtés d'eux, mais invinciblement excités, portés à recommencer, à envahir le cercle des femmes, à le doubler, le couvrir, pour lâcher de nouvelles larves sur le sable attiédi, trempé d'urine et brouillé de bébés. L'étuve environnante des mères, l'ardeur des pères associés, cette imbécillité drue, aveugle, précipiteraient la croissance des gosses qui pousseraient à vue d'œil, à l'abri des murailles de ventres, de girons, de mamelles accouplées... Comme dans une serre, les fesses menues, les jambes fluettes se délieraient, grimperaient, garçons devenus adolescents, petites filles atteignant l'âge adulte, imitant pères et mères environ, s'étreignant à leur tour, pour engendrer un nouveau cercle aréneux où déposer des générations supplémentaires...

C'était comme au Parc Monceau, à six heures du soir, au coin des jeunes mamans, fin juin.

Nauséeux, étourdi, Paulin s'écarte du monceau des

familles, il progresse dans les allées, traverse l'étrange rue sécante par laquelle les voitures roulent au milieu des fleurs. Il arrive au zoo. Il y a dans une allée une mère seule, poussant un landau. Haute, gracieuse, elle se penche vers l'enfant qui est mystérieusement doux et beau, et Paulin a envie de se jeter aux pieds de la jeune femme, de l'embrasser, de lui demander un enfant, un enfant unique que jamais, il était sûr, elle ne livrerait à la tourbe des jeux unanimes, des rassemblées de mémères et de loupiots.

Le petit croîtrait, à sa cadence, dans des promenades aérées, arraché à la concurrence des autres, au spectacle de toutes les cuisses entrebâillées, aux remugles de mère en gésine autour de l'arène de sable.

Ondulation des allées, pentes, oubli. C'était le coin des vieux maintenant. Pas en cercle, eux, trop peur de se regarder, mais alignés, étirés le long d'interminables bancs, marmonnant, l'œil fixe, sous les lampées des feuilles d'été.

Paulin que la vue de la jeune mère avait rasséréné est assailli de nouvelles angoisses en longeant le ghetto de la sénilité. Ils le dévisagent, l'œil critique, hargneux, que fait-il celui-là ? Ce touriste ingambe, dans notre jardin ! D'où vient-il ? Quel âge a-t-il ? avec ses pattes souples et sa braguette ronde... seul, pas normal... Il passe ; les têtes lentement dévient selon sa progression, les grappées de rides, de fanons, des cheveux rares en désordre. Des airs de souffrir des genoux, de la vessie, d'en vouloir à tout et à rien de précis, de haïr le soleil à l'ombre duquel ils se tiennent, de haïr celui qui ose pavaner dans le sillage des rayons. L'exquise démarche d'un homme jeune, ses coups d'œil de droite, de gauche, en quête d'une fille. La nervosité qui le propulse. Les petits vieux ensemble crachent.

Cependant... dans une charmille... entrevu : un groupe béni de roses, de paisibles vieillots qui le regardent et lui sourient au passage, aiment la jeunesse encore de ses quarante ans... C'est comme si le jardin était divisé en zones de paradis et d'enfer alternées : les mères, les loupiots, les vieux diaboliques et jeteurs de sorts toujours réunis en cohortes serrées dans les endroits moches, les bons, les sensibles, isolés en petits groupes poétiques, sous les arbres les plus beaux, là où les perspectives s'ouvrent sur toutes les fleurs du jardin.

Les cages contiguës. Le pachyderme au bout d'une allée oscille dans un carrefour avec, sur son dos, la portée de gamins bigarrés. Au ras du sol, ailleurs : les mules et les enfants fragiles, un à un, égrenés. Le tigre ondule d'un bord à l'autre, feulant bas, crevant d'ennui. Un chimpanzé a passé son membre subulé dans un trou de grillage et se frotte longuement, mesurément. Une singesse couchée sur de la paille est méprisée pour des raisons obscures, car elle est sympathique, poilue, bondissante et sait rouler obscènement sur son matelas de foin. Le mâle préfère pourtant le contact acéré du treillis ; peut-être veut-il narguer les voyeurs qui défilent devant sa prison du matin au soir.

Les ours dans leurs fosses sont cimentés de boue et dégagent une odeur puissante. Ils ne remuent pas, gourds, limoneux. Le soleil sèche l'enduit, les bêtes se fendillent, le poil, par touffes, desserre la cuirasse raide. Les ours se soulèvent, impotents, se dandinent vers l'eau, prennent un bain profond, vert, pétri de chiasses de pigeons, de déchets feuillus, d'épluchures. Ils pataugent dans la sérosité, tenant le nez au-dessus, les pattes courtes, motrices, tirant la masse ankylosée du corps. Alors, tout le monde se penche sur la fosse, il y a des gens qui stationnent depuis une heure déjà pour les voir nager. Une pluie de cadeaux dégringole : succulents détritus ; des gamins envoient, sans distinction, crachats, crottes de nez, morves melliflues. Les ours gobent avec dilection cette moisson tout imprégnée d'odeurs de muqueuses enfantines, sucre, trognons de pain, cacahuètes, feuilles de laitues, limaces que des petits dégotent dans les herbes voisines jusqu'à ce que le garde intervienne, tendant l'index sur l'affiche d'interdictions : « Ne rien jeter aux animaux. »

Les gens font mine de remballer les pâtures et l'avalanche recommence sitôt que le garde a le dos tourné.

Paulin a envie de pousser une femme sanglée, frénétique, qui exulte dans la ripaille et expédie aux ours tout ce qui lui tombe sous la main.

...La matrone dans le tumulte d'eau... effluves nauséabonds, les groins des ours l'entourant, lui fouillant les aisselles, le reste, la noyade, le dernier souffle. Le garde arrivant trop tard, impérial, montrant une nouvelle fois la pancarte prohibitive. Des enfants qui pouffent de rire, car les ours ont dégagé les mamelles sous l'eau et, friands de lait, se sont mis à téter...

Tout à coup : une main sur son épaule : Claire, jolie, tout en boucles, sortie de chez le coiffeur. Elle incline son cou délicat au-dessus de la bauge des ours et dit avec une expression de gourmandise : « Les dégoûtants ! » Elle entraîne Paulin : « Tu viens... Il fait beau, n'est-ce pas ?... c'est chouette, non ! » Elle lui donne une bourrade... « Toujours inquiet... Il faut avouer que les petits vieux, les marmots, les ours... »

D'où sort-elle ?... le coiffeur ?... oui, pourquoi cette joie subite ? Elle se sent encore belle, tous les regards se sont détournés des ours pour la contempler. Elle se déhanche, s'étire avec un air voluptueux, jette un œil de côté, fait celle qui distingue, croit reconnaître quelque chose au loin, puis hausse les épaules, ramène ses yeux sur lui, se met à rire, à bondir, la joie la mordant comme un feu, l'endiablant, sa chair en est toute fleurie, les seins plus ronds, le ventre...

Félix ouvre la porte, la chambre est remplie de nuit, quelques traits de lumière trahissent le cadre de la fenêtre. Lisérés d'or qui peu à peu s'élargissent en halos d'ombres laiteuses. Des ténèbres fléchissantes émergent les fauteuils, la vaste terrasse du lit. Tout à coup, il sent l'été vif, périphérique, grâce à ce contraste de l'ombre immobile et de la lumière externe qui ronge les persiennes, filtre, s'égoutte. C'est tout l'été, dans les arbres criards, le sang des cerises, battements d'ailes, les champs, le foin cassant des granges, les pucerons qui sautillent, l'eau chaude des fossés chargés d'anguilles, de vertes grenouilles, mouches noyées, l'écorce craque, le lichen salé, les plages siliceuses qu'érode l'océan, les vêtements de couleur et surtout l'absence de parure, l'été brûlant, nu, les enfants nus dans les rivières avec les avant-bras, les jambes bistre et le dessin fragile des côtes, des remous, sur le torse immaculé, les filles plus âgées nues dans l'ombre, recherche d'une cache, vertige, soif, dans la ville, touristes débraillés, les travailleurs de force piochent le roc des trottoirs, nerveux, marques blanches des chemises ôtées, les rideaux de sueur derrière lesquels les voyageuses demi-nues, curieuses, tournent et détournent la bouche, crachent plus fort, les tenailles des muscles, sangles du cou, les cuisses rondes des promeneuses à travers les coups, dans la vision tordue.

Chemises ouvertes, jupes brèves, sueur, fraîcheur d'églises où l'on entre, frisson des reins, désir quand brusquement les ténèbres solidifient la sudation, contractent les profondeurs de la chair, encens, silence, habitacles boisés des confessionnaux, fleurissements de corolles dans l'ombre, soleil du tabernacle matériel et faux, le péché, agenouillement d'une pénitente, chuchotement des prêtres, de colonnes à colonnes, dans la nuit : « seul... avec d'autres... avec une jeune fille, mariée... un homme marié, concubine... », fautes surannées, tromperie, perversions, culpabilités, joies, hontes et rechutes ne se hument qu'ici, rougeoient, couvent sous la cendre légère des repentances, des litanies. Avec tous les vitraux crépitant de lumière, grouillant de bariolures, que l'été irradie, sec, surchauffant, dans toutes les rues, les places, le long des terrasses de café, étalages d'hommes et de femmes sous les stores ballonnés, sanglés, parme. La pause devant d'ennuyeuses statues célèbres, l'on ne pense qu'à la compagne du voyage, la voisine du train, secousse des wagons, déséquilibre, rencontre de la hanche, les paysages ras, elle qui se rajuste et suce un bonbon, l'inconnue... excitante, brune, mouillée de sueur, d'eau de toilette. Halte... son visage lancé sous le jet d'une fontaine, cheveux noircis, grouillement instantané, face nue, gorge humide, robe entamée d'écume, dalles fendillées de la place, qu'on a envie de s'y coucher, de sécher à même le roc. Adolescentes harcelées de vice, échines des vieux quartiers, fumées d'urine, fadeurs, égouts, porches hostiles, les lieux neufs, avenues où filent des voitures décapotées, oriflammes des cheveux, provocations des profils saillants, rires, cargaisons de plaisirs, véhicules qui foncent d'une volupté à l'autre, enlaçant les buildings, longeant les parcs zoologiques, à travers les ruelles, le long des rivages de la mer, sable... sur les boulevards goudronneux, collants, grésillements, camions, grondements, les visages poudreux, ferraille, fonte des avenues, roues molles, onctueuses, les dards du soleil, l'impatience, l'éclat, les silhouettes vivides, les vélos déhanchés, étoffes à carreaux verts et rouges, le but pressenti, proche, la dilatation des bouches, des ventres, crève, déferle...

Maison où l'on pénètre, ténèbre, bruits de pas, bonheur jaune, dès qu'on appuie sur le bouton de l'électricité, lueur flétrie. Laura vient d'allumer derrière lui, le retrait du soleil estompe les contrastes. Des teintes de paille rousse, de dorures d'église règnent. L'uniformité est si totale que Félix cherche un reflet dur, un rai de jour, d'ombre. La chambre végète sous les globes électriques, dans son papier jaune. Et Laura dit : « C'est bien... non ? pas une fissure... c'est ainsi que j'aime », comme une Chinoise nue pense Félix, ce jaune d'église, d'enduit, de peau, ni solaire, ni floral, asiatique.

Ils se jettent dans le grand lit, à genoux sur les draps. Laura se dévêt, soutien-gorge et slip de dentelle, la parure fait trop habillée et bien élevée, il a toujours préféré le nylon moderne et impur. Moins noirs que le reste du corps les seins, le ventre sont cependant bistre, comme si leur blancheur eût été contraire à l'homogène rousseur du lieu. Ils collent au lit, puis déplacés, puis fixés à nouveau, tournent, envahissent les zones écartées, en équilibre sur les bords, les surplombs, menaçant de tomber, alors se ressaisissent, à quatre pattes, prestes, rejoignent le centre de la couche, puis déviés, soulevés, plaqués à nouveau, comme si les draps étaient une terre trop raide, rebelle, que l'on dût meurtrir et labourer.

Ils s'assoient, fourbus, s'adossent aux oreillers. Laura s'est assoupie, la joue posée sur le plat de la main ; tout à coup paisible, close. Le plaisir est une lampe qui rougeoie profondément en elle, durable, autour de laquelle toute la chair se recueille. Les longs cils savourent cette lueur interne dans laquelle ils semblent baigner. Puis elle remue, s'ébroue, sourit. Ils restent allongés sur le lit :

— On n'a pas revu Claire et Paulin, dit Laura.

— Ils sont peut-être partis dans le Midi, elle est tenace, elle lui aura fait la guerre.

— Elle devait revenir passer la journée avec moi et tu te serais promené avec Paulin... Il est un peu inquiet, il paraît... les promenades lui font du bien.

— On a tout de même sympathisé un peu.

— Elle n'est pas mal Claire, mais vaine, provocante, non ?

— Paulin est trop grave pour elle... quoique grossier, drôle parfois, dans la forêt de Champenoux il racontait des histoires, plutôt gaies, il sait voir Claire de l'extérieur, l'effet est saisissant, la distance... tu comprends, sa femme devient une étrangère, je suis incapable de te considérer sous un tel point de vue.

— Oui... mais dans dix ans... ces connivences, ces refuges dans les feuillages du jardin, dans le lit, tu en auras peut-être assez...

— Dix ans ça ne vient jamais, on ne sera plus les mêmes, une autre Laura, un autre Félix, absolument autres, le problème ne se pose donc pas.

— C'est horrible...

— Pas du tout... insensible, de toute façon, je parle

de choses que je ne comprends pas, l'hypothèse est tout intellectuelle, en fait, je suis sûr que les dix ans ne passeront pas, ce sera toujours aujourd'hui, je ne peux pas voir au-delà...

— Mon autruche...

— Et Paulin, Claire, dans dix ans? encore plus improbable, l'irréalité pure... tu vois, l'avenir est une notion idiote.

— Nous serons riches... avec beaucoup d'achats, de voyages, on ne s'aperçoit plus des changements, des sentiments qui évoluent... je serai couverte de bijoux.

— Oui... mais moins nue...

— Tu préféreras... les bijoux frangent le poignet, ça festonne, c'est égrillard.

... Une petite poupée fardée, cahotique... des désirs pour d'autres... de longues intermittences... le jardin rapetissé, feuillu, moche... Les peintures à refaire... la rouille... perdu le goût du secret... la soif de nouvelles choses... toujours à la traîne l'un de l'autre... filles jeunes jaillies sous la vue... des garçons beaux, puérils, à tâtons... Une brève panique s'empare d'eux et d'un coup ils sautent à terre et vont ouvrir les fenêtres, les persiennes. Tout le jardin leur déferle à la bouche, feuilles bondées d'oiseaux, le serin dans sa cage qui chante en les voyant, les cerises clairsemées, pulpes mordues, fragments rouges. Quand les amants avancent la tête dans l'embrasure de la fenêtre, la vigne vierge les frôle. Ils voient d'abord une épaisseur de racines adhérant aux murs, un enchevêtrement de couleuvres grises et poudreuses, quelque chose comme une tuyauterie intriquée, complexe, d'aspect sec mais secrètement imbibée d'eau, qui sous-tend la végétation, l'abreuve, favorise ses excroissances, le long des façades, un habillement de feuilles larges, charnues. Ils restent là à guetter le manège des oiseaux, reconnaissent certaine mésange hardie qui dérobe la pâture des gros merles.

Parfois, il semble que les bêtes les regardent, l'œil rond, le bec opine en tout sens, la queue bat, hésite, farouche.

Le jardin dominé dévoile la distribution de ses couloirs, appartements, criques herbues. A chaque endroit, une volupté. Le soleil, qui se rengorge, chauffe subitement. La chambre lattée, rose, au mobilier Louis XV, les englobe. Ils ferment la fenêtre et retournent se coucher. Dans le lit, ils ramènent les draps au-dessus de leurs têtes et les arriment derrière le traversin. La tente ainsi créée s'enfle au-dessus d'eux. Avec des oreillers, ils solidifient et creusent encore le refuge. Ils se regardent recroquevillés. Dans l'ombre : mollesses de toile blême, le corps gris de Laura, une nudité de souris, de duvet. Ils se rencoignent et s'imbriquent. Le radeau tangue, la voilure large s'enfle, c'est le moment des baisers lents, quelque chose de moribond dans le plaisir et de pleinement savouré. Toute l'huile des draps, les épaisses couches du matelas, soulèvement de houles, crissements des ressorts, le vaisseau se rétracte sur la mer. Ainsi étaient plongés les naufragés dans la torpeur du dancing, l'éclat doux des couples, des boissons nocturnes, l'orchestre du paquebot aux rythmes bienheureux, sourds, dans les luminaires roux... quand la catastrophe s'est produite. Il n'y avait pas de doute, le naufrage éclatant au milieu de l'harmonie la plus riche, la mieux conçue, celle... quand les femmes ont brûlé, durant le jour, sur le pont, se sont chargées de visions océanes, puis ont erré au crépuscule sur les passerelles avant d'envahir le dancing;

pénétrées d'une fatigue légère, stable, qui les mènera, un peu nerveuses, elles le savent, jusqu'au matin.

Le dancing est au-dessous des flots. Ainsi la grotte est plus profonde et mieux enveloppée d'une doublure de mer charnelle. Quelle vie plus protectrice que celle-là ? Des toises d'eau salée, de poissons gras, les lointaines putréfactions d'algues, les élégants massacres des races en silence, le faufilement de bêtes couardes. Tout l'ordre de la nature, la jungle marine à deux doigts, depuis des millénaires, indifférente au navire mais reliant la danse des hommes et des femmes aux cadences des houles, du monde.

Les hommes, les femmes dès qu'ils s'enfoncent sous les tentures de la mer et accèdent à la salle du bal savent qu'ils perdent cette espèce d'adolescence de l'après-midi pour devenir des adultes.

Toute la journée, les femmes irritées de lumière, exposées sur le pont, s'amusent des hommes. Elles s'offrent à la vue, sanglées de maillots, d'étroites courroies, c'est tout, elles attendent, manœuvrent le corps selon la dérive du soleil. Au milieu d'elles : des enfants qui jouent, remplissent leurs yeux de formes étales, dévêtues. Le pont, c'est l'espace de l'œil, du désir, du flirt, des rafraîchissements, de la rencontre, des alibis et de l'exhibition. Mais l'on s'y charge d'énergie marine, de sel, de rayons. Les cris des mouettes, l'élan des vagues cuirassées, certains passages d'oiseaux sauvages préparent les accomplissements de la nuit.

A dix heures, ils envahissent le pourtour de la piste ronde et ligneuse. Les garçons bouclés, parfumés, au veston éclatant de blancheur, dirigent le bar, entrechoquent les verres, font voltiger les plateaux, les bouchons partent, le vin mousse.

Les prunelles des femmes, mûries de lassitude et de nuit, regorgent de toutes les visions de la mer. L'orchestre joue une mélodie indiscernable que couvrent les conversations. Peu à peu, les paroles s'accentuent, s'isolent, comme marquées de cadence, et l'on perçoit des bribes musicales, puis le halètement, le martèlement feutré des gongs, des groupes se créant sur la piste. Le bal commence. L'océan est plein d'étoiles et de poissons luminescents. Le vaisseau tangue.

Ils voient ondoyer les robes soutachées d'aréoles et de toisons. La transparence des moires révèle un sein nageant, corolle glauque, marine sous les vagues. Ou bien c'est une tache foncée à l'anfractuosité du ventre et ils hument l'algue nombreuse. Dans cette étuve, un dos, rave blanche, à demi pelée, émerge d'une échancrure de robe mauve. Une grande brune croise ses jambes, remontant la cuisse d'un mouvement oblique. Le tissu de la robe s'arrondit et se lisse, moulant le cylindre de chair. La cuisse remue ; comme un dos de saumon large et rose elle hausse le voile d'eau. Elle barbote sous des remous d'écume tiède, offre le ventre, s'étire dans un bouillon de clapotis, d'étoffe moussue. Soudain, un reflet rouge la fige, une vague de sang envahit le tissu et le membre englué là-dedans, fibreux, musclé, sanguin, s'épaissit. Puis le reflet s'ôte et le voile reflue, limpide sur les impulsions des nerfs et de la peau. La cuisse se tord à nouveau collée contre l'étoffe au point de transparaître.

Les corps fauves, furieux, ondulent sous les flots satinés des robes du soir. Il y en a de chevelus, sauvages, rencoignés dans des fourreaux de lamé, d'autres, juvéniles, s'ébattent sous des robes libres, très courtes. Les seins nus affleurent, menus, doués de boutons orangés. Les croupes sont brandies au bout des jambes, offrant leur sphère d'épanouissement bien circonscrite.

Trois filles bistrées, mordantes, portent des crinières rousses, leurs colonnes vertébrales ne demandaient qu'à s'allonger en appendices pileux, caudaux, dont elles se fussent mutuellement giflées. Sous la soie apprêtée des robes, l'on voit croître les diablesses, leurs dents éblouissantes tranchent l'ombre et leurs bouches sont amères de whisky et proches.

Parfois la lumière claircissait, les verres de cristal enflaient leurs croupes diaphanes, les silhouettes pâlissaient, chair et tissu baignant dans des reflets d'aube. Tout prenait un aspect clairsemé. Les corps les plus compacts, les torses d'airain s'étiolaient dans l'atmosphère poudreuse et pailletée d'argent. Puis la lumière s'épaississait à nouveau, coulant des girandoles, elle encrassait les angles, noyait les tabourets et les banquettes. Les silhouettes clarteuses s'éteignaient, retrouvant une consistance neutre, matérielle et c'était des visages impassibles, sans relief, gravures de plâtre, de médaille, semis de faces mortes au fond de la grisaille.

Puis les corps jaunissent, brunissent comme des fruits dans le soleil. A nouveau l'air est saturé d'or et de chaleur. Les reflets rougeoyants ont des rondeurs et des langueurs de bêtes lasses. Les machines à débiter la bière et le café halètent, comme des hélices battant, fendant l'eau. Les plateaux tournent au-dessus des boucles. Il y a des abat-jour ronds et rouges mollusques flottant au-dessus des visages. Des femmes, bouche bée, demi-couchées, n'ont pas la force d'embrasser, de mordre ; d'autres râlent à la bouche d'hommes noirs, pointus, smokings de martinet, ou bien, nus, bronzés, à l'aise dans cette buée, prunelles flamboyantes, elles les voient brasser des houles de champagne jaune, les cuisses propulsées vers elles, et ils ont des gourmettes d'or au poignet.

Une fille danse, ses talons secs prennent possession de la piste. Elle l'arpente d'un rock avide et saccadé, créant des arabesques et des voltes avec ses pieds et son buste. Puis la musique s'adoucit, les couples serrés dérivent lentement dans une nage verticale, coudes battant de côté. Les silhouettes géminées se sentent peu à peu unanimes, le lamé d'apparat glisse, les smokings selon cette danse dissolvante s'ouvrent, les torses suants absorbent le nylon des chemises...

Les hommes embrassent leurs femmes au milieu de la mer. Dans les cavernes mauves des bouches les langues s'accouplent, humides, écailleuses, les cuisses nettement s'ajustent, la mousseline colle aux ventres velus et odoriférants. Les danseurs se sentent dénudés comme après une chaude averse estivale, un bain qu'ils auraient pris habillés. Les bijoux se heurtent autour des cous et aux poignets avec des bruits de rocaille, des éclats doux de corail. Les boiseries aux murs, blondes.

La danse se prolonge dans la moiteur. Un homme prend le sein d'une femme dont le voile tombe. La cuisse sort. Au sol, le petit talon piétine longuement le tissu âpre et luxueux. Les chevelures d'algue glissent sur les épaules lisses des hommes. Les croupes immaculées comme mouettes oscillent dans des remous iodés, verdis. Quelques bibelots luisent encore au cou des filles, un anneau précieux barre le doigt musculeux d'un danseur, et puis ôté, rejoignant l'éclat faux des verres de cristal, du bar chromé et des lamés.

La danse nue, marine prend une tournure sauvage.

Les silhouettes pieuvres se nouent. Une femme étire la falaise gluante de son dos, elle dérobe son ventre anfractueux, chargé d'ouïes tièdes et de lichen. Les hommes se crispent et accrochent les femmes, prunelles dénuées de cils, bleuâtres, sur l'abîme...

La Place d'art ; la place aux frondaisons ; le tertre surplombant ; ainsi va la ville aux yeux de Paulin. Il peut risquer à présent une sortie ; au bout des rues, des gens, s'offrira toujours l'abri de la châtaigneraie où déjà il a trouvé refuge.

Et il joue avec la ville comme il joue avec le zoo. Jusqu'à l'angoisse il remplit son regard d'horreur : coulées aveugles, envahissantes d'hommes, d'autos, échantillons de bêtes coincées sous les barreaux ; quand le paroxysme est atteint et qu'il éprouve le vertige, il s'arrache à sa contemplation pour regagner rapidement le décor intemporel de la Place ou les végétations massives du centre.

Le supplice de la rue, vitrines obsédantes, couleurs contraires, est tempéré par les boutiques des marchands de fleurs. Réceptacles de verdures gonflées, incises dans les façades rocheuses des buildings. Il songe à des tabernacles remplis de divinités souples, feuillues, le long d'un chemin occulte, intermittent, dont les jalons indiquent, quelque part, l'épanouissement d'une châtaigneraie, l'été, avec ses fleurs comme des lanternes, des lilas.

Certaines jeunes femmes de la rue cachent derrière

un aspect commun des ventres vergetés, des seins grappeux, des artères bruissantes et des reins plantureux. Dans les interstices des pierres et des socles escarpés, elles jaillissent d'un élan naturel, vivace. Bourgeons de la gorge, de la bouche, prunelles vertes, ventres moussus, cuisses fruitées, égrenées dans la débâcle populeuse. Et parfois de longues herbes au pied d'un mur nu que les agents extirpent et qui repoussent d'un jet irrépressible. Des fissures s'ouvrent aussi dans les calottes d'asphalte qui recouvrent les rues. Les travailleurs de force ont vu l'argile riche fermenter sous leur pioche. Ils bouchent la brèche avec des cailloux et du goudron, jusqu'au jour où le calfat mystérieusement se crispe, craque, pour révéler l'efflorescence noire et grumeleuse du sous-sol.

Les agents de la ville, les travailleurs de force, les Ponts et Chaussées, les factotums de l'infécondité et du caillou savent que, sans leur vigilance constante, la terre repousserait. Des vents venus des profondeurs de Champenoux apportent, chaque jour, des nuages de poussière que personne ne songe à soupçonner, qui veloutent les murailles, saupoudrent les avenues, s'amoncellent dans les coins, que les pluies tièdes d'été, l'urine des hommes, les effluves des femmes, d'invisibles épanchements, sécrétions, le labourage de multiples pas triturent et fomentent.

La lisière trompant l'attention s'épaissit, et l'herbe croît, menace, court le long des trottoirs, écarte les dalles. Il faut de longues heures de sarclage, et de nouvelles applications de béton pour enrayer l'effervescence des plantes.

Souvent les agents de la ville font le cauchemar d'une grève totale, quelques mois suffiraient au bouleversement. Les rues verdiraient, l'humus grimperait le long des façades, les rares arbres bordant les rues étireraient leurs branches, perforant les fenêtres, faisant grouiller leurs feuilles dans les chambres, encerclant les filles pubères, se ramifiant en elles, le long des jambes, des bras, déferlant dans tout le foin des cheveux. Des liens s'établiraient, de proche en proche, lierres, de la terre vivante aux jeunes filles et que celles-ci transmettraient aux hommes. Des chaînes végétales se trameraient, se noueraient, de quartier en quartier, par tous les accès des habitats. La place aux frondaisons serait la grande réserve dont la fécondité alimenterait de sèves tous les circuits de la ville. Des pots de fleurs éclateraient, la terre s'éboulerait d'étage à étage, les sautes du vent l'éparpilleraient dans les logis, les salons, les chambres.

Les particuliers dans la démission générale seraient réduits à faucher devant leurs portes, un peu comme lorsqu'il neige et qu'il faut dégager les seuils. L'herbe envahirait tout. Champenoux avancerait de premiers bosquets, taillis, pousserait ses avant-postes, les branches puissantes de la forêt frôleraient, un jour, les premières façades, dentelant, festonnant, emmaillotant les buildings, quartier après quartier, dans une propagation lente, certaine. On suffoquerait d'herbe. Les chiens de la ville, bas sur pattes, seraient assimilés tôt. Les femmes ligaturées de ramures, allaitant les frondaisons, seraient bientôt associées à ce végétalisme universel ; les hommes derniers venus soutiendraient des sièges dérisoires, fauchant, tranchant les serpents proliférants dont la reconstitution immédiate les provoquerait. Ils se démèneraient dans cette jungle, à coups de hache, de machette, leur bastion se rétrécissant, s'enflant de mousses sous leurs pieds, avec des avalanches de feuillages qui pendraient du plafond ; et les mains vertes bientôt les saisiraient, les étreindraient plus doucement qu'ils n'avaient prévu, les pénétrant, les charpentant d'une ossature nouvelle de ramures. Les hommes immobilisés rejoindraient leurs femmes distantes grâce au réseau communicant des sèves, des lianes et des branches motrices.

Les agents de la ville quand ils faisaient ce cauchemar sentaient dans leur dos ruisseler les sueurs. La métamorphose de la ville s'achevait sur la vision insoutenable d'un hôpital de feuillage, avec les hommes écartelés sur des litières d'herbes, le cœur, les poumons artificiellement irrigués de sèves externes, le pompage s'effectuant de lui-même, à partir des troncs, des racines charnues.

Ainsi commencerait l'existence végétative des citadins qui durerait aussi longtemps que la nature...

Paulin sent la fatigue peu à peu l'affaiblir. La ville, la ville, pourquoi ? Il suit la foule qui le conduit, le propulse, le ramène. Ils vont tous quelque part, on voit sur leur visage l'expression tendue d'un but. Ils l'abandonnent devant le lieu visé où la foulée d'autres préoccupés le reprend aussitôt : touristes, cartes en main, marchands, montre au poignet, amoureux recherchant leurs maîtresses dans la mêlée, maris pressés, jaloux, gens d'affaires, de firmes, infirmes... Paulin est happé par chacun d'eux dans un itinéraire plus ou moins long, et le relais passe de main en main. Il se sent abouché à tous les courants de la vie, courants spasmodiques des amants, courants lents de paysans de passage, cadences expéditives des marchands, flâneries de femmes oisives, courses d'enfants, lui-même court, ralentit, accélère, tourne... Une fille l'arrête enfin au bord d'un banc. Il s'affale sur le siège à côté d'elle. Elle ouvre son sac, déplie une lettre, lit, puis attend, sans impatience... dix minutes... elle se relève, le quitte, s'enfonce entre les buildings. Et son regard à lui vogue sur les façades, de fenêtre en fenêtre, elle doit demeurer quelque part, dans l'un des mastodontes gris. Elle était jolie, lente, et il l'imagine mal vivant dans une grande cage comblée d'hommes vulgaires. Où trouve-t-elle refuge ? dans quelle niche défend-elle son intégrité ? C'est une fille blanche, fluide, qui doit fuir les salles à manger, cuisines, surchargées d'objets, d'obstacles, d'angles. Pour elle, il ne voit de logis qu'une salle de bains, l'eau... Elle vit là-dedans, libre, nue... Nue dans la baignoire, dans la vapeur mouchetée de bulles, de sphères parfaites et volatiles. Jambes... et tout autour : les appartements, les familles, l'imbrication des cubes, le tapage des appareils de radio, de télévision. Le halètement des machines à coudre, à laver, à maigrir. Les ménagères ventrues remuent les sauces, font l'amour, se disputent, boivent un coup. Une grosse mère en robe bariolée, suave, pisse de rire. Une vieille radote, arpente, houspille. Le bâtiment tangue. Les bonnes gens s'interpellent de porte à porte, s'entrevisitent, se chamarrent, s'entrehaïssent et s'entrebaisent. Il y a une fille de seize ans, toujours, qui gigote, qu'un voisin distingué, brun, intellectuel, coince, en jupe courte, dans le réduit au gaz du palier, avec des réminiscences zoliennes, des élans d'authentique barbarie et d'indicible préciosité.

Ils vont évacuer leurs viscères dans toutes les tuyauteries du building, dégoulinent les fanges. Les salons superposés sont cerclés de tuyauteries musclées, flambantes. Ils ramonent dans leurs lits, dans leurs culottes, sous leurs aisselles chaudes, chemises brutales à carreaux, mollets, ils tapent du pied, dos, ventres. Ils se raclent, semis de pustules, fiévreux, s'abattent sur leur matelas, de chaleur, de torpeur. Il y en a d'étage en étage qui s'empoignent l'organe au même moment. Et la chaleur leur arrive de toutes les rues, la piaillerie, les fanfares, le remugle de tous les magasins, de tous les pillages, de toutes les robes convoitées, des visiteurs de la ville : eau de Cologne, fatigues, troupeaux mafflus et médusés des étrangers.

Ça les gave, les tarit, les surexcite, et ils rêvent au même instant à la fille nue dans son bain au centre de l'habitat. Ils tournent autour d'elle, dans leur lit, recrus et anxieux. Elle nage quelque part sous leurs reins, le long de leurs flancs, au sein de cette giration d'un même rêve répercuté par les poitrails en torture... Insolemment, célibataire, à elle toute seule. Lombric humide et nu lové dans son tunnel au milieu des blocs hirsutes de la terre, des débris d'ardoise, de fer rouillé, des poteries cassées, des fœtus enfouis, des cadavres de chiens, d'hommes, des tessons de bouteilles, éclats de mica partout plantés, blessant toutes les bouches d'argile. Et l'on dirait qu'ils se grisent et s'affolent à cette beauté de ver inentamé...

Ils étalent des nappes bigarrées, crasses, en prévision des ripailles du soir. Les bières, les steaks, les laitues. On rote. Les enfants s'accrochent et se lorgnent. On cogne sur le plancher, au plafond pour faire taire les autres. Les bouches, les narines, les poils. L'on s'invective de proche en proche, visages défaits. Pendant des heures, des chapelets d'ordures minutieuses, extraits de fonds de gorge savoureusement rendus, et qui renforcent le lacis fangeux des tuyauteries, les phrases glaireuses des speakers, des amuseurs, des pourfendeurs et des consolateurs des radios. Les poignets, les toupets, les rides. Quand la radio au même moment explose, tous les haut-parleurs clamant : le naufrage ! Le naufrage ! Et ils voient la mer immense, émeraude. Le navire fou, le bateau éventré sur le tranchant d'une vague. Toutes les femmes estourbies, demi-nues, s'égarant dans ce voyage à l'infini vallonné de houles fixes, dans des reflets de travers, éblouissants, verts.

Ils vont au-devant d'elles, galopent de crête en crête, attendent, se cachent, les poursuivent, les ravissent, les entraînent dans les grottes sous-marines pour assouvir des désirs sans âge, épaissis de toutes les boulimies, d'instincts sédimentés, d'outrances, de raffinements : des convoitises de ventres-moire, d'échines satinées, d'aines, de villosités nouées à des dentelles rares, de hanches éclaboussées de bijoux, bulles de saphir, améthystes euphorisantes, de trésors presque invisibles, explosés, naïfs, tellement ça brillerait. Puis des formes en vrac, vaguement rougeoyantes, lisses, mordorées, vaguement vêtues de fourrures et de peaux, avec, à l'infini, les frondaisons lascives du désir, au-dessus des naufrages et de la mer ceinturée de villes.

Les enfants ont décidé une partie de pêche à l'anguille. Une grande mare dans un champ assez éloigné et sur le territoire d'une ferme étrangère offre toutes les conditions du succès.

Mais les propriétaires n'aiment pas voir les gamins escalader les clôtures et avachir le fil de fer barbelé. Il est donc nécessaire de choisir un moment favorable.

Tôt le matin, le fermier visite ses champs. Il compte les bêtes, inspecte, repousse du pied une branche tombée, palpe les troncs, disperse une taupinière. Enfin, il tourne les talons et regagne sa maison. De là jusqu'à midi, une seconde visite est improbable. Les enfants, aux environs de neuf heures, peuvent donc pénétrer en limitant leurs risques dans l'enceinte interdite.

C'est un grand champ aux surfaces inégales, rempli d'arbres, de vaches. La mare ouvre une brèche noire, ovale. La meilleure eau est celle qui n'est pas recouverte d'une pellicule de lentilles végétales ; limpide, elle doit révéler le fond vallonné, adipeux, sombre. Un paysage étrange et nu, soudain, au milieu des herbes, dans lequel le soleil se reflète en silhouettes, rondeurs luminescentes.

Gildas et Vivie ressentent la violente attache de cette mare ovoïde, bordée de plantes vertes plus nombreuses qu'ailleurs. Ils se retournent souvent vers les clôtures pour s'assurer que personne ne vient. L'interdiction leur donne le feu aux joues. C'est comme si leur était caché, refusé, cet épiderme noir que l'eau sensible habille. Les vaches ballonnées, blanches, oscillent autour d'eux, sonneries lourdes de chaînes. L'herbe monte aux jarrets. Des babines qui broutent, déchirent ; la gorge, le ventre qui absorbent font un bruit de brosse sur du linge trempé. On dirait que des lavandières courbées, rythmiques, s'acharnent sur l'étoffe sonore et sapide des draps... Gildas sort de son sac le cylindre d'une boîte qui avait contenu les granulés d'une médication dyspepsique et que remplit aujourd'hui un monceau souple et mobile de vers. Brusquement cet avatar drôle lui arrache un rire. Il dit à Vivie en lisant les inscriptions posologiques de la boîte : « Tu te rends compte... contre les estomacs ballonnés, les parasites intestinaux, les vers... des vers contre des vers... »

Il apprête la ligne, enfonce un lombric que le contact de l'hameçon durcit, tord. Puis il scrute l'enduit de vase continue.

« Regarde ici ! il y en a une... », dit Vivie. Il ramène sa ligne vers l'endroit indiqué. Un orifice, en effet, troue le velours du fond. Une anguille doit être glissée là. Il aperçoit un trou voisin, un autre... toutes les demoiselles sont réunies. Une foule d'anneaux noirs, parfaits, à la surface de la fange, signale la présence d'anguilles perforatrices, comme des projectiles, des torpilles. Les enfants tressaillent. Un plaisir mêlé d'angoisse. Des grenouilles sur les bords déclenchent leurs coassements, gorges gonflées, battantes. Le ver se balance au-dessus de l'eau, s'immerge sans bruit, descend. Ils le voient lové, distinct et brusquement blanchi dans le fluide transparent. Il s'agit à présent de bien viser, l'appât oscille, hésite, au-dessus des orifices. Le cœur des enfants se contracte, une sorte de volupté les ouvre, les roidit. Enfin, le ver s'ajuste à l'un des goulots béants. Il s'enchâsse, le contact produit un nuage de vase suppurante. On ne voit plus l'appât. Il descend dans le boyau. Gildas ne sent aucune résistance, le crin glisse, gobé par l'orifice. Ils attendent. L'eau se crispe autour du nylon. Les vaches plus proches, leurs ventres liquides... la mare balance ses mamelles sans rides, douces. Il y a quelque chose de tendu en eux, un édifice en équilibre, qui tremble, cède... quand brusquement Gildas dit : « Ça mord... » Le fil s'enfonce à vue d'œil, déchirant, bouleversant le trou qui crache des panaches de bulles. Puis tout se tranquillise. La bête avale, souterrainement gavée, tordue. Il a la vision des anguilles enfournées dans le limon, de négresses endormies, bardées de tendons, de reptiles musclés, qu'il tient, domine, où profondément il s'ancre. Il pourrait tirer à présent, mais il préfère attendre, jouir de sa puissance. Il a l'impression qu'il va desceller la mare entière, un disque huileux, glauque, avec des dos de filles noires, de phoques encastrés. La sensation aussi que l'anguille va résister comme ces racines qu'on tente d'extraire mais qui tiennent sous le sol éboulé que soulève l'effort... les animaux se ramifiant dans le velours onctueux, se nouant, solidaires les uns des autres... Un seul geste, et toute la vie rebelle et viscérale des fonds se cabre, grouille. Vivie lui dit : « Vas-y... » Il se décide soudain, tire, le roseau plie, le monstre s'est carré dans la tourbe qui gonfle, se fissure. La bête monte, elle surgit, noire, lisse, battante. Gildas recule, elle atterrit dans l'herbe, s'y faufile en reptations lestes. Elle glisse entre les doigts, il la serre. Vivie l'aide, coince la queue sous son pied, la bête mord. Ils lui assènent de grands coups de chaussure. Leurs mains sont souillées d'une étrange bave odoriférante qui s'épaissit, prend la consistance d'une gangue vitreuse, comme si l'anguille par tous les pores de sa peau avait dégorgé ses humeurs et ses sucs. Ils sentent leurs mains prisonnières d'un sang figé de bête agonisante. L'idée que cela a une vertu curative, régénératrice... Ils hument.

L'écume sèche et s'effeuille sur leurs paumes qui puent. L'eau est redevenue paisible, la vase s'est remoulée et retapie sur les anguilles intérieures. Un affaissement imperceptible se produit, la coulée huileuse d'un rein qui se reloge et s'enlise sous les voilures sombres. Puis, brusquement le sentiment d'un danger... Ils se retournent, grandes enjambées d'un paysan au travers du pré voisin. Les enfants rassemblent leur attirail, fourrent l'anguille dans le sac et s'enfuient à toute vitesse, tandis que l'homme les aperçoit, tonne, lève le poing. Les frondaisons roulent sur leurs dos, les fourches qui les saisissent, qu'ils repoussent, des fils de fer barbelé qu'ils écartent, où ils s'accrochent. L'anguille volée contre leurs flancs, et le bonhomme rugit, menace, s'essouffle, abandonne... Les gosses jubilent. C'est comme s'ils lui avaient ravi un joyau de fille, l'inestimable trésor d'une anguille noire.

Ils sont revenus sur leur territoire et se reposent dans une sorte de cabanon écarté. Vivie est couchée sur le sol nu, Gildas s'approche et lui baise les lèvres. Il avance le bras, la main, la manche de sa chemise est toute mouillée et Vivie s'exclame : « Oh !... c'est froid. » Il s'amuse à lui donner le frisson en plaquant le bras contre ses jambes, son ventre. Elle proteste, se débat : « Mais c'est dur le sol ! arrête ! » Gildas s'immobilise :

— Tu n'as pas mal ?...

— Non... mais c'est casse-pied... trop dur et puis sèche un peu ton bras on aurait dit l'anguille.

— Si on arrangeait une niche... un petit boxon, dis ?

— Un boxon, c'est quoi ?

— Un bordel...

— Mais on n'est que deux... j'ai vu un film. Il faut être plusieurs, des tas de filles et de gars qui font des trucs comme on fait et plus... des machins embêtants...

— Mon truc dans le tien.

— Peut-être... mais ça doit faire mal et tu m'as dit que cela ne te disait rien. Après tout ! on s'en fiche. On fait ce qu'on aime... Et puis des autres trucs encore qu'on ne connaît pas... puis c'est tout en couleurs, il y a des bijoux, des tissus en couleur, des femmes fardées... mais cela ne m'inspire pas...

— Mais non !... je disais un boxon à nous... pour être mieux, c'est comme cela qu'on découvre les trucs nouveaux, qu'on fait tout, quand on est bien... qu'on est préparé... D'abord il faut boucher les trous de la cabane par où l'air passe, puis matelasser le sol, moi je ramasse de l'herbe sèche, des feuilles, tout ce qui peut faire mou, toi trouve des trucs pour boucher, des décorations...

— Et des fleurs...

— Oui si tu veux...

— ... qui sentent bon... Ah ! il faudrait des fleurs de cassis... c'est formidable l'odeur...

— Va en chiper dans le jardin...

Gildas recueille de longues pailles chaudes, des feuilles larges, duveteuses. Il est bouleversé, anxieux du plaisir proche, un vide en lui, il en est tout érodé. Vivie revient avec le bouquet de cassis. Ils reniflent dedans, se bousculent, à qui empêchera l'autre. La petite fille va planter les tiges dans les moellons des murs. « Si l'on ornait le plafond de feuillage ?... des branches de sureau qui sentent si bon... »

Gildas est d'accord. Il va grimper aux arbres qui garnissent les haies. Les branches vertes résistent, se courbent sans casser. Il faut les tordre, s'échiner, les fibres se fendillent, se nouent. Dans l'effort il abîme les feuilles. Enfin la branche cède sur une entaille laiteuse, hirsute... Vivie reçoit la moisson de feuillage. Elle court porter sa charge dans la cabane. Elle orne le torchis, qui disparaît sous la verdure. Elle tresse, ligote les ramures qui font un ciel ébouriffé... Ensuite Gildas l'aide à ramasser des mottes de terre qu'ils prélèvent sur les bosses granuleuses des taupinières. Le tout mêlé de brindilles, de tiges, constitue un parfait calfat dont ils comblent les trous. Ils sont rompus quand la maison est prête.

Le plancher jaune, souple, pailleux, les touffes mauves de cassis, l'odeur qui les triture, les perce comme un vinaigre, un poivre ; ils éternuent sous le plafond sombre, feuillu. Ils s'allongent dans la crèche. Gildas embrasse d'abord la bouche, toute molle encore, humide d'éternuer. Les bras de Vivie. Lentement... Il faut que le plaisir soit savouré, long. Il dévêt le torse, le sien, les pantalons. Vivie soulève le bassin, la ceinture s'accroche. La bouche. Contact sans goût. La salive vient, désagréable. Leurs mentons mouillés. Cette fois-ci pas d'approfondissement, de saveur peu à peu sucrée, pleine. Il essaie des gestes, des postures. Il se sent maladroit. De grandes frictions. Vivie n'a pas l'air de répondre. C'est comme s'ils jouaient. Le charme ne vient pas. Les contacts sont convenus, mécaniques presque... que se passe-t-il ?... « On s'est trop fatigués tout à l'heure... » Les pailles piquent le dos de Vivie. Ils ont trop chaud au fond du cabanon bouché, une branche de feuillage détachée du plafond soulève d'un coup l'échine de Gildas qui a eu peur. Il y a une faim en eux pourtant qui les ronge, avec le rêve... une telle déception que Vivie pleurniche. « C'est la fatigue... » Il lui caresse la joue, lui fait des baisers courts, sonores. « ... dis... Vivie, ce n'est rien... pas vrai ?... on s'en moque bien... c'est bien fait pour nous, on était trop gourmands... c'est comme les choses qu'on prévoit trop, dont on se fait une fête... ça rate toujours... ma petite Vivie... dis... » Et elle qui l'embrasse maintenant, se serre contre lui, éternue, le cassis rose constellant le torchis. Et les voilà qui s'assoupissent, tandis que le feuillage se recroqueville, blêmit.

Ambré, potelé, cuisses écartées, la gorge gonflée, il dort sur la paille, émettant une sorte de gémissement rauque et régulier.

Au-dessus de lui : l'aube, le froid des brumes qui l'éveillent, les odeurs si puissantes des premières heures d'une ferme, vaches sur le départ, fumier que l'on bouleverse, pain, lait. Le verger lui fait une ceinture étroite de parfums : laitues, cerfeuil et coquelicots, et les vieux lierres crispés, revêtus de feuilles courtes, crépues, ont de grands jours circulaires dans toutes leurs entournures où zigzaguent les merles.

Il bouge, la peau luisante s'incurve, les reins saillent, divergent au-dessus de l'anus, étonnants comme les baleines d'un parapluie. Doux, visqueux, râlant de jouissance à travers toutes les puissances coassantes de l'aube... Herbes mouillées, tumescentes limaces, antennes qui se contractent, percent, luisance des sillages, champignons, voiles irisés des tarentules, moisissures, écorces trempées, vermine noyée qui pourrit dans toutes les fissures. Le soleil émerge, chauffe, fume, effluves de poil tiède, mouillé, toisons des vachers, des laitières et des chiens, rats dans la douceur d'une terre poudreuse imbibée d'os, de bouts de bois nus. Molles nichées de lapins, odeur de poireau. A toute vitesse, une araignée : sur son frêle châssis de cinq pattes pèse une bombe écarquillée, blême, dévoratrice.

Il tord son ventre imberbe et argileux, un filet de salive sort de sa bouche béate, il fiente, urine, c'est comme s'il glissait à travers les allées du jardin, humant les dessous velus des légumineuses, caressant mouches, moucherons, les abdomens pubescents des sauterelles et des papillons ; le ventre d'un bourdon surpris, douché, qui ronronne et voltige au sol comme une étamine poilue et bondée de pollen. Les mamelles des rates, le groin des musaraignes. Entre les planches blettes du poulailler : les bréchets plumeux, la volaille qui couve, fait de la chair blanche, les fourrures des chenilles assoupies, les crapaudes...

Sa peau est toute lubrifiée, de visions, de volupté. Il se dresse sur ses pattes antérieures, se cambre, le cul au sol, la tête haute et se met à coasser, à coasser en inspirations longues, sonores, et cadencées d'orgasme. Il appelle, s'enfle, s'acharne, ses viscères s'arrachent, son ventre est comme un labour noir où des corbeaux mordent, un marais de clapotis fous et de sueurs lascives. A son cou la bulle panique se rencoigne et se dilate, ses yeux sexués et cerclés d'or comme l'anneau des étangs crépusculaires. C'est toute la souterraine noirceur de la terre qui lui revient, qu'il pompe, dégorge. Il vomit, orageux, moite, bondit, retombe sur le dos, ventru, haletant, ses cuisses se tortillent, blanches, éclairent comme des bras lestes, femelles qui effacent, essuient, recommencent ou écartelés, se convulsent, subissent. Il a la tête couverte de grumeaux, baveuse, des plaques turgescentes incrustées dans les flancs. Il est roidi, musclé comme un sarment qu'on cire, marbré comme du silex ; puis, peu à peu, dans la brume du souffle, grenu, bulbeux, grouillant, il bourgeonne, morille, variole. Il pousse un cri, s'élance, retombe sur ses pattes, brûle soudain dans la violente irradiation solaire, qui le frappe, le bouffit de pustules, de couleuvres ignées, nouées, le corps déformé de bosses remuantes où la chair s'insinue, crame, par reptations moléculaires, lézardes, écailles de suie verte. A son cou, la cloque ballonne, fibrillée, rose, elle s'avachit, explose, violacée, quetsche...

A présent, il se peut qu'Homère hurle, dans le vide de toutes les femelles, sous son ciel à lui, la gueule grande ouverte ; le long des voussures nodeuses de ses reins il a le dos en laves. Et Vivie lui jette une grappée fraîche et balsamique de laitues et de limaces.

Dans les bassins, les poissons rouges commencent à voyager. Julie charnue frictionne son ventre contre la nageoire sombre et feuilletée d'Oscar, comme des submersibles rouges se frôlant, rodant l'un au-dessus de l'autre. L'eau changée de la veille est toute claire.

Les lapins ne cessent de ruminer, celui qui est atteint de myxomatose chronique ressemble à Homère bouffi et suintant.

Dix heures, il fait beau et déjà très sec. Gildas et Vivie décident une chasse aux sauterelles dans les grandes herbes mêlées de fleurs qui s'étendent au-delà du verger.

Elles sont au bout des tiges, grignotent, frottent leurs ailes. Leur tapage crépite comme un feu où sautent des brandons, où l'écorce se déchire, éclate. L'été en est tout disloqué. Les pédoncules cinglent les jambes des enfants, de grandes fleurs s'enlacent autour des cuisses, et les sauterelles s'enfuient par jets continus, cascades de menus biseaux. Certaines bondissent au-dessus des plantes, d'autres descendent le long des tiges, à petits pas brefs, hâtifs, elles s'arrêtent à mi-chemin, les antennes se balancent, l'œil fixe, Gildas avance la main, la bestiole file plus bas et se noie dans l'enchevêtrement des herbes au ras du sol.

Ils s'enfoncent dans l'épaisseur du champ, des bandes de chardonnerets miroitent, des scarabées placides dorment sur le plat des feuilles. Des papillons s'épanouissent, se replient, profil d'ailes jointes, s'ouvrent, se ferment, tanguent et partent d'un vol flammé, oblique, qui se déhanche et se crispe au-dessus des corolles bleu et or, ruisselle plus loin, dans l'azur... pavois... ultime remous d'air.

Ils dédaignent les minuscules sauterelles, bribes sombres, cassantes comme des pailles. Leur chemise en est couverte, bondissantes pustules, le nylon roule, de biais les sauterelles s'enfoncent, s'élèvent, en équilibre, radeaux, plus nombreuses aux poignets, fourmillantes aux mollets, une résille qui monte aux jambes de Vivie, reflue, évolue, se contracte tout autour de la cuisse, culbute, puis suppure, écume ; elles reviennent encore jusqu'aux aines ; parfois leur étreinte plus souple voltige et c'est une houle chaude de ventres menus, d'éclaboussures, de traces, de germes baignés de rayons où plonge la cuisse vivace, sur les corolles recroquevillées, les hampes couchées... Elle émerge, bombée, et toutes les sauterelles la constellent, la rongent, elle disparaît parmi les scions qui fouettent, puis ressort, la fatigue vient, les sauterelles harcèlent, ils sont au milieu du champ.

L'herbe est au plus dense, treillis qui les sangle. C'est là les zones prisées du gibier. Il faut bien regarder. Autant sont discordants, visibles, les insectes dont ils sont assaillis, autant les grosses sauterelles vertes se dissimulent et se méfient, longeant le renflé de tiges émeraudes, s'y fondant. Ils s'agit d'examiner les moindres boursouflures des feuilles, de se baisser, de fixer. La première chose perçue est le remuement d'antennes, les petits yeux cerclés d'or, les ailes nervurées... et le végétal s'anime, s'incarne sous la forme de l'animal convoité.

« J'en ai une ! » s'exclame Vivie, Gildas la rejoint ; entre les doigts de son amie : l'abdomen lobé, jaune-vert, les ailes arides, adhésives, la gueule plate, simiesque, les crocs bruns qui attaquent l'ongle. Le pouce de Vivie est cerclé de pattes fragiles, agitées, un ventre gourd qui se penche, se redresse, c'est comme si toute la bête subissait son ventre. Un jus jaune coule de la bouche et suinte du thorax, une patte se brise dans l'étreinte. On fourre la bestiole dans une boîte dont on referme le couvercle.

La chasse reprend de l'intérêt ; bourdons, papillons, coccinelles, entr'aperçus et méprisés, même un papillon bleu. Les sauterelles vertes seules comptent. Gildas en voit une, dévoilée celle-là, accrochée à la courroie longue d'un blé. Il la saisit par la nuque, la décolle, les pattes se démènent, la gueule tirée vers l'arrière s'ouvre, les crocs. Il la pousse dans la boîte.

Ça y est, à présent ils les distinguent toutes, leurs yeux sont habitués à ce vertige vert, les corps plient, les bedons, les antennes oscillent, les abdomens malhabiles rampent comme des carènes gonflées de lait sur les passerelles vertes. Certaines échappent au fond de criques où il est malaisé de les poursuivre, car il faut glisser la main en aveugle et l'on ne sait jamais ce que voilent ces antres : une guêpe moribonde et féroce, une vipère...

La boîte est remplie de bêtes qui lentement se

chevauchent et s'empoignent, les abdomens comme de gros épis bougent, se frôlent.

Les enfants ramènent en courant leur chasse dans l'enceinte du verger. Ils ont installé un casier. Deux vitres de verre en guise de couvercle permettent de voir à l'intérieur les sauterelles captives. Quelques fleurs, beaucoup de paille, d'herbe, reconstituent une campagne en miniature.

Les bêtes abandonnent bientôt le fond de la cage pour monter en surface, elles reniflent le long des bords sur lesquels le couvercle est posé ; un filet d'air, de liberté, leur arrive par là. Le soleil fait des éclaboussures énormes sur les surfaces de verre ; attirées, les bêtes sortent de leur reptation périphérique et rappliquent au milieu des vitres. On voit leurs ventres mafflus, les thorax ridés, qui hésitent, se croisent, les pattes, les crocs. Elles sont tout à l'envers, immobilisées maintenant, attendent dans les grosses taches de lumière.

Les enfants s'allongent, dans l'herbe, autour de la prison, pour savourer le spectacle de ce zoo sauvage et personnel. Toutes les bêtes grimacent derrière la glace, les crocs dérapent, leurs yeux ronds.

Pour fêter leur succès les gamins décident de boire de l'élixir. Ils entreprennent aussitôt la confection du produit : cerises pilées, quelques pressions légères exercées sur le ventre de Julie ont livré une jolie grappe écumeuse d'œufs.

« Et si l'on ajoutait une goutte d'alcool ! s'exclame Gildas, ça corserait plus... » Vivie lui fait signe qu'elle se charge du larcin. Elle revient rapidement avec un gobelet rempli de liqueur de mirabelle. Ils mêlent leurs ingrédients et goûtent. Le liquide gras les brûle, ils avalent à petites gorgées, trinquent en riant... « Et si on allumait le reste ?... comme à Noël, le punch ! tu sais... » Cette fois, c'est Gildas qui s'esquive pour revenir peu après muni d'une boîte d'allumettes. Ils s'assurent que personne ne les regarde, frottent l'allumette, la flamme les déçoit, presque invisible dans la lumière. Ils l'approchent de l'élixir, et soudain, le feu resplendit, souffle. Ils jubilent en se serrant le bras. L'élixir a pris une couleur ambrée, mystérieuse, ils attendent le refroidissement et boivent. C'est bien meilleur, plus sucré et plus riche. Ils en sont tout émoustillés, leurs yeux brillent, les sauterelles rameutées contre leurs vitres ont l'air de petites vieilles gâteuses qui marmottent.

Ils se sentent bien, joignent leurs bouches, l'odeur est drôle, puis décident de faire la tournée complète du jardin, main dans la main, sans se presser, sans renouveler la nourriture des animaux et nettoyer les cages, simplement pour le plaisir. Ils rendent d'abord visite à Julie que Vivie extirpe de l'eau, avec ardeur baise sur le museau, Gildas s'unit à ces marques d'affection en pinçant tendrement le ventre de la femelle. Remise dans l'eau, celle-ci, abasourdie, se laisse couler, heureusement, Oscar, amant vigilant, accourt, secourt et ramène sa maîtresse en surface.

Le couple princier enfile ensuite l'allée aux lapins, les bêtes accumulées contre les grilles les regardent passer, Vivie leur adresse des petits signes de la main, Gildas fait des courbettes, titube, se redresse. Les poules à ras de clôture ont l'air d'être fausses tellement elles sont figées, grasses. Homère, enfin, qui ne bouge plus, apaisé, mou...

Gildas fait des projets, annonce qu'ils vont conquérir d'autres espèces, mettre en cage des papillons, des scarabées, des hirondelles, des renards et des serpents, même des serpents... « Oui... les couleuvres il paraît que ça ne mord pas », dit Vivie. — « Des couleuvres ! mais surtout des vipères, ajoute Gildas, des vipères... oui ! on bâtira tout un truc pour les piéger, tu verras ! Il faudra faire reculer les plants de radis, de salades, on convaincra la bonne, le jardinier, tout ! on installera une sorte de grande ménagerie, que l'on visitera, tous les jours, après avoir bu l'élixir, parce que maintenant on en boira tous les jours, et puis on fera de la reproduction plus intensive avec les poules, les lapins, on en vendra... j'irai à la maison des étrangers proposer mes produits, tu verras... — Oui... je vois que tu reparles de la fille, c'est tout ce que je vois ! »

Mais Gildas s'échauffe, part en avant, n'entend plus : « J'irai pêcher des truites, une douzaine de truites que je lui vendrai, et c'est cher les truites ! Je lui ferai boire aussi de l'élixir, des bouteilles que je fabriquerai, qu'elle boira, et je la mettrai toute nue et je toucherai les boucles, dis Vivie... tu sais... les boucles ! et les seins tout blancs, comme ça... — Elle criera : au fou, au fou ! » lance Vivie derrière lui ; Gildas tournoie. « Oui elle dira : mon petit fou, mon petit fou ! Gil... Gil... das doux »... s'écroule dans la feuillée, le beau jardin capitonné de Laura blanches, la nuit, dans une chaise longue, comme un vaisseau sur la mer, le navire blanc, femelle, bouclé de ténèbres, les guindeaux bombés comme des seins. Les voyageuses s'incurvent sur le pont, hypnotisées, dorment... et l'enfant, dans l'aube des corps, déambule, choisit. Il ôte les extrêmes parures, décroche les soutiens-gorge, lever de poitrines bouffies, solaires, de lunes étales, moignons resserrés, torves, les tétons mornes, planétaires, bulbes, champignons neigeux, sous les fragments de tissu qu'il dégage. Les brides barrent encore le torse, les épaules, et les soutiens-gorge font comme des lunettes abaissées, c'est comme si les seins voulaient mieux regarder, mieux se sentir tâter, mordre, par l'idolâtrie du gamin saoul qui les fait pouffer contre son ventre si soyeux. Et Gildas se pavane, avec la nostalgie de Vivie, d'une déchirante rupture, qu'il oublie... avançant dans les allées des femmes, son harem naval sur l'océan qui ondule de poissons, de Julie, de Vivie abandonnées... C'est comme des collines sur une tranche d'aube ou de la mie molle, la corolle d'un chou, la chair douce des raves.

Il se couche sur elle et touche, inspecte, et les silures, raies, mandoles s'ouvrent dans le gras de la mer noircie d'algues. Le bateau se ramasse, s'élance au-dessus des vagues, Gildas embarqué sur les femmes, caresse, caravane, remous, bouches, crêtes moussues, bouée de bras amoureux, souples, ramant les torches humides de la mer, ronde, lunaire. Soufflent les montgolfières, les chérubins neptunéens dans les mamelles croupes des flots.

Elle avait protesté, la campagne ce n'était pas son fort, les petits bleds, les péquenots, le fumier devant les portes. Elle préférait encore la Place. A l'hôtel, sur le balcon, aux environs de deux heures trente, on pouvait capter le soleil ; un quart d'heure de bikini sous une gerbe de rayons comprise entre le torse bombé d'un atlante et l'angle du fronton voisin. Elle avait déjà le ventre noir, et les seins quand elle se déshabillait, le soir, apparaissaient blêmes au milieu du cerne sombre du corps, la poitrine d'un lendemain de nouba... Au fond il y a toujours quelque chose de coincé dans le bronzage : le corps coincé pour attraper l'angle par où vient le soleil, les seins prisonniers du soutien-gorge, et, celui-ci ôté, à l'étroit dans leur carcan de chair cuite.

Il lui avait dit que la forêt était déserte, qu'elle pourrait s'y exposer nue, les seins bruniraient et s'accorderaient ainsi avec les zones périphériques. Elle avait hésité. Elle redoutait une marche fastidieuse. Il l'avait suppliée d'y consentir, pour lui... Il ne pouvait rester cloîtré dans la Place, ses sorties en ville étaient rendues insupportables par l'intensité du trafic, tous les cortèges de touristes. La forêt : c'était là qu'il pourrait retrouver équilibre, calme, guérir de son anxiété. La solitude. Alors elle s'était étonnée :

— Mais cette merveilleuse place bourrée de frondaisons au milieu de la ville ?

— Justement... au milieu ! l'accès en est impossible...

— Et bien ! fichons le camp... puisque cette ville est surpeuplée, inhabitable ! sans air, sans eau... mais qu'attends-tu !

— Callot... il faut finir... à peine une semaine... une promenade en forêt m'aiderait, vivifierait mes idées, précipiterait la conception de l'essai...

— Me stimulerait, propulserait ! vas-y donc... la poésie de la genèse... le génie ensemencé par la fécondité des bois... le soleil propice... les croissances !...

Il s'était indigné, avait parlé de nécessité, d'exigences absolues, profondes. Il était revenu sur le chapitre de l'anxiété, il lui fallait le grand air, la majesté... Le mot avait eu beau être dit sans prétention, comme lâché... : « J'ai besoin de paix, de majesté, quoi ! » Elle avait aussitôt réagi, le couvrant de sarcasmes, reprenant : « Majesté ! majesté !... solennité... », ébauchant quelques variations sur l'idée, mélangeant tout, des allusions à Chateaubriand, des associations confuses, la langue allègre, vipérine, les petits yeux furieux, morsures de femmes... les dents aiguës, la lèvre rouge, la bêtise, et des sous-entendus venimeux, des mensonges, des stratagèmes, lui corrigeant remplaçant majesté par dignité, elle renchérissant sur des notions voisines, avec hilarité, le patriotisme en vrac, les droits de l'homme, le citoyen, la maternité, puis tout à coup : la dignité du poète, à grand renfort d'injures, de crachats pour les têtes qui lui revenaient : Baudelaire, Rimbaud, des tous pourris, des petits c..., disait-elle, des zéros, pas heureux, grognons, cocus, des chefs-d'œuvre qui font radoter les paumés, les c... de profs, les élèves crèvent d'ennui, la salade, la mouise, les peigne-culs, des mâche-merde, tous ! Elle trépignait, elle se sentait injuste, avec l'impression vague qu'elle jouait un numéro ; il se souvient des lèvres ouvertes, la rangée luisante des dents, tout un clavier qui sifflait de côté, une éblouissante balafre de méchanceté. Bataille de gestes comme si sur place elle partait en guerre. De temps en temps : des mots qu'elle cherchait, preuve qu'elle en rajoutait, qu'elle l'avait oublié, qu'elle continuait par virtuosité.

Elle n'était plus si mince, la colère la rendait poupine, de bonnes joues gonflées de mépris, la poitrine qui se soulève, bascule, les reins en fouet, la jupe virée, la cuisse...

Exagérant, époumonée, regrettant, lui très pâle, alors tapant du pied, la lippe, plaquant des doigts sa jupe sur ses jambes, de moins en moins exclamative, interrogative, elliptique... jusqu'au lit, les larmes, jusqu'à lui, les cœurs battants...

Elle avait fini par sortir la voiture du garage, ils s'étaient empêtrés dans les circuits d'une circulation pleine d'obstacles et de grumeaux, on contournait, puis l'on était dévié, l'on revenait sur ses pas, mais un autre avait pris la place ; très vite elle avait trouvé ça drôle, elle en riait, elle aimait le côté agaçant des choses, s'insinuait, jouait des perfidies aux apprentis, aux balourds, guidant son véhicule du fin bout de la langue, ravie, tout en boucles, les bras ronds enveloppant, dénouant le volant, allant le chercher par en dessous, basculant les vitesses au sol comme un goupillon, c'était bien cela, elle faisait des courbettes aux opposants, leur passait devant, avec un air ecclésiastique, des minauderies pieuses, excuses, susurres... puis dès qu'elle avait franchi le pas : frénésie du défroqué, étranglant le goupillon, l'empoignant comme un gros dard, dandinant sur le siège son croupion diabolique.

Un caillot pourtant la bloqua... Et les dupes remontèrent à son niveau. Devant les visages haineux elle se composa une attitude d'impatience anxieuse... lutte contre la montre, l'air de le conduire mourant à l'hôpital. Justement, elle s'était arrêtée devant le magasin pour infirmes. Et la belle fille essayait une carriole, ramait, zigzaguait entre les autres véhicules, s'empêtrant, reproduisant les embarras de la rue. Elle avait les cuisses toutes découvertes devant le jeune mécanicien qui, muni d'une petite poire à huile, arrosait les moyeux et prenait garde à ne pas tacher la patronne. Derrière le couple, deux personnes attendaient, une jeune femme et un jeune homme, on ne pouvait voir qui était le paralysé, seuls les torses surnageaient de la forêt des machines, normaux, bien épaulés, saisis dans l'anneau étroit des tailles. Et Paulin imaginait les mutilations inférieures, l'avachissement de silhouette que masquait l'accumulation des charrettes. Mais comment arrivaient-ils donc à tenir droit leur buste ? Ils ne semblaient pas prendre appui quelque part... Ils pivotèrent lentement, le nouvel angle de vue les montra accotés l'un contre l'autre, unis, dressés, dans leur grande beauté, leur amour mutuel.

Puis les voies débouchées relancèrent l'automobile qui prit les boulevards, quitta la grande route selon cet amenuisement et rétrécissement si particuliers dont Paulin avait ressenti déjà la volupté. C'était des routes secondaires, bleues, sinueuses, avec des villages accrochés dans les boucles. Contre le trottoir, des filles et des garçons, ceux-ci à califourchon sur leurs bicyclettes stoppées, se retournaient pour les voir ; la distraction épisodique les arrachait à un moment de leur vie : quel projet en cours, conversation triviale, fanfaronnade interrompue... ? sur les vélos penchés, appuyés à l'extrême bord du trottoir, comme si les petits mâles faisaient la concession d'une escale et de quelques paroles aux filles croisées, avec toute la désinvolture de ceux que l'émotion bouleverse, le désir dissimulé... La voiture avait continué et les têtes s'étaient réunies à nouveau dans le cercle ressaisi des boucles, des figures, du temps.

Cercueil, Velaine le long des pentes. Des fermes dans toutes les poches. Ensuite, des chemins caillouteux, nodeux, les saillants du silex menaçaient à tout moment les pneus. Claire s'exclamait : « Quel bled, quel bled !... » Les paysans dans leurs champs se détournaient vers eux, courbés au sol, avec la mine de ramasser des pierres pour leur lancer. Puis les cahots où brinquebalaient les tracteurs avaient été délaissés. Ce furent les sentiers, une sensation d'échines tondues, de belles sentes lovées entre les murailles d'arbres, ruisselant dans le charnu des frondaisons qu'elles partagent.

Claire avait trouvé cela pas mal... Ils avaient arrêté la voiture et s'étaient mis à marcher... le long des lignes de chasse plus pénétrantes et plus intimes encore, tunnels dans la brume des feuilles où s'étaient frayé un passage les bottes, la crosse, la veste de cuir roux, les chasseurs penchés derrière leurs chiens, avançant silencieux, lents, comme des guerriers à couvert... Puis la coulée se restreignait, moussue, tubuleuse, avec tous les feuillages noués aux reins. Claire n'osait plus parler, elle piétinait des chapelets de cartouches dont le carton mouillé, vide s'écrasait sous le talon. Parfois le long des troncs : des traces de duvet, de laissées, le poil nuageux des biches traquées. « Dis... Paulin... où cela va nous mener ?... »

Les voûtes tantôt se haussaient et ils progressaient plus aisément, à peine fléchis.

— Mais où arrivera-t-on ?...

— Aux étangs internes... les trous des bombes de la guerre... plus loin, là-bas, derrière les remparts des bosquets, des chênes, des frênes noirs.

Les voies furent bientôt indiscernables, en écharpes peut-être... fumées... tantôt, à mi-hauteur, un trou dans la nuée où a coulé le ventre d'un chevreuil, des embouchures basses où se sont engouffrées les hardes, puis des signes moins sûrs, des branches épandues, une fourche fleurie, des passerelles en l'air, des feuillages nappés, flottants, équidistants, élargissant la vue sous les arbres. Une source.

Ils n'avaient touché la clairière que beaucoup plus tard et courbatus. Claire y est allongée, à présent, nue. Elle s'était dévêtue, vite, comme pour prendre une douche, dormir après un long voyage sur route. Son pantalon et sa chemise faisaient un paquet d'étoffe dont la couleur jurait. Elle était tout à fait nue, collée à la mousse. Le soleil pratiquait une vrille adroite sous les branches pour venir s'étendre sur elle.

Paulin la contemple, les ramures se crispent comme les cordages d'un navire. Il y a comme des têtes qui émanent de tous les bosquets, des vapeurs presque humaines, des fleurs, une aile d'oiseau. De larges champignons empoisonnés pivotent alentour des troncs ; c'est une note de virulence, d'invite et de mort sous les ombrelles retroussées des amanites et des chanterelles. Un merle à côté, dans sa combinaison de satan noir, attend que l'on cueille, croque...

Mais surtout, la bordure orientale de la clairière bée sur les étangs de la guerre. De larges trous, crépusculaires. Au moment de leur arrivée, Claire s'était approchée, et sa silhouette avait ondulé en surface. A l'enfourchure des jambes c'était un lambeau de l'étang. « Tu sais que l'eau apporte une fraîcheur... » Puis son pied avait dérapé, elle s'était inclinée pour voir et Paulin lui avait dit connaître la cause... Ils s'étaient accroupis tous les deux. Sous un tégument d'herbes, ils avaient sorti un bout d'arme rouillée. « Ça peut bien être quoi ?... » demandait Claire... Un fusil de guerre en miettes et plus loin, un semis de balles brunes. « ... Dis ils se sont battus là... quand ?... » ... Et elle prenait dans ses bras le fusil squelettique. « C'est tout juste si on ne trouve pas d'os... Il ne faudrait pas trop approfondir... » Une couleuvre gracieuse traversa la mare. Et le soleil avait forci subitement, éclairant l'eau, et des fonds étaient montés des poissons écarquillés, rouges, battants comme les cœurs des anciens guerriers.

Alors, Claire inquiète avait préféré rejoindre le milieu de la clairière pour s'exposer et bronzer.

C'est là qu'il continue de la contempler. Si le soleil pouvait éliminer le contraste des seins et du bronzage environnant... On dirait que les mamelles viennent d'être extirpées du thorax, mises à l'envers, offrant leur doublure récente, blanche. Il faudrait les retourner et on retrouverait la couleur bistre, normale... ou bien comme de la bourre, du molleton, dans le buste écorché d'un mannequin sombre.

Les rayons commencent par raser et rosir les disques ; ce léger feu qui s'empare des chairs et les humecte de sueurs. Le sein jaunit, le contraste diminue déjà. Tout à coup, elle se dresse sur son séant, une fourmi l'a piquée, des mousses sont incrustées dans sa peau ridée, scabieuse. Il balaie tout. Le dos est revenu à sa pureté originelle, élargi de part et d'autre d'une incurvation perceptible d'osselets, mais charnu le long de cette noue, souple comme les coupoles des amanites jaunes.

— Claire... ton dos est comme une voile triangulaire et molle.

— Pas si molle ! et elle se carre.

Des boomerangs nerveux durcissent autour des omoplates, les brides des reins grimpent jusqu'à la taille, le haut des cuisses grouille d'ocelles et de sang, elle déploie sur sa nudité une envergure d'ailes, de mouette. Elle relâche, et les seins sont comme des nacelles qui flanchent. Il la fait ainsi se bomber et se fendre, et tout le corps bruisse autour de l'axe, s'ébranche. Les aisselles se creusent, le nombril, le ventre, elle n'est qu'une fissure nodale avec tout l'éparpillement charnel. Au contraire, elle se rencoigne, se contracte, le corps n'est plus qu'un fuseau dur, entouré de silence, d'air, de couleuvres, d'étangs...

Il se couche sur elle, empoigne les seins trop pâles, sa main recouvre, puis aspire, toutes les rides de sa main, les cals fibreux et doux des paumes, il roule sa main d'argile aux sporanges de fougère, brunit le mamelon, le mégit, tout le sébum émis huile, les doigts pétrissent. Les cuisses étranglent, libèrent. Il y a des bras qui bougent peu, puis soudain se risquent dans l'air à de fantasques dessins. Les vrais bras sont les souffles. Le soleil, plaqué sur lui, l'emprisonne, le fouille, ouvre le long de ses reins des chemins rayonnants qu'il se charge de poursuivre en elle. Le soleil, fou, déchiré de feuilles, fulmine dans son dos, et se cabre sous lui ; la mousse dans son dos à elle, le soleil d'une fourmi rouge, débattue, qu'elle lacère, dont la brûlure se mêle au plaisir fou... et cette douleur plus sourde, ce cahot de débris d'arme que leur étreinte dépouille.

Les têtes sont écrasées contre la vitre au milieu d'une tache séreuse. L'abdomen flasque pendouille. Les petites pattes sont recroquevillées. Elles sont toutes mortes, toutes remontées contre le couvercle pour respirer, pour brûler sous la fulguration solaire, pour crever.

Vivie et Gildas s'interrogent sur les causes du désastre. Ils auraient dû prévoir un rempart d'ombre, ainsi les sauterelles vertes eussent échappé à l'asphyxiante chaleur du soleil ; et pourtant, elles semblaient rechercher la lumière ; les trous d'aération avaient-ils été insuffisants ?

Les ventres verts s'offrent tantôt bouffis, tantôt creusés et déformés ; les gueules sont ridées, suintent ; les yeux sont décrochés et les ridicules pattes ramassées semblent gratter le thorax cuit. Une mouche s'est introduite dans la cage ; peut-être y était-elle au moment où ils avaient incarcéré les sauterelles ? Mystérieuse survivante, elle marche, une mouche qui ne vole plus mais rampe, ailes écartées, la tête bourdonnante et noire de sang, elle monte sur les cadavres, flaire, inspecte les anneaux qui cerclent le corps, le scapulaire coriace, les pattes, elle butine, boit le long de minces entailles la sève dégorgée. Le sang colle, le sang sec, le sang riche. Les bêtes se ratatinent davantage, les petites pattes disparaissent dans le ventre, la gueule se rabougrit, sans yeux, sans crocs, une gueule qui pourrait être n'importe quoi : un gros œil tuméfié, un croupion, une verrue. Les épaves vertes sont comme des morceaux de végétal fanant. Tout est délabré dans la prison, les blés tordus, les herbes, les fleurs incolores, mortes. Une sorte de jus remplit tout le fond du casier : liqueur végétale, animale... Et quand, tout à coup, ils soulèvent la vitre, l'odeur exécrable leur bondit au visage, une puanteur profonde de feuillage, comme si la chair altérée des sauterelles était devenue sureau décomposé, élixir de lierre. La syrphe continue son vagabondage sans se soucier de leur présence. Elle épouse les contours de chaque boursouflure dorsale, crevasse abdominale, avec une scrupuleuse exactitude. Elle mesure la catastrophe dans son détail, se repaît du désastre, n'omet rien. Et l'odeur leur remplit les narines, les poumons, une pestilence adoucie maintenant, diluée, vireuse, dans l'air d'été, se mêlant aux effluves des fleurs et du cerfeuil environnant. Leur sang se met à courir plus vite, les senteurs musquées, leur cœur... Gildas éprouve une inquiétude, un plaisir, resserrant son ventre, se contractant plus bas. Il passe la main dans sa poche et sent son membre qui se dénoue, s'étire, dévie le slip, le déborde :

— Dis Vivie... voilà que ça me prend, c'est pas normal... dis ?...

— Ça doit être l'odeur... moi ça me chatouille aussi.

Les cadavres se rencoignent dans la chaleur : boules sèches. La mouche bombée gronde, longe, grésille. Gildas est dur, tout innervé de plaisir, il tient son membre, c'est comme si lui aussi vrombissait. Vivie l'arrache à sa stupeur, déclare qu'à présent il ne reste plus qu'à nettoyer la cage. Ils se mettent au travail, et au fur et à mesure que la tâche l'absorbe, il sent la tension diminuer.

Gildas n'a pas abandonné le projet de pêcher des truites en vue de les offrir à l'étrangère du jardin. C'est pourquoi il invite Vivie à ramasser des vers. L'endroit propice est le tas de fumier de la ferme. Les enfants savent qu'on vient d'y jeter une délivre de vache à laquelle s'ajoutent le déchet du veau mort, de quelques poules, lapins et autres restes enfouis là pour corser le purin. Ils approchent du tas qui forme une masse homogène et donne l'impression d'être composé uniquement d'urine, de paille et d'excréments.

Les enfants entreprennent de dégager les couches supérieures du mamelon. Après quelques pelletées, le fumier ouvert comme un tombeau révèle la délivre récente de la vache, épandue parmi les fientes, des charognes de volailles et de bêtes poilues.

L'imposante enveloppe offre à la vue un paysage tumultueux, varié, qui fait monter aussitôt à l'esprit des images de vêtement, d'architecture, de géographie, de cuisine, de plantes...

— C'est incroyable comme c'est grand, dit Vivie.

— Oui, mais il y a toutes les bêtes crevées dedans... on ne sait pas trop réellement où ça finit... ça te fait mal au cœur ?...

Vivie dit non de la tête.

La bordure extrême de la délivre s'incurve et se busque en un dessin capricieux, selon la dispersion variable des sérosités, la dureté des substances. Le tout forme une première enceinte composée de fossés baignés de sang qui alternent avec des bourrelets compacts moellonnés de carcasses de poules, de veaux, doublés de rangées de petits appartements alvéolés ou cellulaires. Ensuite règne une espèce d'esplanade, elle aussi très irrégulière que modifient des buttes dont la nature et l'origine restent indéfinie. Cette esplanade est formée de tripes douces, spacieuses où pullulent des vermisseaux rouges. Les tertres qui par endroit la bouleversent laissent malgré leur confusion deviner quelques osselets hypothétiques, bouts de cartilage que la vermine dédaigne. Au pied des monticules part un ensemble de conduites où des sanies divaguent allant féconder des zones arides et marginales.

La zone la plus intéressante est celle qui s'offre derrière ce paysage. Il s'agit d'une agglomération extraordinairement riche de condyles visqueux, chapelets de lentilles, de disques bouffis, gélatineux, ressemblant à des amas géants de ris de veau ou de cervelle. Le tout flageole, clapote, se dandine selon les renflements ovoïdes, la coagulation de godrons, de trémulantes holothuries. Des vers jaunes et gras farfouillent dans cette cuisine, cheminent sur un ensemble de gibbosités en quinconce qui surplombe des cuvettes bitumineuses aux bordures coriaces. Des rigoles de sang abreuvent vers le centre une masse tubéreuse compliquée de paquets bossus et chantournés de larve.

La délivre au-delà des condyles prend un aspect gracieux de tissu et de robe ductiles. Des sporanges doux renflent des voilures parme, de roses fibrilles dentellent des nylons transparents où se reflète une effervescence rouge. Tout un jeu de conduites, d'adductions et de canaux soutire et ramène le sang en lents écoulements, cascades brusques. De beaux gisements de morve albumineuse nappent les dessous de textures diaphanes. C'est le paradis des moires à efflorescences de sang, passementées de galons cerise dont le jus, selon un parcours spiralé, s'enfonce dans des failles à dimensions inégales et d'orientation oblique. Une très légère rubescence entache la corolle pure d'une méduse géante, se noie dans une vulve pourtourée de treillis bruns, successifs et remplis de myéline. C'est la région des membranes claires, des humeurs latentes, des festons laiteux échancrant orifices et pertuis verts. Malléables, liquides, souples, les robes ondoient sous-tendues d'arêtes qui les mâtent, immergées dans des pistes grouillantes et médullaires. Soudain des faces vultueuses, noires, se moulent, s'enroulent dans la déliquescence et grimacent. Des remugles sucrés affluent de cratères turgescents, amers, vous étourdissent parmi le méandre brouillé et prodigue des veines... quand Gildas assène un coup de pelle à la délivre, la cabosse, mais la brèche aussitôt se referme sur l'affaissement des bordures visqueuses. Les gras nylons tire-bouchonnés remuent, une trombe de sang s'enlise sous l'écroulement d'un remblai de condyles. Le choc se répercute sur la première enceinte dont le contour adopte une allure sigmoïde, les artères de sang débordent et assaillent les buttes, les petits vermisseaux se débattent sous le déluge, les vers jaunes et charnus culbutent, glissent sur les moires perforées d'où à pleins jets la sanie crache. Canaux, rigoles, adductions effondrés se déversent en tous sens. Dans ce chaos de laitage et de sang les enfants commencent à picorer les vers qu'ils jettent dans une boîte de fer.

— Cela remue encore, dit Vivie, on dirait que le sang a remonté... il y en a partout.

— Qu'est-ce que tu crois, c'est une délivre, c'est bourré de sang, ça enveloppe et nourrit le veau.

— Tu savais que les femmes ont la même chose...

— Ça ne m'étonne pas, c'est normal... mais t'en as vu, toi une délivre de femme ?

— Pas exactement, mais quelque chose d'approchant... hier chez la bonne, dans le lavabo, il y avait des linges qui trempaient dans du sang, plein de sang, la bonne est arrivée et quand je lui ai demandé ce que c'était, elle m'a dit que c'était du sang pour les enfants dans le ventre, ça vient tous les mois et ça fait mal et quand on a un bébé ça ne vient plus...

— Moi aussi il me viendra un jus mais cela ne me fera pas mal, cela fera très plaisir, il paraît que cela viendra bientôt.

— Comme moi.

— Mais comment ça s'appelle toi ?

— Des règles.

— Des règles !... comme celle de l'école... du Monopoly... Ils ne sont pas bien ! pour du sang qui coule... Dis on ne pourra pas faire... ces jours-là, on aurait le ventre tout barbouillé.

— Mais ça ne coule pas beaucoup tu sais, simplement comme les chattes, de petites gouttes, et puis tu n'entres pas encore, on n'a pas encore envie de ça, alors ça limite les dégâts...

— Mais tu m'as dit que c'était tout rouge la bonne et qu'il y en avait plein le tissu.

— Ça dépend des jours qu'elle m'a dit.

— C'est donc très rouge...

— Oui... du sang quoi ! noir, violet...

— Des quetsches qu'on va appeler ça quand tu en auras, surtout que le truc ressemble déjà à une prune, tu auras des quetsches dans ta mirabelle !

Et Vivie trouvant l'idée cocasse s'exclame :

— C'est vrai les quetsches quand c'est mordu par les

merles... oh dis... — Elle chantonne : — J'ai des quetsches dans ma mirabelle, j'ai des quetsches dans ma mirabel-le ! j'ai... on va dire ça à la bonne, elle ne pigera rien !

La boîte est pleine de vers, les enfants ont envie de se reposer dans un endroit bien sec, loin des excréments, des sanies, de tout ce lait de délivre. Ils songent au grenier à foin.

Après un petit escalier, une trappe, ils arrivent sous les combles. Le bloc de chaleur et de foin les accueille. Ils commencent par ouvrir les vasistas qui garnissent le toit. Ils sautent dans le foin. Toutes les buttes s'effondrent en jetant des nuages de poussière. Ils sont cinglés de débris cuits, torrides. C'est comme s'ils étaient nettoyés du purin, du liquide fienteux ; la paille se croise, s'enchevêtre, poudroie, les crible. Ils s'enlisent dans les fossés que leurs jambes agitées creusent. Ils suffoquent, l'ardeur solaire fait des rectangles éblouissants dans les ouvertures du toit ; le plancher disloqué bruisse, craque...

Les enfants se déshabillent à la hâte et replongent dans les meules. Ils s'étreignent, le plaisir bossue, tord le ventre de Gildas. Il se sent plein d'une chose indéfinie, c'est comme s'il était bondé d'un plaisir qui dilatait des lierres en lui, une efflorescence croissant d'un coup, le rongeant, l'écartant. Et il bondit sur Vivie qui joue à se sauver, il plaque les reins de la petite fille, scelle aux fesses son abdomen roide, elle le traîne ainsi comme son petit, dit-elle, dans les enfonçures du foin, où ils sont submergés de paille, d'épis persistants, puis elle le renverse et il se retrouve agrippé au ventre. Ils se serrent et se cabrent et longuement se vautrent et se frictionnent. Ils ont les oreilles rouges, les côtes ressorties et de la sueur au creux des clavicules. Gildas est rempli d'une tension de volupté, d'angoisse, de tocsin, comme une incomplétude qui le corrode et l'exaspère, il s'acharne sur le ventre de Vivie dont le bras droit soudain l'empoigne, l'étrangle. Il saisit le charnu de la cuisse, glisse sa main entre les fesses, écrase sa bouche, sa bouche sur le torse plat de Vivie, lunules, côtes, aisselles, il palpe, voudrait que ça se gonfle... Laura, veines, forage de la langue entre les lèvres voilées de salive, longtemps ainsi, jusqu'à ce que ce creux en lui se comble ou se relâche, s'aplanisse... Et il souffle à Vivie : « Dis... ce jus, tu sais ce jus qui va me venir un jour, je crois que j'ai pressenti, ça devrait arriver bientôt, quelque chose d'inouï... Vivie... au bout de l'espèce de vide que j'ai, de joie aiguë, que j'en suis tendu, vibrant... » Et il embrasse la bouche de Vivie, et elle le serre contre elle, et ils se mettent à larmoyer tous deux, à balbutier des choses confuses, béates, sur la vie, la merveille, dis... Vivie... la vie... vive... heureuse... belle... ma petite Vie... Gildas...

Élancements. A cadences fortes le matelas qui se soulève et descend. Sur quelle mer : la houle des draps ? L'armoire à glace reflète l'aube. Vers quel but, île verte où des colonnes, des frontons, des amphithéâtres crayeux se découpent nets ? Enfants nus, rites, danses bigarrées, des rayons fleuris sortent des jarres, violences solaires. Et le lit tangue, la chambre qui bascule, l'azur du miroir répercuté dans tous les angles comme aux issues des péristyles. Vision de verdure, d'architecture, de fille nue, d'eau. A rythme vif le pont martelé, propulsé du vaisseau par l'espèce de bielle blanche qui trime sous l'œil de Paulin. Tout le navire pris dans l'activité de cette roue, le lit qui tourne, l'azur projeté, les fragments de pierre sautent et la mer se muscle. La chose perce derrière des rideaux de sommeil et de rêve : une cuisse qui se hausse, plie, gravite, au milieu de la chambre, dans un essoufflement de bouche, de sang. Claire allongée au sol se livre à une gymnastique furieuse. Toute la jambe se casse, se jette, s'enfle, et les reins soudés grondent. Six heures. Quelle folie lui a pris ? Rut, rite du matin, au lever du lit, dans lequel elle l'a abandonné gisant et dépouillé. La fenêtre est grande ouverte, le jour accaparé par le miroir long de l'armoire, une blancheur absolue, sans lumière, comme celle de la cuisse qui œuvre et se distend. Il a froid, les draps fendus l'encerclent, avec des rigoles d'ombre. L'implacable miroir, fenêtre, et Claire qui s'acharne au sol. Elle s'aperçoit qu'il vient de s'éveiller et lui dit à travers la cadence, l'asthme : je fais un coup de gym... avant le soleil... la chaleur... c'est le meilleur moment... je n'ai pas dormi... pas de sommeil... j'avais envie de gym...

Il la regarde, l'échine enracinée au plancher, les jambes qui se ramifient, tordent, une sorte de pieuvre blanche, dont tous les tentacules jaillissent d'un ventre fiévreux, noir. Plante irrégulière que bouleverse une tempête rythmique de tendons, d'artères, de boucles. C'est comme si des fourmis la mordaient en son centre, des crabes, une frénésie de sous-sol, d'aube tellurique qui fait résonner la pièce et le lit. Paulin a mal au crâne et cherche sa lucidité. Il demande à Claire de s'arrêter, de s'immobiliser un instant... suppliant... Elle s'acharne un dernier coup, fleur violente, crevant l'aube, crachant la terre par les narines, la tête, le ventre, l'anus et blanchissant monstrueusement de plus en plus. Soudain, elle cesse, reste toute nue, jetée au sol, vaguement nouée, montrant un sein coincé et gonflé sous l'épaule, un angle du ventre et l'arrondi exorbitant d'une fesse parcourue de frissons. L'aube, la mer, le navire l'ont versée là. Elle rampe, naufragée mouillée de sueur au pied du lit. Ils se demandent tous deux ce qui leur arrive, d'où est venu l'effroyable tumulte ! A quel écueil ils se sont heurtés ? Pourquoi cet acharnement des muscles ? Elle a beau expliquer qu'elle veut mincir, réduire l'imperceptible grouillement au haut des cuisses, l'argument ne les persuade qu'à demi. Ils ne réussissent pas à chasser cette image d'aube, de naufrage et de corps tourbillonnant comme un polypier fou. Sept heures. La nuit est fichue. Il n'a jamais aimé se lever tôt excepté pour la chasse ou la pêche. Il sort du lit; dans un premier moment, dédaigne Claire toujours allongée; il regarde par la fenêtre : la Place est tout écartelée dans la blessante blancheur du matin. Les fontaines taries et comme solides. La petite sirène, Neptune, les autres déités montrent des trous noirs de bouche, de vagin, d'anus et de verge par où les jets, dans la journée, dardent. Les corps figés remplissent Paulin d'effroi. Les façades ont quelque chose d'appliqué, on a envie d'en gratter la dentelle, et la statue centrale, verte, gerbe, émanée des profondeurs du sol que l'on devine, noir, par tous les orifices des sirènes et des dieux. Puis le zoo bouge derrière les grilles, tous les bruits de la terre, clapoteux, prospères, fumeux, alentour de la Place rigide.

Il se détourne de ce spectacle et ramène le regard vers l'intérieur de la chambre. Sur le plancher bruni, boisé, tiède, dans le premier épanchement solaire, il voit sa femme. Elle s'est rapprochée des franges bariolées du tapis dont les lobes pelucheux lui strient l'épaule et le flanc. Le désir monte brusque en lui. Il la désire surtout à mi-chemin du sol ligneux et des laines colorées. Une partie du corps : délimitée, roide, sur le plancher, l'autre : plus charnue et vautrée dans le tissu. Il vient, se couche sur elle, et les jambes de Claire sont orangées, vernies comme des poutrelles. Les boucles du ventre lui infligent une égratignure locale qui s'épanouit autour des corps liés, en houles de tapis hirsute, persan. C'est comme s'il la possédait à travers la trame enchevêtrée, laineuse, les enlacements des bariolures, l'or, le rayonnement des teintes orientales où ils s'inscrivent et maintenant s'absorbent : motifs géants, mouvants, de licorne, de poisson, de monstres arc-boutés.

Il a quitté la chambre, la femme lasse enfouie dans le tapis, la moiteur et le chaos. Et voici la Place, allumée de soleil, irriguée d'eau par toutes les vasques des fontaines. Les barres des grilles miroitent, font un bruit d'orgue, d'essor ; et la statue centrale semble bourrée de chlorophylle nouvelle, tandis que toutes les sirènes vibrent, ruissellent et que Neptune enfonce l'épieu dans le dragon avec une force inégalable de paysan piochant la terre, de guerrier accablant l'ennemi opiniâtre, perfide. Tous les Atlantes grimacent, souffrent, jouissent sous les entablements. Les cous des coqs flamboient et perforent l'azur.

Paulin ivre de bonheur s'adosse à une façade, admire... comme il a coutume de le faire au cours de ses promenades matinales. Ce sont des heures qu'il passe ainsi, adossé à un renflement de pierres, les pieds calés sur le trottoir. Il caresse les murs, en tapote la matière dure, sonore. Mais surtout il aime la chaleureuse aridité dont elles sont empreintes. A midi, ceint de son carcan torride de façades et de frontons, il se sent invulnérable, coupé des démarches du temps. Les socles vigoureusement inclus dans la profondeur du sol, les couronnes d'architraves détachés sur l'azur lui assurent une protection absolue, parfaite. Les grilles lui ferment les accès de la Place et dressent leurs profils purs, l'emprisonnant plus étroitement... et les calottes d'or, les coquilles, les buissons de fougères flambantes, l'exubérance des ferronneries ajoutent quelque chose de convulsif et d'irradiant à ce sanctuaire de vieilles pierres.

Il va s'asseoir à la terrasse du café, les chaises de fer, vermillonnées, l'accueillent. Il écoute le raclement des pieds sur le sol poudreux, mêlé de miettes de silex, et cette rumeur de la chaise et du sol confirme son insertion dans un monde durable, tout juste érodé en surface pour que soit sensible le cœur imbroyable des pierres. Quand son soulier traîne au sol, soulevant une vague blanchissante et morainique, il a le sentiment de s'immerger, de s'ensabler dans la quintessence de la ville d'art, car il sait que ce morfil n'entame pas plus la stabilité de l'ensemble que l'écume ne ronge l'édifice inaltérable de la mer. Mieux ce débris est l'engeance de l'éternité même.

Alors la serveuse vient, avec les brides de son tablier nouées au-dessus du croupion comme des rubans au sommet d'un bel œuf de Pâques. Et c'est bien une fête que cette croupe, un élan de chair subversive, une résurrection de printemps ; soudain l'image de Pâques imprime au postérieur un ballonnement d'agneau éblouissant, fessu.

La fille lui sert sa ration de bière quotidienne, sans mousse, dit-elle, tranchant les bourgeons de salive montante, et cela imperceptiblement la fait sourire. Il faut dire qu'à cette tonte elle met une fièvre castratrice. Au second verre, pourtant, elle enferre mollement sa petite spatule dans l'oscillante peluche de la bière. Alors le houblon est comme pris de délire. Il s'élance à la surface, en remous pétillants, la cuiller s'encrasse, s'enchâsse là-dedans, jusqu'au manche, tordue de bulles effervescentes, revêtue d'une fourrure de gouttes proliférantes et blanches qui ne cessent de bourdonner le long du manche, sur les bords et dans l'intimité dorée du verre de bière.

Cette écume immaculée s'harmonise avec le tablier rond de coton duveteux que la serveuse conserve sur le ventre. Et quand il voit surgir deux autres serveuses avec le même tablier rond et moussu, plaqué au ventre, il resonge à l'active salivation de surface contrastant sur la croupe profonde et mordorée du verre de bière, comme si les ventres des serveuses, bistrés, renflés et houblonneux, engendraient eux aussi leur tablier de mousse blanche. Puis une certaine ébriété brouille ses idées, il voit le socle de la Place revêtu d'une toison blanche et chaude de moraines, le derrière pascal de la serveuse, l'agneau trémoussant, la fourrure blanche de la bière, le tablier spumeux, et ces visions s'échangent, se substituent les unes aux autres, tressant des combinaisons innombrables sur cette note unique d'écume et de blancheur. C'est bien plus tard que le barrissement de l'éléphant du zoo le sort de son étourdissement. La serveuse lui sourit, blanche, globale. Plein de fièvre il lui dit : « Vous êtes désirable... » Il lui semble qu'elle le gourmande, gentiment l'expédie. Il lui laisse un pourboire monumental.

— Leur sale micmac... les lourdauds, les Teutons, sauront-ils jamais manger ?

— Il fallait choisir quelque chose de plus léger.

— Tout est impossible, de pire en pire, ils me feront bouffir, crever... et cette chaleur, avec cette chambre mal foutue, on dirait que toutes les pierres de la Place réverbèrent leur feu sur nous.

Deux heures, l'été, les villes intérieures ne reçoivent aucun souffle. Le granite en bloc crame, bout, et l'eau des fontaines s'attiédit dans les vasques. La serveuse alerte a repris son service, inondant de sodas la cohue des touristes ; avec ses gestes enveloppants, elle pénètre leurs groupes, les isole, les relie, c'est comme si elle possédait la science de l'été, de la fraîcheur, répandant sur les gens l'âme cachée de la Place, cette part glacée contenue dans l'essor cristallin des jets, les criques froides du roc. Ils la suivent du regard, inaltérée, puissante, son tablier blanc chasse tous les rayons.

— Elle n'a pas chaud elle... ta Lorraine... ce qu'elle trime ! Les touristes en sont assommés. Des muscles à disloquer la torpeur, elle t'attrape les rayons par les courroies des cuisses et te les casse d'un coup... fraîche et ronde comme une cave...

— Pourtant, elle doit venir de Velaine, de Cercueil, des abords de Champenoux... rien d'une citadine, on se demande comment elle a pu s'adapter...

— Ces filles de fermes s'arrangent de tout, elle doit avoir un gars dans l'arrière-cuisine qui lui passe des glaçons sur le front et sous la jupe, à chaque allée et venue.

— Allons... non... elle est simplement du côté de la blancheur, de l'ombre... la torridité est toujours une façade, il suffit de creuser un peu pour retrouver la fraîcheur, tiens ! derrière ces murs, il y a le musée, des galeries glacées, d'anciennes cryptes, des souterrains... c'est comme si tu grattais un peu le sable surchauffé d'une plage, tu finirais toujours par dégager un terreau plus humide, froid. Il y a les filles des surfaces, dorées, puis d'autres : profondes. Celle-là vient de Champenoux, des chêneraies, des lisières sans soleil et songe bien : elle ne fait que de courtes apparitions sur la Place, un bluff, avant de replonger dans les pièces du fond, sans fenêtres, sans jour.

— Ah !... cette manie de découper le monde en tranches et contrastes ! Les filles du soleil, les filles de l'ombre, l'aridité, la fraîcheur et les petites voluptés respectives... mais mon ami... ça n'a ni queue ni tête, tes affaires de Champenoux ! de lisières, de musées, de galeries glacées, cryptes !!... C'est une bonne qui bosse voilà tout, plus résistante que nous, une vache dont tu es toqué parce que tu n'as rien à foutre, que tu as désiré toujours les filles sophistiquées, minces, noires... Alors, maintenant, tu te paies le luxe d'un changement ; à travers tes angoisses surfaites, tu suscites une grosse fille blanche, secourable, qui t'abrite.

— Ah ! excite ma chère, m'excite ! pas question de refuge, c'est une belle fille, une belle fille, voilà tout et j'en suis éberlué. Tu ne sens donc rien! Cette Place raffinée, vernie de soleil... cet art et cette campagnarde dedans qui apparaît, disparaît, faisant tournoyer sur toutes les têtes des breuvages désaltérants, des cascades, l'eau des fontaines, des sirènes, jaillie des noirs cloaques, des bouches de Neptune, arrivant des étangs de Champenoux par les souterrains, les caves, selon de profondes adductions... tu ne sens pas la relation... enfin!

— Tu romances, tu fais l'alchimiste... et tu le sais bien... tu veux que je te dise! ta Place a perdu tout raffinement, tant d'yeux l'ont lorgnée, usée, banalisée, tant de cartes postales qu'elle en est devenue stupide à pleurer. Les touristes y font mine d'admirer, ils sont venus pour ça; quant à ta fille : une bonne grossière qui turbine pour gagner sa vie... et puis assez de cette discussion! je crève... Il faudrait créer un courant d'air...

Elle va entrebâiller la porte de la chambre, des rumeurs leur arrivent des couloirs, de tous les recoins de l'hôtel, éclats de voix, cataractes des waters, et l'air revient, respire, serpente entre la fenêtre et la porte ouvertes, faisant frémir les corsages éparpillés de Claire... comme si le bloc de bourdonnante chaleur, dans lequel ils étaient conservés, s'était vidé d'un coup, sous l'assaut de fracas externes, de courants venteux, désordonnés, incontrôlables, qui s'étaient mis à tordre les surfaces, les objets, leur imposant une bousculade pire que tout. Paulin se sent privé de lui-même, dispersé, exposé à toutes les rapines du dehors : perceptions involontaires, musique bête, appels, verres choqués. Il hait les courants d'air, cette atmosphère de déménagement qu'ils créent, lui infligeant maux de gorge et fluxions de poitrine. Le vent l'attrape au cou, l'étrangle, arrache toute chose au rêve, pour la secouer, lui faire rendre un bruit de grelot ; tandis que Claire s'ébat dans cette turbulence, le chemisier battant sur les seins nus, les cheveux décoiffés, à l'aise, se laissant saisir par toutes les tenailles du vent, pivotant comme une feuille détachée. Il voudrait l'immobiliser, la gifler, la solidifier d'un coup. Il la renie, elle n'aime que ce qui tape à l'œil, gigote. Elle fait des sourires aux gens qui passent dans le couloir, un signe d'entente, tout juste si elle ne les suit pas, ne se répand dans tous les chemins moquetés de l'hôtel, pour bavarder, parler chiffon, rigoler à tout venant, évoquer hélas... le soleil méditerranéen, capituler dans chaque coin.

Furieux, il claque la porte et fait rentrer d'un coup tout le monde dans sa niche. La chaleur s'élève aussitôt, nappée, restituant chaque être à lui-même, l'entourant d'un anneau de sueur, y faisant réentendre la palpitation interne du pouls, afin que tout parte à nouveau du cœur ; la chambre, les corps et les choses faisant boucle, abrités des ravages externes.

Claire s'est fâchée, a tenté de rouvrir la porte, il l'empoigne et la ramène de force sur le lit, elle le griffe, se tortille sous la prise, se met à pleurnicher, toute rouge, les seins collants, le front fiévreux. Il y a des promeneuses qui passent et éclatent de rire sous la fenêtre. Paulin honteux jette un œil vers elles... non... elles n'ont pas dû entendre la dispute, mais s'amusent entre elles, se poursuivent, se tirent étrangement les cheveux. Des Allemandes sans doute. La plus chevelue, très énergique, est saisie d'une idée subite, suicidaire. Elle révèle ses intentions qui déclenchent une protestation instantanée. Elle insiste. Alors, sa plus intime compagne, douée, elle aussi, de cheveux longs, s'approche, sort une paire de ciseaux de son sac à main et entreprend le sacrifice. Elle est blonde, charnue, enfantine et travaille avec ardeur. Elle gravite autour de la victime qui cède, voluptueuse, contemplant les lèvres rondes de son bourreau, les hanches obliques qui se haussent, les doigts expéditifs qui fouillent, attrapent, sectionnent, convoitant les seins qui tout à coup reviennent, se busquent devant elle, les deux bras élevés en arcade jusqu'à son front, la petite dessinant une frange, elle a sous les aisselles des éteules moites et odoriférantes. Elle fauche, elle tond, doit ressentir un plaisir intense au fur et à mesure qu'elle exhume la silhouette garçonnière, dégageant le cou, les oreilles, le dos, sculptant, selon son gré, ce nouvel ami anguleux que les fesses trop rondes et la peau délicate rendent étrange... Au milieu de la place solaire où toutes les sirènes dardent leurs jets, coupant l'air, où Neptune carre ses muscles et transperce le monstre marin, tandis que le plumage convulsif des coqs crépite dans les enscellements des murs.

Elle a fini, les cheveux jonchent le trottoir, des passants se sont arrêtés, les uns indignés, les autres ricanant... des regards réprouvant les frasques de la jeunesse... et puis certains, libéraux, lascifs, émus par cette douche de poils, la soudaine métamorphose d'une fille en mâle, comme cela, sur le trottoir, par jeu, vice, au pied de la verdoyante statue centrale. Claire s'est approchée derrière Paulin, a observé la fin de la scène par-dessus son épaule.

— Elle est mieux en garçon, avoue-t-elle.

— Ils font un joli couple la petite et lui...

Et la jeune fille en bas se penche, recueille les cheveux qu'elle fourre dans son sac, tandis que sa victime, tondue, libre, expérimente sa nouvelle identité en s'esclaffant... plus qu'un visage, un visage dépouillé et féroce d'enfant, une silhouette dégingandée, véloce, qui tangue sur les trottoirs au milieu des filles, s'engouffre, nue, parmi tous leurs cheveux réunis.

Claire s'est assoupie, les seins complètement sortis du corsage, le pantalon baissé sous le ventre que tord et bombe la digestion difficile des quiches. Cet abdomen ressorti, ces mamelles extirpées s'associent dans le regard de Paulin avec le haut grouillement des cuisses et donnent à la jeune femme un air de fécondité. La tumescence des chairs masque les duvets de l'entrejambe. Et Claire cheveux ras, imberbe, n'offre que des courbes rétractées, pignons, disques charnus de femme en gésine. Paulin songe qu'elle n'a jamais voulu d'enfants. Maintenant, ils en ont passé l'âge. Elle eût accouché peut-être, un jour d'été, comme celui-ci, dans quelle chambre ? lors de vacances ratées... un gamin émergeant d'un ventre crispé, trempé, de femme vindicative, elle l'aurait peut-être bien livré exprès aux courants d'air, tué, parce qu'elle haïssait les poupons, redoutait l'embonpoint qu'ils causaient, et l'appellation vieillissante, irréparable de maman dont ils l'eussent dotée. Il est vrai qu'il n'avait, de son côté, guère insisté, sur le chapitre de la progéniture. Les enfants l'effrayaient, lui, pour d'autres raisons. Leur innocence, leur fragilité, lui faisaient mal. Le mot même d'éducation lui donnait la nausée. Assurer la croissance, l'équilibre, la santé d'un être lui semblait une tâche impossible. Il aurait probablement laissé ses enfants en friche, les fuyant, par crainte de découvrir une angoisse, un désespoir en eux. Qu'eût-il fait ? Incapable qu'il était de pourvoir lui-même à son propre bonheur. Pour vouloir des gosses il faut être content de soi. Il connaissait des amis qui procréaient pour combler un vide, rafistoler une union en déroute, et les loupiots arrivaient en plein naufrage, chargés des réparations.

Il regarde par la fenêtre. Les touristes se trimbalent sous les lanternes ducales, pelotons de bonnes gens d'un certain âge, à l'aise, l'âme en paix, dont les marmots bien éduqués pratiquent, quelque part, la vie. A quoi bon... Il faut une sacrée dose d'irresponsabilité pour être papa. Tous ces parents lâches qui empilent des gosses, en rajoutent, s'en chamarrent et s'en foutent. Hideux. Mais quelque chose s'est produit au pied de la statue centrale : dans les rayons, des chemisettes tremblotent, à carreaux rouge-violet. Ils se tiennent par la main et font le tour du grand piédestal. Très jeunes, des enfançons-touristes. Jamais vu rien de pareil. Drôlement dessalés les gamins. Un vrai couple. Lui, embrasse la petite sur la bouche avec la liberté de qui a l'habitude ; parfois, après un rapide coup d'œil alentour, il risque une caresse sous la jupe, la petite se cabre et chapitre son homme en riant. Les voilà qui s'approchent des fontaines, trempent leurs mains dans les bassins, s'esclaffent à la vue des fins jets giclant des anus et des verges. Ça vaut la peine, la ville, et quand ils aperçoivent les cous tendus des coqs porteurs de lanterne, ils se tordent de rire. On les dirait très excités. Ils font une espèce de noce, gambadant crochés le long du trottoir, fourrant leurs yeux partout. Ils s'attardent devant la terrasse du café, c'est au premier qui captera, au coin des jambes, le zizi des dames. Ils cherchent, patrouillent, croisent une femme enceinte et se bourrent les côtes. Paulin se souvient que lorsqu'il était gosse, il passait son temps, en compagnie d'un copain, à compter les femmes enceintes. Il leur arrivait de faire de belles journées, en y mettant de la peine, début juin, chaque jour, ils dénombraient trente à quarante futures mamans. Ces deux-là devaient se livrer au même jeu. Leur indépendance l'exalte, leurs motifs et leurs passions rigoureusement différentes de ce qui fait agir les adultes. Le garçon embrasse à chaque pas la fille, puis après un regard circulaire, nouvelles audaces... tout est interdit. Et ils ne cessent de braver, de tromper la foule, superbement. Les voici qui décident de s'attabler à la terrasse du café. C'est la serveuse qui s'occupe d'eux, très enjouée avec une expression mutine, impudique, qu'il lui voit pour la première fois. Elle revient, apportant un grand verre de menthe pour deux et les regarde plonger leurs pailles. Les deux têtes ravies encadrent l'énorme verre et pompent. Quand la serveuse a le dos tourné, elles émergent et les deux pailles dressées en l'air envoient un jet de menthe jusqu'au trottoir. Nouveaux coups d'œil ; soudain, ils s'esquivent sans payer, prenant la première rue qui se présente et disparaissent.

La bonne reviendra nettoyer leur table sans manifester d'étonnement. Elle semble rire ; dans sa pose il y a quelque chose de profondément réjoui. Elle leur avait peut-être offert la menthe. Ce n'est pas un usage de serveuse. Comme Claire se méprend ! Cette fille lui réserve bonheurs, découvertes, maintenant il le sait.

Elle s'arrête brusquement dans son travail, s'étire, regarde en direction du zoo, elle est grande, toute relâchée de muscles, le soleil la saisit aux cheveux, elle se contracte, charnue, close, au milieu des touristes bigarrés qui l'appellent, qu'elle ignore, qui rouspètent, s'enivrent, que toute sa silhouette domine, toise. On dirait qu'elle va chanter, hennir, souffler n'importe quoi de miraculeux, qu'elle va anéantir tous les consommateurs, s'envoler peut-être, libérer les bêtes du zoo, animer la statue verte et partir dans les rues : elle, ce couple d'enfants à chemises rouge-violet, tous les animaux libres, et la statue verdoyante comme un arbre bouclerait le cortège.

La Rochelle, Bréda, Ré. Vaisseaux bousculés à la surface de la mer, navires détruits dont les morceaux garnissent les plages. Îles. Tracés irréguliers des bordures côtières qu'envahit la foule des soldats. Ils ont la nostalgie des guerres continentales et des affrontements sur la terre solide. Ici, tout est mobile, incertain et les houles se dérobent sous eux. Dans l'orifice des longues-vues : la mer exiguë, ridée et la carène démesurée des bateaux grouillant d'hommes. Les fortins crachent boulets, feu. Les bastions incrustés dans les failles rocheuses guettent. A l'intérieur : déhanchement des chevaux qui gravissent les tertres. Dans les vallons, draperies jaunes, rouges, des camps. Flots bigarrés d'officiers, d'oriflammes, d'enseignes. Au ras du sol, des chevaux gris, convulsifs, battus de crinières blanches, roulent dans les couloirs comme des vagues, des muscles arrachés à la surface de la mer.

Paulin n'aime guère les gravures des sièges. Il en réprouve le mélange d'extrême précision et de désordre. Minutie des combattants contigus, multipliés, groupés en corps spécialisés dont les interventions se découpent franchement sur les plages et dans les campagnes, mais confusion du terrain déchiré de mer, privé de reliefs conducteurs, haillons d'îles flottantes, dans la symphonie des tocsins et des canons, resserrant leurs contours comme des pieuvres sous la proue des navires amiraux, ou bien projetant soudain vers eux les tentacules rocheux qui les broient. Seule, la répartition des armées, cavalerie, marine, arquebusiers, archers, impose à l'amalgame de terre et de mer un quadrillage, des différences, une géographie d'emplacements.

Il retourne à *La Tentation* pour examiner surtout le thème de la monstruosité et de l'amour. Par exemple : l'oiseau jubilant qui gigote dans le ciel avec ses joues et ses flancs ronds, ridés, suintants comme des bourses gonflées sous des spasmes. Ces femmes encore qui s'offrent en haut des pitons rocailleux dont le ventre béant attire les diables ailés, bleus, fusiformes. Et surtout, son attention est attachée par le serpent de mer qui ondule dans les fonds du tableau. Sur un rivage une femme fuit saisie d'un extraordinaire galop ; ses hanches rondes, blanches, roulent autour d'un faisceau de poils noirs. Dans quel but a-t-elle été imaginée à cet endroit ? La solution vient peut-être d'un navire brisé que la mer a jeté au rivage. La femme était l'habitante de ce bateau. Laiteuse, corpulente, elle remplissait la coque, toute corsetée de boiseries, d'arcs ligneux, cloutés et rongés de sel. Le serpent avait serré l'esquif dans ses anneaux comme une noix et la femme découverte était tombée à la mer. Le monstre l'avait prise en chasse, elle avait nagé avec acharnement, échappant à la bête véloce à laquelle, cependant, le volume et le poids interdisaient des mouvements précis. Par reptations capricieuses d'angle, la femme avait volé d'anneau en anneau, esquivant la prise, jouant des cuisses et de tous les muscles, à travers le corps pythonesque, comme un lierre agile autour d'un tronc. Aux abords de la terre, quand le niveau de l'eau avait baissé, le monstre raclant les fonds fut obligé de capituler. C'est pourquoi l'on voyait la femme galopant sur le rivage, sauvée, tandis que le serpent croisait, au large, en hautes ondulations de haine et de mépris.

Enfin, Paulin s'approche de la série de gravures qui est couchée sous les panneaux de verre : *Les Misères de la Guerre.* Il ouvre son petit calepin, s'apprête à prendre des notes quand l'envie lui vient de relire le fruit de ses observations antérieures. Il souhaite peut-être découvrir une évolution dans son étude. Très rapidement, il est intrigué par le caractère changeant de ses notes. Il s'aperçoit, par exemple, que *La Tentation* donne lieu à un grand nombre de versions différentes. Les unes, très proches de la réalité, d'autres, inventées. L'oiseau jubilant, le serpent de mer, la kermesse, les femmes nues, lubriques, les soldats, les diables membrus et violateurs existent ou disparaissent selon les jours, ses humeurs. Il s'inquiète de cette critique d'art nouvelle qui fait surenchère de visions et semble tenir du délire. Callot n'avait été que le prétexte à des jeux imaginaires auxquels il avait cédé sans retenue. Pour sa défense, il argue que les développements nés de son imagination constituent en quelque sorte l'épanouissement des virtualités des tableaux. Comme s'il avait poussé à bout les images du graveur. Puis l'idée lui vient que tous les monstres de *La Tentation* appartiennent à une tradition, un réservoir de poncifs et qu'il a eu tort d'y chercher l'expression d'un monde obsessionnel. Alors, il songe à un essai romanesque où le compte rendu objectif se mêlerait à une foule de modifications, distorsions subjectives.

Cette critique aurait le mérite d'apporter une double révélation : la première concernant le graveur, l'autre se rapportant à la personnalité du glossateur, tout le monde y gagnerait. Son essai cesserait d'être un rapport pour devenir un mouvement de connaissance destiné à arracher le plus de secrets au couple inspiré de l'artiste et du contemplateur. Puis cette conception lui semble trop intime, brouillonne, à l'image de son calepin rempli de contradictions, d'ébauches, de morceaux de bravoure. Au fond, son travail n'intéresse que lui. A quoi sert de vouloir l'ériger en système, il se moque bien des méthodes, des bénéfices que peuvent en tirer d'éventuels amateurs d'art. Ce qui compte, c'est lui. Callot est d'abord un alibi qui l'autorise à rester dans cette Place où il se sent bien ; ensuite, le graveur lui donne l'impression d'être occupé, de chercher. Cela fait un but. Il aime assez cette salle de musée, astiquée, austère, généralement désertée. Il se balade parmi les vieilleries, l'Art ; le silence est absolu. La fraîcheur, l'ombre le reposent de l'ensoleillement extérieur. Il s'embête avec délices, croque, baragouine des mots à lui, gribouille, chiffonne, regarde par les fenêtres, voit le Café biseauté par l'angle de vue, et la fontaine s'incurvant, se tassant sous les yeux. Il décide de chasser toutes les considérations abstraites que pourraient lui inspirer les notions d'art et de critique ; il commence à observer la succession des gravures de la guerre. C'est un répertoire assez joliment établi d'exploits sanglants. Pendaisons, estrapade, roues, marque, agonies aériennes, souples, bruyantes, mécaniques, fuligineuses que contemplent les villageois en cercle. Une gravure présente un chêne puissant et tortueux dont les frondaisons s'épanouissent garnies d'hommes crochés ; ils pendent agglutinés comme de longues quetsches mauves. Paulin est frappé par ce mélange de prodigalité et d'épouvante que l'ensemble dégage. L'arbre moutonnant, charnu, répandant sa moisson sur les paysans alentour, une fructification d'hommes morts. Les cordes se nouent aux moignons tordus des branches, s'inscrivent sous l'écorce et s'injectent de sèves. L'on dit qu'au printemps des ramures vert tendre et foliacées jaillissent sur les vertèbres des anciens morts. Alors, l'arbre oscille dans les zéphirs, odorant, chargé d'oiseaux. Les noces d'un jeune couple sont fêtées sous ses branches, et la danse nuptiale commence au son des mandolines, les rondes autour du tronc, avec la guirlande des squelettes fleuris qui se balance au-dessus des têtes.

Puis des scènes hâtives, féroces, minuscules : soldats agressant une ferme, bétail tué, filles violées, massacres dans toutes les pièces et qui se poursuivent audehors dans les vergers bariolés de fruits mûrs et de rayons. Égorgement des volatiles : pintades criardes, dindons, poules. Gerbes des duvets arc-en-ciel, comme des feux d'artifice qu'on allume, un à un, en courant. L'eau saumâtre des mares est moellonnée d'indistinctes dépouilles. La panique des vaches s'exprime en beuglements butés, réguliers; une angoisse sourde, viscérale, que reproduisent, sur le plan visuel, les cuves glauques et crépusculaires des étangs. Il y a des plumages et des corsages blancs qui éblouissent les pillards.

Une gravure voisine relate la vengeance des fermiers. Embusqué derrière les arbres, le long d'un chemin caillouteux, ils guettent. Les soldats surgissent, cavalcade, fers claquants, poitrails lubrifiés des chevaux, muffles hennissants que coiffent des têtes humaines et souriantes. La harde des paysans rageurs se jette aux garrots des chevaux. Fourches, fusils, fléaux. Les mégères désarçonnent les officiers de haute graine et les passent au pilon. Les hommes labourent, fauchent, émondent leurs bourreaux. Et les scènes foisonnent, fers, feux, meurtres, saccages, avec des bras en croix, des bouches grandes ouvertes. Les enfants s'éparpillent à travers les champs dans le halo exorbité de la terreur, des incendies. Les rivières sont toutes secouées par la fougue des fuyards qui rament en s'écartant du bord. Les branches hérissées de feuilles fléchissent sous le poids des pendus. Une vache surgit, spontanée, engendrée au milieu d'un labour perdu. Ses mamelles énormes, rigides, blanches, descendent sur la terre noire comme des colonnes et comblent les sillons fendus.

Il y a des scènes en triptyques, des épisodes numérotés, des feuilletons horrifiques, bien encadrés, dotés de légendes explicites, dans les reflets purs des panneaux de verre. Paulin est intéressé par le contraste qui oppose les massacres ayant lieu dehors et ceux pratiqués dans les logis. Violences coincées entre quatre murs, intenses, ténébreuses, éclats de vaisselle, mobilier fouillé, rompu, effroi des bêtes domestiques, de la famille groupée, suppliante... Violences à ciel ouvert, auxquelles se mêlent des horizons riches de terre, d'arbres, de moissons, sous l'éclairage doux, solaire.

Paulin peint, note, invente ; tour à tour capitaine, laboureur, victime et assiégeant. Il parcourt les chemins étranglés de Champenoux et se jette au milieu des combats. Des coups de rapière et de couteau l'atteignent sans qu'il ressente une quelconque douleur. Préservé par miracle, il assiste à tout, partout, comme un Dieu joyeux qui domine le temps, perçoit les pépiements d'oiseaux à travers la décharge des mousquets, les cris des agonisants que la terre enfourne, verdoyante et constellée de fleurs sous les poumons du ciel battant. Des cadavres et des guerriers qui ressuscitent dans les fermes lointaines, qui reviennent comme des gloires sur l'humus morcelé et douché de sang.

Les gravures sont des négatifs incolores, des empreintes sèches, que son délire irrigue et travestit, métamorphosant le reflet en la chose reflétée. Il ressoude les contours morts à toute la Lorraine environnante, présent, passé, et c'est une Misère radieuse qu'il dévoile en dehors du temps. Les étreintes sont génératrices, mortelles, on ne sait plus bien. Le sang, le sperme, le lait versés étanchent la soif des nouveau-nés ; ceux qui sont morts ne ressemblent plus à rien et n'ont jamais existé que dans la peau des ressuscitants. Les glaives solaires torpillent le sol labouré. Égouttement de blessures. Gangrène ou gésine. Les casques des guerriers figurent des coqs convulsifs et flambants au-dessus des animaux tués. Les bouches des étangs ont des lèvres farouchement vertes. Le ciel est bleu et rond comme les yeux des adolescents qui s'empalent ; les vieux soudards sont rajeunis par leur dernier viol.

Une angoisse se contracte en lui, que suit des explosions de joie. Il est débordé, lui-même, comme les dessins de Callot, une gravure d'homme, mesquine et appauvrie, dans un musée glacé, que la tornade des visions gonfle, éclaire, colore, selon un processus suivi de réincarnations.

La nuit vient, le garde l'oublie dans la grande salle. Vaguement il entend le verrouillement des portes, la fermeture des disjoncteurs. Un lampadaire vient poser du dehors un éclat jaune vif sur l'oiseau palpitant de *La Tentation*. Un contraste de ténèbres et d'or envahit ses sens au sortir de ce panoramique qu'il vient de vivre et dans lequel il reste encore à demi plongé. C'est une trêve, quelque chose de lent, de somptueux et de mortuaire dont il n'a vu aucun écho, pas la moindre allusion, au cours des récentes révélations. Il est condamné à situer cette scène dans le présent. Elle appartient à son actuelle existence d'homme. Il échappe aux fictions qu'il a déchaînées. Il s'approche de la fenêtre. La Place est bourrée de nuit. Des éclairages portent sur les hautes grilles, allumant de feu les épées exhaussées, les cuivres des calottes, des écussons royaux, les envergures d'aigles enchâssés. Les grilles flambent, bûchers dressés qui gardent tous les accès du refuge. Les pierres rougeoient dans le voisinage des lampadaires, et les fontaines creusent des cryptes d'ombre d'où saillent des renflements courbes, indistincts. Torse de Neptune, fesses de la petite sirène séchées de nuit. Les trous des bouches, des narines et des ventres s'ouvrent, indiscernables, dans l'obscurité. L'eau a été coupée. Et des bêtes nocturnes : insectes, oiseaux explorent les muqueuses ciselées des monstres que les ruissellements du jour ne cessent d'affiner, de sculpter. Les cous des coqs, les couronnes ducales, des serpents enlacés exsudent une lueur d'or, tandis que s'effectue, au fond des statues, la fouille des animaux.

Plus tard, sa captivité commence à le préoccuper. Dans le vague flamboiement de la nuit il distingue *La Tentation*, *Les Misères*, *Les Sièges*. Filles nubiles, guerres. Il s'interroge sur les moyens de quitter cette salle où le garde l'a bouclé. Une seule issue : les fenêtres. L'idée de cette évasion nocturne le long des rebords pierreux l'exalte. Il ouvre une fenêtre, puis se ravise, il ne partira pas les mains vides, il faut dérober quelque chose dans le bric-à-brac des objets exposés :

pierre gravée, fer de lance, estampe... Il s'engage à travers les différentes allées qui divisent la salle. Draperies immergées, arbre des pendus, statuettes. Il a trouvé. Il pousse doucement la vitre d'un casier et vole une petite statue dont la vénusté, la silhouette marine lui font battre le cœur. D'un pas rapide, il revient aux fenêtres, se glisse dehors, suspendu au-dessus de la Place. Il enjambe une corniche gonflée et chaude encore du soleil diurne. Il la chevauche dans le vide. Ses cuisses se cramponnent aux festons tandis que sa main serre le corps de la petite Vénus. Il descend le long d'un entablement, frôle la glyphe d'une colonne bombée sous son ventre. L'idolâtrie s'empare de lui, il palpe, étreint ; les façades rocheuses palpitent autour de lui, les garnitures dorées ont des reflets aigus de lance. La statue centrale est agrandie par la nuit et comme déployée dans un grand geste de volupté et de paix. Arrivé au sol, il baise les lèvres de Vénus et rejoint en courant l'hôtel.

On vient de livrer à Laura la bicyclette blanche, nickelée dont elle avait eu récemment le désir. Elle est étonnée par la robustesse du vélo. Elle attendait une silhouette gracieuse cédant immédiatement à l'impulsion féminine de ses reins et de ses jambes, mais on lui offre une armature rigide de fourches et de barres, avec une selle haut perchée de cuir dur, traversée en son axe médian par une sorte de revêche bourrelet qui martyrise le fessier. La chaîne ne vaut pas mieux, elle articule ses osselets de fer avec un bruit heurté, toute une raideur de mouvement. Cependant, le guidon mince, forgé selon un retroussis d'aile, allège l'engin tout à l'avant.

Laura grimpe sur la bicyclette qui titube. Presque sur place, elle lui fait accomplir trois ou quatre tours de pédale et stoppe. Il faut que, peu à peu, elle s'habitue à ce châssis glacé et inhospitalier. Timidement, elle caresse les structures rétives. On dirait qu'une tension excessive bande le tubage, écartèle les branches, bloque les joints, violemment soude les parties, force les lignes et tous les ajustements d'angle. Ainsi braqué, l'engin est propre à décourager Laura. Elle l'adosse à un arbre, prend du recul et regarde.

C'est un instrument décharné et schématique d'équerre, de coudes brusques, d'à-pics, qui miroite dans le soleil et dont deux choses gâtent l'harmonie : l'immonde pignon de la selle, comme une grosse pogne de cuir animal et les pneus. Elle vient de s'aviser de leur existence et trouve odieux les renflements de caoutchouc boudiné dont ils enveloppent les roues. Une tumescence de limace et de boyau qui engonce la beauté des tracés circulaires, l'élégante gerbe des rayons...

Elle revient avec un air résolu, enjambe la charpente de métal, l'enserrant entre ses bras et ses cuisses qui reçoivent un froid d'aluminium générateur de panique et de frisson. Elle se ressaisit, elle a pour mission d'incarner, de remodeler en quelque sorte la machine et de lui redonner vie humaine. En premier, ses fesses vont s'attaquer à la selle, toutes les sangles du bassin se tordent et s'acharnent à moudre le cuir rebelle. Elle broie entre ses cuisses la partie saillante et récalcitrante du siège, l'use, la restreint. Puis, à force de volonté, elle réussit à plier le bourrelet central jusqu'à ce qu'il ondule sous elle. Ses pieds s'emparent maintenant des pédales pour les secouer, les mordre, les jeter à des rotations étroites, furieuses. Il s'agit d'entraîner la chaîne, l'âme du vélo qui se crispe, frémit comme un reptile. Les écailles s'arc-boutent, s'accrochent, puis se compénètrent. La sueur coule sous les aisselles, le long des jambes de Laura. Elle appelle Félix à la rescousse, il lui donne un petit arrosoir d'huile dont elle abreuve les chaînons ; ceux-ci bientôt ondoient, ruissellent d'un élan continu avec des reflets de sébum. Laura est fascinée par cet organe noir, baveux que tout son effort dénoue, rode. Les engrenures ne se choquent plus, aucun obstacle ne coince à présent cette pulsation de chaîne, de muscle rapide qui va et vient. Laura se passionne, c'est comme si elle faisait battre le cœur du vélo. Elle lui injecte un nouveau flot de graisse, il se module et convulse comme une tripe souple. Entre ses jambes, la fille écoute la musique de la machine en marche. La rumeur grouillante se mue en gémissements inaudibles d'artères et de vaisseaux. Laura avance, roule entre les allées. La selle s'avachit sous ses hanches ; ses mollets, ses talons rasent cette niche effervescente, visqueuse, où la chaîne trépide dans une reptation de ténèbre. De là, toutes les barres s'étirent, puissamment calées aux axes, aux moyeux. En marche, les pneus ont le mérite d'être invisibles, leur existence n'est attestée que par l'écho très amorti du sol sur les roues. Et Laura est prise d'une soudaine gratitude pour ces gros viscères coriaces mais ductiles qui la protègent du terrain. Elle se cramponne au guidon virevoltant, la selle bondit sous son fessier épaté, meurtri ; ses cuisses se bombent, s'innervent de tendons en gravitant sous ses reins. Les rayons font dans l'air un murmure d'ailes. Elle accélère, les structures du vélo se cabrent, dardées, comme une ossature de tibias, de péronés et de fémurs chromés. Elle freine, sous ses mains se plient les arcs ferreux, se cassent des jointures où des cordons intérieurs surgissent, graissés, arrivant et fuyant, par spasmes vifs. Elle se réjouit de cette activité réfugiée en des endroits inattendus. Une pression légère des doigts suffit à arrêter le véhicule. Elle voit, dans un éclair, deux coussinets caoutchouteux en forme d'estampille se jeter sur les roues et les bloquer. A nouveau, elle précipite l'engin, prend sous les mirabelliers des tournants à toute vitesse. Le vélo privé de son opacité navigue entre ses cuisses, s'incurve comme un grillage. Sa chair le remplit, ses muscles le charrient. C'est un miroir qui lui permet de voir ses possibilités physiques. Tantôt, une côte ralentit le train et la machine retrouve volume, consistance, Laura s'y enchevêtre, la chaîne comme une anguille se noue à ses mollets, et les roues tourbillonnent au bout de ses jambes comme dans un numéro de jongleur.

Elle maîtrise tout à fait l'instrument et voyage mollement dans le lacis d'allées. Le vélo se relâche, épousant le remous des cuisses endolories de fatigue. Elle se balade selon un rythme continu et compose des huit autour de Félix. Elle aime cette espèce d'intégrité, de neutralité de sa machine qui jamais ne la déborde mais toujours se proportionne à la capacité exacte de ses muscles. C'est elle, elle-même, qu'elle retrouve dans sa progression grâce à ce biais simple, mécanique, qui la décuple sans jamais l'aliéner.

Harassée, elle stoppe. Félix avance les bras vers elle en la félicitant. Elle éprouve une sensation de bizarre verticalité dans l'étreinte du garçon immobile. Son corps s'attache à ce support trop mou, il lui semble qu'elle vacille, poreuse, que plus rien ne la charpente. La bouche s'adapte à ses lèvres, les bras l'enferment, la jambe avance entre ses cuisses. Elle se sent comme une grande chenille que Félix va étayer, ramifier dans l'enlacement progressif de tous ses membres. Elle découvre cette douceur liante d'homme. Mais bientôt, émergent des impressions dures, locales : le bracelet de la montre contre son flanc, la ceinture de cuir clouté qui vient lui broyer le ventre. Et c'est comme si elle voyait Félix nu, harmonieux, étrangement féminin, pris au licou du bracelet et de la ceinture serrés. Elle a la vision de sa propre chair coulée tout à l'heure dans le carcan métallique du vélo. Une émotion vive l'envahit, des images de violence et de flou. Elle accapare son amant, et c'est entre ses cuisses, peu à peu, cette sensation de martyrisante selle. Elle empoigne devant elle le guidon d'épaules droites. Félix a des lèvres roses et chaudes qui la rejoignent et gonflent en elle, lui faisant oublier les incrustations douloureuses de la ceinture, du bracelet et de la selle. La bouche de Laura se remplit d'anneaux charnus, engrenures pulpeuses et coulissantes de muqueuses violettes, comme l'entraille du vélo, sinueuse, trépidante et gorgée de salive.

Ils oscillent tous deux, dans le jardin. Unis par un rythme commun, cabrés l'un contre l'autre. Leurs quatre jambes flanchent, leurs têtes jointes sont entourées d'une unique couronne de cheveux, leurs bras se brisent, grimpent. Il y a quelque chose de monstrueux et de suprême dans leur pivotement d'arbre en arbre... Malhabiles, et tout à coup gracieux, jetés comme un fût. Leur étreinte se desserre et dans la fissure qui sépare les corps on voit le ciel croître. Ils forment les deux parts d'un seul corps fendu, une couple de hanches charnelles qu'un fuseau de soleil brusque écarte... Ils s'éloignent l'un de l'autre, un seul bras les unit, un contact d'épaule; ou bien tout à coup se cramponnent, festonnés l'un de l'autre, puis leur silhouette passe dans l'ombre, géante, distendue et à nouveau se fracture, s'aère, comme s'ils pétrissaient l'azur avec leurs flancs, le contractant, le libérant, le faisant éclabousser contre les margelles de leurs bassins.

Ils s'approchent d'une charmille. A hauteur d'homme, elle grouille d'épaisses feuilles vertes qui bouchent presque entièrement l'entrée. Ils repoussent l'obstacle, s'enfoncent dans un vestibule très étranglé et arrivent au milieu d'une crique tapissée de sable. Les ténèbres et le soleil mêlés brouillent angles, contours. La première enceinte de feuillage se double d'une seconde muraille moins haute et plus fragile. Des tamaris roses jettent des reflets charnels. Le retranchement est total. Au sommet des deux arcs végétaux qui bouclent l'enclave se dresse un pignon de marbre rose : le piédestal usé, tronqué d'une ancienne statue. Quelques menus excréments d'oiseaux jaspent cet ornement. Ils s'allongent dans le sable humide et tassé sur les marges, mais tiède, labile vers le centre. Le soleil, dispersé, s'égoutte, agrafant à leur torse des ombres de tiges, de plantes. Ils se dénudent, la verdure leur jette un froid de ruisseau. Ils se lient et leur agitation chasse la litière de sable, une portion du sous-sol affleure. C'est une terre morte, inconsistante, criblée de débris roses, sans doute des vestiges de l'ancienne statue. Cette stérilité jointe à des marques de destruction étrangement les excite, comme s'ils devaient s'aimer de façon plus aiguë et prodiguer les preuves d'une vie fantastique sur la glèbe noirâtre, exsangue. Dans les cavités que ses muscles bandés creusent, les fesses de Laura semblent grossir et s'épanouir, comme ces fruits extraordinairement propres, neigeux qui prolifèrent dans les blessures de la terre imaginaire, kystes éblouissants, orchidées constellant la nuit, chair poreuse d'amanites mortelles, lunes rôdant au fond de l'abîme pour y tracer leur sillage laiteux, déesses immaculées des étangs de la guerre.

Ils brûlent, cagoulés d'ombre, nocturnes et rencoignés, leurs tempes battent, ruissellent et la fatigue la lutte leur inventent des visions.

Lorsque le froid est devenu insupportable, ils ont quitté les frondaisons. Ils ont besoin de quelque chose d'artificiel, de chaud, de léger et de rétrospectif. Ils regagnent la maison et leur chambre. Laura est prise d'un accès de coquetterie, d'intuitions archéologiques. Elle dévalise les armoires, étale une foule de pantalons et de tee-shirts. Ils examinent les vêtements, les confrontent, s'amusent à déceler des défauts de fabrication, des formes démodées. Plus les tares sont visibles, plus ils sont attendris, contents. Il y a des encolures limées, des manches qui s'effilochent, des brèches par où toutes les fibres s'épanchent. Parfois, un petit cratère troue les mailles et un ballon de laine dégouline odorant et pendu à un fil. Des tissus comme des labours, d'autres soyeux comme des louves. Les parures récentes et synthétiques miroitent sous l'œil et offrent des motifs variés. Pantalons semés d'étoiles rouges, et petits pois jaunes et bleus, tee-shirts où se découpent ancres, oiseaux, serpents, gouvernails, sirènes et des grands vautours bienveillants. Ils accumulent ce bric-à-brac, superposent et déplacent les étroites silhouettes. Pantalons vides, tubulures des jambes, des manches, échancrures, contorsions, poches qu'ils fouillent où papillotent des billets sentimentaux. Ils harmonisent les couleurs de la plus vive à la plus fade, ou bien mélangent tout et visent à des effets criards.

Laura raconte des anecdotes d'avant Félix auxquelles sont liés certains vêtements, et Félix se souvient d'avoir vu sur d'anciennes photos Laura arborant tel ou tel historique pantalon redécouvert aujourd'hui. Ils sentent ce qu'il y a de superficiel et de fondamental dans les habits. Les gens mal habillés sont d'anciens criminels intimidés, des prostituées reconverties, des proxénètes en villégiature, des savants étourdis, des génies toqués, les curés actuels, les sous-secrétaires de syndicats, les enseignants, les gens qui croient à la pensée, dans les postes on est souvent mal habillé, mais un philosophe sapé est toujours dangereux, il partage ce caractère avec les racistes, les maniaques, les méticuleux, les tortionnaires scientifiques. Les employés de banque, les chanteurs de charme et les morts mis en bière sont élégants et la plupart du temps inoffensifs. Toutefois, les mieux vêtus ont toujours été les guerriers nus et les jeunes filles saphiques.

Félix et Laura déballent, empilent. Ils retrouvent des familiarités oubliées, des journées entières contenues dans les cellules de tissu. L'ancre, le poisson, la fleur et le serpent tiennent la clé des temps révolus. Laura très jeune, parfois, enfantine, incise dans des pantalons si courts, si naïfs. Son ventre imberbe y avait connu de premiers, de mystérieux indices. Teeshirts dont le torse est rigoureusement plat, d'autres courbes, bombés. Pantalons qu'il serait nécessaire d'inspecter, car les moments les plus décisifs de la vie, heureux ou funestes, laissent souvent un fil extirpé, une rayure, une brûlure de cigarette, une auréole de savon, alcool, graisse, semences, sel marin ; l'imperceptible usure du même endroit sur des vêtements différents, c'est tout le sort, tout le secret des corps adolescents, farouches, qui se trahit. Zones frottées, distendues, excavations, écorchures, au fil des croissances, des épouvantes, étoffes tournantes sur toutes les Laura du temps, rougies, vertes, que Félix saisit dans ses paumes avec ferveur. Pantalons des fugues, des hivers où l'on a rêvé, des rendez-vous clandestins, des démarches sournoises, des pistes. Objets d'indicibles, de premiers, de demi-déshabillages. Les pantalons des sales affaires et des jours moches, ceux ravissants des après-midi oisifs. Les pantalons fessus des voluptés inaugurales... Jeans usés, vaches, sans scrupules. Ceux des déluges pubertaires, la suspicion, l'infamie des adultes, l'œil. Les pantalons des trames, des transes, des tralalas de la félicité. Les tee-shirts sur ses épaules lisses, dans les dancings originels, au bord de la mer... En août, jadis.

Laura émane de la poudre ruisselante et saline des draps. Elle lui paraît plus nue, comme renouvelée par le bain et l'oubli nocturnes. Le soleil fait une percée par la fenêtre et exécute des girations sur le papier mural. Le lit, dans une sorte de vide lumineux, flotte, jonché de débris voilés. Ils prennent l'escalier et descendent jusqu'à la cuisine. Elle constitue l'organe de la maison, pierreuse, dallée, dénuée de fenêtres, avec des incrustations de petits pavés luisants aux murs comme les cristaux des grottes. Des appareils sont rangés autour de la pièce, chaufferies à hélices, turbines, essoreuses, batteuses et congélateurs que Laura manipule, en slip et seins nus, douée d'une précision de mécanicien. Il fait terriblement frais. Ils sentent la maison qui s'édifie autour d'eux avec une simplicité géologique. Sous la toiture : le perchoir de la chambre, illuminé, friable, enveloppé d'air, et dans le soleil : les échancrures éblouissantes des nuages, des draps. Sous le pavage de la cuisine s'enfoncent des caves, failles terreuses, oubliettes tombant droit. Des tunnels sans jour enchaînent à mi-hauteur la salle à manger et les salons. La première est remplie de boiseries, de tous les escarpements d'un mobilier utile.

Les deux autres pièces sont plongées dans une ambiance mi-solaire, mi-ombreuse. Des divans ouvrent leurs golfes laineux. Dans le reflet des girandoles et l'écartement parfait des jambes de Laura clapote, fermente le velours vert. Ils aiment voyager sur les tapis qui suggèrent des idées de plage et de paresse. Les fauteuils se dressent comme des rochers. Allongés l'un auprès de l'autre, bouches liées, ils avancent sur le sol pelucheux, leurs ventres supervisent les enlacements des motifs orientaux, grecs. Discoboles, athlètes nus que Laura caresse, fait jouer entre ses genoux et dont elle dissocie les membres par toutes les pressions de ses muscles. Son caprice plie les torses jusqu'à l'excès, sa main fourrage dans les bouts de laine rose constitutifs du dessin qu'elle saccage et morcelle, révélant le duvet gris, sous-jacent et transparu dans les fissures des corps. Ses doigts triturent les bourgeons de laine et selon sa folie ressoudent les zones de chair, les agrandissent, les effondrent, créant de nouvelles crevasses pelucheuses, reinales, des mamelons inattendus d'étoupe blanche. Puis, ses ongles s'enfoncent entre les bordures rougies jusqu'aux recès ultimes du tissu parmi la trame noueuse où fibres et cordelettes s'enchevêtrent en un ouvrage rigoureux et anonyme. Et c'est comme si elle voyait les éphèbes grecs, invisibles d'abord, virtuels, dans les enracinements fondamentaux du tapis, se profiler, ensuite, à travers le pelage mitoyen, pour s'épanouir, à la surface, en une apothéose finale de teintes et de contours tangibles. Félix s'adonne à des jeux semblables, choisissant pour théâtre de ses frasques certaines rosaces de poil bigarré où s'incurvent des filles saphiques, s'échouent des navires guerriers, tronçons d'armes flottantes, dépouilles naufragées, dans la reptation de ses bras, des jambes que Laura insinue comme des orphies.

La lassitude les fait quitter parfois le centre luxueux du salon, ils se replient vers un angle désert que masque l'écran d'un mobilier hétéroclite et marginal. Là, une bibliothèque tombe à pic, inhumant au ras du sol un dernier rayon bourré de livres religieux, érotiques ou médicaux. Les amants accoudés dans une posture inconfortable feuillettent les gros volumes illustrés.

Il est dix heures quand Laura sert le thé à Félix dans le jardin. Stridulations d'oiseaux, zigzags d'hirondelles, lumière frisante, ténèbres foliacées. Le liquide cascade, brûlant, roux. Il y a des croissants en étoile dans une soucoupe. Laura absorbe le thé nu, puis y jette un sucre, boit à nouveau, plonge un second sucre, ajoute une rondelle de citron. Son invention suivie s'acharne à travestir les saveurs. Elle immerge un croissant dont le vernis s'écaille et s'éparpille au fond de la tasse. D'un revers de main, elle fait tourbillonner la mixture, en porte une cuillerée à sa bouche, les fragments veloutés râpent sa gorge, s'encastrent au pied des gencives, souillent l'émail des dents. Elle rit et montre une bouche pleine de chicots. Du bout de la langue Félix se lance dans un nettoyage zélé. Soudain la sonnerie retentit dans le jardin. Le couple s'immobilise.

— Ce doit être Claire et Paulin, dit Laura, quoiqu'il soit encore très tôt...

Elle quitte sa chaise et se dirige vers la porte. Félix la regarde, il aime la voir sans être vu ; sa silhouette dorsale navigue, longe les berceaux de fleurs, s'engouffre sous les saules... en bikini, sûre d'elle, bien campée ; un moment, derrière les mollets, il a la vision des efflorescences violettes de son sang, d'un début de fesse blanche et de tout le reste bruni. Majesté de la marche... danse, délire de feuilles, d'oiseaux. La porte s'écarte et Félix aperçoit dans l'embrasure deux enfants inconnus. Laura a l'air d'hésiter. Les petits se poussent en avant sans timidité. Un garçon et une fillette. Le premier tient sa main fermée sur un petit sac. Le groupe revient dans les allées. Laura de face, cette fois, élastique, le torse barré de nylon fin, flanquée des deux gamins qui portent shorts et chemises à carreaux. En approchant, elle lui crie que les petits sont venus proposer des truites. Ils n'ont guère plus d'une douzaine d'années et se mettent à déballer leur pêche parmi les reliefs du petit déjeuner. Six truites emmaillotées d'herbe et pétillantes de points rouges.

— Ce sont des truites saumonées, de la fario, dit le garçon avec un air résolu. C'est pas de la truite de vivier, ni de l'arc-en-ciel, c'est de la truite sauvage...

Félix s'aperçoit que les mains de ce petit marchand bavard tremblent un peu. Assurance feinte... Laura fixe des yeux les mains et brusquement le visage s'empourpre, les joues très bronzées prennent en plein soleil un teint violacé de froid. Les yeux s'élèvent vers Laura, dérobés, tout à coup, incisifs, noirs. La fillette indifférente lorgne un bout de croissant.

— C'est vous qui avez pêché les bêtes ? demande Laura.

Les gamins font signe que oui.

— Ça doit être difficile.

— Non, c'est pas dur, il faut choisir le bon jour, l'heure, et pas trop se montrer, dit la petite fille.

— Vous habitez les environs ?...

— Dans le coin, là, derrière...

C'est le garçon qui a répondu, cette fois, et Laura a

brusquement l'intuition que ce gamin est celui qu'elle a aperçu dans les prés voisins, un jour qu'elle était montée au cerisier ; bien plus, c'était sans doute aussi ce jeune espion dont elle avait soupçonné la présence, une autre fois, derrière les troènes... Pour en avoir le cœur net, elle resserre ses questions.

— Vous jouez souvent par ici ?

— Non...

— Derrière les haies du jardin ?

— Pourquoi voulez-vous... balbutie le gamin avec une mine confuse tandis que la petite fille plisse un regard sournois...

Pas de doute, c'était lui, vraiment très jeune pour un... voyeur ? ou un simple curieux ?... pourquoi semblait-il avoir si honte ? elle se rappelle qu'elle avait les seins nus ce jour-là, peut-être davantage... Il avait vu. Elle cesse de tourmenter l'enfant et lui annonce qu'elle achète les truites. « N'est-ce pas Félix ?... » Félix acquiesce et demande le prix. Alors, le garçon hésite, regarde Laura, les jambes de Laura... L'œil s'esquive, revient plus haut, brièvement : les seins... L'enfant rougit, c'est-à-dire qu'il redevient tout violet, tout brouillé sous la peau bistre. Il dit en tremblant :

— Je vous donne les truites.

La petite fille sursaute, l'air indigné. Laura proteste, veut payer. L'enfant refuse avec une sorte de feu. Félix insiste, intrigué, n'osant pas poser de questions. La petite fille a une expression butée, presque méchante maintenant.

Enfin, Laura capitule. Félix remercie, invite les enfants à prendre un siège. Comme une masse le garçon tombe dans un fauteuil, tandis que la fillette se traîne vers une chaise, l'air décidément rechigné. Laura propose aussitôt une tasse de thé, puis se ravisant, elle leur demande s'ils n'aimeraient pas mieux de la citronnade et des croissants. La fillette jette un œil au croissant qu'on lui tend et le prend sans hésiter. Elle commence à manger, l'air absorbé. Le garçon laisse entendre qu'il a soif. Laura va chercher de l'eau glacée qu'elle rapporte dans un grand pot de cristal. Le petit garçon suit avec attention les gestes de la jeune femme penchée dont les seins se découvrent presque entièrement. Munie d'un couteau, elle coupe un citron en deux. Soudain, le fruit coriace roule, dévie la lame et blesse le pouce engagé. Laura émet un petit cri ; le gamin s'est jeté vers elle. Elle éclate de rire, le rassure, la plaie est superficielle. Félix avec une serviette tamponne les gouttes de sang. « Vous avez mal ? » demande l'enfant, et Laura lui dit que non... « C'est absolument rien... » Elle se tient toute droite sur sa chaise, contemple son pouce bandé et grossi avec une espèce de terreur jouée. Le garçon regarde les incurvations délicates des hanches, l'étroit bassin noirci de soleil, le profil d'une fesse émergeant du slip : un arc éblouissant, neigeux, coincé entre la limite du bronzage et la bride serrée du maillot. La courbe s'accentue quand la fille bouge, protubérante, charnue...

Elle se tourne vers lui et lui demande comment ils s'appellent.

— Gildas, souffle-t-il, et montrant la fillette, il dit : Elle c'est Vivie...

— Moi c'est Laura et... Félix mon mari !... mais vous vous ressemblez, vous êtes frère et sœur ?

— Oui... quoique pas tout à fait...

— Alors qui êtes-vous ?

— Je ne sais pas... disons amis.

— Ah bon... amis... vous voulez un autre croissant, Vivie ? Vous avez soif ?

La fillette secoue la tête avec ce nouveau fond d'imperceptible malveillance. Félix leur demande comment ils passent leurs vacances :

— Vous allez souvent à la pêche ?

— On est toujours occupés, déclare Vivie, on a notre élevage, et puis des tas de choses, elle sourit à Félix avec un air de contentement, presque un sous-entendu.

— Mais quel élevage pratiquez-vous ?

— On élève de tout, des lapins, des poules et de petits animaux comme des sauterelles... on a même des poissons et un crapaud.

— Un crapaud ! mais ce n'est pas beau... s'étonne Laura.

— Oui, mais c'est sérieux.

— Comment ça ?

— C'est orgueilleux, Homère, c'est son nom... ne nous regarde jamais et parfois il jappe, hein Gildas ! il jappe quand il y a de l'orage. Ça impressionne...

— Tiens ! et qu'est-ce que vous faites encore ?

— On boit ! dit Gildas avec un air provocant.

— Par exemple... à votre âge ? Qu'est-ce que vous buvez ?

— De l'élixir de sang de poisson et de cerise.

— Mais il se moque de moi !...

— Non, et souvent on rajoute de la liqueur et ça nous saoule.

Vivie s'esclaffe, vantarde :

— Oui, on se saoule comme des cochons !

— Et pourquoi vous saoulez-vous s'il est vrai que vous vous saoulez ?

— Parce que c'est excitant, révèle Vivie avec une grimace hostile.

Félix, intéressé, lui demande pourquoi ils ont besoin d'être excités, et Vivie dit que c'est amusant, que ça fait voir les choses d'une autre façon... et puis, qu'il y a d'autres raisons encore...

Félix s'est rapproché d'elle, attiré, cherchant à connaître ces autres raisons. Et Gildas, profitant de l'inattention du jeune homme, a fait signe à Laura et lui a dit d'une voix bizarre, terne :

— Je me saoule en pensant à vous...

Surprise, Laura hésite, puis le dévisageant avec une expression de raillerie, elle lui dit :

— Un peu cinéma... non ?

Interdit, Gildas se raidit sur sa chaise. Elle reprend :

— Allons bon... je vous crois, mais il ne faut pas redire des choses pareilles, vous savez que Félix serait très fâché...

— De quoi serais-je fâché ? demande Félix.

— S'ils nous offraient encore des truites gratuitement, répond Laura en un éclair.

— Ah oui !... le prochain coup, je paie les petits !

— Nous ne sommes pas des petits, déclare Gildas d'un ton étouffé, neutre.

— Je disais cela gentiment, par affection...

Vivie avec détachement :

— Nous sommes un homme et une femme... un couple quoi !

Félix opine, balbutie quelque chose... et Gildas de la même voix neutre mais plus ferme :

— Nous faisons tout comme un homme et une femme...

Laura rougit, il l'a vue rougir. Elle a heurté par mégarde son pouce blessé contre un verre et le ramène vivement vers son autre main pour l'y tenir protégé. Alors Félix, mi-sérieux, mi-amusé, déclare qu'en effet, après dix ans, on est homme et que l'on peut combler une femme... Vivie le regarde avec un air de satisfaction et Gildas murmure entre ses dents, à l'adresse de Laura :

— Je suis un homme... — Il redresse sa tête bouclée, fière : Je suis un homme... merveilleux !

Laura ne répond pas. Félix parle à Vivie qui a cessé de bouder.

— Vous êtes belle, dit tout bas Gildas en regardant Laura.

Elle ne sait plus quel parti prendre, si inattendus... ces hommages puérils. L'indignation serait déplacée, vaine. Le gamin a la figure noire de soleil et de sang, ses mains s'agitent en tous sens, il repousse ses cheveux, se pince les doigts. Sa chemise est entrouverte sur son torse maigre.

— Allons... il faut vous taire... se résout à répliquer Laura, puis : Je croyais que vous aimiez Vivie, votre petite fiancée, non ?

— Oui, je l'aime... et articulant avec difficulté quelques sonorités grondeuses, cahotiques, il ajoute : — Vous, je ne vous aime pas... je vous guette... je vous rêve... je vous veux...

Ses traits se brouillent, le visage est chaviré d'émotion, les mains tremblent très fort, presque audibles sur les tempes, le bord de la table, sur tout ce qu'elles touchent. Les yeux luisent comme pour pleurer.

Laura se lève, fait mine de vouloir débarrasser la table. Gildas a la vision oblique de ce corps rétracté, foncièrement nu. Le pouce ensanglanté sous la bobine de tissu. Ses tempes battent, il ne peut plus tenir en place et déploie des efforts extrêmes pour s'immobiliser, bloquer les larmes qui affluent. Elle se dresse dans un intervalle de lumière, il ne voit plus que le corps, la tête plonge dans l'ombre des feuilles, disparaît, que ce grand corps liquide, gonflé de remous, le tissu rare, rétréci, la chair blanche, le slip rouge, le ventre doré, la ligne claire le long de la bride du slip, élargie, vierge, où se cabrent des racines sucrées, hirsutes... Elle penche, écartelée au-dessus de lui. Il la regarde avec férocité. La crinière noire ronge le front, les yeux fixes, l'étoffe rouge, ce bikini instable, déjeté... Et la toison remémorée de son ventre qu'il voudrait lacérer, triangle d'étoffe bossue qu'un début de ride divise, moule en deux bourrelets dodus. Il faudrait arracher ce tronçon boudiné, rouge, excessif, et Laura serait soudain libérée sur lui, un déluge de chair blanche, fissurée de ténèbres, de pluie et de feu.

Une convulsion brutale le secoue. L'estomac lui brûle. Il se crispe et tout à coup vomit le citron qu'il a bu.

— Mon Dieu ! mais il est malade... s'exclame Félix.

Laura soutient le dos fragile de Gildas et le tapote.

— Ça va mieux... ça va mieux, n'est-ce pas ? Il faut retourner chez vous... vous n'êtes pas bien... Félix va vous reconduire, dans un instant... quand vous serez un peu remis...

Vivie s'est interposée :

— Ce n'est pas la peine d'attendre et de nous accompagner... je sais ce qu'il a, je suis assez grande pour me charger de lui.

— C'est sûr ?... demande Laura.

— Oui. Allons Gildas, suis-moi, ce n'est rien...

— Ce n'est rien..., Vivie.

— Alors c'est bien fait pour toi.

Au crépuscule, Gildas a décidé de ramasser des vers pour une prochaine pêche, explique-t-il à Vivie, dont ils consommeront, eux-mêmes, le produit. Vivie a haussé les épaules et s'est éloignée de lui.

Avec acharnement, il pioche dans les profondeurs de la terre, fraîche, odoriférante ; il sanglote en culbutant les touffes d'herbes, tord, émiette des grumeaux hirsutes, plonge l'outil dans les crevasses lointaines, se crève, allonge les mains. Les vers durcissent dans les tunnels souterrains, blancs, lisses, humides, qu'il extrait sans violence et soulève au-dessus du sol, jusqu'à les laisser se crisper, plus flexibles dans l'air, dans la nuit qui vient.

En ces journées vacantes d'août, la nouvelle du naufrage rameuta la presse mondiale. Les télévisions, les journaux montraient des photographies de navires pareils à celui qui avait disparu. C'étaient des paquebots grandioses, silhouettés à la surface des mers chaudes, bleues, pacifiques. La coque paraissait gonflée de volupté, l'étrave se haussait, mince, aquiline et s'évasait au niveau du premier pont en un bourrelet labial et quasi charnu. Il y avait une grâce féminine dans les écharpes de fumée nouées aux cheminées comme des cous. Et surtout, un artifice de photographe permettait de voir sous la mer, dans une anfractuosité de la carène, une ancre géante, virile et grouillante de chaînes.

Les vacanciers au bord de la mer voyaient parfois passer au large des paquebots comme celui qui avait péri. Ils imaginaient des ponts superposés où s'affichait l'insolence de passagères demi-nues que de richissimes vieillards accompagnaient, affublés de chemisettes versicolores et de lunettes coriaces. Leurs torses bruns, scabieux, aux toisons raréfiées étaient meurtris de blessures ongulées, tendres ou rageuses et parsemés d'orbes rougis de bouches. Les vacanciers enviaient ces gérontes fastueux, maîtres de l'océan et adulés des femmes. Celles-ci répandaient sur leurs bustes arides une douche bienfaisante de cheveux... parfums d'algues, de fleurs, odeur vireuse des couleuvres provençales ; et les seins se tordaient au travers, mûrs, librement saisis et mordus. L'échancrure des aisselles livrait des effluves alambiqués. L'on y voyait la trace d'éteules coupées, semis de minuscules souches noires aux bordures saignantes. Les jeunes femmes repliaient l'épaule incarcérant à leur demande les lèvres sèches, voraces, des amants antédiluviens. Les fantasques bonshommes recherchaient ces prisons d'épiderme tondu que leurs maîtresses entretenaient avec soin et dont elles avaient presque honte. Souvent, ils leur demandaient simplement de soulever le bras, elles protestaient, puis cédaient. Des dessous blancs et grassouillets de chair apparaissaient, barrés de coutures veineuses aux articulations, et la crypte de l'épaule béait, rugueuse, ogivale, comme le dos âpre de certains feuillages. La main des vieillards cachée par le rapprochement des corps descendait impudique le long du ventre nu, écartait le slip pour se jeter dans l'embrasure désordonnée, fertile. Les petites gloussaient, sans vergogne, cette fois, comme si, là, tout était permis : les croissances furieuses, le tohu-bohu des poils. Les vieillards les forçaient parfois à se raser, quitte à laisser pousser aux aisselles une toison compensatrice. Pendant des jours les femmes n'osaient plus lever les bras, et les hommes despotiques, les soirs de nouba chic, demandaient aux filles sophistiquées, minaudières, couvertes d'étoffes rares et de bijoux, de montrer les bras. Les fronts des demoiselles s'empourpraient de honte, elles voulaient s'enfuir. Les petits vieux glapissaient, insistaient, menaçaient de se jeter à l'eau... Alors, on voyait les membres gracieux, étreints de bracelets, se tordre et dévoiler à leur sommet un angle irrégulier, sauvage de poils sombres que modelaient l'entrecroisement de cordons musculaires et des bordures intérieures d'épaule, blanches, galbées, fusiformes.

Le vaisseau comme une miche s'engouffrait dans toutes les forges humides de la mer et Gildas oisif le regardait croustiller par les après-midi ensoleillés ou s'éteindre rempli de nuit. La petite radio de Vivie énumérait ces faits précis, détails concrets sans lesquels la rêverie privée d'aliment et pour ainsi dire de caution ne réussit plus à persuader le rêveur. Heureusement, un grand journal illustré que l'enfant déplie devant lui regorge de navires suggestifs et le speaker analyse avec minutie des causes, des conséquences, bourrasques, incendies, affliction des chères familles. Les hypothèses réunies éclairent la catastrophe d'un jour singulier, à la fois incertain et mathématique. Car on ne sait rien, aucun débris sérieux n'a permis aux experts de tirer des conclusions. Aussi, les journaux et les radios se jettent-ils à corps perdu dans le vide de toute certitude pour combiner cent fables possibles de naufrage. L'on reconnaît à travers chacun des gros titres la même rhétorique redondante, frappante : folie rauque de la mer, violence incontrôlable des tempêtes, vengeance tumultueuse de la nature que l'homme asservit. Neptune était à la une des informations. On disait que le nombre des noyés dépassait le demi-millier. De quelque façon que Gildas envisage ces cadavres, ils le laissent indifférent. En vain les imagine-t-il sous les flots en monceaux violâtres et viscéraux, ou bien couchés, un à un, isolément, le long des plages sous-marines. Il essaie de les individualiser grâce aux commentaires des journaux : princesses, nababs, écrivains entretenus, célibataires, couples, industriels, poules, pères, mères... mais il ne réussit qu'à couvrir les visages approximatifs d'un vernis friable, verbal. Le chiffre exorbitant des morts glisse sur un alignement de figures improbables qui ne lui inspirent pas le plus petit effroi. Au fond, la catastrophe ne l'intéresse pas. Il n'est pas sûr de l'existence de tous ces morts. Il connaît très mal la mer, n'en a vu que de sublimes aperçus au cinéma. Et les surfaces planes, résistantes lui avaient paru inoffensives. La tempête devait les entrechoquer comme les lames d'un parquet démoli ; il est convaincu qu'on peut, en cas de grabuge, s'y accrocher et y tenir sans tomber dans les oubliettes liquides.

Souvent, il faisait le rêve d'une marche sur les vagues crêtées de l'océan. Il franchissait des distances incalculables, allant de bateau en bateau, choisissant l'esquif le plus luxueux, le mieux approvisionné de corps nus. Pris de vertige, il arpentait le désert bleu, abordait à de perpétuelles oasis. C'était à chaque fois la découverte de peuplades inattendues, d'anatomies sauvages, de voluptés inouïes, danses, provocations, jeûnes préparateurs, pratiques inavouables de l'imagination. Les navires étaient d'incroyables gynécées perdus au large des continents, à l'abri des enquêtes, de la religion, du civisme... Un paradis de femmes et d'enfants. Pas l'ombre d'un vieillard riche et despotique. Des gamins, en cercle, assis sur le pont, étaient plongés dans la contemplation muette d'une femme qu'ils venaient de dévêtir et que le soleil révélait. Ou bien, de grandes filles aux chevelures accueillantes d'amies livraient leur sein à l'appréciation des enfants qui avaient droit de le mesurer avec tous les outils physiques dont ils disposaient : ongles, mèches de cheveux, langue, cuisses, autorisés bientôt à prolonger leur voyage, ivres de gratitude, tentacules libres, lestes, investissant les territoires nouveaux, avec un frisson pour toute nouvelle embûche, obstacle que la jambe contourne, parois glissantes de falaises, gouffres prévus dans lesquels la vie bascule, joyeuse, épouvantée. Sables auxquels on s'identifie, houles qui vous rejettent, renversent, que les bras doivent rigoureusement lier, tandis que l'odeur saline, iodée, monte de la chair, de la chaîne des plages confondues par l'étreinte novice ; ondulations maritimes des ventres ébouriffés qu'étranglent les brasseurs radieux.

La radio n'en finit pas de cracher, d'insinuer la nouvelle sanglante, au fond des forêts, au cœur des villes d'août, jusque dans les vaisseaux du grand large. Il y a eu un demi-millier de morts, et leur idée répand dans l'air sec, doré, une sensation de fraîcheur. Les grands bras, humides, échevelés des noyés...

... Au milieu de la Place, Paulin est envahi d'angoisse. De gros nuages naviguent dans le ciel. Un éperon de soleil les disperse, lambeaux crevés que l'incendie céleste ravage. Il s'ennuie, la terrasse du café est presque vide. La serveuse n'apparaît pas. Tout à l'heure, dans la chambre, Claire s'amusait à lire le journal, elle l'assommait avec cette histoire de naufrage. Il n'aimait pas la mer, dans tous ses cauchemars il perdait pied, était englouti. Une tempête avait dû produire la catastrophe. Les vagues, ça n'a ni support ni fond et c'est avide. Tous les plus solides paquebots n'y feront rien. Les déluges se trament au fond d'un azur parfait, l'océan est plein de fléaux en attente : geysers, volcans, monstres marins que frôle l'étrave des bateaux. Paulin est abruti de soleil, le ciel en est tout gris. Et il voit, brusquement, passer devant lui l'orage velu, véloce, avec des éclairs courts écorchant les lointains de la mer. Les mouettes hurlantes fuient en direction d'invisibles rivages. Le bateau se rencoigne dans un précipice soudain, les ponts craquent. Hommes et femmes échangent des regards hébétés. L'angoisse vide, agrandit les yeux. Le bateau gémit sous le ciel arqué, puis plaqué.

... Mais Gildas n'a d'yeux que pour ce soleil juste que distribuent tous les miroirs de la mer. Le bateau glisse émettant sous lui un léger bruit de moyeu, d'huile. Les femmes frôlent les océans. Les enfants s'arquent, se plaquent dans la conflagration de minuscules orages que la chair blanche camoufle, la carène neigeuse du vaisseau, la sphère immobile et lucide du monde. Les mâts, les radars claquent, éclatent. Les soutes se fendent et se remplissent d'eau. Les ponts brûlent, les poutres, les tourbillons fuligineux soulèvent le navire, l'entraînant vers l'orage énergique, moteur. Mais la coque alourdie de mer résiste et pèse vers les fonds. Les torches, l'eau. Le navire divisé cède au ciel mâts, cheminées, guindeaux, et son ventre à la mer. Il n'en demeure plus qu'une mince frange mitoyenne trouée de hublots où Paulin attend, pieds trempés, cheveux brûlés. La masse du ciel se fendille, se disloque, déverse une avalanche de terre sombre. Des vieillardes courent devant lui, faces exsangues, cuisses noueuses, lèvres violettes, laissant choir des peignoirs immaculés, tandis que Gildas attend, absorbé par l'incendie de la mer, la foule des filles qui brunissent. Le soleil, pivotant, projette de nouvelles ombres, crée de larges bandes de ténèbres devant lesquelles les filles reculent au fil de la journée. Elles sont toutes resserrées, le soir, dans un anneau étroit de feu où Gildas surplombe leurs poitrails époumonés et leurs yeux délirants.

Les naufrages, les orages, le soleil marin, Gildas joue avec les jolies femmes attentives à tout ce qu'il dit et fait, facilitant chacun de ses gestes, anticipant chacune de ses soifs. Elles se déshabillent, se rhabillent, revêtent des robes somptueuses du soir, d'authentiques diamants et prennent le garçon dans leurs bras pour danser au creux d'ultimes salons touchant l'abîme. Il n'y a pas d'ennui au milieu d'elles, un esprit toujours inventif... Les corps dénouent des itinéraires, des sites, des océans et des cryptes solaires qu'une vie ne suffit pas à épuiser. Elles sont graves, rêveuses, racontent des aventures sentimentales et vous guident vers l'orgie finale avec beaucoup d'innocence et de doigté. Elles connaissent l'art des commencements, des attentes... Regarde le dos nu de la mer, vois le gouffre mielleux de l'aurore, dit la plus belle d'entre elles. Plonge ton doigt ici, dans cette tasse de thé que l'air incurve et attiédit. Allongeons-nous sur les lattes fendillées et salées du pont. Mets-toi nu, monte au grand mât. Viens voir les mécaniciens des soutes ; leurs muscles noirs, graissés de cambouis se convulsent au bord des brasiers. La coque est bourrée de provisions. Le passager clandestin sera découvert, on le pendra, à moins de le violer, de le jeter aux requins, ou de pardonner... lui offrirait un féerique séjour, livrerait les plus jolies parmi nous. Nous pêcherons ensemble des crabes que nous laisserons courir en aveugles sur le pont. Nous capturerons des mouettes et nous ferons des édredons avec leurs plumes, des soutiens-gorge et des slips de duvet. Il y aura des mascarades où nous nous collerons leurs ailes au flanc et leur bec au nez.

Peut-être mettrons-nous aussi les pinces incisives des crabes au bout de nos ongles. Nous boirons l'éther dans la carapace vide et rugueuse des crustacés. Le bateau est à nous, la mer est absolue, pas un homme à la ronde. La plus proche contrée est à des milles, c'est une île déserte. Montons tous deux au troisième pont, le plus étroit. Des bandes de baleines ingurgitent du plancton, baleines mammifères, leurs gracieux jets d'eau arrosent toutes les prairies de la mer. Certains jours, il y aura des vols joyeux de chardonnerets et des polypiers roses en bouquets visibles sous les flots. Viens, il y a des placards oubliés, des mappemondes, des cartes, des relais, des indications de trésors, un revolver pour les nobles suicides et une longue-vue inutile car notre solitude est infinie. Nous pouvons tout. Je vais te montrer comment en frappant sur un gong on peut assombrir le ciel et produire des pluies tièdes, fécondantes, dans lesquelles on lave ses cuisses, irrigue sa bouche. Le bois gorgé gronde, l'eau douce claircit la mer saline. Les poissons subissent de bizarres métamorphoses. Vagues astiquées de vent, mes cheveux blondissent quand la pluie se mêle au soleil et que tes bras d'enfant mâle me peignent. Je te verrai croître au milieu du Pacifique, pour moi seule, Gildas, les premiers spasmes de ton échine, les premiers embruns. Je ne vieillirai pas, ou bien plutôt te donnerai des filles qui me remplaceront. Car le voyage n'aura de cesse. Des orages défigureront la coque du bateau, mais je t'ai dit où sont emprisonnés les tôliers et les maçons. Tu pourras les libérer chaque jeudi. Il faut des esclaves pour être heureux. Peut-être n'en aura-t-on plus besoin. La mer est fourmillante de poissons, de coquillages, de mollusques que tu mangeras ; il y a des vignes dans certaines grottes qui te donneront le don de triple vision et d'engendrer des jumelles. Dis... des jumelles que tu arboreras pour toi seul sur tous les chemins de l'océan, lesquelles tu inciteras à de réciproques amours, rien n'est plus authentiquement beau que deux sœurs lesbiennes. Tu verras : on ne s'ennuie pas sur la mer, parfois le flot baisse et l'on voit des forêts, des polypiers dodonéens, des galions inhumés aux champs madréporaires, guerriers empalés, armes, jarres bourrées de trésors. Passe... Des récifs guettent ton vaisseau. Si tu échoues, fais naufrage, ne t'inquiète pas, je t'ai laissé la clé des renflouages et des secours miraculeux. Au bout de mille ans tu ne soupçonneras plus l'existence haineuse et débile des hommes. Tu baigneras au fond de crépuscules laiteux, sans date. Alors s'ouvriront d'autres contrées de la mer inextinguible, des paysages de femmes nues, d'éphèbes subissants et l'étrave de ton navire ne faillira pas. Délivre tantôt la lourde chaîne, ancre-toi à des îlots. Mais pour l'instant, Gildas, tout commence, descends du mât, te voilà forci et roide. Tu as supervisé la mer de ton pilone ligneux et touché le bord d'un soleil inaugural. Réjouis-toi, rejoignons nos amies. Que dirais-tu ce soir d'une orgie universelle ? nous libérerions les mécaniciens et les tôliers, ce sont tous adolescents doux, aveugles et vulnérables. Le passager clandestin cache un secret, on va le griser, il parlera, rien ne sera plus distrait à ta félicité. Gildas, Gildas, ne me parle plus de Vivie, ce papillon fidèle... Après tout ! embarque-la, embarquons, je m'appelle Laura.

Les vers dont Gildas a fait moisson, le soir de sa visite à Laura, sont morts. L'émotion de cette journée capitale, brouillant ses idées, l'avait porté à des étourderies. Il avait insuffisamment aéré la prison des lombrics, et surtout, les ayant remisés au pied d'un fossé, il avait oublié la giration du soleil qui, à midi, darda en plein sur les captifs et les rôtit. Aucune odeur n'est plus nauséabonde que celle des vers pourris. Ils gisent tous en paquet ayant absorbé aux trois quarts la terre de la cage dont quelques vestiges subsistent, tièdes et liquéfiés. Vermine rose, jaunasse, corps explosés d'où jaillit un jus noirâtre, tronçons amincis et mous. Gildas est saisi d'écœurement devant l'ampleur du déchet. Cependant, une bête se tortille encore, moribonde, abouchée à une étroite fissure par où l'air s'insinue ; le garçon muni d'une petite baguette l'extrait de la boîte et la libère dans l'herbe. Une sensation de déchéance s'est emparée de lui, comme si l'univers entier se dégradait, putride. Et soudain, pour échapper à son dégoût, il va chercher la pioche, la lève et l'assène au cœur de la terre compacte. Il ouvre des tranchées au pied des résistantes mottes d'herbes, enfonce l'outil sous les racines, les sectionne. Le monde lui dévoile toute sa fraîcheur et sa dureté. Il est heureux, il creuse, trace de sinueux chemins au milieu du pré, et les blocs descellés montrent des dessous où la vermine se replie, s'incruste : ventres rigides et blancs, têtes ridées, mauves, crochues. Il va plus loin, se heurte aux racines insécables des arbres, rencontre des obstacles rocheux, avant-postes dissimulés de la ville, cloches préfiguratrices de béton. Il palpe tous les bastions du sous-sol et peu à peu se rassure. Des ampoules lui gonflent aux mains, crèvent sur les peaux intérieures et collantes qui saignent. Il a de la terre jusqu'aux poignets, ses pieds sont alourdis, le monde est crevassé. Enfin, Gildas, sa besogne achevée, urine au milieu des trous. Le jet brûle, effrite, anéantit un boulet de terre. Le soleil fonce dans le labour, les oiseaux attirés guettent d'invisibles bestioles qui avancent à tâtons parmi les décombres de leur logis. Gildas se sent mystérieusement bien, la sueur lui gèle le long du dos et sur le front. Toutes les molécules de sa chair se contractent. Vivie approche, en robe courte ; il est rare qu'elle dédaigne le pantalon. C'est une robe simple, blanche, à pois rouges. Elle saute au-dessus du sol tailladé, elle est contente, ce matin ; elle s'est parfumée, mis du rouge aux lèvres et pose à peine le pied au sol...

— Dis... tu en as fait du désordre !... Il faudrait peut-être colmater un peu... le fermier va rouspéter. Puis, je voudrais que tu te laves... ou plutôt, c'est moi qui vais le faire, à la source... ce sera amusant, puis... tu enfileras une chemise propre, ton plus beau short et des socquettes blanches. J'ai envie que nous nous promenions sur les chemins secs, main dans la main. Il faudra surtout ne parler ni d'élevage, ni de Laura, ni du naufrage. Aujourd'hui, je veux être le chef ! ton capitaine ! Dis... tu sais que tu commandes trop souvent...

Gildas sourit, il a brusquement envie d'obéir à Vivie, de se soumettre à ce caprice d'oisiveté, de coquetterie et de luxe qu'elle lui propose.

— D'accord ! Aujourd'hui, on ne fait rien, c'est toi qui décides, j'irai où tu veux et je ferai tout ce que tu diras !

Les deux enfants ont quitté le voisinage de la ferme et se sont engagés dans des sentiers goudronnés. Ils ne sentent pas le sol, les haies se gonflent et les ensachent. Ils passent devant des champs où l'on trime. Les paysans lèvent la tête et les regardent avec un air surpris.

— Passe-moi du parfum, Vivie...

La petite fille sort le flacon et humecte les tempes, les cuisses du garçon. Les chaussures brillent dans le soleil, l'étoffe immaculée des parures.

— Tu sais... aujourd'hui, on est les mieux habillés de la Lorraine... De temps en temps, c'est agréable d'être bien habillé...

Ils débouchent bientôt dans la plaine que vallonnent des buttes éparses. Les forêts disséminées rongent de larges portions de pays. Des buses géantes tournoient dans le ciel. Et ils s'assoient pour contempler leur vol. Elles montent très haut entre les nuages rares, plongent, se disjoignent, s'assemblent et tourbillonnent aile contre aile. Parfois, elles baissent, ralentissent leurs spires, le bec crochu cherche, puis fondent, éventrent un mulot qui se noue et gicle dans le labour gras. Les ailes claquent, longent le disque solaire, s'huilent et forgent des pistes circulaires qui perpétuellement se coupent et se rebouclent. Il y a des confins tristes où Champenoux s'étire. Des tertres silhouettés comme la hure des sangliers repus. Pas une maison. Velaine, Cercueil sont nichés dans d'invisibles recès. Gildas resonge à cet océan qu'il a vu en rêve : Vivie est le capitaine, leur solitude n'a pas de bornes. Les buttes sont des îlots perdus, l'écume noire de Champenoux. Les mulots sont de petits poissons que mangent les gros. Il se serre contre Vivie, caresse la robe à pois d'où sortent les jambes dociles. Il soulève l'étoffe jusqu'au ventre. Vivie rit. Surgit, soudain, un slip de dentelle noire. Elle avait, jusqu'ici, toujours eu de simples culottes de nylon ou de coton ridé. Gildas s'émerveille.

— Où as-tu osé acheter ça ? demande-t-il.

— Dans un magasin, ce n'est pas compliqué !

— On voit ton ventre à travers les trous. Ça ne te serre pas trop ?

Vivie fait signe que non. Gildas touche les anneaux secs, râpeux...

— C'est délicat, dit-il et ça sent bon... Tu t'es parfumée là aussi ?

— Oui, je suis parfumée partout !... sous les bras, à la nuque, dans les cheveux, le long des jambes, sur le ventre et entre les fesses.

— J'aime bien, ça fait un petit peu mal à la tête...

— C'est le parfum de la bonne, je lui ai piqué...

— Mais sur elle, je ne l'avais jamais senti, observe Gildas.

— Elle n'en mettait que le dimanche pour son bon ami. Tu ne pouvais pas sentir...

— Qu'est-ce qu'il y a d'autre ? ma Vivie... qu'est-ce qu'il y a de changé encore ?

— Cherche...

Gildas passe sa main sur le ventre et remonte le long du torse et tout à coup : encore cette raideur douce...

— Mais c'est un soutien-gorge !... noir comme le

slip... mais tu n'as pas de seins, et tu ne veux pas en avoir !

— Je sais... c'est simplement décoratif.

D'un coup, elle dégage les bras de sa robe, repousse l'encolure jusqu'aux hanches, Gildas voit en même temps les deux étranges œillères noires et alvéolées braqués sur lui et un collier de perles luisantes. Il fait ruisseler entre ses doigts les billes nacrées.

— Mais qu'y a-t-il encore ? demande-t-il au comble de l'excitation.

— J'ai peint les ongles des pieds, puis la bouche comme tu as vu... si tu veux m'embrasser, tu sais...

Le rouge à lèvres a une saveur de bonbon acidulé et rend la bouche plus liquide et plus fraîche.

A présent, Vivie est uniquement vêtue d'un tirebouchon de robe ramenée à la taille où grouillent tous les pois rouges. Ses jambes et son torse nus ont un aspect plus fragile au sortir de ce carcan de tissu boursouflé, difforme et pustuleux. Le parfum de la bonne se répand. Les buses émettent des cris et cernent l'orbe solaire. Vivie demande à Gildas de dégrafer le soutien-gorge. Intimidé et malhabile, il tâtonne, rougit, ôte les attaches, repousse les bretelles tandis que la filette éjecte la robe et le slip de ses hanches.

— Déshabille-toi vite... ballot ! lui lance-t-elle.

Mais Gildas range au pied du talus le slip et le soutien-gorge précieux. Il est tout tremblant. Ces dentelles... ces parfums... cette bouche rouge... Les chaussures tombent, les ongles vifs... c'est comme si Vivie était devenue une dame. Et il la respecte ; pour la première fois, il a peur qu'on la lui chipe, qu'elle se lasse de lui. Il ne peut tout de même pas se colorer les ongles, la bouche et s'asperger de parfums... Alors, il décide d'être doux, violent, de l'embrasser toute, de lui inventer des caresses, des prises, des assauts, d'être cet homme merveilleux... A peine si le relèvement du fossé les dissimule, mais qui se promènerait aujourd'hui sur les sentiers goudronnés ? Ils sont bien seuls, les buses dépècent les mulots et tamponnent le disque solaire. La campagne sévère n'en finit pas. Sous l'épaule agitée de Vivie, Gildas aperçoit la bande noire de Champenoux que l'angle de vision rapproche. La fièvre les décuple. L'image de la dentelle rare... des évocations de cinéma qui jusqu'ici ne les avaient jamais émus et qui se forment, incontrôlables, par à-coups : déshabillages des adultes, corps trop épanouis, ridicules palabres, cigarettes offertes, poses, trucs, allure de putes... rigolades complices, mystères non formulés. Et la vision de Laura contre laquelle Gildas lutte, les seins de Laura ronds et grassouillets, les fesses, le triangle velu et odoriférant faufilé dans le slip de dentelle, Laura douce et savante remplissant le soutien-gorge alvéolé... qui se dissout ; Vivie a maintenant des contorsions qui le broient, il est grisé de parfums, une zone de peau tout à coup l'accapare, l'obsède, soyeuse, veinée, se frictionne à lui. Il y a des échos qui rapidement lui remontent au cerveau, délire, tumulte d'idées infimes, boucles, bulles bleues, rayons démesurés des apparitions et de grandes scènes élargies, pourpres. Et l'angoisse éclate dans son thorax, ou félicité... il voudrait pacifier le monde entier, étreindre les agonisants... Vivie... Vivie... sa voix est plus vibrante, scandée. La gamine lui mord la gorge, trépigne. Et cette source qui un jour jaillira, mûrit, se tord en lui, déjà, dans tous les replis de son ventre, l'écarte, aggrave l'angoisse et la joie... Vivie ! Vivie ! Il lâche des hymnes en désordre et cède à de confuses proférations : « Je te couvrirai d'élixir de sang de poisson... Vivie... t'ouvrirai, ficherai en toi l'épieu de Neptune. Et la forêt, la forêt... noircira... les fourches de la mer... et le bonheur Noël, l'été, l'or, le jus des pierres, les noces d'Homère, les chapiteaux, les hourras !... »

La route du retour est jalonnée de champs d'orties, bousculant leurs corolles de duvet aigu. Écharpes de parfums, sableux, hérissés, chauds, qui enivrent les enfants. Et sous la houle des robes, l'œil voyage à travers des feux voilés, d'invisibles morsures d'aspics, de vives voraces, une foule de menus ardillons, dards... c'est comme si Gildas et Vivie nus étaient enveloppés d'une chape de velours cloqué, brûlant.

Ce n'est pas tous les jours faste et paresse. Il faut travailler à nouveau, changer l'eau d'Oscar et de Julie et nettoyer la cage des lapins. Celui que la myxomatose rongeait depuis plusieurs mois et dont la résistance suscitait l'enthousiasme et l'espérance des gosses est mort ce matin. Son cadavre ratatiné, pelé, montre des yeux pochés aux orbites turgescentes, des plaies ouvertes sur les flancs et d'innombrables tumeurs déformant le crâne et le dos. Ils enterrent la dépouille dans l'intimité du tas de fumier. La corruption unira les chairs désagrégées aux restes des poules, des veaux, chatons et oisillons déjà enfouis. Le tout, périodiquement trempé d'urine et de fientes et furieusement pétri par les fermiers, donnera un hachis menu, moelleux, qui habillera les labours.

L'après-midi, les enfants projettent une pêche aux grenouilles. Il s'agit d'une équipée qui les conduit à Champenoux. Les batraciens évitant les étangs de la guerre, lugubres, froids et centraux, hantent les lisières de la forêt. Là des fossés, excavations, tranchées éventrent le terrain, noircissent des clairières que des taillis frontaliers mangent, quelques labours, fermes perdues, et des parterres exquis, réguliers, ras, de minutieux reboisements. Gildas et Vivie qui redoutent les ténèbres opaques et contiguës de Champenoux sont attirés par ces marges où tous les paysages se chevauchent, dans le désordre et la lumière. A cet endroit, sortaient, aux anciens temps, les meutes affamées des loups, s'esquivaient plus récemment les troupes débandées de soldats, fuyant les fournaises de l'intérieur, hommes fous, tordus de rire, qui s'égaraient dans les campagnes, pillards adolescents qui dans leur panique allumaient l'incendie, la mort et violaient.

Les enfants s'approchent de cette terre en décombres qu'ont envahie les tritons. L'eau croupit dans des trous ovoïdes revêtus de lentilles vert tendre. Gildas et Vivie franchissent avec émoi trois cercles successifs ; le premier, élargi jusqu'aux murailles noires de la forêt, est composé de prairies d'herbe courte entourant les mares ; ensuite, vient le second anneau étroit, riverain, où poussent des roseaux, où s'encastrent des plages de limon ; enfin, s'arrondit la surface aqueuse, focale, que les lentilles vertes recouvrent et que de sournoises reptations plient.

Arrivés à la bordure médiane les enfants se pénètrent d'une extrême vigilance. Leurs regards se dirigent droit sur les zones émergées, vaseuses, où dorment les grenouilles. On ne distingue d'abord rien, excepté la tourbe douce, étale. Puis, affleurent dans le regard comme des impressions d'épiderme chaud, fragmenté ; des visions de feuilles humides, tapies ; peu à peu, des petits paquets de convexités, de courbures vertes, brunâtres... des renflements de gorge blanche, des yeux cerclés d'or, des écartements de cuisse, des palpitations... toutes les grenouilles, l'œil tourné vers la mare, s'épatent au ras des boues dans une attitude de convoitise béate. Le rayonnement solaire les chauffe, leur abdomen se vautre et se moule dans les capitonnages fienteux, nourris d'infimes parcelles végétales, dissoutes ou tassées, de gargouillements de bulles, de crevaisons de moustiques, de salives tièdes et régurgitées d'anguilles. Soudain, les gosses frappent dans leurs mains, déclenchant un circulaire envol d'échines émeraude et un unanime plongeon. Quelques épouvantées à contretemps font retentir des clop ! clop ! retardataires. Gildas et Vivie montent alors des lignes frustes avec des scions, du crin et des hameçons appâtés de chiffon rouge, de sauterelles, de vers, de pétales de rose, n'importe quoi, pourvu que cela brille, les grenouilles dévorent tout. Le but est de voir jusqu'où va leur gloutonnerie. Ce montage achevé, à peine si l'on attend. Les grenouilles, une à une, sortent la tête de l'eau et l'on balance les pâtures au-dessus d'elles. Les voilà qui se déhanchent, bondissent, allongent le cou, mangent. L'on tire, cela fait un couic gras, le batracien écartelé fuse dans l'air jusqu'à la rive. Le gibier s'amoncelle. Le jeu est trop facile. Aussi met-on au point des techniques plus complexes, subtiles : on lance un hameçon nu qu'il s'agit de glisser sous le ventre de la grenouille. Quand on y est, on ferre ; une fois sur trois l'ergot perce le ventre, la bête couine et s'affale saignante au pied du pêcheur.

La vue du carnage produit, à travers les roseaux, l'exode de jolies couleuvres vertes, jaunes et sensibles. On ne peut s'empêcher de frémir. La mare inépuisable écume, les bêtes décollent comme des spoutniks. La goinfrerie s'affole, aveugle. C'est un holocauste fervent de museaux, de ventres. Les chiffons rouges papillotent, l'acier rutile, s'incurve, fend. Les têtards rejoignent le festin mais ouvrent des bouches trop étroites pour qu'on les croche. Cependant, l'on capture un gros triton, à ventre roux, crêté, préhistorique.

Le tumulte est si fort que des fonds remués montent des dépouilles de ragondins, de carpes et de serpents. L'odeur suffoque. Sous le feu roulant des lignes, des appâts, des pétales de rose, par rangs serrés, les batraciens montent à l'assaut et subissent d'impitoyables massacres. Secoués de rires, les gamins délacèrent les ventres et empilent les tripes. Les monstres dandinants, dodus, voraces, rappliquent des fossés, de toutes les failles environnantes, comme si les cratères morts depuis les ans de guerre, comprimés d'obus, d'os, vivaient une soudaine, une écrasante résurrection. Aux spasmes des chiffons flamboyants et lancéolés comme des drapeaux, répond l'épilepsie des grenouilles belligérantes. Tous les trous lâchent la bonde aux hordes hurlantes et emphysémateuses. La prairie n'est plus qu'un vaste clapotis de bedaines vertes, de cuisses blanches, de convulsions, de bulles, de cloaques et de couics, où Gildas et Vivie chavirent, meurtriers et ravis.

Félix et Laura ont descendu le grand escalier qui tourne au fond du gouffre marin. Minuit. Le bal a commencé. Les poissons entourent la carène chantante du vaisseau. Ce sont éclats de gongs, trompettes stridentes et violons qui cadencent la houle, y balancent lamproies, lampions, mandoles et silures. Les garçons insolites, seulement vêtus d'algues pubiennes, servent, avec de trop fréquentes distractions, le champagne. Maniérés, ils affichent entre eux des connivences de postures et des contacts sodomiques auxquels l'assistance ne prend pas garde. Les couples dansent, s'éberluent d'hymnes. Tous les visages sont inspirés. Ce qui compte : c'est le degré parfait d'harmonie, la maturité océane, la flexibilité des houles, des dos, cet écarquillement adéquat de la mer recevant la carène du vaisseau musical et humain. C'est aussi voir, par les hublots, les sables qui transhument, la patrie des madrépores, l'or noir exsudé, la finition du requin tigré et les conflits de bêtes squameuses qui se dévorent avec lenteur et précision.

Sur quoi, la valse cesse, on joue aux dés, les hommes se mesurent, à qui séduira la chance. Ici est méprisée l'intelligence. Les seules idoles reconnues sont la beauté, la Fortune. La chance, l'heur, c'est au fond de la mer irréversible un émoi seulement pour des hommes en partance. Les dés roulent, les numéros s'exhibent, les cartes s'échangent comme des billets, la boule échoue à des vulves inusitées. Femmes, enfants sont attentifs et superficiellement anxieux. Les richesses tarissent, regorgent ici. Mais la munificence des gagnants équilibre les pertes, rétablit l'harmonie et suscite de nouveaux rapports. Le perdant rentre toujours dans ses biens contre la satisfaction d'un vœu qui le met à la merci du vainqueur. Ce sont toujours paris, souhaits, pactes physiques, transmissions de femmes, d'enfants, marchandages délicats, car chacun est d'une beauté équivalente quoique différente de l'autre. Toutes les transactions donc tiennent à cette diversité dans l'égalité plastique. Heureusement, il n'y a pas de ces injustices criardes, de ces disproportions anatomiques qui divisent les êtres en deux castes rivales : les beaux, les imbéciles et les affreux, habiles, rancuniers, despotiques. Ici la raison et la ruse sont des valeurs minimisées. On mesure les gens à leur capacité d'émotion, de rêve, de caprice et de fantaisie. Une scrupuleuse parité unifie les fortunes, les cuisses, les reins, les cheveux et les seins. Quel que soit le verdict du hasard et les échanges consentis, personne n'est floué. Les goûts seuls sont en cause, de dégoûts : point. C'est vous dire comme l'on chipote, hésite, revient ; l'on ne trahit jamais et les abandons ne sont que momentanés. C'est pourquoi le jeu, l'échec ou la ruine n'aboutissent jamais à des rivalités ou des rixes.

Après l'encan, l'on s'enivre très fort et preuve que les sélections du hasard sont éphémères, l'ébriété convie à de nouveaux échanges, prêts, dons, partages. Il y a ceux qui veulent se saouler davantage et ceux dont s'accentue l'instinct érotique. Tout le monde s'accorde, car l'on s'est perdu sous les milles marins pas pour s'entre-déchirer. L'amant dont la maîtresse porte les cheveux longs finit toujours selon des voies de paix à posséder la fille ou l'enfant convoités aux cheveux évidemment très courts.

Après la saoulerie, la valse recommence. L'on est nu, habillé de soie, d'or ; à chacun selon ses usages lascifs du moment que la mer module un commun frisson. Il y a des femmes de chair et de pluie, d'autres irritantes, épidermiques, des garçons à longue natte, pagne bref, fesses visibles, dont le membre s'humecte d'un premier embrun. Des filles tondues, d'autres aux aisselles garnies, à l'enfourchure riche dont le lichen lustré, peigné, parfumé ou non, est détaché sur des plages de peau. La perversité n'est pas sentie comme telle quoiqu'on s'excite aux nouveautés. Certaines femmes indemnes affectent de le rester, des hommes exauçant un souhait se sont fait émonder. Quelques greffes. Des travestis. Des bagatelles dans l'ensemble et peu de fétichisme. Chose étrange : beaucoup de fidélité car l'océan vous berce, vous désincite au change. Les scènes d'encan sont apparentes et concernent les débutants. On en vient si souvent à contempler la mer que l'on conserve un identique amant. Le stupre est périodique, rare. L'inconstance énerve, arrache à la cadence de l'orchestre fluide, à la cognée des gongs, aux pulsations du rocher, des dents de scie du poisson. Puis, on ne tient pas à rater les naufrages, tous ces Actium emphatiques, ces galères bourrées d'os, d'armures, et ces galeries d'amiraux vaincus, parmi lesquels on voyage. L'on persévère à des stupeurs qui vous ouvrent la connivence du flot. Le déplacement des continents est parfois sensible, effrayant. Tout le poids gourd, le froid du monde humain, des villes, des gens hâtifs, des enrichissements, des montagnes gravies, des cargaisons, des bourgeoises enceintes, des basiliques, des banlieues, des cérémonies du souvenir et des jours gras. Le continent mort, lourd, cancérisé, ossu comme un irréductible caillot, calcul bouchant le ruissellement universel.

Alors, le navire fait un bond en avant de panique pour éviter la carène géante des patries. Comme l'on se sent flotter mieux, ensuite, suspendus, gentiment baladés, folâtres au bout des vagues, ou glissés entre les jambes des nageuses, ou calfeutrés au fond de l'abîme douillet des suicides, des villes noyées, des cataclysmes, des batailles navales, frôlant les dards neptunéens, les débris des falaises, des digues, des phares, des promontoires et le parfum des estuaires... Les vieux socles, l'échine cabossée des cœlacanthes, les germes natifs, les premières algues et les premiers embruns... A l'abri du grand monstre, entrés dans ses sympathies, ses engrenages laiteux.

Claire depuis quelques jours a cessé de gémir. Elle ne parle plus de l'éventuelle randonnée dans le Midi. Mais son visage fermé, ses sourires fallacieux ne présagent rien de bon. Une fugue ?... une perfidie ?... on disait qu'elle ne l'avait jamais trompé. Elle avait dû se résigner. Elle marche devant lui le long des allées du parc zoologique et son regard est indéchiffrable. Lorsqu'ils arrivent au bord de la route sécante, ses yeux retrouvent un certain éclat à la vue des automobiles lancées entre les talus verdoyants et fleuris. Le sol tremble, les carrosseries, les chromes flamboient, captent des fragments d'azur et les peupliers de la rive courbent leurs silhouettes feuillues dans les reflets des pare-brise, des portes... Une voiture décapotée passe au ralenti, chargée de jeunes gens en maillot ; l'un d'eux boit goulûment à même le goulot d'une bouteille d'orangeade ; une femme caresse le dos d'un compagnon qui a l'air de très loin son cadet. Ils plaisantent, aperçoivent Claire et Paulin et leur crient : « Rigolez un peu les pépères ! vous êtes encore chouette. » Et l'adolescent dont la jeune femme flatte l'échine se retourne et dit dans une dernière exclamation : « Eh ! la mousmée... tu t'emmerdes hein ! »

Claire leur tire la langue. Les rires se perdent, les dos tressautent en flaques brunes, rouges, que les automobiles masquent, révèlent selon les zigzags ou l'alignement des files... plus loin, au sortir du jardin, quand les voies se joignent dans un ultime brasier pour diverger vers tous les pays. Le couple aborde à l'autre rive et passe dans le zoo proprement dit. Les poissons rouges suspendent des girandoles au fond de l'eau. Les canards dérobent des miettes aux cygnes. Les ours digèrent, le gorille n'a d'yeux que pour Claire. Il lui fait un numéro de biceps et de thorax, puis s'allonge, rêveur, accoudé, saisit son membre en la dévisageant toujours.

— C'est pas mal un gorille, dit Claire, tu as vu, ça n'a pas de taille, pas de ventre, mais un de ces torses ! au fond, il n'y a que la tête qui me répugnerait... le sexe m'a l'air tout à fait inoffensif et d'une agréable nuance... Je crois qu'il y aurait une grande fidélité entre une bête et une jolie fille, tu sais, comme dans les histoires de Tarzan, de meneurs de loups...

— Oui, mais tu finiras un jour par t'amouracher du pire de tes ennemis : un jeune chasseur qu'aurait capturé ta horde de singes.

— Que veux-tu... comment résister à une peau nue, fragile d'homme après ces étreintes de fer et de poil... à propos... mon petit bonhomme, je n'ai rien dit depuis quelque temps, mais je te prépare un coup... Les délais sont écoulés, plus d'une huitaine que nous sommes ici... et bien ! je me plais ici, je reste à présent !

Elle arborait sa bobine vache et pincée des jours de pacte avec le diable. Les cheveux lisses, au fait... Elle s'était fait aplatir les boucles. Cela lui donnait un visage nu, une bouche plus charnue. La jupe très courte, le corsage dans l'échancrure duquel on voyait la bordure d'un soutien-gorge de dentelle noire. C'était Claire, revancharde, vicelarde. La belle affaire... Il s'en foutait, qu'elle en profite ! avant le retour d'âge... Lui, du moment qu'il avait son Callot, l'art et la bonne du café. Les ours farfouillent dans leur crottin et elle rit, les reluque, avec cette vulgarité contre laquelle sa mère, ses meilleurs amis, l'avaient pourtant gentiment mis en garde, il y avait de ça dix ans. Mais comment écouter les conseils de ceux qui n'avaient pas mieux réussi leurs idylles. Puis, sa femme avait alors des moments de lubricité charmante. C'est dans un sursaut de gratitude nostalgique qu'il l'invite à prendre un pot au bistrot de la Place.

A la terrasse, les touristes s'empilent : des Anglaises folles, à boucles et pantalons fluorescents, que la bière saoule, qui profèrent des canailleries en regardant la fontaine de la petite sirène et les jets issus des anus, des verges. Elles sont flanquées de maris très britanniques qui rient sournoisement. Claire et Paulin se creusent une niche entre les chaises. La bonne arrive sous les feux de la rampe ; sans timidité aucune, elle voyage au milieu des bourgeoises riches. Sa poitrine gonflée, sa taille étroite, ses hanches, son visage bombé en remontrent sans y prétendre à tout ce déchet de femelles en croisière qui sentent le colifichet, le fond de teint, le laxatif et la cyclothymie. Elle l'a vu. Elle a accusé le coup par un sourire indiscutable, net, que Claire a remarqué :

— Oh ! dis... avec la larbine, ça marche... tu boiras bientôt la bière à l'œil !

— Tu te tais... crapule... murmure Paulin entre ses dents.

La serveuse ne vient pas prendre aussitôt la commande. Elle atermoie, est-ce voulu ? Les touristes éméchés s'épongent et la fixent, sensibles à sa fraîcheur. C'est une fontaine une fille pareille. Il y a de grands chemins d'ombre qui partent de ses yeux, longent le nez, le coin de la bouche et se noient dans la zone des cuisses. Des cheveux sans apprêt, touffus, montés en simple chignon. Des cheveux tout noirs. Tout à coup, elle les ajuste, leur arrive dessus. Le plateau voltige au-dessus des têtes. Elle lui dit bonjour... merveille... pas seulement un petit signe commercial du bonnet, épinglé d'un sourire rémunérateur, mais un authentique bonjour, comme au coin de la rue, les jours de chance, qu'on en est tout retourné.

— Qu'est-ce que je vous sers ?

Ça c'est obligé, il est là pour se rafraîchir, elle est payée pour étancher les soifs cette femme... est-il office plus touchant ?

— Ma bière habituelle, répond-il, modulant l'adjectif, le contaminant de nuances familières, mouillées, intimes et palatalisées.

— Alors, la double chope... labiale finale inentendue, amortie comme dans un rêve, comme lorsqu'on nous endort.

Ce n'était pas une réplique marchande, mais une réponse personnelle, double, pleine d'allusions à leur passé et qui d'ores et déjà bombait un verre blond, écumeux.

— Et la dame ? ajoute-t-elle.

La formule, cette fois encore était nécessitée par le métier, mais elle l'avait vidée de toute aménité, la rendant neutre, morte...

— La dame boira une demi-bouteille de champagne, répond Claire.

Sans sourciller, admirable amie... la serveuse demande :

— Quel champagne ?

— Le meilleur ! allez... pressez ! je suis altérée.

Vénus obéit avec lenteur sans marquer la moindre surprise ou hostilité. Son buste pivote, elle dérobe la peau tendue, raccourcie entre les seins du décolleté... et Paulin a la vision de ces bouées vigoureuses bornant un intervalle de mer lisse. La terrasse retourne au néant des caquets, des gaudrioles, des rires silencieux et maritaux à l'aspect des verges giclantes, des monstres fessus. Claire se tait, renversée dans son fauteuil, visage tourné vers le soleil, yeux mi-clos. Elle décroise les jambes, fait remonter sa jupe et la cuisse apparaît presque en son entier, longue, ronde, brune ; mais le grouillement sous les hanches, l'infime tuméfaction sont camouflés avec adresse. On la convoite un peu partout. Elle dit sans avoir l'air d'y toucher :

— La bonniche a des aisselles malodorantes...

Il s'insurge, proteste de sa fraîcheur, de son aridité ! Elle reprend le mot en s'esclaffant :

— Aridité !... dis on voit que tu n'as jamais vu le désert...

Horrible, triviale... Alors, il lui distille des vilenies, des agressions basses, physiques... sur le haut de ses cuisses, son cou écaillé, ses cernes, la peau foutue du visage. Elle lui en renvoie du même acabit mais des meilleures, des cinglantes, des brûlantes, dès qu'il ne croyait pas qu'elle savait. Et tout cela l'air de rien, en catimini ; quand la bonne revient avec la demi-bouteille de champagne qui fait pousser un oh ! surexcité des Britanniques. Il y en a qui se décident à en commander une pareille. Les voilà la cible des touristes friands, hallucinés. La bonne a pris la bouteille et l'a fourrée entre ses cuisses. Elle commence à tirer le bouchon. Elle se tord, les seins penchés vers lui dévoilent leurs harmonies. Elle empoigne le goulot saillant entre ses jambes. Elle est toute torturée par l'effort, puis le bouchon vient, doucement s'écartèle, se retire humide du trou. L'air libéré explose. Et tout le liquide s'évacue dans la coupe de Claire. Soulagée, la bonne s'est redressée et lui sourit en déposant la double chope de bière. Elle prend son temps maintenant, s'occupe de lui, plisse un regard amical en râpant le débord moussu. Saisi d'une soudaine audace, il la regarde et lui dit :

— Comment vous appelez-vous ?

— Servane...

Servane, Servane... il y a dedans l'agression de serrer et l'ondulation des savanes. Cela commence âpre et dur, puis ça s'ennoblit au milieu, au niveau du *a*, et ça aboutit doux, languide... Claire ricane :

— Serveuse, Servane, c'est tout comme ! Serva-nus pieds...

Il ne l'entend plus. Servane lui tourne le dos, ombre et blancheur. Jolie Servane, puissante fée, Vénus de Champenoux. Mais elle revient plusieurs fois, apportant des demi-bouteilles de champagne aux Anglais, comme le caprice, la malice de Claire, multipliés, les inondant, les viciant, de ses pétillements, de ses piquants, de son acidité.

Paulin a vu à l'affiche du théâtre municipal un vaudeville. Il a envie de voir un vaudeville. Il décide d'y aller, le soir, seul. Après, il ira boire un verre à la terrasse du café. La serveuse n'accomplit pas de service nocturne. Il se contentera de son sillage, de l'empreinte de ses pas...

A neuf heures, de tous les coins de la ville, radinent

les bonnes gens au petit galop ou par grappes lentes, prêchi-prêcheuses, radotant des hommages galants. Il y avait des vacanciers d'ex-juillet, des hommes seuls dont la progéniture et l'épouse étaient au bord de la mer, et une cohue vaguement cosmopolitique qui comprenait les inévitables Anglais, des Allemands à cheveux lisses, en costumes beige ou gris-vert et quelques couples hippies que Paulin avait déjà observés, errant sous ses fenêtres. La troupe du théâtre venait droit de Paris. Elle comprenait deux filles jolies, trois hommes efféminés, niais, le genre artiste. Ça griserait le parterre. Enfin, un couple d'un certain âge, l'air vicieux. Le théâtre municipal était somptueux, il avait connu les fastes des cours de Lorraine, du temps des Guise, des assassinats, des trahisons, des poisons. Les dames avaient revêtu leurs murmels et leurs visons, mais les hippies je m'en foutre se baladaient bras nus et blousons bariolés. On crut un instant qu'à la caisse ils seraient refoulés. Il y eut un suspens pendant lequel les mémères en murmel retinrent leur souffle. Mais le chef hippie, ces gens-là vivent comme les anciens troupeaux, s'inclina vers la caissière avec respect. Il était très beau, bâti comme un bison, blond, roulant un accent hudsonien et veloutant un regard bleu. Son blouson irradiait de boucles rouges, vertes, de fils d'or, cela lui faisait une toison, une séduction, on en avait le tournis. La caissière capitula et distribua les billets. Toute la bande entra sous les hautes voûtes, les lustres ; les couloirs montraient des Apollons nus ; en cas d'incendie, un pompier à cocarde faisait le pied de grue. Il y avait une galerie des ducs, des placeuses vieillottes, moches. Le pipi-room était minuscule et mal commode. Les hippies se réfugient toujours aux toilettes, ils aiment y coiffer, démêler leurs nattes, rajuster leurs boucles d'oreille, leurs fleurs, leurs braguettes chamarrées, et y faire l'amour quand ça leur prend. Pour entrer dans la salle du théâtre, on défila devant les cabinets que la tribu avait laissés portes ballantes. Et les bourgeois jetaient un œil à tous ces sauvageons coquets de l'Ontario. Paulin entra pour mieux voir et par nécessité. Il ouvrit son pantalon, son jet crépita, une jeune fille se retourna l'air surpris, à croire que les waters n'étaient faits que pour se coiffer. Il crépitait, il crépitait, contre le marbre nu, il produisait un bruit aigu. La fille souriait à présent, une Indienne à mocassins sioux, avec une veste de Davy Crockett. Il pissait l'artiste et elle voyait le profil de l'outil. L'urine dégagea une légère vapeur, une tiédeur communicative, et les Apaches un à un se rassemblèrent autour de lui pour pisser eux aussi. Ce fut une manière de calumet de la paix. Paulin fit connaissance et fut l'élu de la tribu. La pièce commençait, ils occupèrent le troisième rang de l'orchestre. C'était d'un art inimitable, instantané et de surface, qu'accéléraient de perpétuelles vicissitudes. Évidemment : des escaliers, des portes, des placards, des chambres à coucher, le tout, labyrinthique. On se sentait en sécurité. Les coups du sort étaient momentanés, des bonheurs inattendus venaient toujours les effacer. Le vieux couple parental ne comprenait rien aux démêlés des enfants jetés à des cocuages savants. Les trois maris efféminés s'accommodaient de leur disgrâce, liant entre eux des relations. Les femmes avaient des mœurs plus complexes, changeantes. La comédie était amorale, versatile, les filles en jupes courtes montraient leurs cuisses sur des divans. Paulin considéra soudain son aventure avec la bonne et la trahison subodorée de Claire, à travers la nécessité esthétique, logique, de cette anecdote banale, vaudevillesque et universelle d'amour. Au fond, son drame ne ferait que remplir le cadre préétabli d'un schéma, et il se prélassa quelque temps dans cette certitude platonicienne selon laquelle les accidents terrestres ne font que développer les inaltérables modèles de l'éternité. Claire sous ce jour lui parut aimable, exigée par des lois supérieures comme Judas par le pompeux sacrifice de Jésus. Tout cela était déjà écrit, n'appartenait ni au passé ni au présent et se parait d'une qualité intemporelle, quasi mathématique. On n'avait jamais été si abstraitement cocu. Conformément aux philosophies à la mode, ses mésaventures seraient donc structurales. Le vaudeville se prolongeait, de plus en plus combinatoire et cybernétique. Le plus infime pédé, le téton le plus pittoresque, le moindre fessier sortaient des moules supraterrestres. On n'avait plus de désir, le particulier s'abolissait, entraînant dans sa chute odeurs déviantes, couleurs, rages, contours originaux et pratiques interdites, vices. Personne n'y croyait. Heureusement, la petite Indienne à mocassins lui accordait, dans les moments d'ombre, des attouchements sioux. Elle avait de longs doigts de piège et de scalp. Le chef à la carrure de bison faisait jouer ses muscles et l'ondulation suprême de ses cheveux aux yeux de l'actrice la plus jeune et semble-t-il la plus rouée. Elle n'en finissait pas de le vamper, de se convulsionner sur le divan ; elle redoublait de nudité, perdait sa culotte, ses cuisses étaient de gros têtards immaculés, sanglés entre le haut des bas et les sillons des aines.

Après la pièce, on alla boire un verre à la terrasse du café. La Place flamboyait, incarcérée de grilles, de lanternes, d'or et de feu. Un lion grognait, une bête soufflait du côté du parc zoologique dont on voyait les frondaisons plus sombres que la nuit. Paulin était glissé avec délices au milieu de ses camarades hippies dont les vestes molletonnées, les gilets bariolés, les chemises à fleurs, les galons et les franges lui faisaient une cage de duvet. Les femmes coiffaient les hommes, on échangeait des bijoux, des baisers et partout s'exorbitait la trace, le souvenir nocturne de Servane. La petite Indienne commença à friser les cheveux de Paulin avec une sorte de fer en forme de stylet dont elle chauffait le métal en le frottant à un étrange caillou aigu et violet. Après conciliabule, les hippies enthousiastes l'invitèrent à passer la nuit dans leur camp. L'un d'eux, le chauffeur, alla chercher l'automobile. Il s'agissait d'une Land Rover. Les Indiens ne faisaient pas les choses à demi. L'on s'entassa dans la grotte d'acier qui sentait paradoxalement la sauvagine et le musc. La tribu émettait de légers glapissements au fur et à mesure que la voiture prenait de la vitesse.

Le camp était aux lisières de Champenoux. Une vingtaine de grandes tentes entourant un feu. Des chants, des clameurs accueillirent le chef, sa bande et surtout le mystérieux invité. On se mit à danser, c'était vaguement chateaubrianesque, de jeunes vierges dont les seins se touchaient oscillaient devant les flammes comme des serpents. Il y avait un prisonnier ligoté au totem que des enfants et de vieilles femmes frappaient avec des branches : la petite note de chagrin indispensable aux voluptés. Des guerriers revenaient, hâtifs, vociférants, de pillages et de rapines. Tantôt l'image se déformait, de grands chapeaux à plume coiffaient les têtes, des chevaux hennissaient, de longues rapières pendaient au côté des vagabonds et cela ressemblait aux *Bohémiens* de Callot. On rencontrait des filles blanches, yeux bleus, qui avaient été ravies jadis à leur famille. Elles se prêtaient aux raffinements des sauvages avec de petits airs souffreteux, des délicatesses européennes, dissimulant à chaque découverte une matoiserie, une curiosité ardente. Puis tout se brouilla. Tout devint ineffablement polynésien, coquillages, fleurs, ventres cuivrés, énormes seins. Il revenait d'un trait aux pistes, aux canyons, aux longues soifs, à tous les désordres des guerres, à la paix des campements, l'été, aux rivages herbus. Les meetings grandioses de toutes les tribus, les serments, les charges. Il fuyait, plongeait dans d'interminables déserts où djellabas, profils aigus, voilures blanches circonscrivaient la nuit glacée. Et par degrés, au fil des heures, des nouvelles danses, la chaleur remontait, réoccupait chaque fente du rocher, les plages, les peaux brunes.

La petite Indienne à mocassins l'arracha à son délire bovarique en lui proposant une Craven ou une Benson, il ne distinguait plus bien. Elle se déshabilla à la moderne, sans lenteur ni façons. Elle était menue, menue, mais douée d'une poitrine géante. La disproportion mobilisait tous les instincts. On eût dit que les attributs de son sexe étaient concentrés là en une surcharge excluant provisoirement le reste. Mais l'on pouvait découvrir, au sortir de ce prologue hyperbolique, des chapitres discrets, désuets, de vieux usages de style, analyses, psychologies soignées, sensibles papotages, moribonderies que le temps avait rendus classiques. Procédé antiphrastique, litote, polyptote à la faveur duquel il conjuguait enfin le paradigme complet de la nudité sioux. Axes tropiques, équivalences métonymiques des yeux, des fesses, des seins, contiguïtés, subreptions ou levrettes, jets, rejets, contrerejets, entrejets, entrejambes, tous les califourchons, croupades, jambages, enjambements, redondances villeuses, enflure. Anacoluthe brutale, bouleversant, disloquant l'ordre, la syntaxe habituelle des voluptés. Ces fougues coupées, asyndétiques, anarchisantes et sans lien, ces délires longs, liés, copulatifs et ces reprises, ces refrains anaphoriques de la même main sur le même sein en tête de chaque spasme. Savants dosages du passif et de l'actif. Conditionnel aboli. Futur mort. Ces contractions de chair concise à chaque coup de virile virgule et les baisers brefs comme des points sur les *i.* Irradiations métaphoriques enchevêtrant les termes et bravant le bon goût. Cette saveur de la chose littéraire, du corpus grammatical, des blancs, des membres de la phrase échouant à tous les hiatus. Maniérisme, euphuismes pervers, orgies naturalistes. Génies circulaires, noms... Céline, Giono, achronies, hypallages enfin, hypallages, épithalames célestes, cercles, figures... cycles inouïs, cosmiques autour des points aphéliques, hautes chevauchées dans un mirage océanique, d'astres, d'espace... douceur de l'ultime naufrage.

— Et Paulin ?...

— Il est malade des nerfs... il navigue comme un fou entre les quatre murailles de la Place, il fait la cour à une bonniche, s'entiche de Callot, découche !

— Je croyais que ce séjour l'avait rasséréné.

— Oui... mais il s'incruste, refuse de bouger et s'invente de nouvelles trouilles.

— Vous devez vous ennuyer...

— Au début... mais j'en ai pris mon parti, je me suis fait des amis, un camarade récemment, un jeune Allemand qui m'emmène me promener en ville. Paulin ne sait même pas... un camarade bien tranquille, sans angoisse ni toquades. Ouh... les artistes, les tapés, c'est adorable, ça excite les passions des lycéennes, mais il faut vivre avec eux... ces frénésies, ces abattements, ces lubies... cet orgueil...

— Vous exagérez un peu...

— Ah ! s'il vous a fait le coup de la séduction à vous aussi, mon Paulin... il abuse son monde, fait le farfelu, vous tourne des yeux énamourés et semble ouvert à la vie des autres. En fait, il s'en moque. Il est fermé, bloqué, bouclé comme un boulet. Avec des tas d'idées qui lui trottent les méninges, dont il ne vous dira rien ;

il bâtit ses chapiteaux en silence, un rien l'agace, il rumine, s'absorbe...

— Pourquoi ne pas essayer de créer une sorte de paix autour de lui, d'être sa confidente... de l'aider ?

— Ah non ! soyez réaliste... dix ans que je vis avec lui, j'en ai assez de jouer la conseillère, la protectrice, la secrétaire, l'infirmière... Ces gens-là sont des anormaux, des malheureux... de perpétuels naufragés, vous savez le naufrage... que l'on se crève à secourir ; et bien ! arrive un temps où l'on ne peut plus, où l'on a envie d'un garçon sans histoire, d'une intelligence pratique... Dernièrement, je mesurais encore le fossé... Je tombe par hasard sur ses carnets. Il appelle ça ses calepins exécrables. Il y a là-dedans toutes les images qu'il se refuse, paraît-il, des agressions de toutes sortes, des haines, des rodomontades anarchisantes, des alexandrins, des obscénités, il lâche la bonde à toutes ses folies. Et de cela, il ne m'avait à peu près rien dit.

— Mais vous dites que ses extravagances ne vous intéressent plus, alors pourquoi voulez-vous qu'il vous en fasse part ?...

— C'est peut-être parce qu'il ne m'en a jamais fait part comme il aurait fallu. Et puis vous savez : on est toujours de fausses participantes dans les affaires de ces hommes-là, ils vous réduisent en miroir, en magnétophone grâce auquel ils s'écoutent parler. Ce sont des égoïstes. Moi j'ai un égoïsme de coquette, je l'avoue ; lui, il a un égoïsme d'artiste, et c'est effrayant, je vous le confie, Laura : c'est meurtrier...

— Parle-t-il de vous dans ses calepins ?

— Par-ci par-là, je me reconnais... mais je me trouve très bien. C'est lui le timbré !

— Il tient cela au jour le jour ?

— Oui... tout le temps... c'est sa gniole, sa revanche.

C'est un violent, il a besoin d'attaquer, de blesser... pas recommandable le petit cousin...

— Où en est-il actuellement ?

— Oh... à des chapitres fumeux... qui semblent justifier l'actuel séjour en Lorraine. Il y a d'abord des dithyrambes sur la Place, en lettres majuscules, l'hyperbole des fous. Des discours sur Champenoux. Dieu... pourquoi Félix a-t-il été lui montrer ça ? Et la nouvelle du naufrage semble l'avoir frappé, il y recrute des significations symboliques. Il parle de vous aussi... c'est écrit en italiques... ça n'a pas forcément un sens particulier. Il cabotine même pour lui tout seul... il dit que vous êtes dans l'entre-deux, à la charnière sans histoire, sans épaisseur, à la lisière des âges... Il vous imagine entre un couple d'enfants et nous. Une épiphanie et une apocalypse, écrit-il. Il ne recule devant rien ! Ça a l'air de vous surprendre...

— Un petit peu, je ne m'attendais pas à figurer dans les calepins... mais ces enfants... comment les voit-il ?

— Très libres, très sensuels...

— Mais il a des références réelles, ou est-ce purement imaginé ?

— L'idée traînait dans ses calepins, puis un jour, il a vu des gosses sur la Place qui semblaient très liés. Ils étaient vraiment rigolos... libres... on aurait juré qu'ils couchaient ensemble. Alors ses idées ont pris un tour plus précis.

— Fait-il allusion aux vêtements des gosses ?...

— Ça vous intéresse ? Vous semblez intimidée... petite Laura, vous me plaisez... non... leurs vêtements, je ne m'en souviens pas.

— Mais oui... cela me trouble ces calepins où l'on parle de moi. C'est bien normal, n'est-ce pas ?... Que dit-il encore sur cette image d'épiphanie et d'apocalypse ?

— Oh... je crois que cela recouvre des faits bien simples, les gamins accédant aux sensualités exhaustives, adultes, une sorte de naissance donc ; et l'apocalypse, c'est une crise imaginaire, je crois, qu'il a toujours feint de redouter, une sorte d'éclatement ! toutes ces notions sont doublées d'un arrière-plan géographique, d'un carrefour topologique, écrit-il... c'est plus savant... vous êtes à la lisière des âges mais encore des lieux, entre la Forêt et la Ville, à quoi s'ajoute la Mer dont le naufrage a dû lui donner l'idée. Ses angoisses sont toujours plus ou moins pillées... Il tombe dans un déluge de majuscules : Neptune, Océan, Mer, Forêt, Ville. Il dit aussi qu'au commencement du monde il n'y avait que la Forêt et la Mer et qu'à la fin il ne restera plus que la Ville. Il a toujours été obsédé par l'image de l'envahissement, du final apocalyptique ; envahissement de mer, de bêtes, de végétaux, de pierres... Là, c'est la forêt de Champenoux qui l'encercle, le parc zoologique qui le menace... vous serez surprise... il aime beaucoup Zola, justement à cause de ses paroxysmes, de ses tourbillons envahisseurs...

— Finalement vous le connaissez très bien, ce monsieur Paulin ! vous en parlez presque avec fureur...

— Oh... mais tout cela je l'ai découvert par hasard, une curiosité... il ne m'en avait rien dit de précis... et que voulez-vous : je vis encore avec lui, il faut que je sache ce qu'il mijote, par prudence...

— Vous ne l'aimez plus ?...

— Houlà... vous avez des questions originales ! hardies !

Laura rougit :

— Pourquoi voulez-vous que j'aille chercher une

formulation plus compliquée, puisque c'est toujours de cela qu'il s'agit ?

— Je l'aimerai dans ses écrits, quant à le subir dans la vie... merci... j'accepterai les plats terminés mais je ne veux plus habiter ses cuisines et assister aux élaborations. Car c'est dégoûtant la cuisine d'un écrivain, ça foisonne de souvenirs, de rêves insatisfaits, de vieilles réchauffades, de lubies gastronomiques. Il farfouille là-dedans, la mine en feu, comme les sorcières dans leur marmite... Pitié, il n'impose pas cela à ses lecteurs, je ne vois pas pourquoi il me l'infligerait... non, c'est odieux cette façon de se cloîtrer des jours entiers alors qu'il meurt d'envie de paresser au soleil, mais il résiste, persévère, par orgueil, en vue de l'exhibitionnisme final : le bouquin qui circule, que tout le monde reluque, tout le monde le palpant, l'inspectant, se préoccupant de lui... cette vie sans cesse sur deux notes fausses : la claustration et la publication, la diffusion fate, vaniteuse, mégalomaniaque... Comprenez-vous, petite Laura... ce qu'il y a de monstrueux... de bas... dans le métier d'écrivain ?

— Vous sous-estimez peut-être la valeur du travail même, l'achèvement esthétique.

— Non, ce n'est qu'une question de vanité, il déteste écrire, il gémit chaque matin en se mettant à sa table. Mais il n'a pas la noblesse d'abdiquer, de s'accepter... tout ce qu'il écrit est une compensation abjecte. Il n'a pas même l'excuse d'écrire pour gagner son pain... il en crèvera...

— Vous m'effrayez Claire...

— C'est lui, qui vous effraie...

— Vous le haïssez ?

— Oh là... encore les questions capitales... oui et non... je cache mon jeu derrière mon fard et mes boucles... Parfois, j'ai envie de le déchirer, de le supplicier, de le manger. C'est comme si j'avais besoin de l'avoir en moi... et ce n'est peut-être pas totalement de la haine, c'est une sorte de férocité, mais cela se produit par crises, la plupart du temps, je ne me soucie pas de lui, je suis habituée, j'essaie de rester jolie et je n'aime rien tant que les plages et le soleil. Il dit que je suis vulgaire. Je n'en suis pas sûre, car lui aussi ne rêve que de plages et de soleil. Puis je suis saturée, je veux le quitter... Actuellement, je me sens mieux, grâce à la compagnie de l'Allemand. Oh... petite Laura... s'il vous plaît, changeons de sujet... l'autobiographie, j'en ai ma claque... Si on grimpait plutôt au prunier ! on ferait provision de mirabelles, d'accord ? on cuisinerait une tarte à Félix pour son retour de chez le dentiste, il aura besoin de quelque douceur...

— Je ne suis pas sûre que ce soit celle qui convienne, car il ne pourra guère se servir de ses dents...

— Alors tant pis ! on se la mitonnera pour nos petits estomacs.

— Claire... je préfère ne pas monter à l'arbre, j'ai fait une chute à bicyclette, avant-hier, et ma jambe n'est pas encore tout à fait cicatrisée.

— Ce n'est pas grave... cette blessure ?

— Non... une estafilade un peu profonde...

— Alors ! je grimpe seule... je te cracherai des noyaux sur le nez, je peux te tutoyer, cousine !...

Claire, d'un trait, a ôté pantalon et chemisier. Elle préfère tenter l'escalade en bikini pour ne pas salir les vêtements. Elle est spontanée, naïve, affectée, provocante, ambiguë mais charmante, pense Laura. Elle doit avoir raison contre Paulin. Sa chair est brune, grouillante, exquisement mûre, ses fesses sont rondes, parfaites, et les seins sont soutenus par un soutien-gorge ténu et coulissant sur des bretelles de nylon. Sans cesse, le tissu dévie et se tasse, et l'on voit le mamelon, l'aréole brunâtre.

A bras-le-corps elle saisit le tronc et se hisse. L'écorce s'effrite, tombe en poudre. Le slip descend repoussé par l'essor du bassin et révèle la contraction des fesses, la naissance du sillon. Elle a atteint les premières enfourchures et lance un cri de victoire. Toutes les balles dorées, nues, frémissent à la tension de ses muscles. Des feuilles bousculées se détachent, tombent. Elle a pris de l'élan et gravit des escaliers de branches. Le soutien-gorge est déjeté, resserré contre l'épaule, les seins bougent. De temps en temps, elle se dresse toute droite sur une ramure oblique, abrupte. Les tendons de la jambe durcissent et se nouent pour préserver son équilibre. Puis, le corps s'engloutit dans la masse supérieure des frondaisons. Les prunes pleuvent comme de minuscules lampions autour de ses reins immergés. Elle apparaît, enfin, tout là-haut, ses boucles noires sous le soleil ébouriffé, dans l'épouvante des oiseaux. La distance précise le contour des seins, les parachève, en pollinise et assombrit le tissu... comme si elle avait poussé avec les branches, adhérant aux écorces, abouchée aux sèves, pour jaillir de l'ébullition finale des feuilles, au-dessus des fruits dodus, tièdes, conquis...

Paulin est parti pour une longue promenade en ville, une équipée hardie, curative. Il s'aperçoit soudain qu'il a oublié son argent et revient sur ses pas. Il gravit en quelques enjambées l'escalier capitonné qui mène au premier étage, débouche dans le couloir mais s'arrête surpris. Une silhouette a traversé devant lui, blonde, sportive, et s'est jetée dans la porte entrouverte de sa chambre. Paulin comprend mal. Un groom de l'hôtel est rentré chez Claire lui porter quelque télégramme, lettre urgente ? Mais l'homme avait une chemisette d'été et sa démarche hâtive, fugitive, n'était pas de celles qu'on applique à l'exécution des affaires courantes. Il s'approche lentement de la porte que l'homme a refermée, s'incline et regarde par le trou de la serrure. Il voit Claire de biais, à gauche ; elle porte un corsage entrebâillé sur ses seins nus et un Lewis inconnu gris qu'elle n'avait pas quand il a quitté la chambre et qui moule ses cuisses avec intensité. Il voit, à droite, l'homme dont le visage s'est empourpré jusqu'au cou. Claire dit : « Bonjour Gert. » Elle vient vers lui, il sourit, balbutie quelque chose tandis que sa rougeur augmente. Claire embrasse la bouche et d'un geste résolu déboutonne la chemise, plaque ses mains mobiles tout le long du torse.

Paulin maintenant est convaincu. Il hésite, puis s'écarte, redescend l'escalier, traverse la Place, franchit la grille et disparaît dans la ville ennemie, sans papier, sans argent.

... Elle sait que Gert est en proie à une incontrôlable panique. Sous ses ongles, elle sent les coups violents du cœur. C'est un émotif, un timide, elle s'en était aperçue dès la première rencontre quand il lui avait demandé l'emplacement du numéro 20, qu'elle lui avait indiqué aussitôt, à deux chambres d'intervalle de la sienne, mais en face. Elle aggrave la chamade par ses regards ouverts, pénétrants, inspectant sans honte le visage, la bouche, les flancs, revenant sans cesse aux yeux, les fixant, les fouillant avec une sorte d'irrésistible gaieté. Elle dégrafe les premiers boutons du pantalon. Gert s'est crispé. Elle repousse la parure et le slip latent jusqu'aux genoux puis, d'un second élan, le chasse jusqu'aux chevilles. Gert bouleversé ne manifeste aucun désir, n'esquisse aucun geste. Les paumes de Claire englobent alors le triptyque charnu qu'un léger feu irrite. Elles descendent, pénètrent l'enfourchure obstruée de pelage, remontent et se pressent sur chacune des fesses, puis le profil d'une main droite aventure dans le sillon une caresse profonde. Elle revient, s'agenouille et dépose des baisers pullulants, charnus, comme d'innombrables pousses dont la fructification s'amorce, se dénoue, gonfle.

A présent, elle le maintient à la limite extrême du paroxysme, domine l'invisible borne, sans risquer la plus infime, la plus ruineuse transgression. Elle savoure son empire sur lui, sur l'homme, c'est sa vengeance. De ce royaume Paulin ne lui avait jamais laissé le commandement, mais surtout, elle jouit d'une suffisance, d'une autonomie profonde, en dehors de toute idée vindicative. Bien plus, une secrète connivence la relie à Paulin quand elle voit par la fenêtre le cratère aride des pierres, l'or suant et rutilant des grilles dont pour la première fois lui apparaît la beauté. Elle passe derrière Gert et se livre à quelques contacts prudents au niveau des épaules et du cou. Toujours, son œil est attiré par la béance de la Place où le soleil tremble. Ses sens connaissent une volupté double : le spectacle extérieur envahit le champ de son expérience présente, l'élargit et le trouble. Au fur et à mesure qu'elle précise sa manœuvre croît l'impression d'irréalité. Elle est revenue devant lui, prend dans sa paume l'obélisque roidi, le presse et soudain s'ôte...

Gert ne bouge pas, pétrifié dans ses assises musculeuses, cuisses nouées, jambes ouvertes, dos légèrement voûté ; braqué hors des nuages confus et villeux du bassin, comme Neptune au-dessus des flots. Il a un visage sanglant. Elle le saisit par la taille et l'entraîne vers le lit. Il titube, les chevilles garrottées par le pantalon baissé. Elle le couche sur le ventre, à même les draps, et s'allonge sur lui. Elle ouvre son corsage de manière à lui rendre sensible le roulis des seins. Il éprouve contre son bassin et ses cuisses le chevauchement rugueux du Lewis côtelé qu'elle a conservé. Les crocs serrés de la fermeture éclair lui infligent aux reins une brûlure, un heurt. Elle jette de superficielles caresses aux pointes bouclées de la nuque, puis fourrage parmi les racines étroites du front, pose ses lèvres charnues le long des omoplates, lacérant de ses ongles le dedans blanc, fragile et si peu viril des bras. Sa main descend le long du sillon dorsal et glisse disparus. Et sur une sombre vision de naufrages et de noyés, l'évêque venait, bénissait, luxueux, parfumé. Il ondoyait à travers les ruelles enveloppé de sa cour. Puis une réception avait lieu dans des jardins. L'on grignotait des petits trucs savoureux, arrosés de champagne, de cocktails pourpres et mauves en harmonie avec les coloris ecclésiastiques. Son curé cependant n'était pas triomphal, à ce point démodé. Il était simple, champion de la simplicité, de l'authentique charité, mais adulé, choyé. Le contraire du type bernanosien. Un jeune curé séduisant, apprivoisé, doux, coulant, habile, bien mené, sensuel, ductile, la coqueluche d'une petite ville riche du bord de la mer, villégiature d'opulentes familles de Paris. C'est là que Paulin cuve son drame, les promotions successives du jeune curé conciliateur, attrapant les modes, dialoguant, syndicalisant, marxisant au besoin, mais avec charme, éclectisme, sans mordre, avec une telle douceur qu'on lui pardonne. C'est sa cure qui rapporte le plus au diocèse. Un libéral donc, homme de compromis, un pied dans tous les râteliers, fidèle à la tradition, friand de nouveautés, destiné à monter... à monter... Il se voyait monter... ce vertige : les villes riches, les cures somptueuses, le monde miséreux, morbide, guerroyant, tout rapetissé dans un lointain où l'on expédie des volontaires, des mercenaires, des saints, des galeux, de demi-défroqués... Puis ce réveil, ce scandale ! Mais surtout, Paulin veut faire vivre son prêtre dans une apothéose d'images, de sensations et de mythes : l'Église des pères, l'Église mère, l'Église moderne, sociale. Le désir et l'Église. L'Église et l'argent. Il veut sonner l'époustouflant tocsin du christianisme... Puis la tâche le décourage. Ces livres qu'il lui faudra consulter, d'histoire, de psychanalyse, de sociologie. Il devra fondre jusqu'au fondement... Le thorax de Gert s'enfle comme la carène d'un vaisseau. Des contractions lui agitent les reins. Il cède à des mugissements, à ces chansons rauques, marines... et soudain, il s'abandonne et naufrage sur la plage ensoleillée des draps, parmi les orbes fuligineux, les jonchements d'écume.

Claire a rebouclé son corsage comme sous l'effet d'une sorte de froid. Gert s'est rhabillé lentement, assis sur le bord du lit, s'empêtrant dans de malhabiles contorsions.

— Qu'allons-nous faire aujourd'hui ? demande Claire sur un ton de suprême détachement, et pendant qu'elle prononce ces mots l'idée lui vient que tous ses désordres l'ont laissée bizarrement fidèle. Était-ce le vestige d'un lien, d'un scrupule l'attachant encore à Paulin ? Elle a le sentiment que Gert l'eût souillée en la possédant et c'est comme si elle avait reconquis une subite, une dérisoire virginité. L'amertume tord sa bouche auquel se mêle un obscur contentement.

— Qu'allons-nous faire ? répète-t-elle à Gert qui achève de fermer son dernier bouton.

Alors, il avise, sur une étagère, un itinéraire de la ville comprenant un répertoire de visites possibles. Il a retrouvé une certaine autorité quand il déplie le plan, énumère églises, musées, hôtels particuliers.

— Vous aimez visiter ? demande Claire.

— Oui... je suis un peu curieux... j'ai beaucoup voyagé partout dans le monde entier.

Et Claire s'étonne de l'union en lui de ces deux traits incompatibles : l'indolence, la passivité et le goût des périples. Elle observe combien il est fréquent de rencontrer des hippies grands voyageurs et perpétuellement inertes. Des Américains, des Allemands souvent, broussailleux, costauds et si mous.

— Quels pays avez-vous vus, Gert ?

— Toute l'Inde, l'Amérique...

— Qu'avez-vous préféré ?

— L'Amérique, mais je me souviens d'une extraordinaire journée de repos au sommet de Notre-Dame de Paris, sur une espèce de toiture de zinc d'où l'on dominait tout.

— Gert... je sais peu de choses sur vous... vous poursuivez vos études ? ou quel métier ?...

— Je suis étudiant en pharmacie...

— Dieu ! pharmacien !... mais ce n'est pas en accord avec vos aventures, vos voyages...

— J'aime beaucoup la pharmacie, les médicaments... J'adore combiner les soporifiques, les drogues, les euphorisants... calmer les douleurs... j'adore cela.

— Alors vous serez pharmacien où ?

— A Hanovre.

— Où est-ce ?

— Dans le nord de l'Allemagne, là où les plaines commencent et vont sans s'arrêter jusqu'à la Pologne, la Russie.

— Vous aurez votre pharmacie dans cet immense désert ?

— Non... Hanovre est une grande ville.

— Alors... dans cette grande ville au milieu du désert.

Elle l'imagine en blouse blanche, si propre... Gert. Les cheveux bien bouclés. Il sera très vite enveloppé par une nuée d'assistantes, de préparatrices vénales et concupiscentes. Ce géant passif les attirera toutes. Plongé dans ses dosages, ses calculs, ses projets de voyage, il ne verra pas les pièges tendus. Un vaste désert, une boutique perdue, bourrée de barbituriques, de vitamines, d'excitants; au commandement : le gynécée des vendeuses et des préparatrices. Gert, les oreilles pleines de leurs rires, leurs rires aigus de filles libres.

— Et vous... Paulin ? interroge l'Allemand.

— Paulin est écrivain et... cyclothymique.

— Ah... fait Gert l'air connaisseur. Je fabrique des médicaments très bien pour cela : un peu de métyl, phényl... et il énumère des vocables inconnus en diol, taniol, endiol... piro... para... en eux réside la guérison cyclothymique.

Il évoque encore des produits camphrés, des sonorités de pâtes douces, léthargiques. Somnolences, rivages du Léthé. Elle a la vision de Paulin momifié, narines soufflantes, au milieu des fumerolles, des calumets bleus. Et Gert dose, combine, glisse sur les tapis, mage sûr, bénévolent, bâillonnant toutes les peurs du monde tandis que l'infâme Paulin, dans ses intervalles lucides, chahute la blouse blanche et sacrée, met sur pied avec la clique des assistantes et des vendeuses des guets-apens profanateurs.

Gert parle à présent du métier d'écrivain et semble intimidé par ce mélange d'inspiration et de pathologie caractérisant Paulin. Comme tous les savants, les secourables, il se sent inférieur pense Claire, inférieur aux démons de Paulin. Il exorcise ceux qu'il aime et admire, il est fait pour subir, donc pour soigner.

— Sortons, dit la jeune femme.

Elle le prend par le bras et ils partent à travers la ville, elle prend d'assaut les magasins de bikinis, lui inflige, en experte, cette cérémonie des essayages, parfois joue à le travestir, mêle à ces diversions les essayeuses qui, pour une fois, ne s'ennuient pas, les clients sont si drôles, l'homme si gauche ; et dans la cabine feutrée où se pressent les filles, où s'empilent les slips, c'est déjà la pharmacie de Hanovre autour de Gert consentant ; la plaine urbaine, immense, catastrophique, où Paulin recommence d'errer.

Le retour de Paulin s'est accompli sans tragédie. La porte était restée entrouverte sur la fuite du visiteur blond. Claire l'attendait. Il lui dit qu'il était parti sans argent, qu'il était revenu, l'avait trouvée occupée et avait préféré ne pas la déranger. Il lui dit cela avec une sorte de détachement las. Mon petit Paulin... mon petit Paulin... avait murmuré Claire. Puis elle avait repris peu à peu ses façons sourdes, hostiles. Sous le corsage elle n'avait pas remis le soutien-gorge. Le Lewis lui sembla comme bouclé sur un viol, une orgie. La chenille verticale de crocs contigus et luisants qui allait de la ceinture à l'enfourchure donnait à cette idée de fermeture un caractère impénétrable et lascif, comme si la fente du bas-ventre menée jusqu'au nombril par un coup de couteau avait été recousue d'agrafes d'or et menues. Claire pavanait close, énigmatique, le velours gris s'écarquillant autour de l'interminable lésion. Elle ne lui avait jamais paru si ronde, douée d'un si beau dessin de hanches, et les boucles noires, folâtres de son front étaient prises de sursauts quasi vivants. D'abord il hésita, son désir était vicié par le souvenir de l'autre, sa présence récente... cette pollution... Puis il s'empara d'elle. Il fut étonné de la fougue qu'elle mit à son contentement.

Le lendemain matin, Claire est partie se promener en compagnie de l'Allemand. C'est tout juste si elle ne lui a pas présenté ce nouvel ami. Paulin, seul, calme, feuillette ses calepins. Les notes sur Callot lui paraissent de moins en moins utilisables. Le graveur est surimaginé, pas toujours dans le sens de ses propres tendances. Il offre support à un ensemble de projections, de transferts qui le brouillent et parfois l'annihilent. Certes, Paulin se montre prodigue de raisons aptes à justifier cette originale critique d'art. Mais il sent que ses justifications viennent après coup. Il s'aperçoit, par exemple, que le serpent de mer n'existe pas dans *La Tentation* mais il se persuade qu'il aurait pu exister, qu'il existait donc à l'état virtuel. De même dans le tableau les diables n'enfourchent pas de monstres fessus, mais il affirme que les flèches dont ils pénètrent l'anus des bêtes sont des substituts phalliques. Paulin manque surtout d'éléments comparatifs et ne sait quelle valeur exacte attribuer à chaque symbole. Où est le poncif, la convention ? où commence l'originalité ? Puis la difficulté l'embête, il tourne la page, tombe sur son répertoire du mauvais goût et des images refusées. Exemple : Elle l'excita comme la lame oubliée d'un couteau dans un buisson de chrysanthèmes bouffis, ou encore : La Seine écolière amoindrie d'antiquité charmante. Il lit dans la marge la glose correspondante : mignard, moribond ! Plus loin : Une pantelante panthère pète. Après deux ou trois paragraphes, s'énoncent quelques théories romanesques qu'illustrent ses préoccupations du moment sur les thèmes de la Ville, de la Mer, de la Forêt et de l'Amour. Il survole encore des chapitres intitulés : Urinoir. Latrines. Vengeoir. Dépotoir. Défouloir. Crachoir et Casse-poire. Viennent des réflexions sur les différentes races de grives et l'élevage des faisans. Des pages d'ordures, des développements concernant la valeur du juron, de la scatologie, de l'obscénité. Des notes sur ses hésitations en matière politique. De longues, de majestueuses, de lyriques évocations de ses animaux préférés : le tigre des neiges, le serpent de mer, la litorne. Films aimés : *Butch Cassidy et le Kid, La Horde sauvage,* un roman exaltant : *Lolita.* Des projets... *Les Dernières Allées, La Boutique, Histoire d'un jeune curé riche et beau* ; des utopies enfin, des terres promises, des absolus où il engouffrera toutes ses folies, toutes ses sottises, toutes ses soifs.

... Il tourne très vite quelques pages pour relire de mauvais exercices verbaux qui ont le don de le faire rire :

Les verges vivaces des vierges vertes.

Vaginisme vague des vaguemestres en vacances.

En vessant valsent les valkyries.

La plus-value vanillée des vendus.

La Vivonne vit des verves lentes du divin Proust.

Le Voyage vit des verves véhémentes du devin Céline.

Vivie vivra-t-elle de vous volubile vanneau ?

Vos vulves vaticinent des végétations vertes.

Vers Venise véhiculez vos verrues vos venins et vos vices.

Les vizirs volages vocalisent vers vous ravissantes vicieuses vétustes vénériennes !

Les vivotants vagins de veuves vêtues de vertugadins... VERTUGADIN !... il y a des mots... Vertucatin, Verducrottin... des mots... vision de femme : la quarantaine, hommasse et blanche, vêtue de soie alourdie riche et les cheveux en MACARONS qui hautement assortissent le mot VERTUGADIN.

Vivie ! votre vase velouté verse un vin vertigineux qui tantôt m'avachit et tantôt me ravit et vicieusement me ravise et revisse à vos vingt ventres.

Les vendus, les véreux, les vendeurs, les vierges, les vils vassaux vitupèrent la vraie vie qui voudra toujours la vie vacancière, verveuse, volonteuse, vorace, qui vilebrequine sans vergogne et vaticine, vesse, viande et fiente et s'avine, s'envagine, vergette et fiance les voluptés. La vie veinarde, volubile, des valeureux vendangeurs de vices.

Si Vivie votre vagin vers vous verge vachement, versez de vos vulves venteuses les vantardises vertes de Valery volage ventru qui valivole votivement vers vos vices vendant nos vies vraiment trop cher. Chère Vivie violeuse salivole lascivole l'obole de ma verge jouvencelle et de mes roupignolles bénivoles de vos sauvages folles viscères et de vos vices viandus survalant les miens.

Vivie ! Verge ! Vagin ! valeureux embruns ! Telle est la verte vérité dévoilée de mes exécrables calepins vierges encore...

... Paulin a arrêté sa relecture. Un grondement. Sur la Place, trois cars bleus surgissent soulevant un nuage poudreux et solaire. Les machines s'arrêtent, tremblent sous leurs cuirasses de chromes, surchargées de verre et de phares. Des filles en sortent, jupes, shorts.

Pendant un instant, elles restent stupides, ankylosées, reniflent à cette odeur de jolie ville intemporelle, puis s'interpellent, s'emparent de leurs appareils photographiques, se bousculent et s'envolent à la conquête de la Place.

Elles rôdent le long des embrasures des portails cloutés et somptueux, elles contemplent la statue juchée sur son socle, s'amusent à ces bizarres cous de coq auxquels sont assujetties les lanternes, mais bientôt les attire exclusivement l'eau des fontaines. Elles se dévêtent et s'offrent aux remous.

Midi, le soleil brûle. Torpeur. Les visiteuses des cars bleus se baignent dans les vasques de la ville d'art, s'accrochent aux Neptunes musclés, les corps appuient des cuisses contre l'épieu du dieu roide. Chair hollandaise s'épanouissant sous les coquilles d'or sec dont sont garnies les grilles, longeant les murs d'où saillent les cous des coqs porteurs de lumière. Floraison de gorges, de ventres, au pied de la statue verte. Dans le zoo les bêtes se sont tues. L'eau des fontaines gicle, gargouille du cœur des vieilles pierres pour arroser les pieds des visiteuses, recevoir les menus plongeons des anneaux d'or, de la monnaie porte chance, avant d'accueillir les filles copieuses que l'eau étreint de gerbes instantanées, de faisceaux.

Treize heures. Claire n'est pas revenue déjeuner. Il a pris seul son repas au milieu d'un nouvel afflux de touristes. Le couvert de Claire avait été mis. Il avait fallu fournir des explications au maître d'hôtel, affronter ces regards impassibles des garçons qui font semblant de ne rien comprendre, de ne s'étonner de rien quand ils s'intéressent à tout, chuchotent entre eux et vous raillent. Les minables larbins. Claire avait dû passer devant eux au bras du jeune nazi. Il n'aime pas ce peuple romantique, larmoyant, excité et féroce comme lui. Puis, des regards d'enfants finissent toujours par se poser sur vous, allumés d'une curiosité froide, sans masque. Il redemande du vin, boit jusqu'à ce que s'émoussent les contours trop précis des visages.

Il a retrouvé sa chambre et commence à fureter dans le fond d'un placard. Il soulève les piles de jupes et de pulls, dégage un vieux tricot de mohair rouge que Claire ne met plus mais qu'elle a emmené, il faut toujours tout emmener. Le vêtement s'entortille autour d'un corps dur, bien dissimulé. Paulin débobine la laine avec lenteur, savoure ce démaillotage doux qui amenuise l'enrobage de plus en plus serré, moulé autour de l'objet intérieur. Enfin, la dernière couche de laine s'ouvre sur la statuette nodale. Il prend dans ses mains la petite Vénus volée au musée, la ramène vers la fenêtre. Le marbre est lisse, d'une froideur, d'une compacité... Pas un orifice, une engrenure, le moindre chevron où river l'ongle, mais une silhouette aussi dure que fuyante. Des seins et des fesses rondes, un peu au-dessous de la moyenne, le crâne en forme de fuseau, les jambes démesurées, jointes, se perdant dans une fuite longue, effilée de pinceau. Il la fait jouer dans des zones d'ombre et de lumière avec la superstition qu'il va déclencher quelque mécanisme, signal, rouage secret. Le ventre de la statuette s'ouvrant sur la révélation d'un trésor, d'un chiffre cabalistique, d'un serpent de mer exquisément ciselé d'or. Mais Vénus reste muette et gorgée de marbre. Il va la replacer dans la cachette.

Les Hollandaises qui avaient disparu à l'heure du déjeuner sortent maintenant du parc zoologique. La vision du gorille et des ours les a très excitées. Leurs chevelures géantes enserrent des odeurs limoneuses, fauves, de bêtes prisonnières. Elles ont bouleversé l'ordre, les décences de ce parc provincial où les petits vieux, les mamans promenant marmots n'aiment guère qu'on les dérange. Leurs cohortes charnues se sont engouffrées sous les frondaisons, ont débordé les pelouses, suscitant les coups de sifflet du garde. Elles se sont moquées de cet invalide vert, pisseux à galons. Leurs bras, leurs doigts ont caressé le dos plumeux des canards, des cygnes dociles. Les gamins juchés sur les épaules du pachyderme itinérant ont dominé les corsages échancrés, les gorges laiteuses perçues à travers l'épandage des végétations basses, enduites de soleil. Les petits se sont poussés du coude à chaque bout surpris, médaillon roux allongeant le profil du sein, lui prêtant la forme d'un museau bestial et repu. C'était comme si de nouveaux troupeaux arrivaient au zoo, qu'on allait enclore dans de grands parcs herbus. Filles blanches à encoignures jaune sombre, à innombrables bouches, prunelles, comme ces sculptures polymorphes de bulgomme ductile que chaque visiteur manipule, creuse, molletonne selon ses hérésies propres.

Le soleil darde si fort qu'à nouveau elles se dévêtent et plongent dans les vasques. L'eau glacée leur arrache des hurlements, de grands rires profonds, carnassiers, qui grondent dans les viscères et secouent le thorax, la caverne buccale ; cris d'étreinte et de sexe, les bras battant l'eau, la nuque pliant sous le poids des cheveux trempés, la gorge pompeusement étalée en surface, la face ouverte, les multiples crocs luisant, les commissures mouillées, la langue liquide, évasée, submergeant les canines, les gencives, les lèvres de boue rose... pendant que les groupes sculpturaux des sirènes neptuniennes restent figés de marbre, de muscle et de froid. De vagues silhouettes de policiers sifflent et verbalisent contre l'invasion des fontaines, s'éclipsent. Les filles sortent de l'eau. Le soleil crépite, mord les pierres, inflige de larges brûlures aux corps. Des vapeurs de sécheresse montent. Le crâne des Atlantes se crispe sous la tumeur pesante des corniches. Les cous des coqs rabougris, rongés, sont disloqués de reflets, de fibres d'or en miettes. Les Hollandaises se sont étendues sur les dallages brûlants de la Place. L'eau ruisselle, créant sur le rocher des nappes d'ombre. Le relief blanc du corps se détache dans une aura de pierre noire, fumante. Des brises viennent, font refluer sur les filles des voiles de poudre morainique. Elles ne se distinguent plus bien des dalles, des galets ; leurs cuisses s'incrustent au sol comme des colonnes tombées. Elles sont tout érodées de feu, d'air. Les particules de poussière fichées dans les pores de la peau produisent un léger grésillement, se coagulent, noyautent en tronçons caillouteux autour desquels naviguent les chairs molles qui s'arriment bientôt par anneaux constringents, pétrifiés, joints aux chaînons, aux molécules ardentes de l'éternelle Place.

... Douceur des corps foulés que la pointe du soulier cogne, dépouille. Le fer des semelles suscite des reptations de poussière, le râle profond des femmes intimes au rocher, déplacées et réajustées de nouveau. Le soleil court, fouille, décape... accentue la grimace des Atlantes. Les conduites irriguant les fontaines éclatent. L'accident immobilise d'un coup la Place, la jette au fond d'une crevasse stérile. Neptune, les sirènes, le monstre marin restent suspendus dans le vide, béants. Leurs épidermes trahissent de larges tavelures, des lambeaux... Les orifices des anus et des verges ont été ébréchés par la puissante saillie d'eau calcaire. La petite sirène a des dents inégales et cassées de fille triviale. Un ronflement se produit soudain, de remous généreux buté à un obstacle, quelque part, sous les trottoirs, le bruit grossit, cède, le sang déferle dans les vaisseaux et d'un coup gicle par tous les trous, s'épanouit en ombrelles au-dessus des épieux, dégage une fraîcheur mouchetée qui se répand jusqu'à la fenêtre de Paulin. La poussière sur le trottoir devient brusquement visible, montre son tégument uniforme, épais. Variances des poussières... respiration du rocher, usure et protection, limon trempé, lourd, grains irritants, nuage trouble. Paulin est avide de s'y baigner, d'y couler, de s'y perdre... bibliques reliques, jouvence.

La douche a ressuscité les Hollandaises qui maintenant remplissent la terrasse du café. Elles offrent une étonnante concentration de gorges, de hanches, de cheveux que jugule le rectangle étroit du pas de porte. Une impression de blondeur domine, de sueur et de soif. Servane surgit, nette, noire, apocalyptique, le plateau tourne au bout de ses doigts, les pièces de monnaie roulent et s'entrechoquent comme les dés du jugement dernier. Les verres sont de hauts miroirs où vont transparaître les destins : urnes rougies, jaunes, rousses, selon les réactions, les précipités que sa main provoque. Parfois, elle dresse le verre vers le soleil, vers sa fenêtre croit-il, et le liquide ambré ou bleu clair miroite des reflets, des prismes déchiffrables. Elle pénètre la masse des filles. La vision change. Servane exprime maintenant la gravité trouble, la beauté trop rigide d'une mère supérieure réunissant autour d'elle la foule des filles ludiques, des péchés et des corps prodigues. Elle a en même temps l'air de mater et de récompenser. L'air de régner quelque part sur un monde de désordres dont elle serait la meneuse secrète... ou bien sur l'empire contraire de la pureté.

Elle fait tourner de nouvelles pièces, face, pile, brandit de nouveaux miroirs. Les filles ont bu le philtre irréparable pour s'enchaîner à la Vénus de Champenoux, des étangs de la guerre.

... Le ciel s'assombrit. La chaleur fit sentir tout son poids. Il voyait les hauts récifs de la Place et au-delà : des pans de ville escarpée sur lesquels s'échoua la proue d'un nuage doré, métallique, dont la voilure plus molle était enflée dans le large du ciel. L'orage roulait, les éclairs lacéraient les voiles des nuages. La ville rocheuse dressait tous ses profils. Elle offrait des versants sinistres, gluants, que les fulminations blanchissaient, éteignaient. Des nuages ventrus se pressaient hirsutes comme des sangliers au-dessus des tours des derniers quartiers, là où la forêt commençait avec ses arbes mêlés au ciel tumultueux.

La radio du voisin renâcle, divulgue la nouvelle, le naufrage, l'orage. L'information hésitait, fructifiait, enrichie de racontars troublants et de grandes frayeurs. Le bateau aurait explosé soudain. Les morceaux projetés avaient percé les flancs vaporeux du ciel, éventré les profondeurs houleuses de la mer, et les danseuses vêtues de cigaline, d'étamine de laine furent effeuillées à tous courants, à tous vents.

Paulin songeait à cette déflagration, noyautée de feu, irradiant en jets de vapeur ignée avec ses robes périphériques de fumées.

Peut-être sur un radeau que constitue un fragment de boiserie, une plaque de métal arrachée, plusieurs femmes dérivaient-elles encore dans un coin d'océan ? Leurs robes d'organdi bleu se confondant avec les reflets de la mer. Femmes demi-nues, en éternelle tenue du soir, torturées de soif, de sel et de soleil... que suit une cohorte d'épaulards, cruels, sardoniques, à gilet blanc méticuleux, à smoking cintré.

... Le radeau divaguait au crépuscule quand le tapage survint, d'abord lointain, puis s'accentuant. Et les frelons surgirent cuirassés, noirs, sectionnant les pans mauves du ciel. Ils repérèrent l'esquif des femmes et commencèrent à tournoyer autour d'elles. Dans leur épuisement elles s'étaient accoudées pour regarder ces espèces de lucanes dont les ventres baissèrent, huileux et zébrés d'étincelles. Les faux de chaque hélice faisaient tourbillonner le ciel crépusculaire et la mer se ridait, se grisait sous ce halètement. Le radeau oscilla. Les robes s'étaient mises à trembler sur le corps des femmes ; saisies de soubresauts, de reptations, elles enflaient leurs corolles jusqu'à une transparence d'eau. La colonie aérienne de buffles crachant, coriaces, martelait le ciel. Jetées à la mer des échelles de corde acheminèrent les sauveteurs jusqu'au radeau. Les femmes dans leur hébétude voyaient descendre les dos visqueux et noirs, les cuisses sanglées. Échines, palmes... c'était comme si les épaulards s'étaient munis d'élytres pour fondre sur leur proie.

Les hommes abordèrent sur le radeau et recueillirent les naufragées. L'ascension vers les machines fut une affaire de minutes. Les robes papillonnaient entre la mer et le ciel, enroulées aux ravisseurs dont les silhouettes lestes gravissaient les nuées. Cauteleuses, sataniques, sous leur fardeau de mousselines, les échines entrèrent bientôt dans la rumeur et le sabbat des frelons.

L'événement se laisse pressentir. Julie blanchie, ronde, l'exige, le bassin limoneux, les anguilles englouties. Souvent les orages brusques, fleuris. Les pluies foisonnantes, les cataractes neuves qu'il verse au bassin. Après le bain dans les ruisseaux, il est rempli de chaleur, ses glandes se resserrent et s'incurvent. Il annonce la chose à Vivie qui le caresse et prend dans ses paumes la double besace humide et pansue. Julie leur a livré une grappe d'œufs, ils vont voler à la cuisine la liqueur de mirabelle et fabriquent l'élixir. La dose est puissante. Leur gorge s'irrite, leurs yeux se mouillent. L'alcool leur inspire l'idée saugrenue d'aller trinquer avec Homère. Immobile au fond de sa cabane tronquée, celui-ci ne les regarde toujours pas. Il halète à petits coups, triturant par moments un moucheron vivant tombé dans sa niche. Ils jettent quelques gouttes d'élixir sur le nez d'Homère qui ne bouge pas. Il leur apparaît tout compact, brunâtre et suant. Ils ne le craignent plus mais ont envie de le prendre dans leurs mains comme un petit cochon et de lui donner à téter la liqueur de mirabelle. Homère grognerait de plaisir, trémousserait son joli ventre gras. Il roule sous leurs yeux, tumescent, nodeux, souple. Le soleil joue sur ses jaspures, ils ont l'impression que l'animal va se fendre par toutes ses lézardes, dégorgeant une liqueur sombre, crasse, dorée : de l'élixir de crapaud, fait de bulles, larves, râles, sécrétions mielleuses de bêtes des marais. Maintenant, il frictionne ses cuisses contre l'arête pliante d'une feuille de laitue. Il gémit, roucoule, profère de petits appels visqueux qui émeuvent les enfants. S'ils lâchaient leur auguste captif ?... Non, il est préférable de le garder ainsi bondé, bossu, comme une bourse pleine de monnaie, d'or.

A nouveau se lève en Gildas le désir de toucher Homère, de l'attraper à bras-le-corps, de le plonger dans une poche, dans l'autre, pour le sentir mugir et se crisper le long des aines. Et tout à coup, il le voit ramper lentement, tirant son bedon grouillant de lumière sur le ventre de Vivie nue... Homère coasse, rougeoie, les laitues se compliquent d'enceintes nouvelles, de cryptes flavescentes. Le cerfeuil, le persil montés livrent d'amples parfums. Il y a dans les talus des coquelicots tordus comme les flammes d'un incendie épars dont s'orchestrent les timides, les premières mesures. Le fumier fraîchement tourné déverse une odeur d'urine, de fiente et de sang. Les pâquerettes au ras du sol s'épanouissent blanches, velues, gemmées de rouge ; un bouvreuil alourdi sautille de branche en branche, sa femelle le regarde ; pâle effigie. Et Vivie, Gildas sont remplis de plaisir, courent dans les allées faucher les rideaux de cerfeuil, saisir les ventricules palpitants des laitues. Ils aspirent le remugle poivré des marguerites, effarouchent le bouvreuil qui détourne sa poitrine martiale. Ils ont le corps en sueur et de la poussière au visage. Alors ils décident de partir prendre un bain.

... Il faut rejoindre la rivière distante où ils pêchent

les truites. Le voyage est long, dangereux, ils contournent certaines fermes hostiles, prennent des chemins encaissés, zigzags de cailloux creusés sous les feuillages comme des fleuves taris. Mais souvent les pistes sont droites, hautes, plates, étirées au-dessus des plaines, sous le ciel tournoyant des buses géantes. Quelques ondulations de temps à autre perturbent la continuité du voyage. Les forêts de la guerre garnissent ces éminences comme des bastions. Les enfants longent les murailles d'arbres, les marges d'ombre. L'échine du monde est toute grise, une teinte qui vous pénètre, vous obscurcit, vous inspire des projets tristes, grandioses, des désirs de chevauchées, d'héroïsme solitaire, de filles blanches dans les cours des fermes perdues. Les buses ont parfois des envergures d'aigles et les forêts guerroient au ras des confins sombres. Vivie et Gildas se serrent la main. Ils sont brûlants de fatigue, d'août. Les soleils vont éclore partout, déjà les rivières serpentent sous leurs yeux à pleine nudité. Le paysage se saisit d'un vert plus éclatant, sanguin. Les pistes rectilignes cessent, ils retournent aux gouffres végétaux, aux voies couvertes. La terre des talus est éboulée, mangée de ravines, de cavernes où les racines des arbres sont visibles. Ils longent ces fresques souterraines qu'ont burinées l'ardeur des pluies, des rongeurs, des anciens combats. Ce sont couloirs gris sec à mi-chemin des surfaces vivantes et des profondeurs mortes, comme les vestibules de certains manoirs qui vous guident des jardins fleuris aux caves sans jour. Enfin, la perspective s'ouvre, festonnée de frondaisons riveraines, et dans les échancrures sursaute la rivière... Les enfants se sont déshabillés. Un triple dégradé colore leur nudité : d'abord les faces, les bras foncés, puis les jambes, le torse brun clair et les fesses et le ventre jaunes. L'herbe qui boucle, crêpe les bords du cours leur inflige un froid. Ils frissonnent, se dégingandent ; leurs bras minces se croisent, rejoignent les épaules, leurs mâchoires se serrent, ils sautillent, courent l'un autour de l'autre selon une danse étrange de désir crispé. Le soleil leur bâillonne la face. Ils pénètrent la rivière, s'avancent dans un tronçon d'eau mince tapissée de galets. Leurs pieds blanchissent, s'adaptent à la rondeur des cailloux, font fuir des scarabées noirs. Le soleil tape sur le flux diamantin et glacé. Le niveau monte, des sables doux font suite aux pierres, des brouillards voilent les jambes, l'eau tiédit, alourdie d'algues. De grosses truites s'esquivent avec lenteur. Les enfants s'immergent complètement, exhument d'incroyables fadeurs, écume de poussière, débris boisés, vases luisantes à nuance de jais. Des rats d'eau surgissent le long de la rive et se hâtent loin d'eux puis se mâtent, les fixent de leurs yeux aigus. Des sauterelles mortes bondissent dans tous les tourbillons.

Les corps se sont accoutumés à l'eau, Vivie et Gildas à présent se laissent dériver dans le sens des courants, ils passent sous des ballons zézayants de moustiques, évitent des branchages saillants, des troncs coupant la route. Parfois, ils longent des champs découverts où retentissent des voix d'hommes ; serrés contre les rives, dissimulés par les touffes de roseau, ils franchissent ces lignes menaçantes. Puis la rivière tombe dans des espaces vides, s'élargit, possédant les prairies, navigue en méandres, toute souple, avalant les reflets chauds du ciel : nuages pommelés, soleil d'orage, ocelles pourpres, ventres de truite, outres plumeuses, fissures oranges, concentriques brasiers, pluies virtuelles, éblouissantes peaux. Une grande baie s'arrondit, l'eau planit, efface les reflets, s'évase et se prête à de plus libres ablutions. Ce sont de véritables vacances qui commencent. Des lies rousses affleurent en épidermes charnus, des tanches ruminent, des grenouilles dorment au bord. Les enfants échangent des baisers sucrés, riches, accolent leurs ventres de poissons ; puis Gildas s'écarte et urine dans le doux de l'eau. Cela produit un trouble, frise un remous, mais s'éparpille surtout en fumée circulaire dispensatrice de chaleur. Vivie qui trouve l'idée bonne élargit à son tour une robe d'urine brûlante. Le garçon s'est durci à travers les couches liquides. Des effluves piquants lui viennent d'un rivage d'orties, un tronc que le flot a poli passe devant lui, il le saisit, le chevauche, rabote des surfaces d'eau panique. Vivie s'esclaffe à la vue de ce cavalier que secoue sa monture, elle lui demande de la lui céder un instant, elle s'amarre, s'acharne au collet du rebelle canasson, jambes précipitées dans le gras de l'eau, bassin voilé de nuages tourbeux. Gildas l'encourage, amusé, visite du regard la baie et se hausse sur la pointe des pieds pour mieux voir le paysage environnant. Ce sont des champs immenses ornés de bosquets jaunes comme des meules. Les rondeurs qui se busquent le long de la plaine lui communiquent un émoi maintenant familier. « Je suis un homme... merveilleux », avait-il dit à Laura. Laura contre lui, pour lui seul, dans cette baie dénuée d'angles. Elle se baignerait avec douceur, elle n'est pas chahuteuse et promet des voluptés sûres. Elle ferait la planche, la barque, flotterait à la surface des vases lippues, les orties multiplieraient leur velours aigu, repeupleraient tous les rivages. Gildas serait brûlé, rouge. Elle lui caresserait les cheveux, il s'ajusterait avec ferveur à chaque zone de sa nudité, ce serait un périple infini, de longues pistes plates d'échines que perturbent à intervalles les collines ; les ailes tournoyantes des cheveux, des mains, les paysages, les bords, les tunnels, les gouffres laineux, les talus intérieurs où s'enracinent jambes, sangles, herbes riveraines. Les sources endiguées, les sillons. Il y aurait une cuisse érodée de jouissance, cabrée, où il se cramponnerait supervisant le houle, les hanches. Pourquoi Laura ne serait-elle pas à lui ? Qu'est-ce que Félix ? Puis il songe à ce qui différencie encore Félix de lui. Il fait des vœux, doute ; des images de rivière tarie, de fruit vert lui traversent l'esprit. Et si cela ne venait jamais, si jamais ne déferlait de lui cette pluie radieuse ? Le ciel s'épaissit, suinte, de petites fumées rôdent sous le ventre des nuages, de grosses brèches déversent leur lave rousse et la pluie dégringole par pans isolés qui s'unissent, s'épanouissent en trombes volumineuses. La rivière est tout écorchée de projectiles, trouée de tonnerre, de balles. Les fonds remués assombrissent le flot, des fragments de rivage se détachent et fondent au fil du courant. C'est un labour mobile, brun, rué au cœur des plaines verdoyantes. Les buses se sont abattues et repliées sur les branches basses des arbres, elles conspirent de futurs, de prodigieux envols. Parfois le soleil est perceptible, sournoisement partout, les pluies rayonnent, on voit la rivière pelucheuse en contrebas. Une écume d'insectes tués jonche les plages. Des brindilles, des troncs, des crevasses, des cailloux inconnus ont surgi, transfiguré le paysage : bordures désossées, renflouages de boues, mais l'ensemble revêt un aspect maigre, lumineux, précis. Des éclaircies s'entrouvrent, se lient, la brûlure solaire est inouïe. Les enfants remontent le cours d'eau gonflée, albumineuse, chargée d'écorces, d'oiseaux noyés, de truites pantelantes, de roseaux extirpés. Le flot hâtif se presse contre leur taille, s'engouffre entre leurs jambes, déséquilibre leur progression ; main dans la main, ils s'efforcent, bombent leur torse que le soleil cuivre ; leurs ventres, leurs cuisses ne sont plus que d'indiscernables remous, muscles, tractions automatiques régies par la machinerie des courants. Leurs regards montent vers les surfaces du ciel calme, les flottaisons, les rayons. Et la fureur du fleuve s'infirme au fil de l'ascension vers ce ciel blond.

Laura et Félix cette nuit voient l'océan si vaste, si total que la valse ne pourra finir. Souvent règne cette nuance de couchant ou d'aurore qui brunit l'eau, lui donne la chair d'un fruit mûr. Les vagues de même taille enchaînent des assauts qui s'équilibrent, répliquent sans jamais se brouiller, prolongent leurs cadences jusqu'à perte de vue quand la mer envahit le ciel. Toujours les mêmes incurvations, les mêmes sursauts de lave chaude que le vaisseau franchit sans jamais progresser, car il n'y a pas de but, la mer est circulaire, juteuse, les voyageurs moissonnent sans cesse un identique verger.

Soudain, arrive le jour cru. L'on dirait que les trombes solaires saisissent l'océan, le pétrissent, le font rouler sur l'immense table du monde, le ramenant, le repoussant, et les vagues s'enlèvent comme des corps meurtris, décharnés, ahuris de souplesse et de rythme.

Au crépuscule, sous la couche épaisse et pourpre du flot partent d'inépuisables ténèbres où s'enfonce la carène du vaisseau. A l'intérieur, la grande salle du bal vient d'accueillir les amants endormis. Quelques luminaires roux. La vie bat, indifférente à l'espace subauroral du pont où l'humanité enfantine fait sa première expérience. Laura a oublié la vanité, l'exposition, l'apprentissage du soleil, les embruns, les volubilités de l'écume, les grandes écharpes de fumée, le grondement de l'étrave, les troupeaux de poissons chevauchant l'onde en criant, toutes ces joutes épidermiques, cette versatilité du ciel, ces morsures. Elle s'enfouit dans le profond capitonnage marin. L'existence est alors gouvernée par les harmonies de l'orchestre ; les musiciens se relaient pour assurer une doublure musicale, constante. Sur la piste du dancing le plus virulent orage ne peut être entendu, le rideau de l'orchestre l'arrête, le liquéfie. Les touches mordantes du piano lacèrent les bruits venus de là-haut, les violons les effilochent, les rongent, les saxophones les digèrent dans leurs gorges tordues. Rien ne transparaît sinon cette clameur d'abîme, montée d'ailleurs, que les musiciens filtrent, à laquelle ils font écho.

Sur la piste ligneuse du dancing les couples fatigués ont ralenti leur giration et s'allongent à même le sol ciré. Tous en cercle, mains nouées, revêtus de musique et d'eau. Ils traversent des cosmos, croisent sans regarder les monstres fabuleux, survolent des îles sous-marines que séparent des franges orbitales, des lignes attractives, des tensions, des souplesses... Les couples sont nus. Les vêtements accumulés font dans un angle un tas de pacotille. La chair lourde, baleinée de tendons, busquée, rivée à l'armature de ses muscles, se fond souterrainement dans les rumeurs d'un sang fluvial, circulaire. Les toisons, ou bien semblent originaires du dehors : griffes agrippées au ventre avec acharnement, ou résultent de semailles oubliées, de labours inconnus et plus profonds encore, d'un tronc intime, lointain, aux écorces charnelles, dont seulement émerge la feuille finale, comme ces sombres étoiles dont la racine s'engloutit, perdue dans un ciel millénaire quand on les voit. Pourtant, certaines filles blanches, si peu touffues, étalent un griffonnage superficiel, empreinte d'algue ?... que la moindre eau saline résorbe. La piste ligneuse tout en étant douce à l'échine durcit le corps. Jamais les caresses des hommes n'ont mieux compris le poids de celui-ci, sa mesure, sa découpe que contre ce fixe plancher. Les lits vous noient, vous nuisent, vous assoupissent ; la valse reflète un corps affranchi, rythmique et sublimé, mais le sol ligneux livre l'inertie suprême des hommes, leur identité naturelle, une manière de poser là un archipel de chair ronde, son ventre encalminé, ses jambes affluentes et les encablures fantastiques des bras. Aimer alors, c'est pénétrer le monde et peut-être même au-delà. Révélation inouïe, ne s'effectuant qu'au large des continents, des âges, des rêves et que l'on redoute un peu comme le paradis, l'on est si follement attaché aux plaisirs adolescents, à ces étreintes aiguës de la vie. On cultive sa soif dans la hantise de l'étancher un jour pour de bon. Aussi, ces expériences extrêmes du repli n'ont-elles jamais été qu'en des rêves tardifs, nocturnes, dont Laura et Félix ne se sont plus souvenus.

Avant, toujours, le navire arpente les surfaces lumineuses et jeunes de la mer. Il cesse d'être cet aveugle noyau dans la rotondité océanique du fruit mais est une île flottante, une terrasse visible, voyeuse, où se pressent les premiers hommes avec avidité. Ce ne sont que des voyageurs, des photographes et la mer pour eux est le réservoir des désirs. Ils campent, font safari, babillent à la lisière. Sur le vaisseau se superposent les ponts, les parvis, des bâtisses blanches et lustrées de soleil. Le décor est composé de parasols bigarrés, de chaises longues, de la longue-vue du commandant, de cheminées bicolores, de marins à pompons, de barques de sauvetage ridées comme des demi-noix. La ville navigue au milieu des flots, une cité claire, passée au tamis, scintillant comme une pépite, et qui n'a laissé subsister que son luxe et les plus riches, les plus sensuels des siens. On a la peau huilée, le muscle effilé et les enfants promènent leur convoitise partout. C'est le paradis tel qu'on l'imagine à treize ans où le bon Dieu vous trie des filles perverses, des breuvages, des fruits, où la vierge a l'haleine chaude et la poitrine laiteuse de Laura, des bras caressants, un ventre doux, docile, et où le diable interdit, pas trop mal vu de Dieu pourtant, vous offre gratis une débauche tolérée chaque mercredi.

Une piscine s'ouvre au milieu du pont, ovoïde, peu profonde parce qu'on est enfant et que l'on aime les trouvailles, les paradoxes provocants : comme s'il n'y avait pas assez des vastes thermes environnants et qu'il fallait encore un océan microcosmique. Un océan qu'on a bâti soi-même en gamins qui construisent une méchante cabane de branchages, veulent y coucher, y manger, quand ils sont à deux pas de la superbe demeure des parents. Rien n'est plus excitant que cette reproduction à sa propre mesure, à son goût, des grands ouvrages anonymes. L'on dédaigne la vastitude, on n'a d'yeux que pour cette niche humide, humaine, que surmonte un ridicule plongeoir, avec ses bords de mosaïque rouge couverts de filles en bikini.

... Les allées et venues des barmans, des grooms, car on s'envoie des billets doux, d'urgentes missives, des ultimatums, de cabine à cabine, des appels téléphoniques, on s'invite à dîner, à tel endroit nouveau : bar, restaurant de proue ou de poupe, parvis du troisième pont, on se chamarre pour de lilliputiennes expéditions. On refuse l'immédiat pour s'inventer des détours, c'est tout le sel de la vie. On gaspille des viandes, des poissons rares dont les somptuaires reliques abandonnées au vent se muent en grands troupeaux de mouettes affamées, on a besoin d'enchaîner au vaisseau ces esclaves si libres, si beaux... On fait la nique à tous les requins.

Les enfants sous leurs chapeaux de paille passent l'après-midi à contempler la natation des femmes dans la piscine. L'exiguïté du bessin rapproche des orgueilleuses, des rivales qui jamais sur le pont ne s'adressent la parole. Elles se croisent, séparées par deux doigts d'eau comme si elles ne se voyaient pas. Leurs longs corps s'ignorent, partageant l'eau dans tous les sens. Le soleil augmente, brutalise les épaules émergées, fatigue les nageuses. Leurs mouvements deviennent maladroits, entraînent des contacts, coups de butoir qu'amortissent l'eau et la gluance du corps. C'est très vite le début d'un nouveau jeu ; les ennemies méditent des frôlements involontaires ; les plongeons trop brutaux évincent les slips, on se paie de luxueux attouchements sous les rideaux d'écume. Ainsi va du moins la rêverie de Gildas. Derrière les contenances de parade, il perce, il invente des liens, des stupres, des griseries. La moindre conversation perçue entre deux femmes lui semble contenir des sous-entendus, un alphabet secret de la bouche et des hanches, un rendez-vous... oui... nos hommes joueront ce soir à la marelle... C'est le moment. Ça se cajole et ça minaude tant, certaines femmes, surtout quand elles se détestent, qu'on dirait toujours des amantes.

... Il y a une jeune fille perdue sous les vagues, les bras étendus, jambes repliées, dont les cheveux se hérissent d'épouvante et qui reste ainsi suspendue puis s'écartèle, bat l'eau et se maintient, parfaitement individualisée comme dans un miroir, bientôt masquée de silhouettes, fumées souples, plus proches, puis reparaît, s'éloigne... avec toujours cette attitude de terreur, bras jetés de côté, genoux ramenés, cheveux horripilés comme qui s'est jeté d'une fenêtre pour fuir un incendie féroce. Il y a une autre fille qui flotte en surface et qui tient là-dessus comme sur un toit ; les facettes de l'eau imbriquent des ardoises, et quand elle se renverse pour plonger, son corps, un instant vertical, dresse une cheminée. Il y en a d'autres, de plus sportives dont les pieds battent, réguliers, dont les bras fouillent, dont les cheveux se déploient, et qui ont l'air de partir pour des explorations sans fin. Tout à coup, elles heurtent la paroi et se réveillent toutes bêtes. D'autres font du travail avec les vagues, elles ont des mains qui terrassent, maçonnent, vous édifient des bastions. D'autres, ludiques, provoquent de l'écume, en cueillent des bouquets, plongent, jaillissent comme des dauphins et ont des fesses boulottes qui agacent, s'agitent, barbotent comme piquées par l'aiguillon neptunéen. Il y a de grosses torpilles sans rides, sans poils, toute épluchées, de treize ans et de petites filles dénuées de seins qu'on laisse se baigner nues. Le premier soutien-gorge signale précisément la croissance que l'on veut cacher ou n'est qu'un subterfuge pour faire songer les garçons. Mais Gildas n'a plus d'intérêt pour ces colimaçons. Ce sont les jeunes femmes qu'il aime, de plus en plus, les femmes mal camouflées, à carnations visibles, aux vices à fleur de peau, qui balancent leurs grands yeux, leurs lèvres pourpres, dont les bikinis font un triangle et des nœuds sur les hanches, qui laissent leurs bras aller, qui se penchent sur une marmaille détestée qu'elles rejettent pour se redresser plus bellement, marcher, danser sur les ponts, dans toutes les entournures du vaisseau, qui commencent à danser pour Gildas une hantise d'harmonie qui durera jusqu'à sa mort.

Aux premières intonations de l'aube, le navire s'allume et tous ses édifices brillent comme les murailles d'une ville en voyage. Villes blanches surgies de l'eau qu'on eût juré invinciblement de Malte. On ne savait jamais pourquoi. Alignement de murailles crues, de meurtrières, de tourelles et de créneaux. Dans certaines ouvertures on pressentait des grilles noires, des prisons. Il n'y avait que le caillou éblouissant, les pans de mur, les couloirs dallés et cependant transparaissaient, dans le silence, des prisonniers à peau brune qu'un licou retenait à la pierre. On se demandait d'où ils venaient, où était le bourreau. A moins qu'ici le rocher seul ait établi sa tyrannie et ses geôles. Certaines ruelles longues révélaient des gorges inépuisables de murailles et de chaux, l'ombre était un duvet usé. Dans toutes les niches gémissaient des esclaves nus. L'océan immobile touchait le pied des fortifications, sans une vague, sans un bruit, enduit d'un vernis solaire qui ne laissait percer aucun reflet.

Parfois, c'était des cités riantes, un tas de bâtisses claires à toits ronds, des cours suspendues plantées de végétations vertes, des oranges à tous les angles comme de gros colifichets, et des guirlandes de linge pendu reliaient les maisons : chemises rongées de sel, manches trouées, voilures, filets de pêche où se corrompait un débris de nageoire. Des barques minces, posées à peine sur l'eau, tiraient d'énormes poissons, qui empêtraient l'esquif de pêcheurs maigres. Ils faisaient de vagues signes dans les vapeurs de l'effort, les scintillements des monstres marins, tandis que des grappes d'enfants couraient sur la plage et que des femmes brunes, grasses, mains sur les hanches, regardaient impassiblement les voyageurs à l'horizon. C'était aussi des rivages crêtés de salines géantes qu'empilaient les bras de milliers d'hommes lents. Les cimes sortaient de l'eau douées d'un éclat surnaturel. Les silhouettes des travailleurs s'échinaient sous la lumière aiguë que réfléchissaient ces blocs dévorants de cristaux angulaires. On disait que les hommes étaient tous aveugles, gardant le souvenir lointain d'un brutal, d'un colossal éblouissement. Au paroxysme, la pureté engendre la nuit. Mais le visage des aveugles était fendu d'hilarité.

Gildas avait une amie qui le guidait vers les plus surprenants décors. Il l'avait connue un jour qu'elle se baignait en pleine mer. C'était la fille du commandant. Elle avait de longs cheveux blonds, des yeux francs, noirs, un visage expressif qu'ouvraient l'insolence, le rire. Elle était grande, abondante de poitrine, ferme, rebords marqués des hanches, et de longues jambes qui franchissaient les bastingages et dansaient sur les vagues. Son père passait son temps à la contempler. Dans sa longue-vue il suivait ses extravagances marines, elle provoquait les requins, prenait des bains de soleil sur le dos d'une baleine apprivoisée, ramenait de ses équipées dans les fonds des épées ciselées, des jarres bourrées d'or, des squelettes d'amiraux grecs comme des marionnettes que ses bras actionnaient par dérision.

Ils avaient abordé un jour sur une rive déserte vêtue de sables, plantée de grands arbres bruns, dont les troncs démesurés s'ornaient d'une cime de feuilles d'acanthe. Ils s'étaient couchés entre le parvis inaltérable de la mer et cette forêt de colonnes précises que séparaient des intervalles égaux. Le soleil vertical allongeait ses trompettes ardentes le long des fûts. Le sable s'étendait en plaques raides qui s'effondraient sous leur poids, révélant une poudre fine, chaude, criblée de caoutchouteuses tortues parmi lesquelles ils s'enfouissaient. Les petites gueules monstrueuses, muselées d'arène sortaient et repiquaient sans cesse sous leurs yeux. Ils avaient frôlé aussi un long rivage nu où oscillaient des chameaux sans cavaliers. Le bateau s'était ajusté à leur rythme, la mer ondulait doucement selon les bosses des animaux. Le dernier avait un tronçon de lance enfoncé dans la hanche et tous ses poils étaient rougis de sang. Les bêtes parurent fatiguées, elles s'approchèrent de l'eau, on les vit de plus près, des blessures lacéraient leur pelage; l'une d'elles avait un burnous rouge entortillé autour de la cuisse. Puis les chameaux sans guides reprirent leur route martiale sur les raideurs des sables sans fin.

Souvent, l'amie entraînait Gildas à la surface des flots, il fallait prendre un élan brusque et la mer véloce vous portait. Ils avaient rencontré une barque de pêcheurs entourée d'hommes qui se démenaient, empêtrés dans l'eau, jusqu'à la taille, les bras levés, la bouche ouverte, émettant des appels figés. Un grand homme se dressait au milieu de la barque, cheveux longs, visage trop fin, barbe à belle envolée, robe blanche. Il faisait durer l'épreuve, se plaignait des pêcheurs, tirait des morales, des leçons. Mais la fille du commandant enjamba le tout d'un grand bond et ses cheveux déployés renversèrent ce sermonneur lourd, ce biblique avorton, profanateur de la mer sublime. Elle le noya lui et ses compagnons couards.

Ils visitaient de grandes baies urbaines où la mer pénétrait encerclée de buildings. Les villes semblaient arrêtées là incarcérant les houles avec orgueil et rigidité. Ailleurs c'était des acropoles, des temples, des piliers sur des tertres, un disque solaire parfait, un vieillard assis jouant de la flûte sur une dalle dont la mer humectait le pied.

Ils se couchaient, au large, sur d'immenses rochers, les mouettes gravitaient, les cheveux de l'amie étalaient leur nimbe fuligineux. Ses yeux avaient la transparence de l'abîme. Entre ses mamelons épais, elle étreignait la bouche de Gildas, prenait le bassin dans l'étau de ses cuisses, s'arquait, lâchait, et dans les profondeurs du roc son rire pénétrait, cascadait jusqu'à se tordre sur l'échine des vagues... D'autres rivages s'étiraient qu'ornaient des statues de femmes nues. La pierre était ronde et bonne. Les dedans des bras et des jambes protégés du sable et du vent étaient lisses, bourrés d'ombre. Des yeux, seul l'ovale était tracé, vide. Cela faisait un regard d'éternité. Le dépôt de l'arène avait gonflé les seins. Des ténèbres s'égouttaient du ventre anfractueux, en y glissant le bras on pouvait toucher le sarcophage intérieur. L'amie lui révéla qu'il s'agissait du cimetière d'une tribu saphique.

On abordait à des lagunes, à des tremblements de cils, de palmes, de lumières, aux lèvres salées d'animaux amis. Des chevaux galopaient dans les dunes, épidermiques, huileux ; leurs croupes jouaient sur elles-mêmes en un déhanchement périphérique et toujours compensé que festonnait le long panache chevelu et caudal. L'amie lui disait que ces juments étaient des femmes mortes de premières couches. Elle voyait cela à l'épanouissement des cuisses, à la tonalité du hennissement, à une espèce de cadence et de rage. Elles se cabraient en effet les unes contre les autres, grognaient avec une énergie furieuse. Le cheval est le symbole le plus parfait du frémissement. Elles s'infligeaient des morsures, arc-boutaient en vain leurs contours lisses, alors se mordaient avec une force accrue.

Parfois, la côte était formée de bréchets contigus et plumeux d'oiseaux en attente. Ventres éblouissants, têtes noires, tout le long de la mer, qu'on se demandait si ce n'était pas illusion. L'eau était si aiguë ; le soleil fragile se cassait sur l'arête des vagues, les corps s'y blessaient en plongeant. L'écume brusquement claquait, prenait feu. Et le miroir du ciel réfléchissait ces apparitions d'oiseaux vigilants. Saisis de peur, l'on courait se réfugier dans les soutes capitonnées de charbon lourd et grenu. Là vous rassuraient des bateliers débonnaires.

Il y avait des estuaires jalonnés de ports, de grues décharnées, de hangars à bois rouge, azobé du Congo qui fleurait la sueur des bûcherons. De vieilles forteresses mangées d'herbes et battues de tempêtes ; l'on entendait tomber à la mer le sac de Monte-Cristo, les lamentations des religieuses, des damnés. Puis de jolies criques bondées de yachts en paralysie, de vice et d'ennui. De longues, de ahanantes pirogues. Des courses, des assauts. Des navires morts. L'amie l'appelait sur de nouvelles plages. Elle lui disait : « Viens me prendre dans ce fleuve qui tout juste se mélange à la mer, dedans il y a des singes que l'on vient de noyer et qui sont encore chauds. Le meurtre d'un singe est beaucoup plus émouvant que le sacrifice humain. Il y a les crasses et les sueurs des villages riverains, la saveur des linges trempés, le doigt imprimé des lavandières, la victime et le couteau de l'assassin, les premières semences des adolescents, des denrées de jeune mère, la délivre d'une biche, des pondaisons rousses, musquées dont tu seras friand. Ou bien à la lisière du sable et de la mer... ici tout est grâce, reflet, l'eau végète, l'arène boit, le corps s'assoupit. Le sel va blanchir les toisons. Je ne serai plus ce contraste horrifiant d'épiderme lacté et de noirceur. Mes aisselles et mon ventre étiolé auront la blondeur des fenaisons. Que tes cuisses, Gildas, ravagent lentement tous ces liens odorants de l'eau, ces efflorescences, ces couleuvres chaudes qui se nouent en moi. Suis-moi, là-haut, à la cime de l'arbre, je vais m'écarteler contre l'azur dans une fourche nette. Je fermerai des triangles et des cercles regorgeant de ciel ; puis au-delà, avec volonté, il paraît que l'on tient, alors le corps s'autonomise dans l'air et la joie dilue. »

Après ce rêve... soudain : le désir de revoir Laura. Vivie ne veut pas l'accompagner au pied de la haie de troènes. Il lui reproche sa jalousie. Elle proteste, la contemplation de Laura lui déplaît. C'est tout. Alors il propose d'aller lui rendre visite sans espionner derrière les arbres. Laura les accueillerait avec plaisir et leur donnerait des trucs, peut-être bien qu'elle leur offrirait le déjeuner... Vivie ricane et lui dit qu'elle ne tient pas à assister à de nouveaux évanouissements ; la dernière fois, il avait fallu à Gildas plus de deux jours pour se remettre... tous les arguments donc lui étaient bons, elle n'irait pas, c'était définitif.

— Mais que vas-tu faire quand je serai parti ?

— J'écouterai le transistor bien installée dans le verger.

— Mais tu vas t'ennuyer...

— Pas du tout ! J'irai chiper des magazines à la bonne dans sa chambre. Je vais m'amuser... je serai tranquille... pendant que tu iras te détruire les nerfs auprès de ta fille.

— Pourquoi ne viens-tu pas ? ce serait drôle... on verra tout sans être vu... il y aura Félix et des trucs...

— Oui ! et il va te surprendre, t'attraper et t'administrer une bonne raclée en te traitant de petit vicieux... tu crois qu'il ne s'est pas rendu compte de tes états la dernière fois ! Il est sur ses gardes, crois-moi.

— Tant pis, j'y vais... je serai de retour à midi.

Vivie n'a pas répondu, il est parti seul à travers les grands champs où l'herbe plie sous la pesée des sauterelles. Un ramier passe au-dessus de lui décoré de plumes claires. Des merles s'effarouchent dans les buissons, un épervier frétille dans le ciel, son bec inquisiteur saille entre les deux ailes voûtées. Gildas se retourne, un sourire, un mot à la bouche... mais c'est vrai, Vivie ne le suit pas. Il est seul pour la première fois. Il en éprouve une sorte d'exaltation mêlée d'angoisse, comme si le risque d'épier Laura était doublé du fait d'agir seul. Il a soudain envie d'être allongé dans le verger sous les légumineuses avec Vivie, de feuilleter le magazine de la bonne qui abonde en reproductions d'actrices, de scènes d'amour et de déshabillages... dans la musique douillette du transistor, oui... si Félix s'apercevait de son indiscrétion et lui donnait une correction, puis le saisissant par les oreilles l'amenait ainsi devant Laura. Ou bien si c'était elle qui l'attrapait et le giflait. La main violente de Laura sur sa joue. Les yeux noirs allumés de haine. Tout à jamais gâché à cause de sa curiosité. Il aurait fallu simplement venir apporter des truites comme la dernière fois. Mais après les aveux qu'il a faits, cette crise... il n'a plus osé. A présent c'est fichu, tout recommence à zéro, comme s'il ne connaissait pas Laura, qu'elle redevenait l'étrangère du jardin alors qu'ils avaient échangé leur noms, qu'elle l'avait entendu... qu'elle avait rougi... Il voit maintenant, au bout du champ, la haie noire, serrée, luisante des troènes. Il est dix heures. Le soleil chauffe. Laura va venir se déshabiller devant lui, sur les pelouses vertes, pour lui seul... La criaillerie des oiseaux gloutons dans le mirabellier lui signale la proximité de la zone interdite. Il s'incline au-dessus du fossé, enjambe la brèche de glaise molle, remonte et se niche derrière un tas d'inextricables frondaisons. Le jardin est désert. Le silence n'est troublé que par quelques traversées d'étourneaux et de geais. Un magazine a été oublié dans l'herbe tout près de lui. La rosée a gondolé la couverture, une saute de vent fait tourner les pages, c'est un magazine de modes et il distingue obliquement des silhouettes colorées, des formes féminines... en bikini au bord de la mer... Les feuilles se précipitent, puis se tordent, s'épatent ; le vent torpille le magazine béant comme une grosse corolle. Tout retombe au silence. Pas une chaise longue, pas une serviette de bain. Si Laura ne venait pas... La maison garde une immobilité décourageante. Les oiseaux font un écart et poussent un cri en survolant l'endroit où il est caché. Si la répétition du sursaut et du cri le trahissait... Brusquement, sans qu'aucune porte n'ait grincé, sans qu'aucun bruit... elle surgit, gagne le grand saule et donne du grain au serin dans la cage. Elle revient de face, il se tasse, le regard de Laura est comme posé sur lui... non... une illusion... elle ne voit rien, elle sourit, fait un signe au soleil. Elle porte une robe d'été blanche et violette que deux brides minces attachent aux épaules. Les jambes sont révélées haut. Les cheveux noués en un petit chignon qu'il ne lui a jamais vu : une sorte de tortillon tout grimpé sur le crâne. Ses bras dansent... Elle perd du grain le long de l'allée, non... c'est exprès, elle éparpille les graines dans les graviers mélangés de soleil. La maison vient de la reprendre. Gildas a les tempes qui cognent, il s'efforce de retrouver une respiration stable, puis s'avise de la vanité de son effort, car Laura ne reviendra pas, elle n'était pas en bikini et n'a jeté aucun regard vers les pelouses. Les minutes passent, une heure... il ne sait plus. Le soleil est vertical. Il va falloir retourner auprès de Vivie... A quoi peut-elle bien s'occuper derrière ces murs couverts de vigne vierge ? Pas vu l'ombre de Félix. Il se prélasse dans une chambre. Il lui a tout juste permis de sortir, un instant, nourrir le serin et il l'a récupérée avec avidité... La chambre des époux... étaient-ils mariés ?... les alliances, il ne regarde jamais ces choses, la chambre de leur complicités, manies... La vigne vierge se creuse fouillée de moineaux. Les racines se chevauchent, s'enchevêtrent, poilues comme des bras désespérés qui s'agripperaient aux murs derrière lesquels les amants se nouent avec délectation, indifférents aux douleurs du monde. Ce doit être plein de robes et d'images la chambre de Laura. Et s'il aventurait tout, si, profitant de leur égarement, il pénétrait dans la maison... ces pièces, théâtres de leurs usages, de routines inouïes, ces escaliers, ces salons, ces tapis, ce lit où s'imprime la trace de leurs fougues. La maison les absorbe sous son remous végétal, les berce, les fiance. On a sonné, oui ! tout à coup. Le timbre retentit plus fort. Quelqu'un de l'autre côté du jardin, derrière la porte de fer, attend pour entrer. Laura va apparaître. Il faut que la sonnerie s'étende, s'acharne, arrache le couple à son aveuglement. Le timbre insiste grâce à Dieu. Laura ne pourra pas dédaigner cet intarissable appel. Des bruits de pas bondissent au milieu des criailleries de la sonnette. Laura accourt, enfile l'allée, ouvre la porte. Un homme se découpe cheveux châtains, tenue d'été, il s'incline, bras le long du corps, embrasse Laura sur les joues. Elle exécute de petits pas de tous côtés et sa tête se jette à droite, à gauche, comme pour s'assurer d'une présence qui serait partout, nulle part. Ils reviennent vers le centre du jardin. L'homme a de grands yeux mobiles qui naviguent le long des pelouses, à la périphérie des frondaisons, se dilatent, longent, se rapetissent et s'attachent soudain sur Laura avec une crudité voulue. La jeune femme a fait asseoir le visiteur sur la chaise, devant la même table où Gildas quelques jours plus tôt a été convié. Ils commencent une petite conversation de reconnaissance. L'homme s'appelle Paulin... où est Félix ?... absent ? Que vient faire ce Paulin...

— Vous ne sortez toujours pas d'ici, ma petite Laura ?... Il est vrai que c'est un bien bel endroit, protégé de tout.

Laura sourit, jambes croisées ; la cuisse appuyée sur l'autre s'épaissit, sanglée de muscles et plus luisante.

— Je viens vous voir parce que je m'ennuyais de ma plus jolie cousine ! Quelle chance, je tombe à pic... monsieur Félix n'est pas là.

Laura rougit, décroise les cuisses, les ajuste l'une contre l'autre.

— Claire est venue récemment, n'est-ce pas ?

Laura fait signe que oui.

— Elle vous aura encore dit que je suis impossible, incorrigible !

Laura s'engouffre dans une série de négations.

— Allons... je sais bien, puisqu'elle m'a tout raconté dès son retour. Elle ne me cache rien, surtout pas les coquineries...

— Vous exagérez.

— Oui ! toujours en exagération, Claire et moi. Toujours, en toutes occasions, on se grossit, s'aggrave, s'hyperbolise... ça remplit le vide... vous ne sentez pas le vide ?

— Je ne comprends pas ce que vous voulez dire... Je n'ai pas de problèmes... c'est complaisant... c'est ridicule... votre question.

— Il faut dire qu'il s'appelle Félix, un prénom qui mène à l'absolu... Sincèrement si vous aviez un mari tel que moi, un peu tapé, vous savez... un peu ineffable, est-ce que vous iriez le tromper avec de jolis Germains blonds et charnus ? Vous aimez les hommes charnus ? matelassés... un buste capitonné et des ressorts mous dans les reins...

— Vous êtes trop volubile d'abord, et pour cela je vous tromperais avec un Germain muet.

— En quoi est-ce gênant ma volubilité ?

— Parce que c'est précipité, c'est insatisfait, on dirait que vous redoutez d'omettre quelque chose, de rater une nuance...

— Eh bien ! c'est touchant tout ça ! Puis... ne m'attaquez plus, j'ai besoin qu'on me secoure, qu'on me regonfle, alors... des compliments, que des compliments, des caresses, des...

— Vous voyez, vous continuez...

— Mais vous me déliez, vous m'arrachez des mots, j'ai envie d'être galant.

— Très bien... Parlons de Callot ! où en êtes-vous...

— Il me reste encore *Les Bohémiens* et *Les Gueux*, les tartes archiconnues. Je n'éclaire pas, j'obscurcis, j'en rajoute, j'aggrave, je dilate... car je me fiche de Callot, les gravures, c'est trop maigre, trop méticuleux.

— En dehors de cela, vous nous écrivez bien quelque chose...

— Ouh... la vilaine expression : vous nous ! cette complicité de pacotille !

Laura rougit.

— Je prépare un roman sur la ville, la forêt, la mer, les couples, les naufrages, le feu, la boue, les orbes, les toisons, les zoos, la poussière surtout, les débris, les poudres, les moraines, les morfils. La Pierre ! l'immarcescible, la grenue, la putain ! les crapauds lascifs, les laitues, j'adore les laitues charnues, tendres et vertes, c'est suave et dodu comme vous, Laura... Allons ne vous fâchez pas... puis sur la guerre, les lances, les obus... sur les premiers embruns des jeunes garçons... sur les crises, les fléaux, les paroxysmes. Je continue ainsi pendant des heures sur des serpents auprès desquels l'anaconda est un lombric, sur les lombrics, aussi, sur la nuit, les voies, les pistes, les luminaires, les chemins, j'ai peur de voyager, alors mes pages sont obsédées d'itinéraires, de viatiques, de partances, de danses... un jour je composerai un hypallage géant.

— Qu'est-ce ?

— C'est plus gros que l'anaconda dont tous les anneaux se répètent et mutuellement s'inversent... où tant de marbre est tremblant sur tant d'ombre... Mais non ! je ne vise pas seulement à l'hypallage, c'est le mot qui me plaît. J'inaugure plutôt, comprenez bien : inaugurer ! — Il rit — J'inaugure une sorte d'autobiographie mythique où le passé mi-souvenu mi-rêvé est contemporain d'un futur prévu, conjuré, où le présent n'est rien. Pas de place pour le présent, j'aime ce qui a de l'attache. Une sorte de synopsis donc, de grande boule irréelle à l'intérieur de laquelle je me replie pour entrer dans des gravitations sans fin. Qu'en pensez-vous ? le jeu en vaut-il la chandelle ? vaut-il que l'on sacrifie la femelle Claire ?

— Vous savez que vous venez de dire cela avec

trop de méchanceté sous des apparences comiques... Claire est une femme merveilleuse...

— Et moi ! je ne suis pas un homme merveilleux !

Du coup, Gildas, qu'avait ahuri le déluge verbal, sursaute...

Laura rougit :

— Oui vous êtes un homme merveilleux mais... que cette phrase est idiote, un homme merveilleux... mais vous voulez tout finir, tout boucler, avant d'avoir commencé.

— J'ai quarante ans.

— Eh bien... c'est un début !

— Amusant...

— Vous ne rêvez que de synopsis, d'hypallages, de...

— Ah vous savez... L'absolu c'est pas nouveau... c'est un cancer qui vous ronge menu. Un trou dans lequel on fourre des mots, des bouquins, des obsessions, des... à pure perte, des substituts de l'essentiel.

— Un grand trou troué.

— L'absolu trou troué ! à mettre dans mes calepins.

Gildas ne peut s'empêcher de pouffer. Qu'est-ce qu'il tient le cousin, plus rigolo encore que Félix quand il barbouillait les tétons de Laura. Et celle-ci perd un peu de son éclat dans cette conversation saugrenue, confuse... Qu'est-ce que cela veut dire tout ça ? Il jouent à quoi ? Alors qu'elle est si belle, si simple dans sa robe courte, avec le soleil, l'herbe, la grande maison... Qu'entendent-ils donc par tous ces mots nerveux ? Elle a l'air de s'intéresser, elle s'intéresse à cette broussaille... qu'est-ce qu'elle fiche ?... elle n'a jamais ruminé ainsi... Elle s'est détournée, il ne voit que son profil, cette posture d'écoute, ce stupide intérêt, et l'autre qui multiplie les gestes, les frénésies... complètement fou... Laura qui se passionne, elle aussi, des gestes qu'il ne lui a jamais vus... des rires... des façons... l'air de jongler, de faire un numéro. Ils retombent dans leurs dossiers comme s'ils venaient de fournir un cent mètres... se lèvent lentement. Il pince du bout des ongles le petit chignon de Laura, elle se baisse, se dérobe sous les doigts et remonte comme une vague... une soif terrible... Félix n'a vraiment pas de chance avec cette dent... il me reste peut-être un peu de Perrier... ce gravier qui crisse... Le dos que tiennent les deux courroies d'étoffe comme les anses d'un panier. C'est elle, dans sa robe violette, la nuque dépouillée, grise... la mordre... disparue.

Quant à l'heure du déjeuner... il n'y a plus d'heure, plus de repère, c'est l'après-midi, devant, échappé. Après l'embrouillamini des conversations et l'irritante métamorphose de Laura, il est pressé de retrouver Vivie, d'obtenir son pardon. La ferme est immobile au loin. Les hommes sont retournés au travail, c'est le jour de congé de la bonne. Personne alentour. Son impatience s'accroît, une pointe d'inquiétude... Au fur et à mesure qu'il approche, il perçoit des notes musicales s'élevant dans le silence de l'après-midi. Il franchit les premières palissades de la ferme, les notes sont plus violentes. Un orchestre fait rage du côté du verger. Vivie a dû pousser à fond le bouton du transistor hypertendu qui râle, vibre...

Le jardin lui tombe soudain dans le regard : le chaos... Vivie est toute nue, renversée au pied de la cabane d'Homère, une bouteille d'élixir entre les jambes. Elle hurle au diapason du transistor et se trémousse frénétiquement. Elle a déchiré les magazines de la bonne et placardé sur tous les troncs des images de nudités. Sur un tas de laitues dont sont déboulonnés les ventricules flavescents, Homère grogne. Il pousse du mufle une petite rainette effarouchée qu'il renverse et dont s'accommodent à grand-peine son torse bedonnant, ses cuisses. Les cages aux lapins sont ouvertes et les rongeurs sautillent dans les allées, ébahis de cette libération brutale. Grumeleux, roux, ils frissonnent au ras des légumineuses, terrifiés par la furieuse agitation de Vivie et les glapissements de l'espèce de tête bleue, chromée à côté d'elle.

Gildas se précipite vers le bassin aux poissons. Il aperçoit Oscar au fond de l'eau, cherche avec angoisse la blanche Julie, sa préférée. Julie a disparu. Il jette un regard circulaire et tout à coup distingue une sorte de soulèvement spasmodique d'une large feuille de rhubarbe à deux pas du bassin. Il accourt, écarte la feuille, Julie halète, expire doucement à même la terre où Vivie l'a sauvagement abandonnée. Gildas s'empresse autour de la victime, il la prend dans ses mains, la remet à l'eau, il la tient en surface et l'aide à retrouver son souffle, ses battements de nageoire, l'usage enfin de son existence marine et douillette de fille choyée. La bonne Julie épouvantée encore chavire dans la paume de Gildas, s'encastre entre les doigts, ne veut plus les quitter. Mais l'enfant lui murmure des paroles de paix, lui caresse l'échine et à la suite de deux ou trois essais manqués, Julie quitte la rade des doigts et s'éloigne vers le milieu de l'eau.

La catastrophe est générale. Des coquelicots jonchent les allées, des oignons déracinés, le cerfeuil est dépecé à tous vents et Vivie ahurie de musique, enivrée d'élixir, se déhanche en tripotant odieusement le crapaud. Gildas revient vers elle, le cœur brûlant, mais le visage de son amie, l'égarement des yeux lui infligent un émoi si violent qu'il titube, s'effondre au sol de tout son long et commence à pleurer.

Une heure après, quand il revient de son désespoir,

Vivie montre les signes d'un apaisement progressif, une sorte d'hébétude a succédé aux transes. Elle répète entre deux sanglots : c'est bien fait... c'est bien fait... même Julie... même ta Julie... Il lui dit :

— J'ai retrouvé Julie à temps, elle est vivante...

— Je ne l'avais pas jetée trop loin... à l'ombre des feuilles... c'est toi qui m'as obligée...

La colère remonte dans la poitrine de Gildas. Il se lève, tourne le dos à Vivie, va chercher son lance-pierres dans la maison et part à travers champs. Il a envie de démolir à son tour, d'écharper tout ce qui lui tombe sous la main. Il arrive au pied d'une grosse haie d'épines noires que quelques végétations maigres habillent en surface. Là-dedans un merle somnole, il aperçoit l'œil vitreux, jaune, assoupi. L'œil bouge. Le merle fait un gros moignon de ténèbres. Il se hausse avec maladresse et dégringole dans les épines, puis se ravise, ailes écartées, à demi rêvant et commence à glousser de frayeur. Gildas place une bille de nickel dans l'élingue, ajuste et tire. La bête touchée hurle soudain. Ses grandes ailes amplifiées battent l'épine aiguë et s'entravent. Une seconde bille, une troisième clouent le volatile à l'intérieur du roncier. Il gigote encore imperceptiblement, les ailes dentelées s'étirent jusqu'à transparence à travers les anguleuses claies du buisson. Et Gildas continue sa chasse aux marges du crépuscule. Contre le ciel laiteux, il écartèle les merles comme les premières touffes de la nuit.

Paulin s'est engagé dans la grande salle du musée pour la dernière fois. Son étude s'achève. Il est temps, car le garde lui lance des yeux de férocité. Le soupçonne-t-il du vol de la petite statue ? s'en est-il aperçu au moins ? Les journaux que Paulin avait examinés les jours qui suivirent le larcin ne firent jamais mention d'un forfait de ce genre. *Les Bohémiens, Les Gueux* donc, c'étaient les gravures restantes. Le musée n'est pas vide aujourd'hui, mais une jeune femme, une sorte de cheftaine guide la visite d'une colonie d'adolescentes. La femme passe vite devant *La Tentation.* « Grande fresque... », dit-elle. Quelques filles s'attardent et poussent des rires en relevant les détails cochons. Elles portent des shorts qui laissent saillir les dessous replets du fessier, elles se dandinent et nouent une sorte de complicité avec Paulin qui leur sourit. Elles pouffent devant *L'Arbre des Pendus.* C'est à leurs talons que Paulin arrive devant *Les Bohémiens* et *Les Gueux.* La cheftaine s'est cabrée pour exalter le pittoresque des gravures, leur réalisme fourmillant en ce début de siècle classique qui chassera la misère physique de la figuration du beau idéal. C'était une cheftaine à la page. Les deux filles contemplent les miséreux en guenilles, couverts de rustines, d'emplâtres, de bric et de brac, elles pouffent, c'est incoercible, la cheftaine fulmine mais rencontre le visage concentré de Paulin, du coup, elle repart en de fuligineuses périodes sur le puissant expressionnisme baroque. Paulin a pris son calepin et commence à rédiger des notes. La cheftaine délire. Il gribouille ; les deux adolescentes dont il s'est rapproché se frottent contre lui en se dressant pour regarder les tableaux. Il est ébloui par l'animalité fantastique ruée en elles, qui durcit épaules, cuisses, déchaîne les bassins, décharne la noue reinale, rigide, vue sous la chemise, coincée dans le plein empattement des fesses. Paulin à présent tourne son calepin de côté, de manière à montrer aux filles le couplet satirique qu'il vient de composer sur la cheftaine. Les yeux étincellent, les rires. Le guide vitupère, mais Paulin subitement attentif favorise de nouvelles envolées critiques. Il glisse alors à ses amies le nu de la cheftaine qu'il vient d'imaginer... Elles entrent dans toutes ses blagues avec ardeur, le pressent, il les touche d'une main lente, souterraine. Son regard se creuse d'une brillance, d'une folle lueur de contention. Grisée, la cheftaine se convulsionne au cou des Gueux. Elle prophétise, elle s'apitoie, elle s'hypnotise sur les disettes, les épidémies, les grandes faims, les grandes peurs, tous les égarements de la guerre à l'époque de Callot. Elle maudit, exalte la violence, l'excès, l'effroyable attrait qu'ils exercent pourtant ; pas d'art sans férocité !

Paulin est devenu assez précis. Les deux amies ont hésité. Hélas un nouveau groupe de visiteurs exclamatifs a fait irruption derrière eux dans la salle. La cheftaine douchée rassemble immédiatement son troupeau. La colonie s'éloigne, les deux filles de galerie en galerie lui envoient des pieds de nez lents, mêlés de signes, de moues, de baisers.

Il ne revient pas aussitôt aux gravures mais se poste derrière une fenêtre. La terrasse fait une ombre en équerre au centre d'un golfe lumineux. Servane n'apparaît pas. Il est vrai qu'un seul couple est venu s'asseoir, l'air rêveur, contemplant dans leurs verres des fonds de bière croupie ; consommateurs attardés et méditatifs que Servane a oubliés.

A cette heure, la Place est engourdie de rayons, les Atlantes ouvrent leurs gueules édentées, chargées de fraîcheur, d'ombre. Il songe à Laura, à ce mince Perrier, aigu, gelé, qu'elle lui a offert dans l'énorme cuisine dallée et privée de jour. Ils avaient ressenti une espèce de gêne, de lien... Elle lui avait dit : « Embrassez Claire de ma part. Embrassez... », le couple des *s* avait fourché dans un zézaiement, un mouillement de salive, de langue. Aussitôt, les deux consonnes avaient été reprises d'un ton cinglant, mais il gardait la vision des bras délacés de Laura autour de ce baiser imaginaire, abusif et défaillant.

Le revoilà face aux pittoresques morceaux. *Les Bohémiens*, oui... belles plumes... rapières hostiles, caravanes savamment déroulées, et puis, qu'importe ! que dire ?... Dans le froid muséen *La Tentation, Les Sièges* déploient leurs minutieuses immensités, brouillards de traits, de mers foulées, de satans, de serpents. Il ramasse son calepin. Il sait qu'il n'a plus de prétexte à son séjour dans la ville. Après tout, il a mieux, une raison : Servane, et il voit traîner un instant sur le visage de la serveuse le reflet vague de Laura.

L'angoisse a éclaté ce matin. Il a fallu peu de chose pour que tout le torrent de panique latente jaillisse brusquement. La radio a donné du naufrage une version circonstanciée, crue, tragique, dont le ridicule un autre jour l'eût fait rire. Mais il n'a pu échapper à l'obsession de certains détails, de certaines agonies soupçonnées. Il a beau se dire que tout ceci n'est qu'hypothèse, car aucun élément sûr n'autorise encore des conclusions, le mauvais grain a été semé et il rumine des images funèbres. Une sensation d'étranglement l'a saisi au cou, celle d'un nœud coulant qui va, d'un instant à l'autre, l'arracher du sol et le faire bondir comme les pendus de Callot. Les poumons lui brûlent, le cœur... Son thorax est rempli de terreur comme s'il était vraiment impossible de vivre, que tous les supports avaient lâché, que le monde violent le guettait, et la vision du massacre marin étale, sous ses yeux, l'effroi des rescapés fuyant, battant l'eau, époumonés, sans force, qu'engloutit une houle pacifique, ni plus soudaine, ni plus cruelle que les autres, une houle lourde et motrice, une reptation écailleuse d'échine, de boa.

Claire s'est aperçue de son trouble, elle a pour reconnaître ses malaises l'œil infaillible que forgent dix ans de vie commune. D'un ton hâtif, elle lui a conseillé de reprendre quelques calmants, de ne pas travailler, elle reviendra plus tôt que d'habitude, aux environs de cinq heures, ils iraient se promener ensemble... Ce mélange de cruauté et de sollicitude... Elle a mis un short court, jaune, une chemisette transparente sur ses seins nus. Elle revient de prendre une douche, la chair est rougie, lustrée, hérissée de frissons. Elle a vaporisé les aisselles, les tempes et d'un geste familier, furtif : les aines, cela fait des souches parfumées que le grand air épanouira dans les sillons ridant l'étoffe à cet endroit. Elle prend un petit sac et part en lui lançant un bref salut. Alors, il décide d'aller trouver Servane, de lui parler pour de bon.

Il y a quelques touristes au milieu desquels il s'insère. Servane arrive jetant un regard vague à l'anonyme terrasse. Elle sert deux verres de Dubonnet à des Anglais assis sur la gauche de Paulin. Elle ne l'a pas vu, lui tourne le dos, fait quelques pas et entre à nouveau dans le café. Les minutes passent. Il entend un cliquetis de verres, de cuillères, l'émotion lui broie le cœur mais un garçon apparaît brun, coquet, parfumé, l'odeur est celle dont Claire s'était parée.

Nouvel intervalle de solitude. Puis, sans s'annoncer, elle revient, arrive sur lui, le plateau légèrement fléchi, disque ligneux, piste brune, dont la rondeur tourbillonne, attache... et au-dessus : les yeux noirs environnés de lait. Il lui dit : « Bonjour Servane... — Bonjour... — Je vais boire un Dubonnet... vous allez bien... — A peu près... pas trop mal... » « S'il vous plaît ! » Un client vient d'appeler, elle sourit, maintenant séparée de la table, tournoyant dans la gravitation du plateau, de tous les verres miroitants. Il ne peut plus attendre, elle s'attarde de l'autre côté de la terrasse, il va l'appeler, il cogne rythmiquement son verre sur l'arrondi de la table, le gong vibre dans ses tempes, sa tête, tape, et l'appel retentit : Servane... Servane ! à travers le martèlement. Elle approche : qu'y a-t-il ?... J'ai besoin de vous voir... vous pouvez boire quelque chose un moment avec moi... c'est difficile... en plein service... arrangez-vous avec le garçon... je dirai un mot au patron... si vous voulez monsieur... nous nous connaissons déjà... oui... oui... oh je vous connais très bien... je m'appelle Paulin et je vous trouve... certainement belle, magnifique... je vous parle sans détour, en toute liberté, je suis un peu... artiste de mon métier, alors je vous dis ce que je ressens, parce que vous flattez le sens artistique... c'est tout simple... Elle a rougi et balbutie au bout de sa chaise.

— Qu'est-ce que vous allez boire ?... à moi de vous poser la question...

— De la menthe.

— Comme cela vous convient !...

— Pourquoi ?

— Parce que c'est une plante, au bord de l'eau, de l'ombre, que cela remplit les poumons...

— Et vous, vous préférez le Dubonnet ?

— Ah non... j'ai pris cela au hasard, les deux Anglais que vous avez servis m'en ont donné l'idée, vous savez peut-être que d'habitude je choisis la bière.

— Oh oui... j'ai remarqué.

— Toutefois je n'ai pas de grosse préférence en venant ici, sinon... à l'égard de vous... Est-ce que ce que je vous dis semble vous tomber des nues, ou bien est-ce que vous vous attendiez ?... m'aviez-vous remarqué ?...

— Oui... vous aviez un air de vérité.

— Je suis content.

Elle a étendu le bras sur la table, un avant-bras qui sort de la manche retroussée, pâle, charnel... il touche du bout des doigts... il caresse la transparence d'un duvet... elle écarte le bras sous le prétexte d'un signe au garçon. Sa chevelure est drue, noire, jusqu'aux épaules. Le dedans des cernes est légèrement bleui. La bouche épaisse, le visage rond, le menton... petite saillance des pommettes. Les épaules découpées, la poitrine lourde, droite. Le genou aperçu, l'amorce de la cuisse charnue mais de muscles creusée...

— J'ai toujours juré que vous habitiez aux lisières de Champenoux.

— Tiens... c'est vrai... j'habite par là...

— Ah... voyez-vous, il y a un certain degré de souci qui ne trompe pas...

— Il faut que je vous quitte, le garçon me fait signe, mon service doit reprendre.

— Servane, je voudrais vous revoir en dehors de ce service justement... quelque part sur la place, ou en ville, n'est-ce pas ?

— Je ne sais pas... je dois rentrer aussitôt après le travail, mes parents ont besoin de moi...

— Vous êtes chez vos parents ?

— Oui... ils sont un petit peu vieux, et parfois malades... alors il faut que je rentre tôt.

— Vous viendrez demain à cinq heures devant la grille du zoo ? un simple moment...

— C'est difficile... excusez-moi le garçon est impatient... au revoir...

Il n'avait jamais fait si beau. Les feuilles, le soleil, l'ombre se découpaient avec une précision de cinéma. Le jardin était divisé en cellules contrastées, lumineuses, sombres, qui se superposaient, se jouxtaient de la charmille aux cimes des cerisiers, de la maison à la porte de fer. Laura passait de pièce en pièce, d'étage en étage, et son corps éclatait, s'éteignait selon les quartiers. Le monde entier clignotait. La maison séparée en deux tronçons était d'un côté amaigrie, aride et, de l'autre, imbue de ténèbres. Félix et Laura éprouvaient l'excitation de ce jardin renouvelé comme si de nouveaux décors allaient transfigurer leurs sensations.

Toutes les fenêtres de la maison ont été ouvertes le long de la façade, les brèches trouent les murs profonds et livrent les salons aux antagonismes du soleil et de l'obscurité. Le velours fume dans le rayonnement ; sur les tapis, quelques scintillations émèchent les bourgeons de laine, gonflant les cuisses des discoboles, les seins des filles saphiques. Les amants se font bronzer couchés parmi les motifs grecs. Là-haut, la chambre s'effrite dans son corset de lattes et son grillage de reflets. Le lit tendu est un miroir aux alouettes où s'assomment aveuglés des oiseaux curieux. Cent dards les clouent à cette vasque ignée où ils gémissent en marge des chemins crépusculaires. Laura et Félix se roulent dans le brasier du lit jonché de plumes, de bréchets palpitants et cendreux. Mais la cadence, le chant apprivoisent et endorment certaine mésange bleue réfugiée sous son aile. Il faut en quittant la couche prendre garde à ne pas piétiner le petit édredon plumeux. Parfois, un merle piégé zigzague, hurle dans la chambre comme une foudre noire ; ailes arc-boutées contre les draps éblouissants, la bête se rengorge et suffoque. Il faut la décrocher, elle mord, puis s'enfuit par la fenêtre, glapissante et funeste. Son épouvante à travers les saules et les pruniers du voisinage suscite une traînée de cris semblables, d'envols sataniques, un jalonnement incisif, criard, jusqu'aux confins de pistes ensoleillées.

Laura a décidé de se balancer entre les deux vigoureux arbres qui servent de portique. Elle bascule d'abord faiblement puis son abdomen creusé, lancé, l'envergure des bras en travail propulsent plus vivement la balançoire. Les ramures craquent et se raidissent, les frondaisons des sommets se courbent sur Laura au fur et à mesure qu'elle monte et descend. Elle communique son rythme aux arbres qui semblent maintenant la comprendre et l'appuyer de tous leurs muscles. Les racines tremblent sous le sol, la charmille dominée révèle ses galeries, ses camouflages végétaux, sa litière aréneuse, coulante, où irradie le pignon rose du piédestal sectionné. Laura accentue son effort. Un merle insecourable s'est noyé dans un petit bassin d'eau. Laura a vu trop tard la rétractation du grand corps noir, épanoui de mort. Félix hausse les épaules puis l'encourage, elle arrive au niveau des plus hautes branches. Elle s'enfièvre, saisie de vertige, confondue à la puissante érection des deux troncs surmenés. Son corps voltige, dénudé, short et soutien-gorge plaqués, aucun obstacle ne freine le vrombissement lisse et continu d'air. Gantée de muscles, huilée, elle prolonge la voie, s'exalte, tout à coup, au-dessus des coupoles feuillues et s'écrie qu'elle domine enfin tout. D'un bord : les murailles noires de Champenoux, de l'autre : les frondaisons violettes des toitures citadines. Il y a des buses qui tournoient sur les lisières de la ville méditant quelque rapt d'enfant. La forêt est un lichen noir et retranché dans l'enfourchure impeccable du ciel, et la ville s'épate dans l'arrondi des places, la croisée des carrefours dorés, ses talus secs, ses rocailles gorgées de feu. Il y a un grand pin planté à l'horizon contre la nuque d'une falaise en méandre.

SECONDE PARTIE

Les premiers embruns

Laura a été prise de curiosité, ils parlaient tous de cette forêt. Il fallait voir... Son vélo progresse à moyenne allure sur la grande route d'asphalte. Le ciel est d'un bleu cruel. Des voitures de touristes encapuchonnées de matériel, de bagages, croisent son fragile esquif en klaxonnant. Il est vrai que le balancement de ses hanches trace un chemin trop sinueux. Elle voit filer droit devant elle les voitures bondées, difformes, à l'intérieur desquelles un adolescent parfois se retourne vers elle, contemplatif.

Une longue file de gars et de filles, genre scout, la suivent à bicyclette. Elle entend leurs interpellations, des encouragements, des rires. Ils ne semblent pas résolus à la dépasser. C'est comme si elle dirigeait la bande, juchée sur sa luxueuse monture de nickel, en short jaune et corsage noir, un foulard noué au cou. Ses jambes minces, musclées de fille sportive mais délicate étonnent la caravane des campeurs robustes, cuisses ocellées de sang qu'ont stigmatisées ronces, herbes coupantes, gravillons, toutes les négligences de la vie au grand air.

Tout à coup, s'accomplit le premier dépassement : un géant velu, sanguin, effarouché qui fonce sans la regarder. Le second, plus jeune, lui lance un oblique sourire ; vient un peloton de grasses filles qui lui disent bonjour, puis le reste de la troupe s'apprivoise, ralentit, s'incurve au bord de son vélo. Les garçons ont de grosses bouches roses d'adolescents gloutons. Il en est un plus blond, imberbe, dont le short très bref découvre bajoues de fesses et reins nus. Avec audace il s'est mis à son rythme. « Vous avez un drôle de joli vélo », lui déclare-t-il, essoufflé.

... Elle ne sait pas ce qui lui arrive, ce qui lui a dicté ce compliment inouï quand elle s'est entendue répondre, toute pudeur... « Et vous, vous avez un drôle de joli physique !... » Le corps s'est empourpré des joues aux cuisses et le garçon a balbutié : « Vous venez camper avec nous ?... » Retrouvant sa timidité comme une masse, elle rougit, à son tour, et dit : « Non... je ne peux pas... on m'attend. » Puis des copains qui poussent à l'arrière entraînent peu à peu le galant qui lui adresse un dernier bonjour en s'éloignant ; son short bée, mal collé, tout ajouré de chair. Elle s'émerveille du compliment qu'elle a fait, de cet aveu de beauté... comme si cette route improvisée, ce soleil nu, cette danse sur le vélo brillant et froid qui ruisselle sous elle et cette apparition du jeune garçon venaient d'arracher l'incompréhensible louange à une seconde Laura inconstante et lascive. C'était sans doute cette grande houle solaire sur l'asphalte bleu, pleine de chaleur et de visions, qui avait réveillé la Laura des temps perdus.

Elle a quitté la route maîtresse pour bifurquer dans ces chemins latéraux dont Félix et Paulin lui ont tant parlé. Avec émoi et curiosité elle s'engouffre entre les talus pailleux au fond des pistes rigides. Les cailloux font sauter le vélo, la selle meurtrit le ventre, et la chaîne produit un cliquetis irrégulier sur les ressauts du sol. Voici les fameux villages : Velaine, Cercueil... Les cours du fond desquelles on la regarde passer. Elle aperçoit un ravissant cimetière qu'entoure au milieu des champs une haie que rien ne distingue des autres. Les tombes ont poussé là, encadrées de sillons scrupuleusement sarclés, binés, limés, avec le long d'un angle une fosse ouverte, humide dans l'attente de prochaines semailles.

Les premières franges de la forêt roulent en bandes d'écume noire à travers les prés, selon un front inégal composé de lourdes saillances touffues d'arbres et d'incrustations de plages profondes, herbues. Les fermes grimpées sur les zones crêtées basculent dans le regard de Laura comme des galions. De longues langues de ténèbres derrière lesquelles s'enflent encore des prés enveloppent à présent l'amazone et sa monture. La forêt se projette autour d'elle par panaches de fumée galopants, en jaillissements épars de végétal sombre. Il fait nuit, subsiste seule la reptation du ciel d'azur au bout des arbres : une piste fallacieuse, tendre, couronnant l'obscurité et sur laquelle Laura se guide.

Champenoux resserre en ordre ses enceintes et ses bastions, approfondit ses tranchées et ses soutes. Les frondaisons noirâtres s'épaississent, percées çà et là de tunnels au fond desquels on voit les lunes pâles du ciel. Laura s'avise qu'elle n'a pas pris de pull-over, un froid lui glisse le long du corps et la fait frissonner. Alors elle décide de rouler en plein milieu du chemin, ainsi peut-elle recevoir les rayons infiltrés. Le vélo serpente selon l'étroit ruisseau de feu. A nouveau elle a chaud. La bicyclette marche avec plus d'aise comme si elle aussi se sentait mieux. Les sentiers sont devenus plus doux, galets usés, mousses, bordures molles. Le regard de Laura fouille les profondeurs, essaie d'y reconnaître des lignes d'architecture, un plan secret. Après quelques minutes, son examen livre un résultat. Elle s'aperçoit que certaines formes géométriques président aux enchaînements fondamentaux du végétal : la verticalité et le cercle, sphères de feuillage aérées, basses, clairières, colonnes contiguës d'arbres, puis quadrillage horizontal des sentes, croisements d'angle, agglutinement de buissons coniques, de coupoles, cloches drues, dont les perspectives arrondies hallucinent la vue, libèrent les roues du vélo... Puis le décor se brouille, redevenant indéchiffrable et tout à coup, dans une ouverture, elle voit une statue, une masse brutale, hure dressée au milieu d'un parterre de courtes fougères. Laura s'immobilise, le mirage persiste, de profil la bête avance sa tête sans bouger. Elle reconnaît un sanglier martial, figé dans un souvenir sans fond. Brusquement il la voit, frémit, fuit. La forêt craque tout son long, le fracas s'enfonce, tourne, file enrichi de tapages connexes, éclats durs, frottements plus sourds, clapotis, et c'est l'itinéraire de la forêt anarchique, essentielle, que Laura entend pour la première fois. Il faut quitter les sentiers commodes, percer plus avant. La bicyclette suivra-t-elle ?... ses pneus, son échine souple peuvent aller n'importe où... Laura a pénétré les bois jusqu'au milieu de la clairière où est apparu le sanglier. Elle cherche la voie de fuite, une indication ; enfin, s'allonge une trace obscure, une ligne à parois de feuilles froissées. Elle s'y glisse en poussant le vélo. Le ciel n'apparaît plus, le végétal s'emmêle mais le terrain heureusement ductile facilite la progression. La peinture blanche du vélo prend dans l'ombre une teinte mate ; les barres, le guidon roide, la chaîne déroulée se tordent entre les arbres. Laura agrippe l'engin par la selle de cuir comme le museau d'un animal protecteur, un talisman grâce auquel elle ne pourra s'égarer. Un moment, elle entre dans un chemin en éventail large et ondulant. Des rochers affleurent, érodés, bleuâtres comme les toitures d'une ville engloutie ; quelques touffes de lichen ponctuent leurs surfaces. Dans le vide de tout écran, obstacle net, le soleil déferle avec ce mugissement bienheureux de la mer...

Elle a couché sa bicyclette sur le sol et commence à vagabonder au sein de ce dépouillement. Parfois, les rochers sont couverts d'une poudre d'usure, un sable grenu qu'elle saisit dans ses paumes, où elle plonge la bouche... il n'a pas la saveur saline de son homologue marin mais un goût de fadeur, de pluie... il est bourré de particules en décomposition, hachis de brindilles, de folioles et de scarabées morts. Elle continue son investigation. Des fleurs déchiquetées, bleues, frileuses, n'ont pas l'air de sentir la magnificence solaire comme si elles étaient tournées plutôt vers les vieux âges, les dessous mornes de l'humus.

Laura s'est allongée sur un disque rocheux. Elle voit à une trentaine de mètres le dégingandement de son vélo abandonné. Le soleil s'est rué dans les circuits du métal réflecteur. Il bondit le long des tubes, ensorcelle d'ondoyantes pirouettes le moderne instrument tombé des nues. C'est ce soleil puéril et farce qui arrache Laura à la sensation d'omniprésente sévérité, un élan de joie !... Après tout, elle est bien, elle est seule. La forêt l'enveloppe, à distance, de sa marée respectueuse et jugulée. Elle va chercher sa bicyclette et entreprend de la monter, de pédaler sur toutes les calottes de pierre lisse. Librement, elle circule ; parfois, le vélo s'embourbe dans l'épaisseur d'un sable, se dégage et repart. Le soleil irradie sur les chromes vagabonds, éblouissant Laura qui a oublié les ténèbres et le sanglier. Elle a chaud, elle a ôté sa chemise et son short, puis le slip. Elle est seule, alors qu'importe... Elle descend, monte, voyage... croise ou prolonge de récents méandres. Son corps brûle. Le rocher, le vélo métallique l'étreignent d'un étau de lumière et de violence. Elle ralentit. Elle pose son véhicule et s'allonge à même la rocaille. Elle n'a jamais été si voluptueusement seule. Tout à coup, un rongeur a surgi puis disparu. Autour d'elle, peu à peu, il y a des animaux confiants dont l'activité se retisse, tarantèles, fourmis, mulots forgeant d'imperceptibles ouvrages que son apparition avait interrompus. Le soleil darde. La sueur humidifie ses flancs. Un voile de sueur et de rayons sur sa chair d'argile. Elle n'a pas songé une seule fois à Félix. Elle n'aime pourtant que lui. Elle s'interroge... une telle intermittence... pourquoi ?... cette mise en sommeil de son sentiment le plus grave... pourquoi ne pas désirer Félix là, avec elle, dans la paix des forêts, leur couple romantique ?... Elle est bien toute seule et c'est la première fois, elle savoure... il y a en elle un fonds d'indépendance, d'incroyable détachement qu'elle n'avait jamais soupçonné, que sa promenade venait de lui montrer. Il ne fallait pas jouer avec Champenoux. On dit qu'il y a des étangs de la guerre plus révélateurs encore. Elle n'a pas envie de pousser plus loin le pari. Elle se sent si bien... une liaison avec elle-même, un égoïsme érotique, charnel, auquel se mêle le monde physique, un équilibre où l'homme serait de trop. Puis l'impression passe, elle ressent l'absence de Félix, à demi soulagée, à demi déçue.

Reprenant sa course, elle s'est heurtée, tout à coup,

au chemin du retour. Une route secondaire, goudronnée qui la mène encore à travers des toises de forêt. Elle a croisé une longue caravane de bohémiens : des chevaux, des roulottes comme il n'y en avait plus qu'au musée, peut-être bien dans les gravures de Callot... elle n'avait pas songé non plus à Paulin durant sa promenade... toute la troupe des gitans s'avachit au roulis des animaux de trait. Des gamins attroupés autour du cocher se mettent à siffler Laura. Elle discerne une jeune fille derrière un carreau sale, une fille pâle qui dodeline et lui sourit. Puis le cocher allonge son fouet, le claquement brusque fait fuir des corneilles dans les arbres. Leurs cris de blessure et de guerre crèvent le silence tandis que la figure chlorotique derrière la vitre s'éloigne selon un déhanchement régulièrement hâté.

Servane n'est pas venue au rendez-vous de cinq heures. Il avait jeté en passant un œil à la terrasse du café, puis il était entré à l'intérieur du magasin acheter un paquet de cigarettes. Il ne l'avait pas vue. Il avait attendu devant la grille du zoo jusqu'à six heures, nourrissant d'adolescentes, d'absurdes superstitions. Elle aura été retardée, elle brûle de le rejoindre, ne sait comment lui faire parvenir un message. Elle va venir, elle approche, elle court angoissée de le manquer ; s'il part, il l'abandonne juste au moment où elle arrive, haletante, brisée, torturée par ce cruel malentendu qui doit persister encore quelques secondes, qu'elle va effacer en se jetant dans ses bras, en le noyant de la présence absolue de ses cheveux noirs.

Une heure après, l'illusion était dissoute. Il s'était senti vieilli. Puis il avait imaginé des raisons. Venir au premier rendez-vous aurait trahi une impatience grossière, personne n'agit ainsi, ne capitule aussi légèrement. Une femme doit ménager sa pudeur, se réserver un certain temps de coquetterie. Même Claire en dépit de sa vulgarité l'avait fait languir les premiers jours. Il y a des usages éprouvés, solides, auxquels on n'échappe pas, qu'aucune révolution ne pourra abolir car ils tiennent à l'essence des choses... Mais, précisément, il eût aimé que Servane transgressât ces canons réputés naturels, que sa spontanéité ravageant d'un coup les anciens principes instaure l'anarchie nouvelle, celle de Champenoux, foncière, immédiate, fabuleuse, en vertu de laquelle elle serait venue sans détour, sans ruse et se serait livrée toute. Mais il s'aperçoit qu'il ne prône tant ce nouveau scénario que parce qu'il en profite.

Le soir Claire était revenue, morte de fatigue, exécrable, écœurée de caresses. Il avait éprouvé un certain réconfort à ce spectacle de l'amour partagé. Sa femme était moulée, gavée de satisfaction. La dilatation de sa bouche et de ses hanches marquait un point d'ultime satiété. L'épuisement lui donna le vertige, elle vomit une sorte de cocktail rouge, gras, sang de poisson... mixture germanique à laquelle son balourd l'avait sans doute convertie. Il jouissait de ce naufrage, de ce ventre et de ce dos secoués de spasmes au-dessus du lavabo. Il voyait le long des membres comme les contusions d'étreintes frustes, noirâtres. Elle sera vite lassée du beau blond. Elle reviendra à lui au moment où Servane l'emportera dans un tourbillon de feuillage. Elle restera seule, elle souffrira, le couvrira d'injures, il entendra longtemps ses vociférations au bord de la route, les chialeries de Claire au moment où Servane l'enveloppera de son écran de cheveux et de blancheur, à genoux devant lui, puissante, nue, le dos carré contre la route et la trivialité... Il empoignera les corniches lourdes des seins, des lèvres, des tresses, embrassera les cuisses que la posture genoux pliés isole et bombe. Il se scellera en elle dans un geste d'ineffable architectonie, selon un luxueux foudroiement, ses bras battant comme les ailes d'or et convulsionnées des coqs rivés aux profondeurs murales de la Place.

... Il progresse à vitesse lente le long de la route en lacets qu'il quitte pour avancer dans des chemins plus étroits, encaissés. Il s'approche de Velaine et de Cercueil selon un angle inusité, par des sentiers d'agression et de rocaille. Il pénètre une tranchée que noircissent d'opaques frondaisons. La voiture ronfle, regimbe dans les trous ; oscillant, il émerge du nuage végétal, chemine le long d'un sentier plus doux. Des talus broussailleux surplombent le véhicule. La peur s'empare de lui. Pourquoi a-t-il choisi cet itinéraire intime, prohibé qui lui révèle l'envers des fermes, les potagers, les vergers, les troupeaux, les trésors dissimulés de Velaine et de Cercueil ? Si une bande de paysans armés le guettaient dans le prochain tournant quand la pente verse à tel point qu'il leur serait aisé de maquiller le... Des gueux séchés de glèbe, en guenilles, échevelés, doués de faux... Des hurlements éclatent dans le silence, des cailloux sifflent à travers les branches ; saisi de terreur, en vain, il appuie sur l'accélérateur, la voiture achoppée à une grosse racine suffoque sans avancer. Brusquement, un groupe de galopins charge devant lui, déchaînant leurs lance-pierres contre les arbres au hasard. Il est rempli de honte. Les cris de guerre s'atténuent au fond des champs. Il sort de la voiture... quelques pas de détente. Par-dessus les haies, en contrebas, il voit, au pied de ravines, Cercueil, sa fontaine, ses fermes enclavées. Une horde de corbeaux, dans un tumulte de cris, rase les arbres, précipite sur un champ ses envergures claquantes, ses becs rosses et crochus ; et c'est comme si surgissaient de partout, échappés aux massacres de Champenoux, des soldats débandés, des pillards...

... Peu d'hommes dans le village, beaucoup de vieillards, de femmes et d'enfants. Les exclamations des guerriers ont fait fuir les lavandières qui travaillaient le long de la rivière et qui ont vu de loin rouler la meute vers le village. Empêtrées de jupons, essoufflées, elles ont averti les habitants. Certains : des valets, des journaliers ont préféré abandonner la ferme pour se sauver à travers champs. Les autres, les maîtres sont restés derrière les portes barricadées. Les enfants pleurnichent. Les étalons renâclent dans leurs stalles. Les poules émettent des gloussements plaintifs. Les chiens déguerpissent, les chats vident les seuils, s'esquivent avec adresse au fond des granges. La place est silencieuse, pierreuse, ocellée de lumière. Des glycines timidement palpitent entortillées aux ferronneries de la fontaine. Les chevaux se cabrent, hennissent... la grande herbe au loin bouge... les voix se rapprochent, rires... des coups de feu éclatent.

Ils zigzaguent par bandes de trois ou quatre, harassés. De temps en temps, ils ramassent au sol une herbe coupante qu'ils font siffler contre leurs lèvres, contre leur barbe, par dérision, ce sont leurs tambours et leurs fifres; l'hilarité les édente, écarquille leurs yeux, c'est dans ces yeux écarquillés qu'au bord de la rivière tombe la vision des linges éblouissants qu'ont perdus les lavandières en fuyant. Des étoffes gorgées d'eau dont les angles au soleil sont déjà âpres et secs. De grandes plages de coton et de douceur sur lesquelles se jettent les soldats meurtris. Ils se dénudent et s'enroulent de chemises femelles... draps des noces, baptêmes de rivière, cris de béatitude. Ils échangent leurs travestis, choisissent des poses. Puis leur mine redevient sérieuse. Ils palpent les tissus, apprécient, caressent, devinent... lancent soudain un unanime hourra, récupèrent leurs armes et s'empressent vers le village.

Il s'offre, là, dans un creux, dallé, rond, ballonné de fumier, habillé d'un duvet poussiéreux, avec tous les rayons couchés dans les rues... Les soldats imaginent les filles dodues, en sueur, rencoignées sous les combles torrides ou grelottantes au fond des caves, les imprudentes... au pied des tonneaux cerclés, cuivrés, bondés de jus.

Les poules épouvantées ont foncé droit sur l'assaillant, elles exécutent un brusque écart en le voyant. La bande s'est lancée aussitôt aux trousses des bestioles chaudes, ailées, dont la terreur excite, qui tournent, gravitent, gerbent sur l'azur en explosions de neige ou fusent ébouriffées au ras du sol. Hérissements de crêtes rouges, de crinières, dans l'élancement des bras, des torsions de cuisses, les bustes pivotants, les cambrures, les rires sonores des hommes, la chasse des couteaux libérés, saillants. Toute fatigue perdue, ils courent à présent sur le village odorant et fleuri. Les bottes résonnent sur le pavé. Les meules se gonflent dans les granges, les filles tapies. Les coups de feu d'un paysan qui résiste infligent d'exquises, d'inaugurales brûlures. La mort est conjurée par cette senteur de froment, de fumure que le village exhale, l'ampleur du rayonnement sur tous les pas de porte, l'ampleur des vivres, vies, visages, ce déploiement de richesses sur les matelas, sur les tables, au fond des potagers, le don des villageoises parmi les feux allumés, la farandole des soldats saouls, les derniers râles au pied des pudiques glycines, les fermiers pendus aux arbres comme des épouvantails, des fruits de miracle.

Paulin est arrivé aux lisières de Champenoux, il entend de nouveaux éclats de voix. Il voit sous les arbres des silhouettes enfantines, jaunes, violettes. Des gamins sont à la pêche dans les étangs crépusculaires. Ils sortent d'énormes poissons écarquillés, rouges, comme les cœurs des anciens guerriers. A peine s'ils saluent le monsieur, accaparés qu'ils sont par l'accumulation du butin. Au bord de l'eau, le tas de poissons grossit... A présent, les gosses attrapent les rétifs, les vétérans, les astucieux nichés dans les fonds mais que de beaux appâts réussissent à surprendre. La petite fille laisse suspendu son doigt affriolant quand retentit le fracas d'une harde derrière un rideau de buissons. Les bêtes soufflent, poussent, et leurs sabots déterrent d'antiques tronçons d'armes. Le bruit diminue, noyé... La petite fille achève son geste inéluctable. L'évulsion d'une tanche suprême fait retomber l'étang flasque, dépiauté.

D'un pas résolu, Paulin est passé outre. Le voilà dans la forêt, sous les cathédrales d'ombre. L'image classique qui compare les arbres aux colonnes d'églises lui est revenue à l'esprit. L'essor mystique des troncs, le vitrail solaire serti d'ombres feuillues renforcent cette impression religieuse. Il traverse des chapelles de mousse, des sources d'eau miraculeuse ; un rempart de racines luisantes se noue comme des orgues ; il s'amuse à filer l'image et Servane se dresse à contre-jour du ciel blanchi comme une vierge nue. Il cherche maintenant la voie guidant à ce tertre où Félix la première fois l'avait conduit. Les fougères hautes, épanouies, rugueuses, noient tout indice de chemin. Il pénètre leur flot, les retrousse et découvre enfin ce qu'il poursuit.

Il a gravi la colline et domine la ville, au loin, ses lourdes fondations, ses frondaisons pierreuses. Il la voit aux origines du monde quand sur la plaine verdoyante, dans l'ombre de Champenoux, se produisirent les premières trémulations. Des ébranlements plus profonds ouvrirent çà et là des brèches. Puis des voussures crayeuses s'enflèrent peu à peu... Le tégument d'herbes et de mousses éclatait sous la croissance de la ville. Elle surgissait, efflorescence de béton, la base étroite s'élargissant d'un élan gradué, tel un polypier géant, chargé de pierres cubiques, de carrés de ciment, elle s'épanouissait compliquée de végétations axiliaires, de ramifications envahissantes et drues. Des fruits solides, minéraux, s'installaient dans l'épaisseur des frondaisons. Par brusques poussées, la cité monte, les buildings atteignent leur équilibre définitif, le pied étroit s'élevant de plus en plus large, les fenêtres se multipliant au fur et à mesure que l'on approche du sommet. Parfois, un tremblement parcourt l'édifice qui se met à suinter dans les nuées, flaccide, bitumeux... Puis un vent froid gifle l'archipel de pierres dont les volumes en un sursaut durcissent.

... Le long des embranchements et des ramures, l'écorce cédait selon d'étroites fissures qui sécrétaient des sèves noirâtres, goudronneuses ; elles allèrent enduire les réseaux d'avenues et de sillons qui ceinturaient les excroissances rocheuses de la ville.

La Forêt s'est ouverte aux dimensions d'un étang, d'une mer fermée, tiède, boueuse. Les frondaisons tout le long du rivage plongent des branches basses à l'intérieur de l'eau et laissent flotter en surface des ombres. Les fleurs sont rares. Le feuillage domine, gonflé, noirci de sève, surchargé d'eau. Au milieu de l'étang le soleil tombe en verticale créant une forge dont les ondes réchauffantes vont rejoindre les bords. Ce mélange d'humidité et de chaleur explique les luxuriances... Quand l'aridité vient, de grands mamelons de vase affleurent, tourbe raffinée, dissoute, où sont méconnaissables les matières d'origine. L'eau amaigrie laisse choir son mince nylon au pied de ces collines à courbure parfaite. Quelques coulis descendent les pentes avec lenteur. Le soleil s'allonge sur les boues, les pénètre, fait éclater de grosses cloques diaphanes comme sur un épiderme trop sensible. Mais excepté ces rares régions d'effervescence, la vase lourde, paisible, étale partout sous les rayons une chair labiale et repue qu'aucun frisson n'anime. D'un mouvement imperceptible, elle se cambre pourtant, au fur et à mesure que l'ardeur augmente. Le soleil roussit alors une sorte d'arc ventral criblé de menus orifices, logis de vers disparus, de bulles évanouies. Parfois, glisse des branches environnantes un sable de verdure qui couvre l'étang d'une pellicule, d'un baume. Il est souvent difficile de distinguer certains moucherons vert tendre soudés aux corpuscules végétaux. Tout cela grouille insensiblement, fait une ébullition ténue, comme une maladie verte, suppurante...

Par temps d'orage, sous l'eau montent d'énormes anguilles en longs tuyaux puissants, tordus. Elles rôdent à la surface et se gavent de la vermine qu'a dispersée le mauvais temps. Paulin, certains jours de fatigue, de rage diluvienne, réfugié sous un chêne, a vu des congres géants dont la voracité lui fit craindre même pour sa vie. La torpeur, le tonnerre aidaient à l'illusion, à l'exagération des peurs, et c'était comme si l'échine de vase bougeait, dérivait à une lenteur colossale, pour brusquement se tordre en son extrémité, et cela grassement selon un beau pli tendre, lisse. Alors, un brouillard tombé des feuilles à travers une percée de soleil voilait de plus amples ébats. La bête devait caramboler parmi les fanges, gobant tanches, rates et grenouilles, happant des hirondelles blanches dont l'aile venait frôler l'eau. Quand les vapeurs claircissaient, que l'anneau de l'étang revenait sous la vue, la tête rusée s'aplatissait au ras des boues, s'y mêlait avec une telle adresse qu'il n'était plus facile de la localiser. Cependant, deux flaques vitreuses allumées de soleil, un peu au-dessus du niveau général, trahissaient les yeux du monstre... Paulin prenait du recul et jetait des pierres à cet endroit. Terrorisé, il voyait le plancher se disloquer, se chevaucher par lattes, tanguer, se liquéfier, ouvrir des gorges où le flot se précipitait ; puis des pans de viscosités étaient saisis d'innombrables reptations, secousses, sursauts, mettant en évidence l'existence grouillante du serpent, la foison de ses anneaux dilatés.

L'orage explosait. La pluie pendant des heures mitraillait les branches, l'étang. L'eau montait. Les zones d'affleurement se restreignaient jusqu'à disparition. Des vaguelettes s'entrechoquaient continûment d'une rive à l'autre, et quand tout retombait au calme, il distinguait, à travers l'eau, comme un méandre profond, allégé, qui s'éloignait, petit à petit, dans un majestueux étalage d'écailles libres. Le flot gonflait, la forêt se retirait, muée en herbes courtes, plages périphériques. Sur l'étendue énorme palpitait l'océan dénué de rivages. La lisière verdoyante n'existait plus que dans certains mirages. C'était la mer, la mer tremblante pour des milles. Invisible, le serpent s'étirait.

Gildas et Vivie ont résolu de constituer un trésor, un petit pactole. La bonne leur a donné cette idée en prononçant l'étrange mot de pactole, au hasard d'une conversation, sans savoir en expliquer l'origine. Elle fit surgir sous l'œil des enfants une féerie de gros médaillons d'or. Il fallait de gros médaillons, pas de piécettes, de billets, mais d'épais, d'éblouissants galets, des médaillons répètent-ils, tout le temps, larges, dodus, parce que le mot va bien avec pactole et que le reste est frime, roupie de singe. C'était la bonne encore l'auteur de cette formule alliant la morve au singe dans un tour de séduisant passe-passe. Ce jour-là, aussi, ils avaient aperçu un oiseau inconnu au bord de la rivière. A leur retour, d'après le signalement qu'ils lui avaient donné, la bonne leur révéla l'identité du volatile : une rousserole. Le nom leur parut en accord avec pactole et médaillon. Ils décidèrent d'appeler leur trésor : la Rousserole. Mais où trouver des médaillons ?

Il y avait une niche derrière le bahut de la salle à manger, une tirelire pleine de louis d'or appartenant à leurs parents, dont ils avaient fait découverte au hasard d'une chasse aux araignées. Cependant le larcin ne pouvait rester inaperçu, à moins que les parents n'aient plus en tête le compte exact de leur fortune. Il suffirait alors de voler deux ou trois louis d'or en se fiant à la mauvaise mémoire des adultes.

Un matin, la décision est prise, ils dérobent les trois louis qui ne composent hélas qu'un étique pactole. Après un moment d'hésitation, ils se résignent à grossir la chose de quelques rogatons de cuivre remisés au grenier. Ils astiquent une lampe à huile, une cruche et un plat jusqu'à leur faire recouvrir un éclat doré. Les parents ne font jamais l'inventaire de ces vieilleries, ils peuvent les emporter sans danger. La cache du trésor a été prévue de longue date, très loin, au bord de la rivière où ils vont se baigner, sous une souche brune et solide d'érable. Bouclée dans une caissette métallique, la Rousserole est confiée à la protection des racines. Les enfants font serment de ne jamais ouvrir le trésor avant leur majorité. Neuf à dix ans d'attente. Désormais, l'impatience les mine.

Son projet accompli, tandis que Vivie va se baigner, Gildas prend du repos au bord de l'eau. Une petite baie s'arrondit à sa gauche où l'eau bouillonne, bordant l'herbe riveraine d'un ruban de salive. Gildas, malgré la satisfaction que lui procure son trésor caché, tout proche, se sent envahi par un découragement soudain. Vivie dont les bras lestes creusent l'eau renforce par son insouciance et sa grâce cette humeur d'affliction. Une honte se glisse en lui et l'empourpre au spectacle de la rivière humide, rapide, qui partage les rives, s'engouffre dans les trous et souterrainement gargouille, hoquette, puis s'étire en un paisible clapotis pour s'incurver aû loin, sirupeuse et dorée.

Il se sent étiolé, rabougri, vis-à-vis de cet épanchement continu d'huile et de rayons. Il songe à ce baptême qui ne se produit pas, au prodigue jaillissement escompté grâce auquel il grandirait, fructifierait d'un coup, entraînant Laura dans son remous, adhérant au ventre mouillé par tous ses grains de chair... jusqu'à totale imprégnation, phosphorescence, dilution...

Vivie revient près de lui et l'interroge sur... « J'attends... j'attends... toujours la même chose, avoue-t-il, gêné. — Allons... mais tu es fou !... ce sont des choses qui arrivent comme cela... et puis, ce n'est pas important ! »

Ils sont revenus chez eux et feuillettent des illustrés dans le verger. Instants de plénitude savourée. Julie affleure à la surface du bassin, sa bouche orange se fend d'une sorte de sourire, puis exsude une bave qui va ruisseler et se perdre dans l'opulence des flancs. Oscar la presse d'une nageoire galante, plonge sous elle, lui frictionne le ventre. Les lapins derrière leur grille marmottent avec application, frémissent de bonne santé. Les laitues, le cerfeuil, le persil grimpent à toute vitesse. Les rayons de soleil leur servent de tuteur. Le verger vit. Les merles remplissent le vieux lierre. Les rates chauffent les profondeurs creuses de la terre. Dans sa cabane, Homère rutile équarri comme un silex...

Gildas tourne lentement les pages du magazine, lit d'un regard oblique qui lui permet d'enrichir son intérêt central d'une vision périphérique et chaude de verdure. Le monde est bien. Le plus doux ordre règne. Gildas est en harmonie avec ses ouvrages, ces preuves partout répandues de ses dons d'éleveur, d'agriculteur.

Les bêtes et les plantes dont ses mains ont pris soin témoignent d'un indiscutable épanouissement. Il faudra amener Laura ici sur le théâtre de sa réussite. Elle admirera comme tout regorge de force et de beauté, comment pourra-t-elle résister au suprême ordonnateur de ces palais ?

Peu à peu, à travers impressions de bonheur, réflexions intimes, l'histoire qu'il lit prend dans sa conscience une importance... Il s'agit de l'aventure d'un groupe d'explorateurs partis à la recherche d'une ville ancienne dont les ruines seraient perdues quelque part dans la jungle. La progression est difficile, les dangers multiples, la racine âpre, le serpent obsédant, les animaux voraces, les lionnes, les lianes inexorables, les baobabs obèses, les fourmis géantes, toutes les plantes carnivores... Gildas est surtout captivé par la composition de la troupe : un homme, une femme et cinq boys. La femme est très belle, brune à peau blanche, un peu sauvage, c'est la fille du savant qui mène l'expédition. Elle s'est liée d'amitié avec le plus jeune des boys, un Indien de treize ans, noir, souple, complice de tous les mutismes de la jungle. Sans cesse, la troupe doit s'arrêter pour questionner l'enfant sur le chemin à suivre, les fruits comestibles, les points d'eau et de chasse. Il est le maître de leurs destins. La nuit, il couche enroulé dans un plaid devant la tente de la jeune femme. Si la rumeur nocturne terrifie celle-ci, elle appelle l'Indien qui lui explique le sens de chaque voix et la rassure. Elle se rendort ; doucement il écarte la couverture, caresse le corps de la femme qui gémit, rêve ; il voit, embrasse avec fureur chaque zone de la peau, se glisse dans la couche, tandis que sa maîtresse en continuant le rêve, prolonge ses gestes, les guide vers des sources inconnues, des pistes dont elle seule connaît l'emplacement, des fruits, des oasis. Ainsi échangent-ils leurs savoirs. Ignorante le jour et soumise à l'enfant, la femme devient à son tour guide, déesse de la nuit et initie à des régions d'apprivoisement et de magie. L'enfant, saturé d'arbres, de lianes, de toisons étouffantes, bestiales, de fleuves alourdis, saumâtres, de toutes les pléthores d'une nature équatoriale et brouillonne parcourt la nuit, avec délices, des contrées libres, inobstruées, plages nues ourlées d'algues infimes, péripéties des courbes sans fin, recommençantes, communiquant les unes aux autres par virages doux, girations molles... Le savant papa ne se rend compte de rien, comme sa fille, il dort en rêvant... mais l'aventure se complique, des conflits éclatent entre les boys qui ont tout découvert et menacent de trahir leur maîtresse. Le savant est un protestant dur, un saint voué aux sublimes découvertes. Il tuerait sa fille s'il apprenait sa conduite. Celle-ci règle donc le différend qui l'oppose aux enfants en inventant des joutes nues, spéciales, à la manière du Moyen Age, le plus valeureux imposera sur elle son empire. Mais les choses vont s'intriquant, se corrompant... A la faveur des combats nus, s'exaltent des désirs entre les boys... Décidément la bonne choisissait bien ses magazines et c'est avec avidité que Gildas et Vivie ingurgitaient jusqu'à la nuit cette littérature de trouvailles et de fièvre.

... Au bout du conte, des lassitudes, la forêt s'ouvre sur la ville perdue. Des colonnes, des portiques, des péristyles, des temples géants émanent de l'enchevêtrement de lianes et de feuilles. La roche immarcescible luit dans l'aube, l'envol criard de perroquets roses. Le savant s'effondre à genoux, prononce des paroles de prière, d'extase, enlace de ses bras secs une dalle lourde, arrondie, répondante, veinée de marbre rouge et imbue de tiédeur. La Pierre... La Pierre... murmure-t-il... Il en caresse chaque pore, chaque lésion, moulure, cuvette d'ombre, saillant lumineux, il étreint les modelés, les grains, les boursouflures de neige en psalmodiant sans fin des actions de grâces.

Paulin s'est jeté dans la ville tailladée de porches et de baies. A peine si la pierre martyrisée se distingue sous les appliques vitrales, les balafres de plâtre, les tatouages, les bigarrures, les souillures charbonneuses, le zinc, les coloris, les rouilles des devantures criardes. Il faudrait d'abord chasser l'immense foule adhérant aux avenues. En cas de résistance, un corps de gendarmes bien disciplinés viendrait à bout des rebelles. Ils nettoieraient tout, les profondeurs des magasins bourrées d'acheteurs, de camelote, de vaniteuses filles en transes, les squares ternis d'immondes piétinements, de vagissements, de crachats, de tant de poussières remuées. Les rues balayées, rincées, jusqu'au dernier mendiant, la dernière grue. Les touristes expulsés, parqués à l'extérieur de la ville, aux champs... resterait alors la cité déserte pivotant dans l'exhibition solitaire de ses tares, de ses difformités. La monstrueuse rhapsodie des matériaux, des calfats, des peintures, des affiches racoleuses : menus affriolants des restaurants, cochons lardeux, rosâtres, à l'enseigne des charcutiers, publicités fausses à celles des cinémas, boucs et moustaches, villosités de tout acabit à celles des coiffeurs, des bordels, tête de mort à celles des pompes funèbres, fémurs, tibias neufs des orthopédistes. Le long des trottoirs, au pied des murs, s'étaleraient, sous l'œil atterré du clinicien, d'innombrables marques, sécrétions, fêlures, lézardes, crevasses, ecchymoses, stigmates...

Il faudra supprimer tous les pigeons, les relâchés de la vessie, les quinteux, les baveux, les suinteurs et les galeux, les volubiles postillonneurs, les pavoiseurs de vilain goût, les audio-visuels clignoteurs, les bâcleurs, les gicleurs, les aguicheurs, les gâcheurs, les grooms galonnés pourpre, les décorés, les plastronneurs, les paons bariolés, les croupes en déborde, les perruques versicolores, la fanfreluche, les prunelles squirreuses, les morves, les larves, poudres, fards, farines, bourgeons, cocons, pompiers et pompons, les travestis de toute nature... Aucune violence faite à la ville ne sera tolérée. Pendant des mois une colonie de chirurgiens méticuleux opérera la ville blessée, pratiquant l'ablation des membres gangrenés, le remplacement des châssis vermoulus, décapant les vernis, peinturlures, fioritures et lambris, séchant les plaies, ligaturant les tendons disjoints, les tissus déchirés, régénérant les muqueuses meurtries, réparant colonnes tronquées, corniches déjetées, péristyles en billebaude, seuils défoncés, trottoirs cabossés, les temples déchus, les dieux déshonorés...

Sous la profonde couche de vase et de sanie surgira, un beau jour, la peau tremblante de la pierre, cet épiderme beige pâle, respirant, poreux, vêtu d'arène protectrice, dont le pouls palpite sous les doigts, cette carnation tendrement ourlée, abondante mais tenue, saine, irriguée d'un sang visible et frais. Le premier bloc dégagé sera doté d'une plaque de marbre commémorative avec cette inscription : A la Pierre, A la Pureté, Au Printemps.

Bientôt le rocher nu resplendira, musclé, fin, soulevé d'un joyeux halètement, enduit d'une mince sueur de soleil, déployant ses ailes, ses festons, ses bréchets saillants. Les chirurgiens, les jardiniers, les pères et prêtres de la ville seront autorisés à y coucher. Les initiés, ils le sont tous à présent, s'allongent à plat, rivés aux hanches du roc, écartelés légèrement sur le vaste globe pierreux, parmi les socles abrupts, les parvis secs, les puissants promontoires, les amples pavages, les boucliers brûlants, cristallins... sur les plages continues de galets croustillants. Le corps, ceinturé de la sorte, devient inexpugnable, éternel.

Les foules camperont, à l'extérieur, au milieu des champs, y reconstituant leurs cités d'encan, de rivalités, de fatuité, d'étalage, de retape et de clinquant.

Puis la réalité blessante, brusquement, devant lui. Il suffoque dans ce magma proliférant, incontrôlé, la vue bouchée, l'œil irrité, les lèvres... il avance, il faut vivre la réalité des choses, être pratique, être moderne. Les cataclysmes, les hideurs sont des visages familiers. Il n'arrive pas à s'habituer à la rumeur, à la couleur. Sa tête tourne, il faiblit, l'angoisse assaille, déferle en lui par gros bouillons de ténèbres et de feu. Il s'efforce de n'attacher ses yeux qu'à certains îlots essaimés de beauté. De là, peu à peu, il pourra élargir sa prise, y inclure des spectacles moins purs, se familiariser par degrés avec l'omnipotente imperfection. Il navigue dans ce grumeau de racaille vacancière, cherche la précieuse silhouette à partir de laquelle sa réadaptation se fera. Et il découvre comme par magie quelques galops de belles filles dont la démarche légère, l'indépendance inentamée le guérissent. D'un coude leste qu'appuie un coup de hanches libérateur, elles écartent le remous, s'ouvrent un chemin net, comme ces fugaces et musicales vedettes qui s'enlèvent sur des surfaces d'eau happées, ne posent plus, volent. Il capte le sillage, ne le lâche plus, s'accroche à la scintillante chevelure, au roulis parfumé... Il n'a plus d'yeux pour la masse qui piaille à l'intérieur des magasins de foulards et de lunettes. A peine si le repli chatoyant d'une étoffe, la rutilance des binocles atteignent le coin de son œil. Il suit la fille simple, robe courte, colliers de perles blanches. La grâce, la vigueur, la flamme sont inhérentes à l'allure du corps, son rythme, cette agression souple qui porte en avant, enroule et dénoue un galop de vague vierge.

S'il pouvait, un jour, la faire marcher devant lui, au cœur de la cité aride, purifiée, pareille à une cavale le long de la mer. Elle l'entraînerait en des ondulations sans fin. Sa robe voltigerait sur les parvis libres des pierres. Il tituberait derrière elle, saoulé, traversant une passerelle tendue sur l'abîme. Lui, elle, les pierres. Rien que ça, il n'aurait plus faim, plus soif, nul désir externe à cela, cette merveille d'équilibre et de cadence. Les rochers sous les pas feraient vibrer d'imperceptibles tambours. L'extension oriflammée du ciel au-dessus de leur glorieuse chevauchée. L'hommage des murs incorruptibles, tout l'éclat, les cambrures de pierre, à perte de vue.

Nouveau rêve, nouvelle angoisse. Il faut rigoureusement s'en tenir à l'appréhension des réalités, des fadeurs. Ne pas extravaguer, sinon il est perdu. Puis, cette déambulation précipitée, ce vain combat contre les mirages l'épuisent. Il n'a plus qu'une idée : gagner la place aux frondaisons, trouver la bretelle qui y conduira au plus vite, échouer sous les arbres, vaincu.

La rue noire, encombrée de fumées, débouche sur la libération soudaine des frondaisons, l'ébullition de verdure, toute une grasse campagne suspendue, profuse, dilatée d'ombre, soutachée de lumière. Paulin s'avance sous les arbres, parmi les troncs au parfait émondage. Le sol de terre lisse brille comme un parquet ciré. Le dépouillement est total... le silence...

Il a la sensation d'entrer dans un temple nocturne au bout de l'ensoleillement. Il y a de l'effroi le long des troncs pareils à des piliers, dans l'entrecroisement des premières ramures acérées comme des pals, les grillages tendus de brindilles ... On croirait sous les dais de la mer pénétrer des houles profondes, des couches d'ombre où se détachent des mâtures de vaisseaux naufragés, des polypiers entrelacés, des poutres, des épieux... L'océan n'étant qu'un vaste chapiteau fluide étalé au sommet d'un châssis de hautes branches, comme les frondaisons mousseuses qui roulent au-dessus des ramures, comme une aigre portée de noires, de croches, d'angles exhalant des harmonies riches.

Il s'assoit sur un banc, retrouve son souffle, une ébauche de paix. La ville gronde par toutes les rues affluentes, mais le fracas mystérieusement ici se noie dans cet abri, ce golfe...

Il songe à Claire qui doit vagabonder quelque part autour de lui, pas loin de lui, au bras de Gert. Il la voit diriger ses assauts contre les vitrines pimpantes, les jolis petits machins, dit-elle, les gentilles gargotes à frocs, elle avait des formules... que de précipitation, de tripotage sur les piles de tee-shirts et de jeans ! Gert époumoné... A moins qu'ils n'aient trouvé refuge dans quelque hôtel ; la confusion, la hâte seront pourtant identiques, Gert enchaîné... Au fond, ce grand dogue est victime, à quel supplices le soumet-elle ? Une revanche mûrie pendant dix ans, cela doit être... un égout obturé, comprimé, qui brusquement éclate et libère ses fanges, fonce ! Elle avait été toujours un peu gloutonne, surtout au commencement, on en revient nécessairement là : après...

Elle était revenue, hier soir, d'assez bonne humeur, l'avait convié à une promenade comme un enfant, il s'était laissé faire. Après tout, il avait justement envie de marcher. Elle lui avait même pris le bras, il eu la sensation qu'elle s'appuyait comme à une vieille béquille, à moins que ce fût elle la béquille sur laquelle il trouvait soutien. Au vrai, elle était lasse, accotée à son flanc, légère de tous les vices consumés, une flamme innocente, chétive, comme à l'issue d'un grand brasier d'immondices, une mémoire...

Pourtant, d'un saut, elle était allée chercher un paquet de cigarettes et elle était revenue à la course, décapuchonnant l'étui avec entrain. La petite flamme avait des renouveaux intermittents, des accès qui le surprenaient, réveillaient en lui une sorte d'ancien lyrisme...

Ils s'étaient couchés tôt dans le même lit. Pas de théâtre, de chambre à part... naguère ils ruinaient l'équilibre des matelas les plus droits, les plus coriaces, creusaient au milieu une cheminée dans laquelle ils s'endormaient noués. A présent, deux rigoles s'allongent aux deux extrémités du lit, de chaque côté d'un bourrelet central de drap vierge. Les lits sont les miroirs de la vie. Lits de poupons baveurs, premières urines, premières fientes... Lits pollués des adolescents, brûlures de cigarettes... la première cigarette fumée avec la première maîtresse dans le lit d'une nuit entière. Lits joints, corps fusionnés, lits dissociés, déjections des couches séniles ou martyres. Ils en étaient, eux, à la double rigole et au bourrelet séparateur. Avant, ils couchaient face à face, souffles mêlés ; la bouche de Claire, dans le sommeil, lentement s'affalait sur la sienne, se ravisait, puis retombait au même moule, l'étau de ses lèvres entrouvertes. Car il dormait gosier béant pour des raisons pneumatiques, Claire respirant mieux avec le bec clos, cela permettait, la nuit, des rencontres inconscientes, labiales... parfois il se réveillait, bâillonné, les lèvres de Claire coulées entre les siennes comme un ruisseau dans sa rive. Maintenant, c'était un renversement de parenthèses distantes, une furieuse extraversion, leurs haleines étaient dédiées aux murs, leurs odeurs... Ils s'étaient couchés très tôt. Claire sous l'effet de ces lassitudes qui vous libèrent s'était jetée à des propos d'inégale importance. Elle lui avait demandé des nouvelles du roman. Il avait répondu. Après tout... Il pouvait n'en parler qu'à elle seule. Allusion à la bonne. Pouvait-il lui avouer que Servane ne s'était pas rendue au premier rendez-vous, qu'il ne l'avait pas vue de la journée au café ? Pas un mot de Gert. « Et le beau Gert ! le beau singe ?! » se serait-il exclamé dans le passé, attendant le haussement d'épaules dénégatrices, une pluie de baisers tendres, de reproches... aujourd'hui il ne s'y frottait plus... Surtout que dans ses moments de fatigue clairvoyante, elle avait la manie des descriptions, des révélations, des pensées formulées à voix haute, quand seules les pensées tues parviennent à rester sages.

Elle avait eu soif, lui avait demandé s'il voulait boire quelque chose lui aussi, il avait opiné. Elle était revenue avec deux verres d'orangeade qu'ils avaient dégustés côte à côte dans le lit. Sans gêne. Voire, l'hostilité les rapprochait, une sorte d'estime ; elle le faisait souffrir, qui l'eût cru?... beau succès... Ils avaient trop bu; une heure après, inévitable... ils s'étaient rendus chacun leur tour aux toilettes. Avant, ils s'y rendaient de concert, joyeuse expédition! ces nuits-là, les salles de bains, les cabinets, avaient de ces froideurs excitantes, de ces replis d'odeurs le long des mosaïques qui incitaient à des rétrospections, des gamineries, comme au lycée... en cachette. Les cataractes fraîches éveillaient partout des échos, paraissaient divulguer, ébruiter la nouvelle de l'accouplement. On fait l'amour dans les chambres, on ne fornique qu'aux pissotières. Cela vient de l'enfance, des verts paradis qui ne le sont jamais. La verdure étant tout juste bonne aux vaches et aux scouts. Les souvenirs chers sont des réminiscences, voilées, salées, bistre, prohibées, chiennes et malpropres. Il faudrait interdire tout, permettre partout d'interdire. Autrement l'amour sera hygiène, gymnastique saine, accomplissement du couple avec échange de respect, d'estime, de vues... dialogue... ce personnalisme désamorce, désintoxique, finit par engendrer un militantisme du jus de pomme et du bonbon. Il faut au contraire la prohibition et la menace, la maladie, le suspens âpre, moite... c'est là qu'on s'épanouit. La liberté démobilise l'imagination et l'instinct, nivelle les voluptés. Il faut des règles, des jougs, d'abusifs carcans pour fomenter les transgressions. Le tout est permis n'accouche de rien, surtout pas de la plénitude. De toute façon, rien de plus plat, de plus ras que l'équilibre, la santé, les bonnes joues...

Paulin avait ses moments de théorie. Il en changeait souvent. Il souffrait surtout de ne pouvoir être vicieux. A force de réfléchir, en toute occasion, quel que fût l'acte, il se sentait innocent, il se trouvait malgré lui des alibis. Il voulait revivre les prohibitions du temps jadis, mais sa pensée levait les obstacles, purifiait l'air, il transgressait du néant...

Après leur petit pèlerinage aux toilettes, Claire et Paulin avaient bavardé encore un peu. Un moment, elle le frôla de sa cuisse ; une cuisse dans un lit, la cuisse de sa femme... Des blagues lui revenaient là-dessus. Il éclata de rire. Elle lui demanda des raisons. Il lui dit ce qu'il en était. Elle rit aussi. De ce côté-là, on pouvait toujours espérer des complicités avec elle... du moins, avant... La cuisse de Claire c'était un chapitre cossu, un morceau de bravoure qu'il réservait pour de prochains calepins, un réservoir de souvenirs. La première fois qu'il l'avait vue... montrée, avec tout ce futur promis ! L'été, en août... on n'y échappe pas, pour les grandes émotions, il faut les jours fériés, un temps radieux. Un temps radieux... dans ces calepins, ce matin, il a écrit : « Aujourd'hui, il fait un temps radieux... Puis, il a biffé, la phrase fait carte postale : « ... temps radieux » « paysage magnifique... bons baisers de... » Et pourtant, c'est la plus jolie phrase qu'il connaisse. Aujourd'hui, il fait un temps radieux. Mais le verbe faire gâche un peu l'écarquillement d'aujourd'hui et de radieux, temps est quelconque... à moins d'écrire aujourd'hui il fait un soleil radieux, aujourd'hui règne un soleil radieux. Il y a encore le pronom indéfini qui croche comme un noir phosphène sur ce soleil d'août. Aujourd'hui règne soleil radieux. Voilà qui est définitif, véritablement impérial, irradiant. Banal certes, télégramme-vacances, mais épanoui, sublime... et puis tout ! Rien.

La plaisanterie de la cuisse avait failli avoir des... suites (sa langue avait fourché, il avait pensé : avait failli avoir des cuisses). Preuve qu'il devait les désirer encore, qu'il avait faim de leur... il n'en fut rien. La jambe de Claire s'était ôtée, comme cela, renfoncée à l'autre bord du lit et puis Claire s'était endormie.

Pas d'ennui sous les marronniers. Des enfants jouent autour de lui. Des bonds, des cris horrifiés, il ne sait trop pourquoi... une fillette qui devait bien avoir quinze ans est tombée tout son long. Elle s'est relevée, elle a les genoux souillés et annonce à la bande qu'elle va se laver au pissot. Le sens a l'air de leur paraître évident. Paulin cherche des yeux ledit pissot... La fille approche d'une rudimentaire fontaine, d'une pompe dont il n'avait jamais remarqué la présence. C'est le pissot. Il avait eu une camarade d'école qui s'appelait Josette Pissot, elle avait un visage humide, aigu. On plaisantait son nom : pissetôt, pisse-haut, pissette, pisse au lit, pisse au cul... Elle ne se fâchait jamais, mais faisait : hi hi hi... en secouant les épaules, comme si ce qu'on disait était vrai, on l'appelait aussi zézette.

Actuellement, la fille actionne une sorte de bec de fer cannelé et provoque l'irruption brutale et courte du jet d'eau. Elle relève légèrement sa jupe, offre la jambe cochonnée tandis qu'elle presse la poignée de fer à grands coups. L'effort la déséquilibre, aussi se détermine-t-elle à un mouvement alternatif qui lui fait tendre tour à tour la jambe et pousser le levier. Spasmes de l'eau, cuisse levée, levier baissé, la cadence est prise. Elle frotte, astique, cheveux dénoués... cette contorsion rythmique éveille en lui un émoi de réminiscence. Décidément... Il y a des jours où l'on se rappelle, où l'on passe son temps à se rappeler... des heures immatérielles et commémoratives. On ne tient au présent diaphane que par un hymen fragile. Comme derrière une vitre, on voit le passé onduler, touffu, léonin... Le voici reporté aux premières années de leur mariage, quand ils prenaient leurs vacances au bord de la Manche, dans un climat d'algues, d'iode, d'embruns. La plage se prolongeait en esplanade rocheuse, grouillante de moules et de crabes. Les vacanciers passaient leur journée à pêcher. Le soir, ils quittaient le bord de la mer en empruntant une côte abrupte qu'ornait, au sommet, un pissot... un pissot tout comme celui-ci. Un soir, il était redescendu, seul, vers la mer. Les promeneurs étaient rares. Il eut la vision soudaine d'une fillette accompagnée d'un bambin qui se lavait à la fontaine. Un seau plein de moules et de crabes répandait à ses pieds une rumeur visqueuse. La petite fille dénuda l'enfant et l'aspergea plusieurs fois. A son tour, elle retroussa sa jupe de plage courte et en regardant Paulin, lentement, elle expurgea ses cuisses tachées de vase. Elle remonta jusqu'à l'enfourchure que sa chevelure penchée encadrait d'un désordre de boucles humides et scabieuses. Elle se lavait soigneusement, l'enfant barbotait auprès d'elle, puis elle le prit par la main, tenant de l'autre le seau rempli de crabes. Elle s'éloigna dans la rue étroite, se retournant tous les dix pas pour fixer Paulin d'un regard insistant, et, d'un geste long, elle repoussait, alors, un rideau de mèches coruscantes. Elle fut pour lui le symbole de la nativité. Petite fille, petite madone jointe à l'enfant nu, au milieu de la rue, sans attaches, responsable de tout, de rien... avec sa provende de bêtes marines, ses chaînes de cheveux, ses bras pris, son épiderme propre, ce regard lové...

Sous les feuillages, la gamine, par-dessus les années, se livre aux mêmes ablutions. Quand elle voit qu'il la fixe, elle lui tire la langue, se retourne et d'un renversement de buste lui montre brutalement le fessier. Malentendus... Paulin se lève, s'écarte et plonge dans la ville.

Les villes dans les soirs sont plus profondes que le matin. Les rayons fléchissent, l'ombre s'étend, toutes les poussières commencent d'errer dans le vent soulevé. Les traits se brouillent. Les couleurs se taisent. La foule ne paraît plus clouée au pavé mais marche à des hauteurs... dans l'érosion céleste du couchant. Le même accablement berce et relie les hommes vagabonds. Les femmes sont noyées de cheveux. Les yeux s'agrandissent. Les corps blanchis de poussière cessent de s'opposer pour s'associer dans une valse unanime, de houppelandes, de nuées... Le martèlement des pas grouille, audible, pareil à la marée sur les galets. L'angoisse moins locale, féroce, devient plus vaste, lancinante, versée au flux de la cité crépusculaire. Tout dérive à des milles... à des radeaux. Cortèges d'hommes figés, îles portées par les courants. L'humanité cède aux rythmes inspirés. Il y a des chevelures éparses, pathétiques, entraînées dans des chemins sidéraux dont les cours opposés ne se rejoindraient plus. On va vers les prairies, les forêts... les cathédrales de la nuit, les sanctuaires musicaux de la mer. Les flèches d'églises sont des épieux neptunéens plantés sur les récifs urbains. La foule défile au pied du Dieu, roulis d'épaules, de hanches, peur.. certains remous précipités quand l'épieu galvanise les tresses, les allongeant de houles. Les femmes ont un profil clairvoyant de sirènes. Les hommes chevauchent, dans la fumée, à plein poitrail, en mugissant...

La vision s'efface quand s'allume brusquement l'éclairage électrique. Alors, vitrines, vêtements, yeux retrouvent leurs coloris criards. La ville se farde et s'enlumine pour la traversée de la nuit. C'est comme dans ces croisières au milieu de la mer, quand le halètement des ténèbres grossit celui du flot. Alors, il est préférable de danser, d'éclairer partout les lampions, de susciter l'orchestre et le bal, l'ébriété, la frénésie afin d'apprivoiser les démons. Tant de gueules marines sont tapies sous chaque vague que l'on entend à ces clapotis gras contre la coque du vaisseau.

... Mais c'est en août, Paulin divague, il fait plein jour. La foule achève et se hâte. Rêve proscrit. Quand soudain : une silhouette, un rideau oblique et lourd de cheveux. Paulin a repoussé la piétaille, il allonge le pas, écarte les corps hérissés, mesquins, les nains. Ce dos au bout de la cohue, ces épaules puissantes, tout à coup : ce profil rond... ce calme... ce silence...

Il court, frappe l'épaule. Elle a pivoté, la multitude s'ouvre :

... Servane... que fais-tu... ici ?...

... tiens... vous...

... dites... vous n'êtes pas venue l'autre soir, aux grilles...

... je n'ai pas pu...

... vous faites des courses ?

... oui, je suis en retard. Je devrais déjà être à Velaine...

... Mais vous allez vous arrêter... à cette terrasse, la prochaine... nous allons parler, tant pis pour ceux qui attendent... même les parents vieux... malades...

... impossible...

... Il le faut, sérieusement, nous allons boire quelque chose... il le faut... n'est-ce pas ?

... j'obéis...

J'obéis, elle avait dit cela brusquement, comme par nécessité miraculeuse, j'obéis... sans soumission, sans arrière-pensée, pareille à une planète qui cède à une nouvelle, à une irréversible impulsion. Elle obéissait naturellement, au sens fort, au sens noble. Elle s'était mise à graviter dans son attraction.

Les voici tous deux assis à la terrasse ballonnée rouge d'une brasserie comble. Elle boit une menthe à l'eau comme la dernière fois. Lui, reprend du Dubonnet. Les premières paroles, les premiers gestes sont réflexes appris, répétition et redite de ce qu'ils ont déjà en commun. Inlassablement, ils repassent sur les traces de leur première rencontre pour mieux se humer, s'assurer d'eux avant d'entamer une autre étape. C'est lui qui établit le nouveau jalon en lui demandant si maintenant elle se rendra au rendez-vous fixé. Elle lui répond presque oui, pour ainsi dire oui, à présent : oui, après plusieurs esquisses, précisées de l'une à l'autre... oui, un oui résolu, culminant, au bout de toute une époque d'attentes, d'incertitudes, de détours bien anciens, d'anxiétés oubliées... Les voilà liés par cet acquiescement. Il ne faut plus rien exiger. La bouche s'enroule autour de ce oui charnu qui a dissipé la solitude. Et il a envie d'embrasser cette bouche pour faire l'union. Nul retour ainsi permis. Elle s'est abandonnée dans sa chaise. Le premier émoi est passé. Il saisit cela sans cynisme, à travers son émotion à lui aussi qui s'apaise... La bouche s'enfle régulièrement, s'exhale sous la respiration. Il s'approche, il franchit une distance incalculable, s'étire, se disloque, bascule vers l'anneau de cette bouche... Il sent son visage s'empourprer, ses tempes battre. Angoisse qu'elle le repousse, recule. Il resterait suspendu, dans l'impossibilité d'avancer encore, au-dessus de l'abîme. Il n'y aurait plus qu'une issue mortelle. Elle ne bouge pas. Sa bouche. Sa bouche est un frôlement lisse, sec...

résistant, flou... large, mince et charnel... une pression, un irritant frisson, une liaison, un retroussement sur une plage de germes mouillés, l'écume de sa bouche... cette nourriture, cette algue dans laquelle il mange. Elle s'accroche à lui, adhésive comme sa propre bouche, aggravée, alourdie, lèvres décuplées par l'intime morsure, la plaie ouverte, le venin délicieux. Bouche à bouche, crocs juteux... Les yeux voilés de Servane, cette onction... l'uniforme toison des cheveux. Cette atténuation, simplification... du visage endolori. La bouche tenue qu'il ne faudrait plus tenir, qu'il est urgent de lâcher, qu'il serait scandaleux de ne pas lâcher, que l'indignation s'élèverait partout pour qu'on sépare ces bouches, ce baiser boursouflé... qu'il s'arrache à cette succion maintenant qu'il est encore temps, à cet enlisement de boue lénitive, odorante... la bouche de Champenoux. Brusquement, il s'est détaché d'elle, a retrouvé sa chaise. Des moments où l'on ne sait plus... Il faut faire un geste... avec précipitation, ils se jettent sur leurs verres, altérés, boivent. Ils n'osent regarder alentour, ce tonnerre... cette destruction... cette clameur... de leurs bouches décollées, mais la terrasse bourdonne, apprivoisée, sans doute, chantonne dans le cliquetis des verres, un ramage confus de gloussements, d'aveux, de terreurs inaudibles... La paix revient. Tout est atteint, comblé, pas d'interstice, l'horizon aplani, le soleil englouti. Pas d'étoiles. La mer, le bonheur mauves. Les houles continues, basses, sans air, sans chaleur, sans relief, sans relâche et sans but. Les frondaisons houleuses enveloppant la vue, les cheveux lents de Servane, buses aux girations brunes, les rochers inhumés, la somnolence des galions, les forgerons de l'obscurité, les polypiers dodonéens, les tangages muets, les ruts amortis, sourds, exclamés aux rivages côtiers... Ils abordent à d'originelles lueurs, l'envol silencieux, vociférant des pas, des mouettes. Les phares, les yeux, les dents éblouissantes des passants. Les parures closes. Les voilà qui avancent dans la foule. C'est l'été, août, au bord de la mer... Les bons crépuscules, les cris soyeux des martinets, le flot des forêts engourdies, les plages longées de navires, d'amants. La peau blanche déshabillée, vêtue de nuit, à l'orée des rivières rejoignant la mer, des grandes routes d'asphalte affluant aux bois.

Un petit temps tiède, duveteux. Pour une fois, le soleil s'est ôté. Les objets s'enrobent d'une sorte de pulvérulence mate. L'œil n'est plus blessé de lumière. Derrière une vitre fumée, le monde afflue... doux, maritime... Paulin respire mieux ; par exception, il s'est levé tôt. Claire dormait encore. Il a refermé doucement la porte, ce fut comme un avantage pris sur elle que cette sortie à son insu. Tout a changé. Il a un rendez-vous avec Servane, le soir, à six heures. La journée retrouve forme et relief grâce à ce point de vue vespéral, ce privilège amoureux qui commence d'aimanter les heures, de les égrener, minute par minute, non plus pour les précipiter dans le vide et la nuit mais pour les exalter vers l'instant suprême, tout en haut de la pyramide du temps, celui où il embrassera la déesse de Champenoux. Les rendez-vous du soir sont cruels, ils engendrent l'impatience, le doute, mais ceux du matin le sont davantage, après vous avoir comblé, ils vous abandonnent aux heures vacantes, aux après-midi vains.

A Paulin tout est permis encore. La journée s'inaugure contre Claire endormie, trahie. Il marche vers de nouvelles victoires. Il n'a pas connu ce bonheur depuis dix ans de mariage, d'approximative loyauté. Dix ans privés de ces repères, ces jalons frémissants que constituent les rendez-vous ! Une époque longue, sûre, d'une évidence contractuelle, dans laquelle ses impatiences, une à une, se sont émoussées, ses émois. Tout commence donc. Est-il suffisamment armé. Son pouls trop vif, les jambes ça va, ses cheveux se débinent, l'œil excellent, ses yeux... Il avait souffert de tout et de partout, sauf de la vue. C'est une vue aiguë, mobile, une vision de traqué et de persécuteur. L'œil du chasseur, l'œil du prof, du flic, du voyeur, du convoyeur et du contemplateur. L'œil de l'artiste et du vice. De la peur, de l'appétit de tout, quand depuis longtemps il n'ose plus désirer. Le réflexe visuel lui étant resté, ce coup d'œil d'invite, ce clin d'œil, cette fictive compensation qui depuis belle lurette échoue à le nourrir. Et puis voilà qu'il a l'œil plus incisif, plus brûlant que jamais, un œil non plus confiné dans une activité de pure perception mais avant-coureur de contacts, de préhensions, de jouissances exhaustives. Non plus cette ébriété cérébrale, rétinienne, alimentée d'images abstraites mais un regard plein de futurs accomplissements. L'œil de ses vingt ans. Évidemment, le cœur : poignant, on verrait bien...

La grille du parc zoologique déploie son baldaquin de ferronneries, d'or. Il se dirige sans peur vers les animaux, avec des bras légers, des mains d'accueil, la supination papale. Il avait toujours rêvé d'être pour le moins évêque. Il a dans ses papiers un manuscrit : *Histoire d'un jeune curé riche et beau*. L'idée lui est venue du jeune évêque d'Agde dont la rencontre fugace dans *Le Rouge et le Noir* l'avait ravi. Elle lui vient surtout de son village natal au rivage de la mer... il y avait des fêtes chaque année en l'honneur des marins

cette science dans des images, symboles libres, irradiants, sans que rien d'érudit n'y paraisse alors que tout y sera... Ce gueuleton... Au fond, trois grandes tendances s'enracinent en lui : l'angoisse, la volupté, l'ambition. Et c'est comme si ce matin tout recommençait. Servane, les livres à venir. Les frondaisons du parc sont bourrées de projets. Dix ans qu'il n'a pas senti pareille fièvre... Les murailles sculptées de la Place, les fougères dorées, la cambrure des cariatides, l'éblouissement des pierres frangées de verdure portent son excitation au paroxysme. C'est l'enthousiasme au sens foncier. « Comment écrivez-vous ? » lui demanda Félix un jour, voilant à peine des sous-entendus sur les déterminismes qui engloberaient l'écrivain : systèmes linguistiques, socio-économiques, structures de l'inconscient... système gastro-intestinal... Il lui avait fait une réponse mystique : « Allons donc ! à l'intérieur de ces gilets larges, je suis à la source de tout, je passe dessous, je nage sans bouée. » Il avait répété : « A la source adolescente de tout, comme à quinze ans quand on se jette dans la mer tenant la main de sa première fiancée. » La mer saline, la mer solaire. Puis il avait dit : « Mes déterminismes sont géographiques, économiques, élémentaires, intestinaux, sexuels-bourgeois, phénoménaux, structuraux, existentiels, endoctriniens, doctrinaires, atomiques-thomistes... c'est-à-dire qu'ils sont résumé, synopsis, contraction fabuleuse. La création est ineffable, comprenant tout, rien, dans l'instant, le passage à l'acte ! Ce remplissage des pages, cette sécrétion, cette verve prédatrice, cette digestion, une infinité de carrefours dans une infimité d'homme. Cette précarité et ce tout... » Paulin bondit dans les allées du Parc. Salut ! Cygnes, érables, lions, lierres, ours, chamelles et castors !... Il titube. C'est l'enfance qui lui revient. Il a seize ans. Il a soif, il a envie d'arracher les jupes des jeunes mamans autour de la piste sableuse où jouent les marmots. Femmes contre femmes, jambes écartées, circulairement. Ce flot de chaleur... ce suin, ces aisselles gonflées de poils, béantes... Les bébés proliférants. Le sable mouillé d'urine, de fientes, de vagissements. Les guerres des loupiots qui se tabassent, fauchent et ensevelissent sous des pelletées de sable. Il y a des imaginations qui progressent dans ces luttes acharnées, sanglées d'arène humide, d'odeurs... Le pachyderme ondule au-dessus des feuillages. Les cris des gamins heureux. Les chimpanzés frictionnent leurs membres subulés dans les trous des grillages. Le gorille ronge son pied, son pouce éborgné, sanguin. Il se dévore d'ennui. Il y a encore plaisir à cette lente autophagie devant les visages tordus de rire et striés qu'il distingue derrière les barreaux de la cage, derrière les pailles dont il s'est cagoulé. Mélange d'ordre et de désordre. Les aperçus des visages tendres à travers le foin désordonné, sec, l'armature rigide des grilles. Le jardin au bout de ces treillis, dans des infiltrations compliquées de la vue, des fragments de cohue, des taches vives, des pas, les branches d'appui, les troncs fuyants, les joues arrondies comme des fruits, des toisons de savanes... L'azur rétréci, incisif, au-delà des geôles... équatorial.

L'angoisse peu à peu se mêle à sa joie et grimpe d'un parallèle diapason. Coups de gong de panique, cymbales de la félicité. Son corps est fissuré d'artères, de palpitations. Le cœur étreint, engagé. Il va s'asseoir sur un banc. Servane, ce soir, six heures. Plus de souffle. Crampes. Encore tout l'après-midi. Prologue. Tout va commencer... D'ici une heure il prend une douche, non, un bain, un bain tiède, frais... il se parfume, il se rase, il se masse, il se brosse, rince, étrille, coiffe. Il voudrait avoir des favoris, des moustaches à rouler, à friser. Puis il prendra une tasse de thé fort. A cinq heures et demie... Breuvage criminel et hallucinatoire, générateur de nuits blanches. Une nuit blanche... chair blanche de Servane, la chevelure drue, ténébreuse contre les draps immaculés. Ce ne sera pas une nuit subie, pâteuse, de titubante insomnie, un enfer de breuvages, d'errances, mais une volée d'heures blanches, fichées, compactes, volonteuses...

Devant son banc, des gosses jouent. Ils mesurent des yeux un grand chêne, expriment tout haut des rêves, une surenchère de rêveries. Si l'on grimpait ? Non, le garde viendrait... c'est interdit, c'est prohibé, c'est écrit... Pourquoi ? on n'abîmerait pas... tu sais ! le tronc est haut, même si c'était permis... on se ferait la courte échelle, on bâtirait un escalier, un vrai : entamé dans l'écorce. On monterait tout là-haut, il y a des étages, des croisillons, des chemins, c'est comme dans les forêts, on y arriverait, on est légers, on réussirait à courir sur les sommets. On s'installerait, plus besoin de loger chez les parents. Les branches font charpente, le feuillage écran. On matelasserait tout, on capitonnerait de ramures, d'enduits résineux, de végétaux résistants. On bâtirait des cahutes en l'air. On ne pourrait plus nous rejoindre, on repousserait toutes les attaques. On est jeunes, on nous laisserait. On ne pourrait pas nous arracher par violence, on n'oserait pas... surtout qu'on n'abîmerait rien, on habiterait dans le chêne, c'est tout. Dans des petits appartements communiquant à différents niveaux. Les tout là-haut pour les grands jours, les cérémonies, les rites, les coucheries avec les filles, ou bien les mariages, les bordels... on verrait... Les tout en bas pour les cuisines, les caves ; les chambres au centre, dans les niches profondes du feuillage. Il faut du silence et la nuit. Avec des passerelles, des cordes raides, des allées, des sentiers circulaires longeant les coupoles du chêne, des voies en courbe, des toits sphériques, des salons incurvés, des couches... Les seins des filles vite s'arrondiraient, les bouches, les ventres potelés au cœur des frondaisons. On dominerait le jardin des animaux. Les lions, les ours, les serpents, les singes, les poissons, l'éléphant même. On vivrait à l'image des premiers hommes. Le long des ramures larges on ferait des scarifications, des semailles, des entailles dans les puissants embranchements ; la sève, l'urine seraient des engrais naturels. L'on grefferait des arbres fruitiers, l'on élèverait des bêtes comestibles : écureuils, oiseaux, singes. Des lanières minces de blé s'allongeraient sur l'écorce comme un poil nourrissant, réchauffant, entortillé dans tout le dédale spiré de l'arbre, du vaisseau. Les jours de tempête la ville aérienne, tassée, déjetée, vivra agrippée aux mâts, puis le vent relâchant l'étau, toutes les feuiles, d'un coup libérées, se rétracteront, par intervalles, secousses, pour retrouver leur aire d'épanouissement, leur largesse : un beau plein rédigé vert contre l'azur avec les appartements solides, délimités, les voyageurs oisifs couchés en surface, sur les crêtes que balance un souffle léger. La vie foraine et pourtant sédentaire, un mouvement de berceuse, de valse stable au fond des ténèbres feuillues, ou en périphérie solaire, sur le pont. On verra tout, on ne sera pas vus. Au loin : les hommes, les villes, les préparatifs d'assauts. Les sièges dérisoires contre le chêne dodonéen, géant, bouclé de bastions, chargé de fils maudits, mué, dès qu'on l'agresse, en opaque nuage vert, vénéneux et champignonnant.

... ou bien, c'était des villes de bande dessinée, gigantesques gratte-ciel à base étroite, s'enflant au fur et à mesure que l'on montait. Des cités arquées sur le globe hémisphérique, glorieuses, surchargées de façades, de tours, de métros aériens, de drapeaux !

... ou bien la ville quand on y glisse par les tunnels souterrains qu'illuminent des feux intermittents, puis raréfiés, absents. Les chemins sous l'asphalte tourbillonnent au fond, longent les reins des hautes tours, les piédestals de béton. On passe sous des racines nouées supportant les efflorescences urbaines : corymbes, ombelles, capitules. Des tunnels, des égouts où, dans l'humidité crasse, trempent les piliers de la ville, des troncs en vrille pour mieux s'ancrer... des parois lisses que les rats mordent. Des ruisseaux faisant résonner leurs clapotis ; des hommes poursuivis galopant le long des fleuves abyssaux... vagues charognes longées de voûtes en voûtes.

Comme si la ville tirait blancheur et force de ses soutes, des oubliettes où elle s'enténèbre et se trame dans la marée, l'ordure, la fécondité. Il y a des herses qui annoncent les grillages dorés et torsadés des places, des quais suintants qui reproduisent les rivages diurnes. Des cellules, des appartements, des parapets superposés, des belvédères, des maisonnées, des niches : la cité symétrique, renversée, noire, imprimée dans l'argile, génotype souterrain qu'épanouit dans la lumière œcuménique un déploiement d'architectures adultes, définitives...

L'hôtel, à cinq heures, baigne dans la chaleur filtrée de l'après-midi, le vrombissement léger des ventilateurs, des automobiles éloignées. Silence. Les cuisiniers, les femmes de chambre, les maîtres d'hôtel dorment. Comme par effraction, Paulin escalade les marches capitonnées. Il longe l'alignement des chambres vides. Il devine les valises bouclées dans les armoires, les vêtements abandonnés sur les lits, les passeports, les photographies des monuments, des curiosités... la Place rapetissée, lustrée... les lettres inachevées, le flash pathétique d'une maîtresse nue posant un soir de bringue sur un divan de passage. Les étagères des salles de bains couvertes de pâtes, d'émulsions. Partout les vestiges des femmes, dans le trou des serrures, leur désordre. Couches défaites par de virulentes siestes, flaques de sueur, orbes rougis des bouches. Gouttelettes éparpillées de parfum, semis de poils noirs, juste tondus, courbures d'ongles sciés, lunettes jetées, bandeaux, foulards, sacs bondés, difformes et grumeleux comme des ventres fécondés. Portemanteaux maigres, oblongs, chaussures douloureuses, ouvertes, avachies sur les tapis, textures rongées, baignoires maculées, monticules de slips roux, de soutiens-gorge, de ceintures saignantes, nylon, retroussis, usures, alvéoles, bandelettes, brûlis, fougères âpres, neuves, stries, sillages, traces... Étonnant, comme la présence masculine reste discrète, l'homme rayant derrière lui ses indices, rangeant ses ajustements dans le fond des tiroirs, convoyant jusqu'au bout ses attributs, ses déchets. L'homme concis, expéditif, tandis que la femme investit l'espace d'ornements rituels, peintures, signes, tronçons de flèche, fumées, tatouages cérémonieux, braises chaudes, colifichets, amulettes, gris-gris, souillures, meubles, draps cicatrisés d'ongles furieux, oreillers fardés, perruques des gueuses, fluides, boues des masques guerriers, villosités d'appoint, senteurs, larmes d'hypocrisie, de beauté, odorantes rivières, laissées... La femme méduse et pluvieuse mais dure aux extrémités, aiguisée d'agate, de boucles tranchantes, de chaînes d'or, de cruels diamants, œil sagace, dents, couteaux morfilés d'ongles, minium blessant des bouches. L'homme devant déjouer ces différentes enceintes d'ongles, de tessons et de pièges avant d'atteindre la chair ambiante, le ventre humide, le nœud coulant où finalement il s'étrangle et naufrage avec volupté.

Les trous de serrures trahissent les chambrées vides. Les femmes : cinquante, cent, davantage encore... sont répandues dans la ville, partout, dans les bistrots, les églises et les parcs. Corps à vif, à nu, disloquant les songes des adolescents, brisant la volonté, rongeant les travailleurs de force qui réparent les canalisations. Les patrouilles sûres des femmes maquillées, en armes, se foutant bien des monuments et du voyage, lorgnant les guides, garçons de service, valets obédients, les grooms toqués, rouges, souples au commandement comme des pantins. Les petits curés d'août, de cathédrale, d'ombre... n'osant les prier de jeter une mantille sur leurs épaules rondes, une jupe sur leurs cuisses d'invite, un feutre sous leurs talons claquants comme des langues, des appels obscènes, des injures faites aux saints. Elles ont pour le Christ nu une station prolongée et des rêveries sur son pagne, les épines et la lance. Elles font craquer sous leurs paumes les boiseries des confessionnaux, provoquent des clameurs dans les stalles, des grondements de silence dallés. Les vitraux mosaïquent leur peau, les persécutent de reflets. Les petits curés d'août fourgonnent dans les bénitiers, les réservoirs à cierges, galopent devant l'autel des génuflexions ivres. Elles les traquent pour rire, leur posent des questions sur l'architecture, les styles, les dates et la fonction créatrice du péché. Les petites garces ôtent doucement les cierges de leur juchoir, horriblement les enflamment avec la boîte d'allumettes dont elles se servent pour fumer. Le curé perplexe. La flamme s'élève, pimpante. Elles tournent autour, admiratives, comme s'il s'agissait d'un bouquet qu'elles venaient d'arranger. Elles soufflent et tout le buisson de feux se courbe et s'allonge. Elles ont le corps percé de lumignons, de forages bariolés de vitrail, des mines souffrantes de saint Sébastien, comme si, après tout, il était dur d'être femme, d'alourdir les désirs, les paupières lourdes des hommes, d'un regard encensé de longs cils.

... Les cathédrales restant aux carrefours de leurs chemins, de leurs voyages. L'après-midi : échouages des vagabondes comme des mouettes anguleuses, au pied des retables rocheux... Dans ces chambres d'hôtel tout se trame, tout débute. Les premières sentes, les premières coulées. Les escaliers, les rues, les monuments, les rencontres, le refuge des églises, comme si toute la journée était déjà là, potentiellement incluse dans ce flacon débouché qui a rafraîchi le mouchoir en vue de la chaleur et de la course, dans ce sac ouvert sur l'argent pris, ces pulls triés, celui choisi pour l'ombre, le froid des sanctuaires ; un vide : celui des souliers pour la marche au milieu des souliers délaissés ; toute la vie des femmes inscrite, là, dans l'éparpillement, les débris, le chaos ; leur puissance, leur naissance...

Paulin est arrivé dans sa chambre, Claire le précède de peu. Assise sur le bord du lit, épuisée, les pieds jetés hors des chausses, les orteils tuméfiés. Elle a ôté son corsage, la sueur humecte ses aisselles et ses flancs, un ruisseau de sueurs encerclant le disque renflé ventral, venant doucher le nombril selon une oblique fistule. Le pantalon, le slip sont évincés au-dessous des hanches. Afflue la bordure noire d'un duvet.

... Elle maudit la pulvérulence, l'orage, la torpeur, elle sacre... Paulin s'étonne de la voir revenue si tôt. Elle a plaqué Gert... ras le bol... du temps, de tout, des balades dans la ville, des buts touristiques... mou comme une chiffe le Germain... envie de le rincer, de le dégraisser, de lui dégainer les tendons... ce plat de soupe... les bonshommes... les sales bonshommes... choisirai une jolie fille le prochain coup... une petite Laura, sédentaire, légère... une cousine rien que ça, on papoterait avec la biche, en se frôlant du bout des seins, du bout des lèvres... marre de ce nomade plantureux, de ce visiteur, de ces explorations... quand on pèse on tâche d'éviter de bouger. Lui, plus il pèse plus il bouge... à contre bedaine, à contre muscles... ce lardeux, ce musculeux... assez de le travailler, de faire l'amour à cet athlète, roupillant, déambulatoire... ça sera beau la pharmacie de Hanovre... lassera toutes les chiennes...

Paulin sait que le monologue va se poursuivre ainsi encore longtemps. Cet égout qui n'est pas dirigé contre lui ne lui inspire aucune répugnance ; bien au contraire, un certain plaisir. En face de ce Gert agoni, il fait belle figure de réhabilité. C'est pas lui qui suinterait, qui pèserait, qui visiterait des monuments à toute force... Son avantage les jours d'orage c'est sa minceur, sa sécheresse, claquant comme un fouet, vif. Elle a voulu du rondouillard, du bétailler, une frimousse pleine de grosse lune, des bajoues, des fesses, un buste rembourré... Elle a eu sa dose. Lui, il ne bouge pas, il ne vieillit pas, il s'érode, c'est tout, sans sanie, sans sueur, il s'aiguise comme un if, comme un caillou... Elle continue... au fond c'est l'apologie du mari qu'elle fait, du premier homme. L'angoisse a du bon, elle vous sangle, vous raidit... surtout lors des jours gras, des ciels guimauve.

... Cinq heures et demie... Il commence à se déshabiller, la chemise racle le torse, les bras débridés, le bassin aigre, le ventre et le poil sec... une séduction de garrigue, le membre en cactus, un corps contre les démangeaisons, les pustules. Tout nu il passe à la baignoire. Il fracasse l'eau, fait crépiter des bulles tandis que la plainte de Claire se poursuit, glanant de nouveaux aliments, d'anciennes remontrances. Tout cela dirigé contre Gert. Il se sent épargné, libre, naïf, plongé au fond d'une conque brillante aux rebords potelés comme les flancs de Servane qui représente l'idéal : une humidité fortifiante de ruisseau. Il se frotte d'un gant allègre, par la porte laissée ouverte, il voit la mine de sa femme déchue et une portion de fenêtre, de Place, de... Il est revenu au milieu de la chambre, déploie une chemise d'été, gaufrée, à carreaux rouges et violets : un sable, une aridité... un pantalon rêche, salin. Des espadrilles de cordes nouées. La litanie de Claire bifurque contre lui... Il se défend le petit mari, la quarantaine alerte et cassante... un corps de flic, de maître à danser, de déporté, de tisonnier, de perturbateur... voyez comme il se rase... vas-y donc pour l'eau de toilette... Dior, Cardin, l'avalanche... le cocktail à plein jet... il claque de partout... un esturgeon... tu vas voir la bonniche ?... non... Servane savane serre-moi donc plus fort... vulgaire, je sais, pas hier la veille, mais vulgaire à vocab... une vraie maîtresse pour canicule, un troquet, un robinet d'eau de Seltz, une bosse de chameau... Dis ! tu sais que tu es joli... approche un peu... fâché le mirliflore... tu n'entends pas ce que je dis... je marmonne, je pense tout bas dans des brumes... Paulin, Paulard, épaulard, polisson, polio, paulette, épaule, paulin-maillard, polinchinelle, polo, popo, paulinodie, paolin ripolin... Paulin évêque de Nola né à Bordeaux, auteur de lettres et de poésies latines, fête le 22 juin, après-midi des sauterelles, des premières hirondelles et des foins, un prénom d'empereur, de race, de pape, mi-romain... une paille dans un verre de citron gazéifié, nom de tiare, de jubé... pourquoi ?... quel souvenir, selon quelle mystérieuse analogie ?... cette incrustation rare, dure... de richesse ascétique, de figurine hiératique. Nola où c'est ? Paulinola, pas trace, Nola nulle part, Nola non lieu. Saint Paulin de Nola, en toutes lettres inscrites. La syllabe *no* va avec *pau ; lin* joue sur *la, lin* masculin, rigide. *La* féminin, menuet. Jalons inouïs : *s, p, n,* doublé d'*l* centraux, consonnes majuscules, inaugurales et fricatives. *In* nasal fermé final. *O, a...* Ce cours ininterrompu... cette houle saline en bordure des lèvres et ce repli féminin de Nola, blanc, noir, cette bure et ces hanches, cette souplesse et ce crin. Auteur de lettres et de poésies latines. Paulin lettres ; saint Paulin lettres. Poésies latines à Nola, lanoline, anses marines, anales mandolines. A Nola... les aloès, les poésies ovidiennes, les jouvences anodines, lascives, les évolutions avides d'échine sous l'arène ovipare...

...

...

...

Le voilà accoutré, le voilà parti... A Servane, à Nola. L'épier par la fenêtre... La terrasse s'ouvre, elle apparaît, féconde, anacondique, avec cette ample ondulation... ce corsage jaune des fenaisons. Il la rejoint, l'orage vient de tarir. Tous les deux : Paulin, son mari, elle : la bonne. Ils s'approchent des grilles, du baldaquin d'or. Comme il est maigre, mâté, ses bras de vergue. Elle et son arrondi de carène. Ils restent ainsi debout, immobiles. Il parle avec des gestes ensorcelants, juvéniles. Le Paulin des exécrables calepins ! Pourquoi en est-elle blessée, morfondue... Elle a eu Gert, son singe pelucheux, violé. Elle a commencé... Mais ils sont beaux tous les deux. Elle n'est pas sûre d'avoir jamais atteint ce degré d'harmonie, arrogante, fardée, au bras de Gert, ce cargo... Servane est simple, un corsage jaune, des cheveux noirs jamais vus. Ils hésitent. Elle sourit, ni timide, ni hardie. Une pierre, un océan, une forêt, la fille désaltérante des sources, de l'ombre cherchée... oui, il va l'embrasser... A-t-elle embrassé Gert devant lui ? A-t-elle insisté devant lui sur le chapitre de Gert ?... Il a toujours été provocant, un écrivassier échassier, un escogriffe à scandales... c'est comme s'ils posaient leurs bouches sur les pieds de Jésus. Si peu friands l'un de l'autre... décharnés contre les grilles par quelques rais lumineux perçant l'orage. Des apprentis, pas de volume, de densité, d'arôme. Elle, sainte nitouche pourtant, avec son buste opulent, ces meules flavescentes, ces cheveux de corneille. Lui, maigrichon, perfide... se méfier de lui. Elle ne se méfiera jamais assez de l'artiste, de ses plaintes, de ses angoisses mensongères, de ses fables justificatrices. Comme il frétille à présent... Ils ont quitté le dais, les décors pompeux et fuient vers les rues, dans la ville, silhouettes dépouillées, nettes.

La multitude se rangeait de côté, en haie silencieuse, admirative, puis leur faisait cortège. La ville soustraite à ses propres courants obéissait aux gestes de Servane. L'orage tonnait, le calcaire desséché réclamait l'eau. C'étaient de roulantes salves ébranlant l'air comme des canons. Partout, leur visite était publiée. Les éclairs traçaient des guirlandes de triomphe. Les gens excités sentaient leur venir des tics inconnus, rictus de nervosité, manies, crispations des paupières, nictations, éréthisme des muqueuses et des tendons. On écartait le col de sa chemise, tant pis pour les décences citadines. On ouvrait le premier bouton, puis tout... La chemise, fendue, voletait, lacérée de vent. Les abdomens ressortaient gras, sanglés, bistre, au-dessus des ceintures, couronnés de poils. Les nombrils se terraient au fond d'orifices noirs, fétides ou bien saillaient chantournés, enlacés de sombres spirilles. On eût dit des bouts coupés de boyau, d'hymen, laissant l'homme isolé dans le vide, au milieu de ses semblables amputés, et on avait envie d'extraire les nombrils, de les tirer, de les nouer entre eux, de rétablir la chaîne primitive des hommes, sans distinction de sexe, ventres soudés, unanime circulation du sang... Les femmes portaient des tenues provocantes d'été, jupes courtes, corsages aux pointes croisées sur le ventre. Les bords du tissu s'ajustaient aux arcs convergents des premières côtes selon un faîtage de nylon serré formant une moitié de losange ; la jupe basse, mal tenue, s'incurvait dans la divergence perceptible des aines, l'amorce d'un triangle renversé et complémentaire. Le désir vous prenait de dégager la totalité du losange. D'une part : les deux côtés résistants et saillants du thorax, de l'autre : le double sillon fragile, de plus en plus creusé, des aines. Les deux figures isocéliques s'inversant autour du nombril central, l'une pour s'allonger vers les charpentes supérieures et vigoureuses du corps, l'autre pour s'enliser dans la chair molle, inétayée, la profusion des duvets inférieurs. Les hommes regardaient ces plages douces de peau monter vers les premières côtes et descendre vers le large invisible et profond, d'algues, d'écume...

Bien plus que l'anatomie cachée, les nombrils noueux étaient la promesse d'un lien. Il y avait des mâles dont l'hymen extérieur et crochu tendait à se ficher dans tous les nombrils introvertis. Souvent, les nombrils des femmes étaient creux et accentuaient ce penchant à l'union. Cependant, quelques-unes portaient leur cordon en relief, épais, viril et conique, au sommet du ventre le plus suave. Il s'agissait de jeunes femmes hardies, métissées, sportives ou rouées lorgnant le forage ténébreux des ventres déracinés.

Servane échappait à ce conflit d'attirances et de répulsions. Rien ne transparaissait de sa nudité. Tout était à dépouiller, à naître. L'indicible réservé... Mais Paulin, de temps en temps, malgré le grand amour qui l'inspirait, cédait à des accès de vulgarité, se surprenait à fixer les ventres découverts, leurs longues caravanes sous les orages, leurs frôlements, leurs luttes sans merci. Il y en avait de tordus, de musculeux, de veineux qui exprimaient le tempérament compliqué de l'homme, d'autres : chiches, étiques, d'autres : menus, soyeux, d'autres bouffis, malodorants, des oblongs, des épatés, des flasques, des contractés, des sanguins, pileux et ballants, des goitreux, des satinés, entre les chemises et les ceintures, à des hauteurs inégales, parcourus de trépidations sous l'orage, fouettés d'éclairs turbulents. Paulin, l'orage, les ventres. La fatigue émonde les sensations en les intensifiant. Les ventres roulaient, désireux de forger des liens ombilicaux, les orages se tenaient, touchaient, les éclairs s'associaient en fuligineuses courses. Les murailles jouxtées s'alignaient sans trêve, allumées, ternies, par intermittences nettes. Le corsage jaune de Servane tuait la vue, incongru, mystique, ouvrant les rangs des gens, des ventres... La chaleur, coincée entre les pavages et le plafond abaissé des nuages, s'épaississait, se dilatait, engluait les promeneurs, les nuques, menaçait de tout faire sauter. Le tonnerre fulminant traçait des échappées, des transes. La chair en nage... l'étoffe mal agrafée... Les corps asexués des supplices. Soif. Hallucination comme si le nombril tubuleux et sorti des hommes demandait à pénétrer, pareil à une sonde, le ventre aqueux des femmes. Leurs ventres épanouis, frais, pleins d'eau. Il suffirait de se river, d'aspirer, par tous les muscles abdominaux, les sources. Cette gloutonne succion, ventre à ventre éperdu, bouche à bouche, l'afflux des salives, des ruisseaux... L'énorme gargouillement, clapotis d'épidermes... La chaleur suscitait des visions plus étranges, bouleversait la hiérarchie des sens, des besoins. La sexualité exacerbée ou tarie, déchue, transférée, subissait d'étonnantes métamorphoses. L'orage morcelait le corps en lourdeurs cantonnées de tête, de cuisses, courbatures périphériques, soif centrale ou labiale, raideurs des bouches, liquéfaction, brûlure stable, gongs, chair inhibée, jambes nébuleuses. Mais Paulin happé par la puissante attraction de Servane échappe aux avatars du commun. Il est guidé par le frisson du corsage jaune, cette flavescence qui n'évoque aucune impression physique, atmosphérique, indépendante de toute suggestion, du sec, du chaud, de l'humide, du froid, autonome, flamboyante, sans brûler, tout au fond des ténèbres et de l'orage, une qualité sans analogie, perplexe. Il s'ébroue, le corsage redevient tissu, parure légère, bosselée de mamelons. Rien ne fait plus obstacle au désir puisque l'incorruptible écran se retire, cette couleur jaune qui était dénuée d'âme, contre laquelle les convoitises réfractées s'éparpillaient dans la foule, à la merci des ventres, des filles banales.

Quand ils arrivent sur la Place aux frondaisons, les éclairs viennent de féconder l'orage. La pluie glisse, lente, brûlante sur les coupoles protectrices des limbes, des feuillages. Une grosse marée qui obscurcit le ciel, voile les murailles, sépare le couple du déluge. Ils sont à l'abri et cela est miraculeux. Les gouttes crépitent, déferlent au-dessus d'eux comme la surface de la mer, sans les toucher. Émeraude et profonde la voûte les englobe. Alentour, la terreur règne, les torrents rués, les naufrages. Des voitures se bloquent et se mettent à tourner sur elles-mêmes dans un bruit de ferraille, de moteur, d'eau, de verre cahotant, de frelon qui se noie. Il fait nuit, il fait bon. Servane, indemne, libère ses cheveux. Ils s'assoient sur un banc. Il voit la naissance des cuisses, les genoux ronds de ce corps en repos. le corsage a pris une nuance plus fragile, poreuse, compatissante à ses désirs. C'est la campagne au-dessus d'eux, touffue, bocagère. Servane se tient sur son banc comme au seuil de sa maison, sans doute, aux lisières de Champenoux. Elle sourit, se dévêt de sa noblesse un peu froide. Elle est gentille, elle attend. Villageoise de Velaine tout à coup, il la voit à l'intérieur des cours fermées, pierreuses, au milieu des bêtes domestiques, des autres femmes enveloppées de menaces et de forêts, insouciantes, jetant quelques poignées de maïs aux poules, tricotant sur le seuil craquelé, dur, épluchant des légumes, en expédiant le déchet sur la meule de fumure. Cette odeur forte contre leurs mamelles blanches quand elles se penchent... La fuite coassante des canards, leur couardise dandinante, dodue. L'image se stylise en tableaux de genre, en nostalgies banales, vaguement hollandaises. Les filles méditent à leurs amours, à des rendez-vous hors de l'enceinte pierreuse, loin des murailles épaisses et des porches. Elles songent à l'aventure des champs, des rivières, des mousses de Champenoux... leurs amants les attendent, des forestiers velus, noueux, à sueurs de résine. Elles plient dans leurs bras, elles sont fraîches comme les rochers domestiques, les menus élevages, la cour, l'ombre cultivée, les douces routines, les cuivres frottés, les couloirs sombres, les salles, les buffets, les caves, le linge pendu et le pain. La femme étant reine des lieux abrités, clos, l'homme restant le vagabond qui frappe chaque soir à la porte en vue de souper, de dormir, d'aimer... Elles ont quelques égratignures aux hanches et aux mains, car il n'est pas aisé de sortir des ravines qui cernent le village, il faut tituber dans un cassis continu de cailloux secs et coupants, labour fertile dont émanèrent jadis les fondations, les murailles.

L'eau ruisselait autour d'eux, moins rageuse, plus souple, appliquée à enduire la moindre indentation des feuilles, la plus infime rugosité de l'écorce. Certains rais humides glissaient le long des troncs, arrivaient à leur couple. Paulin saisit la bouche de Servane, à plein ourlet il la mordit, commençant par le débord ridé, labial, puis allongea sa prise, se mit à fouiller des glaises intimes et plus sauvages. Il ouvrit le corsage doré, extraordinairement lisse. Au lieu de défaire le bouton, d'une évulsion violente et instantanée, il le fit sauter comme pour se venger de ce tissu imputrescible qui l'avait trop intimidé et tenu à distance. Les renflements marginaux des seins apparurent. Servane ne bougeait pas, alourdie de cheveux, de hanches, comme resserrée par la position assise. Brusquement, elle cessa d'être la déesse de Champenoux, il vit se profiler une fille triviale, pelotée sous un porche en attendant que l'averse s'arrête. Ils profitaient des circonstances, ils étaient grossiers, mal assis, fouineurs. Ses gros tétons retroussaient la soie jaune, médaillons bas, flottant au ras du ventre. Il ouvrit tout à fait le corsage, la soie n'éborgna plus les seins, offerts à lui, blancs, moulés. Il mit les mains dessus. Toute Servane s'était repliée là, dans le buste qui commençait de haleter, environné de sombres cheveux. Il y avait quelque chose d'oculaire dans les globes grossis, les aréoles comme des pupilles, un regard sournois, puis indolent, vitreux, substantiel, une beauté obéissante et tactile, une moulure que la paume enfermait... Il ne pratiquait plus la vertigineuse friction, il ne pétrissait plus, ne caressait plus, il mesurait les corniches, les cadrait, les calait sous ses doigts comme ce soir de rapt au musée, lorsqu'il s'était enfui par la fenêtre, en compagnie de la petite statue, restant un instant agrippé aux modelés de la pierre surplombant le vide. Servane avait le galbe des cariatides, un torse de sirène. La vision par moment se filigranait d'aperçus fugitifs, charnels. Elle redevenait la fille de Velaine, de Cercueil, la serveuse du café, et son désir sacrilège forcissait au contact des plis sensuels, dans la courbure molle, ce pénétré d'ombres, ces difformités de médaillons bossus d'inflorescences parasitaires, ces capricieuses synapses des veines, ce jardin de chair et de sang... au pied duquel il s'embourbait, pauvre de ses mains et de ses baisers quand il aurait voulu la participation entière du corps que l'orage finissant et l'incommodité du banc interdisaient.

... Des bruits humides, pullulants, des clapotis... de feuilles étroites comme des vagues crépelées de vent. Elle n'était qu'une poitrine busquée, opulente et dure, la position assise l'amputait des jambes, la portait en avant du banc, comme ces figures de proue livrées aux orages. De nouveau, il était le capitaine, le sculpteur, l'idolâtre.

... Le progrès de sa joie était noirci d'angoisse, de regret, car tout allait s'anéantir comme par automatisme dans ce corps à corps assis et mal soudé. Le paroxysme montait, pourtant minimal, inexhaustif, privé de l'enchevêtrement complet et cadencé des nudités. Son plaisir fut local, logique. Déjà la fatigue l'accaparait, le pénétrait. Les forces pouvaient maintenant le quitter, désagrégées, une à une, membre à membre, il retrouvait l'incomplétude lyrique de sa première adolescence, naufrageait dans une déliquescence d'algue marine... Peu à peu, le temps était revenu à l'orage et il n'y avait rien à dire ni à faire. Le couvercle de la mer lassait le regard. La moiteur générale oppressait. Des nuages projetaient dans l'eau un long serpent d'ombre qui lentement se déroulait et s'enflait au rythme de la houle. Puis le soleil faisait une percée, allumant des prunelles sur l'océan et c'était comme des yeux fixes, attentifs, qui suivaient le vaisseau. Peu à peu, le nuage s'enfonçait dans le ciel et la colonne réfléchie, tortueuse, s'abaissait, se perdait dans les gouffres marins. Le vent sifflait, un rugissement passait. Les vagues faisaient claquer en même temps leurs queues sur la carène du bateau. L'écume pivoitait sur tous ses crocs...

Les enfants sur le pont jouaient aux osselets. La main balayait le sol dans l'intervalle d'un élément jeté. Parfois le coup ratait, les osselets se choquaient, s'éparpillaient sous les chaises longues. « La barbe ! les sales gosses !... » grognaient les jeunes mères qui dans un tressautement de mamelles rabrouaient les mômes.

On fumait, on regardait, on cultivait des voluptés visionnaires, l'amour préhensif n'était plus possible, la force vous eût lâché, les peaux molles collaient. Les slips étaient comme des fragments d'épiderme avachi. Tous les passagers étaient débraillés. Les maillots dans les coups de vent vous exposaient à des frissons, il fallait vite enfiler une chemise pour éviter les fièvres, puis la chaleur revenait, on étouffait, on ne savait plus quel parti adopter. Des nappes de sueur divaguaient sur les fronts, le long des dos. Le citron pressé, glacé, apportait des trêves dans cette torpeur permanente. On avalait des litres de citron sans sucre. L'estomac en était tordu, aigri, la bouche hargneuse. On avait mal. Chaque douleur vous heurtait d'un violent coup d'étrave. Les boissons dilataient les vessies, faisaient uriner, exsuder de plus belle. Alors, les femmes regardaient les hommes quitter pesamment leurs fauteuils en direction des toilettes. Plus tard, c'était à eux d'observer leurs compagnes, en bikinis, ralliant, traînardes, les lieux d'aisance. Vocable savoureux. Elles n'avaient qu'à pousser vers le bas le triangle de tissu. L'on était presque au frais dans les waters, mais les remugles des désodorisants, certaines senteurs persistantes laissées par de récents usagers, miasmes villeux, sudations ombilicales, vous gâchaient le séjour. Une femme revenait, d'allure négligente, lasse, je m'en foutre, le maillot montrait une zone d'humidité à l'enfourchure des jambes, et cela distrayait temporairement les hommes. Et puis, on en avait assez de ces croisières toujours les mêmes et toujours refaites, des vagabondages de bar en bar dans tous les étages du bateau. Avec ces îles comme des bouées auxquelles on abordait, que l'on fuyait. Horreur de leur cosmopolitisme. L'ennui ; alors la mer sourdement attirait. Ils désiraient que quelque chose s'y passât, une bonne tornade, une explosion ; épouvantées, les femmes rouleraient sur le pont. N'importe quoi... Et ils s'abîmaient dans la contemplation des replis longs de la mer qui les suivait, les côtoyait, les précédait dans l'ondulation de ses échines huileuses, plates.

Enfin, c'était le vide complet, l'immensité du silence, le bateau là-dessus luisant, rampant comme un ver. Pendant des jours. Les repas étaient rapides. Personne n'avait faim. On voulait en avoir fini de tout. Du cinéma bidon, des danses, des flirts, des parties de cartes. Au crépuscule brusquement déferlait une bourrasque. Un gémissement s'élevait des fonds marins. Les vagues se bombaient, se heurtaient comme violentées de l'intérieur par le passage d'un submersible, d'une bête, on espérait que le moment était venu. La houle se nouait écailleuse autour du bateau, chacun entendait, ressentait la constriction de tous les anneaux monstrueux de la mer. Une espèce de désir, de hantise frôlaient les hommes et les femmes. Il y en avait qui se passaient la main autour du cou pour y soulager une crampe...

... Un autre jour, le bateau prit eau, la mer suça les bordures des lattes, puis imbiba plus intimement la coque, humecta les charpentes. Le capitaine soutint qu'il n'y avait pas lieu de s'inquiéter. C'était un homme de caractère, immense, barbu, flanqué de sa fille grande nageuse, toujours mêlée au large, aux poissons... tout le monde la désirait, on lui tendait des invitations, des menus truqués, des soporifiques, des trappes. Elle déjouait chaque ruse. Elle ne recherchait que la compagnie paternelle et des poissons. Le vieux était jaloux. Il avait mis aux fers un enfant qui avait réussi à distraire quelques jours sa fille chérie. L'eau avançait, le capitaine disait qu'à un certain niveau, butant contre des parois secrètes, étanches, elle s'arrêterait. C'était le fourmillement de l'eau à l'extérieur qu'on entendait. Les soutes étaient intactes, les châssis vierges. Sa fille venait de plonger pour un tour d'inspection. La carène n'avait pas bougé, dure, lisse, indemne... Il ne fallait pas se désespérer. Pourtant des vagues bourdonnaient sous le pont comme un essaim d'abeilles voraces délitant pétale par pétale les capitules des fleurs. Illusion acoustique, disait le capitaine. C'est courant. Les bruits rebondissent sur la mer et paraissent venir de partout. Faute de repère on est assailli de rumeurs, il ne fallait pas céder à l'épouvante. Le vaisseau tenait. L'orage n'avait pas été si rude. Les voyageurs sont priés de rejoindre leurs cabines, on leur fera servir un whisky. Mais les femmes s'insurgent, poussent des cris, c'est chose sûre, les cabines sont pleines d'eau et de crabes. Descendre sous le pont reviendrait au suicide, on entend bien la mer... des gigotements d'anguilles, d'entrailles, des infiltrations, des glissements, des tenailles qui grignotent, déjà des égouttements nets, sonores sur des flaques profondes, des nappes. Bruits mûrs. L'eau monte. Les mécaniciens ne donnent plus signe de vie. On n'entend plus les ahans des bateliers. Les denrées dans les soutes sont pourries. La mer afflue par tous les hublots. « Capitaine ! Capitaine ! ce n'est plus un mirage, ce n'est plus la crispation du bois que l'eau vient de lécher, ces premiers embruns abreuvant les pores taris des planches, gonflant les nœuds, les lattes, desserrant les clous, ce n'est plus la première douche, l'inondation bénigne qu'il suffit d'écoper, c'est le déluge massif, oriental ! Le bateau lourd s'enfonce. Capitaine !? vous ne pouvez pas nier, vous avez entendu ce fracas de poutres délogées, la furie des vagues envahies. Le premier pont arrive au ras de l'eau. Voici les cadavres des bateliers ! — Ce n'est rien... une défaillance remédiable. Je vous prie mesdames de regagner vos cabines, vos hamacs, vos cartes postales, vos amants, allez danser je vous commande, quoi ! C'est si difficile ?... La noyade n'est pas pour demain.

« Capitaine !... Capitaine !... la mer a dévoré les bastingages, les garde-fous ! — Tant mieux ! ils étaient démodés, depuis belle lurette j'aurais dû les détruire, naviguons sans parapet... — Mais on a les semelles trempées... regardez ! souillées de lichens, de mollusques... le pont s'entache, de grands cercles noirs se rejoignent. La mer dessous, la mer dessus. — Ne soyez pas ridicules... — Écoutez le mugissement ! les vagues féroces nous agressent, nous allons mourir engloutis. — Mais non... pas de terreur, voyez ma fille... a-t-elle peur ? Elle s'est mise toute nue, pour accueillir la mer... c'est une lente pénétration, une imprégnation des surfaces encore, le bois n'a pas tout bu, le moment est loin, la carène est insondable. Pas la peine de gagner le rivage. Ne vous souciez plus. Je suis là. Moi, ma fille, le couple souverain sur tous les océans. Avons-nous rencontré des pirates ? alors... fiez-vous. Je suis le maître, je ne me trompe jamais. Pas de fléau aujourd'hui, un naufrage ?!... jamais. Vous voulez rire, vous lisez les vieilles badernes, les Defoe, le *Titanic* ne naufrage jamais. — Vous avez dit le *Titanic ?!...* — Mais oui... allons pas d'humour déplacé, le démon de l'analogie prendra la tasse aussi. — Le pont se plie ! les cheminées s'inclinent ! la piscine communique avec la mer... — Eh bien ? vous pouvez vous baigner. Vous aurez du fond. Plongez ! de quoi vous plaignez-vous ? Le bateau a toujours tenu... Des cataclysmes que je ne raconterai pas... de bien pires. Aujourd'hui tout est doux, progressif, on ne meurt jamais harmonieusement en mer. Les naufrages sont brutaux ou ne sont pas. — Mais votre pantalon, capitaine ! ce pli réputé, vos chaussures vernies, vos mollets ! — Eh bien quoi ? le sel raidira davantage le pli, vous m'ennuyez à la fin... — Capitaine ! les barques de sauvetage sont à flot... — Qu'est-ce que je vous disais... — La mer s'incruste ! les barques s'enlisent !... — Bah... de toute façon, la solution était mauvaise, les barques de sauvetage n'ont jamais sauvé personne... Il faut s'en tenir au bateau. Campez-vous bien sur vos jambes. —

Faut-il prier ? — Ne dites pas de bêtises... vous ! madame ?... si peu mystique... la mer montera sans vous blesser. — Vous reconnaissez ! la mer montera, la mer va vous noyer ! — Mais non... elle montera, elle descendra comme l'air, le temps, la nuit... les collines, les corps aimants... qu'importe l'orientation ! C'est vous qui l'imposez avec vos grands yeux sous-entendant des rivages... vos aspirations côtières... Allons du cran ! vous verrez comme la mer est bonne, pacifique... Sous ces climats, pas de requins, quand bien même... ce sont troupeaux domestiques. Des nappes de plancton... la mer sera gentille, restez debout, vous descendrez en ascenseur, défileront sous vos yeux les falaises liquides. Au large ! ma mappemonde, ma longue-vue... vous plongerez sans encombres. Il y aura des vieux rafiots naufragés, des squelettes d'amiraux cocasses, des cités de corail. Voyez... Est-ce si difficile ? Ne soyez plus si âpres... relâchez vos muscles, fermez les yeux, on voit aussi bien... ayez confiance aux flots cléments qu'apprivoise votre capitaine. Nous sommes sous mille toises d'eau. Sentez-vous bourdonner vos oreilles ? éclater vos artères ?... Alors... fiez-vous. On descendra impunément. Jamais de risque. On verra tout. On n'aura plus besoin de voir. On sera dans la vision. La mer nous aime ma fille et moi. Ma fille avait depuis longtemps préparé le chemin. Souvenez-vous de ses équipées, de ses ébats au milieu des poissons... elle posait des jalons, à présent nous pouvons coloniser, partout je ressens sa trace pacifique, des caresses d'ailerons, la fougue des poissons fauves. C'est gai l'abîme ! c'est forestier ! voyez les polypiers courbés par les vieux streams, les vases jonchées de butins. Qu'avez-vous à faire des denrées avariées des soutes ? Voici les oursins ! l'algue sucrée, des aliments inconnus que ma fille vous apprendra. Dépouillez-vous, au plus inhumain d'entre vous je permettrai ma fille chérie. Elle administrera les preuves originelles de l'amour, les chevauchements inouïs de naguère quand l'on hantait les fonds marins. Elle vous initiera, et sa bouche commentera en chantant. Elle connaît toute chose, je lui ai délégué ma science que son âme féminine a transfigurée. Je ne mesure plus tout ce qu'elle sait. Son royaume est physique, avec elle vous ne mourrez jamais, elle vous livrera par tous les pores, les bouches fécondes, des élixirs. Ce n'est pas une palabreuse, une sermonneuse, un juge, un bourreau. C'est la plus belle, la plus douce, la plus sauvage des femmes. Elle est toute simple et toute compréhensive de l'homme, destinée à ses fibres dilacérées... Vos vêtements sont devenus trop lourds, ôtez-les... vous glissez plus suavement, le gouffre obéit à des frissons. »

La bonne a demandé la collaboration de Vivie. Il s'agit d'écosser les haricots. Gildas assis dans la grande cuisine n'a plus qu'à regarder les femmes au travail. D'un côté, le gros tas de haricots hermétiques, vert tendre, de l'autre, une cuvette vide en plastique. Il s'agit de remplir la cuvette le plus rapidement possible comme dans ces amusements d'enfants appliqués à transvaser n'importe quoi. Gildas trouve un certain plaisir à écouter le bruit sec et mat, subrepticement caoutchouteux, des bouts de haricot que l'ongle sectionne. Emasculés, oblongs, exhalant cette odeur forte de sève et de médication, les légumes s'entassent au fond du récipient. Gildas les prend dans ses mains, les haricots ressemblent à des bigoudis, nerveusement il les pétrit, leur inflige de longues incisions en suivant les rainures médianes. Le haricot s'ouvre comme un boîtier, un mince sarcophage où s'égrènent quelques pépins blêmes et lilliputiens. L'impatience du garçon s'exaspère, en grand nombre à présent il déchire et détruit les haricots. La bonne s'indigne et le chasse. Précisément ce qu'il cherchait. Hypocrite, il se retourne et dit à Vivie : « Vous m'ennuyez avec vos légumes, je vais à la pêche... à la truite, je reviens à midi. » Son cœur bat ; nul doute, Vivie va deviner son intention, le retenir de force. Il attend ; la petite fille absorbée par l'émondage des haricots relève à peine la tête pour grommeler : « Va où tu veux, ne nous casse plus les pieds ! Tâche au moins de ramener du poisson... » Lentement, innocemment, il recueille son attirail de pêche, s'en va.

Il est neuf heures et demie. Trois heures pour exécuter son projet. Le temps est orageux, bas, rempli de moustiques ; la truite affriandée réduira les délais. Il lui faudra une heure au maximum pour attraper trois ou quatre pièces. Alors, détenant son prétexte, il se rendra à la maison de Laura. Vivie ne saura rien. Si par miracle Félix était absent, il aurait la jeune femme pour lui seul. Le ciel nerveux. Des éclairs foudroient sous ses tempes. Il est porté à des audaces. Il jouera sa vie. Il ne risque pas... quel que soit le délit, sa jeunesse l'excusera. Il va jouer sur sa jeunesse, l'irresponsabilité... sa vie...

La rivière tordue étroitement sous les feuillages ; quelques branches adhésives. Les champs sont vides, odeurs de maturité, de prémices ; comme un sang chaud l'eau bouillonne dans les méandres du sol. Les truites sautent, les queues claquent. Elles sont affolées de moucherons, de sauterelles. L'air est brûlant, liquide. Elles ne distinguent plus les limites des rives, du vide. Le monde est submergé, il y a du poisson partout. Les oiseaux basculent dans des remous.

En tremblant Gildas tire un ver qu'il accroche à l'hameçon. Le corps se recroqueville, durci ; un jus noirâtre a giclé, souille, un jus de boue, de ruisseau... Il reste à distance de l'eau, préfère lancer, dans le vague, l'appât. Mieux vaut être imprécis qu'être vu. Les truites sont en surface. Leur gloutonnerie rectifiera le tir. Le ver glisse, il libère du fil, il sent l'eau coulisser, l'appât dévalant sur une litière de galets, sans doute, pas de racines, puis ralenti, assoupi parmi des vases. Soudain, une prise, le crin tendu, des crissements tout le long. Il attend trente secondes, tire, cela se débat drôlement en coudées, en torsions, inquiétude... Le roseau plie sous la lourdeur du fruit et Gildas voit atterrir à ses pieds le serpent, l'anguille furieuse, noire. Cette imbécile va le retarder, elle bave, elle se faufile sous l'herbe, il déteste ce contact, cette gluance. L'hameçon est profondément ancré, les anguilles ne mordent pas, elles avalent, digèrent. Il est préférable de perdre l'hameçon plutôt que de tenter une longue césarienne. Il tranche le nylon au ras du museau, assène de violents coups de botte à la bestiole qui s'aplatit, se dérobe. Il perd du temps. Sa silhouette déchaînée à la poursuite de l'anguille s'est rapprochée de la rivière, les truites l'ont vue, fuient, il se ravise, préfère abandonner sa prise plutôt que de compromettre le reste de la pêche. Il monte plus haut, loin des désordres qu'il a causés. La rivière se courbe entre les herbes. Et s'il ne réussissait pas à capturer une truite ? Cette anguille noire, funeste, a donné l'éveil général. Si les minutes allaient passer, les heures ?...

Parfois, il y a des trouées douces, saumâtres, des bords grumeleux, bulles. L'envie de Laura l'empoigne, féroce. Il souffre des entrailles, de ses épaules courbatues, de son bras raide sur l'eau, exaspéré, bredouille. Cette rivière masquée d'herbe comme l'urne des destins. Il a tiré le mauvais numéro, l'anguille ténébreuse. C'est en vain qu'il insiste... Laura dans cette eau grise au milieu des campagnes. Seuls. Les éperviers, la pérégrination des clapotis, des limons. Les roseaux dressent leurs épieux tranchants. Soudain : une série de secousses, le nylon remonte à contre-courant. Il ferre. Une truite, une vaste, rouge, qui se convulse, lui porte des éblouissements. La joie le long de ses cuisses, dans ses bras, la panique des tempes. La joie comme une faim accrue, un brasier, tandis que la bête agrippe son poing de tous ses crocs humides, qu'elle le blesse, qu'elle le dévore, mignonne, furibonde mâchoire femelle. Elle s'accrochera à lui jusqu'au bout de l'agonie. La belle est solidaire des autres poissons que sa disparition magnétise, qui la cherchent, mordent, la rejoignent dans le panier. Cinq, bientôt six truites sous le ciel grondant, la rivière violette, les bêtes extirpées comme des viscères roux, l'eau cabrée, les comètes bleues des martins-pêcheurs.

Dix heures, il s'agit de retrouver son calme, de laver minutieusement ses mains, d'envelopper les truites d'herbe, de se recoiffer dans le miroir de l'eau, de gagner la haie de troènes...

... Jamais elle n'a été si opaque, si nouée. Le feuillage rond, lustré, trapu comme un buis. Gildas écarte les branches et voit aussitôt Laura. Elle est assise devant la table du jardin, en train de peindre ses ongles. Elle semble calme, reposée. Elle ensanglante avec lenteur ses griffes. Sans hésiter, il faut contourner le jardin et sonner à la porte. Ses jambes le poussent, sa volonté ramassée comme une bille de nickel. La chamade : irrépressible. Sa voix sera toute déformée. Tant pis, ne pas attendre, foncer... La sonnerie. Térébration. Souffle coupé. Des pas, le gravier murmure, des pas de course légère, la porte s'ouvre. Laura rougit en reculant.

— Vous voulez des truites ?... dit-il précipitamment, bonjour...

— C'est que...

— Vous voulez bien des truites ?...

Sa voix s'étrangle, ses nerfs gigotent, font des soubresauts à la nuque, aux tempes, des mailles vibrantes qui l'enserrent, le tiraillent.

— Peut-être... si vous voulez entrer...

Elle avait dit cela en s'écartant, en abdiquant. Il avance. L'allée tordue, jaune, comme le ruisseau. Laura balancée dans le remous d'air. La jupe affleure d'abord, rien que la jupe, les franges dentelées, basses. Des carreaux. Un corsage bridé, les cheveux noirs,... Laura, Laura... tout va se jouer. Il voudrait se ressaisir, se carrer bien nettement aux commandes de sa volonté. Il n'est encore guidé que par de douloureux automatismes, crampes, secousses erratiques... Retrouver son calme... retrouver son calme... Il invoque Vivie, Homère et Julie, des divinités en vrac, la Rousserole... Laura le fait asseoir devant la table à claire-voie. Elle s'est posée en face de lui.

— Montrez les truites... — Il étale le butin. — Vous avez pêché tout cela... c'est très bien... Vivie ne vous accompagne pas ?

— Non, elle est occupée... Monsieur Félix n'est pas là...

— Il est parti en ville...

Gildas se sent étrange, mieux. Tout à coup : la piste libre, Laura naïve. Les feuillages endormis ; à peine si les oiseaux remuent des plumes grises. Le monde doux, propice. Brusquement :

— Laura... je ne suis pas venu seulement pour les truites, je suis venu à cause de mon trouble l'autre jour, pour vous expliquer...

— Mais il n'est pas utile de vous expliquer... c'était tout naturel, un malaise... Vous allez boire quelque chose ? après cette pêche, les émotions de la pêche...

— Laura... je suis vieux... vous savez !

Laura éclate de rire :

— Vous avez vraiment de drôles de formules, vous en avez vous-même l'air tout étonné, on dirait que vous vous faites des révélations. Je vous jure, ce n'est pas raisonnable, cette façon de parler... de toute façon, je ne tiens pas à ce que vous soyez vieux.

— Est-ce que vous m'aimez bien ?

— Allons... vous tombez dans des formules trop banales maintenant, des émotions de roman, vous lisez déjà des romans ?

— Je ne lis pas de romans.

— Vous me surprenez... vous êtes très culotté ! au moins vous avez quelque chose dans le ventre. Bien sûr que je vous aime beaucoup...

— Pourtant, j'ai très peur...

— Allons...

... Avait-il peur dans ce jardin qu'il connaissait à fond, dont il avait épié chaque recoin, devant cette Laura qu'il avait rêvée avec une fidélité, une puissance rigoureuse, visuelle ? La Laura tangible du moment présent était presque moins réelle que les autres. Il baigne dans une eau familière, une quiétude floue, sans marges. Laura émergeait du passé, du futur, tranquille, paroles raisonnables. Il n'y avait pas plus de risques à cette perception présumée vraie qu'à l'image mentale.

... — Je n'ai plus peur, Laura, parce que nous sommes toujours tous les deux. Je voudrais que vous veniez avec moi... cet après-midi... à la pêche, vous venez ?

— Mais Félix sera de retour, je ne peux pas le quitter ainsi... J'accepte si nous y allons tous les trois.

— Tous les deux.

— Vous êtes impossible... pas question ! — Avec un air comique : — Jamais ! Vous vous rendez compte ?

— Compte de quoi ? vous venez avec moi à la pêche, où est le crime ? Je vais avoir treize ans, je suis un enfant...

— Vous voilà un enfant à présent !... moi, je m'étais souvenue que vous étiez un homme merveilleux, j'en suis même convaincue. Alors j'ai peur de l'ogre... je n'irai pas à la pêche... les pauvres truites...

— Ne riez pas... il faut rester sérieux... vous savez que je couche avec Vivie.

— Je vous en prie, Gildas... la dernière fois vous avez exprimé la même idée avec beaucoup plus de...

— Mais que faut-il faire ? Que dois-je dire ?

— Vous êtes drôle ! rien... nous sommes des voisins, des amis. Le monde va comme il va, vous me faites rire... vous êtes gênant à la fin... J'aime Félix moi ! tout de même !...

— Qu'est-ce que cela changerait ?... vous coûterait ?...

— Voulez-vous que je vous dise, vous parlez comme les vieux galants. Justement ça change tout, vous l'apprendrez, vous avez des idées d'enfant... eh oui, voilà ! de gamin !

— Vous venez de dire que je parle comme un vieux galant.

— Comme un vieux galant gâteux, retombé en enfance...

— Alors, tant pis... j'inventerai des choses, vous ne m'échapperez pas...

— Écoutez, Gildas... c'est incroyable ce langage... enfin... vous rendez-vous compte ?... c'est du western ! Je ne peux plus rire.

— Je me rends compte que c'est très agréable, qu'il

n'y a rien d'extraordinaire, que je veux vous emmener au bord de la rivière, je suis sûr que vous aimeriez. Et pour tout vous avouer, je veux vous embrasser, que j'en suis malade... je veux vous avoir... je vous connais, je vous ai vue, vue... j'ai vu votre manège au soleil, le ventre nu... tout... mes yeux attachés pendant des heures, plusieurs fois... ce n'est pas des lubies... je vous aurai...

— Gildas, il faut partir, ce n'est plus drôle, c'est inacceptable.

Gildas tremble, lèvres molles, balbutie :

— Je suis sûr que vous avez honte de vos mots... je suis désespéré... vous ne pouvez pas me parler comme un gendarme, ce n'est pas vrai... qu'est-ce que cela vous fait ?... alors seulement votre bouche pour que je sache...

— Savoir ? savoir quoi ? Vous êtes fou mon petit... vous savez très bien...

— Je ne m'en irai pas.

— Félix va revenir et vous mettre à la porte.

— Je le tuerai...

— Vous êtes fou, ridicule...

— Oui...

— Alors il faut partir...

— Je ne vois pas le rapport !

La haine en lui, peu à peu, une rage, il se dresse, saisit la table, brusquement la renverse. Le flacon de rouge à ongles se brise, répandant une tache sanguine, les truites comme des grosses flaques... Laura recule. Il tape furieusement du pied, il est tout ridé, cassé et s'exclame dans un désordre de gorge :

— Je ne vois pas le rapport ! je ne vois rien ! je ne vois pas pourquoi... Laura...

Les larmes, les yeux injectés de larmes, le crâne

lourd, congestionné. Il ne s'en sortira plus, il cogne du talon sur le flacon étalé qu'il émiette, éparpille. Puis tout à coup :

— Salope... salope !... avec tes bikinis, tout le poil !... le gars qui est venu l'autre jour... salope... Laura... salope !

Interdite, Laura fixe des yeux l'enfant et brusquement s'est mise à courir, à courir, la porte claque, le verrou. Il est seul. Elle s'est barricadée. Les forces l'abandonnent... s'allonger par terre sur les débris de verre, s'éventrer, saigner... Il tombe au sol, vaguement couché sur le côté... Laura... Laura... les genoux repliés contre le thorax, les oiseaux hurlent, un minium gras engloutit les graviers, écœurant... les ongles arrachés, les doigts pantelants de Laura. Le ronflement d'ailes... les pieds renversés de la table contre ses yeux, des tringles, des rouilles... le sol balafré, la terre, des noirceurs... les truites assombries, flasques, des bouts d'herbe, des cristaux que le soleil soudain illumine... les larmes abondantes, chaudes, maintenant, plus de danger, il s'abîme... les houles, le navire...

... La fièvre... Laura, Laura... il a réussi à se traîner hors du jardin. Elle devait le regarder. Alors, il s'est redressé ultimement devant la porte et il est parti. Il s'était couché en arrivant à la ferme, il avait donné des explications... la rivière humide... le froid.

Les draps blancs, la chambre dans les ténèbres à midi. La clameur légère de l'été, une coupole de verre qui vibre derrière la nuit. La blancheur des draps propres reflue sous son menton, le long de ses bras comme l'écume. Le lit penche, le bateau... une traînée de lune sur l'eau, un clapotis, on nage, elle s'approche du vaisseau, il l'attend, le vaisseau blanchi de lune. Les marins dorment, les voyageurs... peut-être morts. Je suis venue... Laura.

La nuit, la nuit marine, les lunes, catapultées au fond de l'abîme, dérivent le long des hanches, de la carène du vaisseau... Ils sont loin, Laura et Félix ont descendu le grand escalier tournant. Les voyageurs ont déjeuné, ont pris un bain, ont joué aux cartes, ont dansé, ont flirté, ont aimé. Ils ont tout compliqué, raffiné leur faim et leurs mains. Se sont revêtus de bijoux, de palmes et de pagnes, ont absorbé des épices, se sont enduits de musc, d'huiles fétides, blanches, noires, enveloppés de bandelettes, de strips, d'écailles, de boiseries. Ils ont tout tenté : le fer et le feu, la corde nue et la vision, les parures, les joutes, l'ivresse, l'amour seul, l'amour unanime, tout le navire pétri d'amour. Les lassitudes, les chirurgies, les émondages, les transferts, les plants nouveaux, d'anarchiques semailles. Le bateau éperdu n'aborda plus aux îles de six mois. On épuisa tout, puis on atterrit, on épuisa les îles, on épuisa les presqu'îles, on pérégrina à travers les continents avec le navire bizarrement monté sur roues... Il y eut des conférences, des plaidoyers, des démonstrations sur les étangs, on installa même des dancings, des restaurants lacustres les jours de disette. Bientôt on fut la coqueluche des patries. Hop ! on redémarre, longeant les côtes déchiquetées, les calvaires éblouis, les phares assourdis d'oiseaux criards. On prit du large et de la rage, on s'ennuya, on revint, on exécuta de grands tours, de grands huit sans but, les continents bombaient d'innombrables bedaines, éjaculaient des fleuves ineptes. Parfois, tout de même c'était prenant :

les forêts denses, en silence, qui s'allongeaient perdant la vue le long du flot. C'était pourtant facile, à portée de chacun, loin des équateurs. Ça devait être les landes, ces vols charnus de palombes, ces belvédères, ces tueries. Puis les dunes, oh oui ! ce jour... ce fou rire... les camps de nudistes, les grandes manœuvres militaires, on se planquait le long du littoral, à l'abri d'un récif. Le capitaine exhibait sa fille nue au sommet du rocher, tous les terriens rappliquaient. On armait les canons, les grandes manœuvres pour des prunes finissaient dans le chaos. Bien fait pour les piétons, les continentaux, leurs étroits essayages de la mort. Malgré tout on se lassait. Ces camps de nudistes, ces camps militaires, toujours... on se lassait même des grandes égorgées corsaires. Il n'y avait que la fille du capitaine qui se portait bien. Elle s'occupait dans les lointains de la mer, elle y menait des ambassades, on disait qu'elle préparait la nuit, la nuit noire, la nuit quetsche, parcourue d'aréoles, de lunules, qu'on y avait échoué à la fin, au pis-aller... Alors tout commença, on ralentit, on cadença, on arrondit, on purifia... La volupté fut sans relâche. La trêve sans fin. Tout ! sans fin ! fou comme ces mots-là entraînent ou plutôt vous enchaînent d'un songe absolu... mais une totalité bourrée d'appétits concrets, distributive, indivise, sans fissures ni fusions, de désirs proliférants, assouvis au moment où l'on commence tout juste de souffrir. Et puis, la fille du capitaine... comment se passer d'elle ? Elle inspirait, elle savait se multiplier, nous ceinturer continûment un domaine sans faille, sans vague, sans terreur...

... La nuit, les ténèbres tendres, velues, notre vaisseau blanc ajusté. Il n'avançait plus, il gravitait, on avait tout loisir de caresser ses flancs, ses guindeaux frais, la flexure des bords, de mesurer les pylônes mâtés, l'ancre, les chaînes. La fille du capitaine qui s'appelait Laura chaque nuit inventait un nouveau culte essentiel. Cette fois, il s'agissait de la mouette et du corbeau, de l'améthyste et de l'orchidée.

— Il est venu m'apporter des truites. Il ne m'a pas caché qu'il s'agissait d'un prétexte ; très difficile de lui faire écouter raison. Il n'a aucun sens des... convenances. Entêté, tyrannique, avec cela nerveux... Il a renversé la table, il s'est couché par terre. Je n'ai jamais rien vu de tel. Une audace, une émotivité exacerbée. Au début, j'ai tourné ses propositions en plaisanterie. Mais il est devenu violent. Il m'était impossible de parer ses phrases. Évidemment je me suis retranchée derrière des protestations un peu formelles du type : « Vous rendez-vous compte ! C'est inacceptable !... » Tout juste s'il ne m'a pas reproché d'être conventionnelle. Il fait une espèce de petit monstre. Adulte par certains côtés, gamin... une possessivité incroyable, des rêveries, un romantisme, une sauvagerie. Non... il ne faut plus me laisser seule ici...

Félix sourit :

— Allons... il n'est tout de même pas si méchant !

— Mais il me guette derrière les troènes, il me l'a avoué, il m'a vue toute nue. Il a dit des phrases drôles à ce sujet... je ne sais quel reproche ?... des réactions inattendues. On ne sait jamais comment cela peut tourner les gamins. Aucun sens de ce qui convient, des frousses intempestives, suivies de hardiesses, d'aveuglements. Dans un de ces moments de délire il peut commettre une bêtise...

Sur son matelas pneumatique Félix s'est dressé :

— C'est tout de même un gamin... tu exagères un peu...

— Non, je ne suis pas rassurée du tout. Il est resté bizarrement allongé de côté, prostré sur le gravier, j'ai redouté qu'il ne se blesse contre le verre brisé du flacon. Cela a duré plus de dix minutes. Il ne bougeait plus. Vraiment, je n'étais pas tranquille... Puis il s'est redressé tout à coup, il a même fait le crâneur devant la porte, tout cambré, le sale môme... et il est parti.

— Il est à craindre qu'il ne revienne t'épier derrière les troènes... Je serai là, je jetterai de temps en temps un coup d'œil moi aussi. Difficile de lui administrer une raclée...

— Ce ne serait pas adroit... difficile aussi de le sermonner...

— C'est le bouquet ! si les gamins s'y mettent aussi... une passion meurtrière d'enfant !...

— Tu crois vraiment qu'il couche avec Vivie ?...

— Je n'en sais rien... mais il ont l'air passablement dessalés, c'est sûr, ils sont tout à fait libres. Douze ans... possible... Mais la petite Vivie, elle devrait être jalouse... en plus, ça doit être plus ou moins sa cousine, sa sœur... On pourrait peut-être essayer de se renseigner... Il fait une chaleur à crever ! Le caoutchouc du matelas sent mauvais et il se dégonfle tout le temps...

— Prends une serviette.

— Ça gratte, c'est l'orage, on devrait s'installer dans la salle de bains, on serait à l'abri de la chaleur et des espions...

La salle de bains est spacieuse, haute, carrée, revêtue

de mosaïque rose. Une grande pièce où l'on pourrait vivre. Des placards encombrés de serviettes-éponges rouges, gonflées. De nombreux pots pleins de savons multicolores, achats faits à des aveugles, à des marchands itinérants, échantillons publicitaires, dons, générosités, stocks... des Cadum partout empilés, dodus, odorants. Ils détestent les savons minces, usés. A peine s'ils utilisent trois jours de suite le même morceau. Il leur faut les dessins imprimés en surface : calligraphies, visages d'enfants, seins de femmes, fesses, symboles divers d'une propreté rendue lascive, navires, fougères... La paume doit englober tout le charnu, toute la fermeté du morceau modelé, sculpté de rainures. Humides comme des torpilles les savons penchent dans le coin des lavabos, sur les rebords de la baignoire, du bidet et sur les étagères, imperceptiblement glissent, pareils à des fromages, ou demeurent soudés au milieu d'une auréole de graisse. Verts, rouges, bleus, jaunes, serviettes bariolées... Des nattes de caoutchouc recouvrent çà et là le pavage. La baignoire est immense ; on peut s'y coucher à deux, tout son long, s'y livrer à des galipettes, des étreintes. L'eau est ferrugineuse, pompée de sources voisines, presque sucrée. Les corps immergés connaissent une union paradoxalement sèche, douloureuse. L'épiderme rongé d'eau est rendu plus exigu, comme robotisé, bulgommeux. On a des miaulements de poupée gonflable, de futuristes adhésions. On se sent désincarné, déshumanisé d'eau. Un étroit vasistas découpe dans le plafond une portion de ciel lucide. On se croirait en train de lorgner un hublot au fond d'un vaisseau, d'une sombre citerne où l'on serait tenu captif.

Des séchoirs ronds, galbés, s'alignent dans des tiroirs spéciaux. Ils crachent de mirifiques chaleurs, corrigent le démasclage du bain. A nouveau s'enflent les toisons ; la tumescence charnelle restaurée. Il y a de l'électricité partout, bien que cela soit défendu. Il faut aux salles de bains l'ambiance des grands accidents, des suicides, une fraîcheur chirurgicale, des phares, des scalpels, des bistouris d'assassinats, le souvenir de Marat. Félix et Laura aiment ces jeux de lumière crue, artificielle et d'eau. Des lampes projettent leurs faisceaux anguleux sur les ballons de savon, sur les serviettes et dans la baignoire. On rêve à des courts-circuits, des ampoules claquantes, des douches ignées, des radiances, foudres grisantes, électrolyses. Entre la mosaïque gelée, l'eau et le feu, on mijote des apocalypses.

Le long des murs, les étagères contiennent poudres, pâtes, onguents, terres de Sienne, glaises bistre, boues consistantes, limons, cendres, remisés dans des étuis, des sachets ou des pots. On dirait des humeurs prélevées sur des viscères, des bourses ou des rates. Dans un placard sont entassés des faux ongles, des faux cils et des perruques, d'autres babioles, contiguës, fragiles et multiformes. Laura parfois s'amuse à se déguiser, elle endosse des travestis, se peinturlure, par caprices. L'eau qu'éclaboussent à tous azimuts d'innombrables robinets protubérants engendre d'exquises dilutions, des contaminations de nuances, des précipités, fontes, tignasses abreuvées, rouges à lèvres déliquescents, émulsions, enduits baveux...

Ce qui séduit, au fond, c'est la fraîcheur, la nudité, la possibilité de souiller à l'infini, de se livrer aux pires frasques. Un simple coup de chiffon effacera les traces. Rien ne saurait marquer les mosaïques polies.

Des lavabos hantent ce laboratoire de la beauté. Des cuves basses, inévitables, techniques, vouées aux physiologies... C'est l'origine de la salle de bains, la face sinistre. Des robinets robustes, camus et des brosses grossières décapent les tourbes, les suints, étrillent le poil. A ce niveau, la chambre froide rejoint les ténèbres chaudes et biologiques de l'animalité, de la terre. L'eau gargouille, des geysers orageux, précipités. Le corps est rencoigné au fond d'un étroit carcan de supplice qui le rive à des trous, à des fosses, à des limons primordiaux. Puis Laura s'exhume et s'exalte vers des lavabos aériens. Des robinets ciselés bleus, de nickel scintillant, ruissellent avec mesure et sans bruit des tiédeurs. Ici, Laura s'humecte de crèmes et de laits. Elle ouvre des flacons de cristal spiré, elle presse des nébulisateurs comme des bourses en résille, étreint des poires tendres, mafflues. Elle fournique dans une indicible breloque, saisit des pinces à épiler, coupe d'infimes pubescences; avec des précautions, des dangers, elle survole des plages de muqueuses, tamponne des gouttes de sang, saupoudre, lénifie. Les bras contractés, le corps raidi, déployé dans un colossal scrupule pour l'évulsion d'un cil, l'estompage d'un cerne. Il faut parfois se tordre sur les reins, se cambrer à fond de manière à pouvoir inspecter le bas du dos, les renflements des fesses. Un bouton carmin a si vite germé à cet endroit, soustrait au regard, exploitant la position, des suavités propices, persécutant et corrompant l'épiderme moiré. Un corps : anxiété de tous les instants. Les moiteurs guettent, les toisons impatientes, les plis, les graisses, les flatulences, ou des stérilités, des piqûres, n'importe quoi : des plaies, des meurtrissures. Il faut veiller sans relâche, user de miroirs maniables et grossissants pour mieux épier les indices... La convexité du verre dilate le globe mammaire, élargit les pores, découvre des grains de chair pulpeuse, le médaillon roux comestible et retroussé.

S'assurer de ce qu'il n'y ait aucune déformation, déséquilibre louche, déport latéral, une concentricité parfaite étant l'idéal à respecter. Il faut se contourner, se chantourner, s'échancrer de partout afin que rien n'échappe à l'examen. Puis, des soucis banals : les pieds, les durillons, les engelures, les mains, les rides, les irritations, les ongles qui poussent, qui poussent bestialement... épousseter le morfil, ôter à la racine de l'ongle le cerne de peau morte. Toute la saleté du monde ne tendant qu'à s'infiltrer, qu'à enrober les saillants, combler les cavités. L'interminable voyage le long du corps, cette guerre contre les agressions de l'air, du soleil, des pluies, des pulvérulences multiples. Les mouches, les moustiques, les pustules. Ce cauchemar d'une éruption brutale de poils, de furoncles, d'une floraison de rides, d'un bourgeonnement cellutiteux, d'une fructification de bourrelets, de fanons, de viscosités, de varices anales, de dartres, de raideurs, d'ankyloses, d'ulcères. On risque autant de se pétrifier que de se liquéfier. Couvent sous l'épiderme des ébranlements telluriques, hémorragiques, des séismes, des laves... extinction d'yeux squirreux. Le corps pouvant aussi bien se décharner, tomber en loques, serrant le squelette rabougri et décalcifié. Un corps : quelle agonie... Tout suspendu à la fortune : la limpidité des prunelles, le soyeux des duvets scrupuleusement restreints, soignés, émondés ; la ductilité des muscles, l'élasticité de la peau, des articulations, cette nutrition, cette irrigation, cette élimination, à travers des couches, des sédiments, des adductions, des chemins où cela vient, va, en des échanges et des fugues étourdissants. Dosages de l'humide, du sec, du froid, du torride. La moindre démangeaison, cette auréole pourpre signalent un fléau. Ces prodigieuses exsudations, ces larmes, ces canaux obturés, ces végétations flétries, ces glandes lourdes, empesées, ces ganglions pervenche et envahissants... Laura ne redoute rien, défie, exhibe un corps aisé, un corps sans histoires, garni, souple, étroit. C'est pourquoi elle pouvait se défigurer pour blaguer, se flanquer des tignasses en guenilles, des poudres blafardes, des cils rêches, des rouges congestionnés, des glèbes. Elle devenait à volonté coriace ou fongible, consommait tous les savons, tous les acides, des décoctions, des parfums ; cette débauche la laissait vierge. Elle se métamorphosait comme une terre sûre, saine, subissant de monstrueux apprivoisements, labours, rotations. Son naturel en réchappait toujours ; après le grabuge, elle s'appliquait une crème diaphane, s'humectait d'un fluide incolore, pur, et redevenait la Laura foncière, la Laura de tous les temps. Aujourd'hui elle exagère seulement un peu. Elle joue l'hippogriffe, la hyène et le jocrisse. C'est comme avec ses tee-shirts, ses pantalons. Les murs sont constellés de macules, de sanies. Les perruques en vrac. Les robinets affolés. La baignoire déborde, les serviettes-éponges balancent... Il faut bien rire un peu, surtout que rien n'adhère à ces parois marmoréennes... les souillures, les marques sont illusion, une main va les résorber. Alors la salle de bains retournera à son dépouillement fatidique, clinique, ampoules voilées, feux follets. Les fanges, les limons, les humeurs glaireuses soigneusement rempaquetées ne bougeront plus de leur placard pour des mois.

L'océan dilaté, bleu, avec une ville sur le rivage, blanche, lumineuse, enveloppée de nobles forêts, dominée de collines, aréolées d'argile roux, soulevées d'un souffle...

... Toutes les architectures des blocs mouvants d'eau, leurs secrets enchâssements, leurs soudures mobiles, la palpitation des volumes, les transparences, ces accolements de lignes déviantes, de tous les ventres de la houle.

Les bateaux dorment sur la mer, femmes dociles, chargées d'hommes. Il y a des îles qui s'écarquillent dont les forêts se crispent, s'ouvrent sur des étangs intérieurs, puis résorbées dans le mirage de la mer. Des villes blanches, cabrées, crâniennes, bâtiments qui défilent devant le navire lent, avec leurs orbites juxtaposées et creuses. Rivages osseux, dénués de feuillages dont les reflets s'effritent dans l'écume du vaisseau. Façades crues qu'érodent des souffles sahariens derrière lesquelles sont tapies des nudités huileuses, rouges, au fond des cellules les plus internes, les plus doublées d'enceintes.

Des grues dressées sur des plages rectilignes, broutant l'arène... Des cargos obséquieux, accablés de bois rares, de paperasses et de bilans. Des yachts d'homosexuels sympathiques. Des laboratoires nautiques, clandestins. Des hérons morfilés, rongés d'air, des duvets, des exodes sous-marins, des défilés madréporaires. Des macreuses alourdies de pétrole, des usines au large, des cités métalliques juchées sur pilotis. Des accidents, des brasiers. Des noyés baladés pour l'éternité...

L'ordre de ne pas envahir les eaux territoriales. Qu'est-ce qu'ils ont voulu dire ?... on va perquisitionner le navire. Ils ont bonne mine les policiers, les inspecteurs, les revolvers braqués... rien que des valseurs dans les soutes ligneuses, des polypiers déracinés. Pas d'espoir d'une fraude. Des riches, des vagabonds, des toqués, des drogués spirituels... La vedette pétarada, fit un demi-tour et disparut. A présent les voici solitaires jusqu'à la fin des temps.

Le jour vient de se lever. Paulin est en proie à une agitation profonde, gribouille ses calepins. Une nuit d'insomnie, de lyrisme. Il a cédé à d'incoercibles fous rires, à des terreurs, des impatiences. Le temps, extraordinairement freiné, rétrograde. Claire réveillée par ses bonds hors du lit, ses vagabondages autour du mobilier, n'a cessé de grogner, de se relever elle aussi pour boire, pour le tancer. Enfin l'aube. La Place rocheuse émerge en une vision aqueuse, affadie. Il griffonne des notes. Encore neuf heures avant Servane. Il faudrait regrouper les évocations par genre, éviter de trop mêler les métaphores saugrenues au sentimentalisme, aux larmoyances, à moins que justement... Il a écrit cela sous le coup de l'émotion. Il biffera sans doute. Le sentiment nu, les exclamations d'âme à

Phébé, aux mandolines, aux doux frissons, des petits mots d'amour, il en avait jeté par centaines sur le papier, du vocabulaire d'éréthisme, d'étreinte, de flux et de reflux. Beaucoup de poncifs, quelques saloperies tendres et neuves. Puis des insultes, des jurons contre les autres. Encore un portrait de Claire et de Laura. Une piquante scène saphique. Pendant des heures... interminable. Et il n'avait réussi qu'à naufrager dans cette aube tardive, à bout de forces, cinq heures du matin...

Tout s'était décidé la veille en un tour de main. La prestidigitation du destin. Il avait quitté la terrasse abasourdi de félicité. Servane était venue lui apporter sa bière, ils avaient échangé baisers, caresses sans retenue. Elle revenait des tables d'étrangers selon des labyrinthes imprévus, des bifurcations, des raccourcis. Il était vraiment le centre de la terrasse, on le prenait pour quelqu'un d'importance, pour le maître des lieux, l'amant évidemment de cette femme asservie, splendide. Il lui avait proposé de passer en sa compagnie l'après-midi du lendemain. C'était son jour de congé, elle avait accepté.

— Promettez-moi de me suivre n'importe où, avait-il ajouté.

— C'est juré...

Elle avait fermé fugitivement les yeux en guise de serment. Elle s'était comme abîmée au plus profond d'elle-même, y recueillant toute sa sincérité pour sceller le pacte définitif.

Il était revenu à l'hôtel, le décompte des heures commencé. Tout était joué, la chambre retenue en ville, la manœuvre ajustée. Claire aux environs de six heures du soir lui avait fourni quelque distraction. Elle arborait un contentement qui devait signifier la reviviscence de ses amours. « Moins encombrant l'ami Gert ?... » lui avait-il dit, singeant son style. Elle lui avait répondu qu'après tout c'était un bon garçon, elle en faisait ce qu'elle voulait et qu'à bien considérer les choses il était très beau, docile... pas compliqué pour deux sous. Comme il devait s'en aller prochainement, valait mieux en tirer, sans rien brusquer, tous les partis possibles.

— C'est de l'arithmétique tout cela... tu ne l'aimes pas un petit peu ?

— Je n'aime que toi mon chéri, mon aventure n'est qu'un interlude... fiévreux... après, tu verras on se retrouvera dans le même sac.

En d'autres circonstances une allusion de cette nature lui eût inspiré un intérêt certain. Elle traversa son esprit, le laissant stupéfait de ne pas l'avoir été. Claire s'en rendit compte :

— Ça accroche... dis... les bonniches, les déesses de Champigneulles !...

Une brève querelle avait éclaté, puis la nuit. La nuit qui n'est jamais absolue, ni noire, mais balafrée de rayons, percée de lumignons, envahie d'opalescences, de vacarmes lointains, de rumeurs comme un feu qui couve. Une obscurité de portes craquantes, de huisseries en bougeotte, de faisceaux, de pas, de bandits. La Place était lamellée par les stores, elle s'allongeait pâle, toute incurvation abolie, désenclavée, mise au niveau du reste. Il n'avait cessé de croiser Claire au fil de l'attente, Claire empêchée de dormir qui n'attendait rien, qui grommelait mal peignée, lèvres lourdes, exhalant pourtant ce parfum de femme, de quiétude, de lit. Ce sillage familier et profond l'engourdit... Une femme, la nuit, en chemise, démaquillée, molle, nu-pieds transcende ses trahisons diurnes, pitoyablement démunie, dépersonnalisée, versée à la chaîne hébétée et somnambulique des innocents.

Le petit déjeuner est divertissant. Une nouvelle serveuse sauve l'opération des habituelles monotonies. C'est une Africaine ingambe, rieuse, un perpétuel fou rire. Ouvrant la porte, elle s'est mise à pouffer dès qu'elle les a découverts teigneux, terreux, aux deux extrémités du lit. Elle leur raconte qu'elle s'est trompée d'étage, plusieurs fois, avant d'arriver à eux. Elle porte un tablier court sur des jambes admirables, sans mollets, sans chevilles, mais la cuisse s'amorce avec vigueur, laissant prévoir plénitude, souplesse. Elle voit qu'il la regarde et rigole de plus belle, renverse le thé. Claire ne peut réprimer un éclat de rire. La serveuse est grande avec des couettes indescriptibles, des dents, une bouche aux dimensions d'un appareil génital. Il n'est pas utile de regarder plus loin, on est absorbé par l'étalement des carnations, les papilles, les plis, l'écume et le hérissement des éblouissantes quenottes. Le corsage ouvert montre les seins dardés en toute liberté, des seins de chasseresse, d'oasis qui vous ressuscitent des instincts coloniaux, odieux, despotiques, des songes d'adolescence naïve. On est porté à des privautés. L'espace de quelques minutes Servane est éclipsée, seules règnent cette agilité des muscles, cette hilarité brune et charnue dont l'individualité vous étreint au martyre. Elle les quitte, ils l'entendent s'esclaffer à côté, en dessus... difficile de rire juste, sans grimaces, sans jaunir, sans se pincer, sans s'arroser d'urine, sans être aussitôt ravagé de transes, de gigotements pathologiques. Elle, le rire ne l'aliénait pas, miraculeusement il la faisait coïncider à son essence, les jambes un peu écartées, le ventre placé en avant, les seins, le cou rejeté, un rire immaculé, frais, dans lequel on voudrait boire, s'annuler...

Les heures suivantes : minables... Le départ de Claire qui bougonne vers dix heures des adieux temporaires. Le déjeuner solitaire. Les garçons mécaniques et macadamisés dissimulent des tares, dissolvent des miettes. On eût voulu les écorcher, les rôtir. Surtout un petit maladif à chichis qu'on aurait violé. La chaleur accablante. Le petit maniéré qui soudain tourne de l'œil et s'écroule tout son long en apportant une sauce. Le maître d'hôtel accourt, demande des explications aux autres garçons. L'un d'eux se détache, maigre, félidé, avoue que son ami était très fatigué depuis plusieurs jours, qu'il était susceptible... on emmène la loque et le restant de sauce. Coup d'éponge. Le garçon chafouin a l'air désolé. Paulin ensuite ne voit plus rien, ne sent plus. Une toilette hâtive, superflue... Servane... Un dernier scrupule : il a peut-être trop préparé les manœuvres de l'après-midi. Se laissera-t-elle vulgairement conduire dans un hôtel de la ville en plein jour ?... une jolie chambre dominant la place aux frondaisons, un mobilier Louis XV, luxueux, livré à tout le feuillage affluant. Quand il avait ouvert la fenêtre, ce fut une avalanche instantanée de limbes épais, de promesses. On eût dit un salon précieux disposé à la lisière d'une forêt. Puis, il avait pensé que cela manquerait de simplicité, que le contraste était alambiqué. Il n'avait plus qu'à faire apporter les fleurs et le champagne... Il était grossier, elle connaissait les usages de l'hôtellerie, pour peu qu'elle ait déjà servi champagne et citronnades à des noceurs alités en plein jour. Il s'agissait d'empêcher les analogies blessantes. Pourtant il ne pouvait pas l'emmener dans un bouge... Les feuilles lui plairaient certainement, il ouvrirait grand la fenêtre. Ainsi ils seraient en plein air, suspendus... Lui seul, se rappellerait du numéro de la chambre, de la forme de la clé, de la tête des grooms, du silence glacé quand il était entré dans cet hôtel inconnu où tout allait se jouer. Le sort lui fit échoir un chiffre de porte plein de symboles déplacés. Il n'avait pu obtenir autre chose. Il avait fourré la clé dans sa poche, le numéro fêtard et lascif. Il y repense malgré lui, cela prend force d'évocation. Son amour sournois maintenant... l'espace d'un instant il n'aime plus, il se régale d'avance, égoïste, peloteur, inventif, une fringale...

Deux heures, le déclic est communiqué aux pas. L'escalier, la Place, la grille dorée. Servane arrive avec un léger retard. Il lui dit brutalement : « Je suis franc... je vous emmène dans un hôtel... parce que je suis fou et que je nous veux tous les deux seuls. La rue, la Place ! ce n'est plus supportable, la foule... » Elle ne répond pas, il hésite, la prend par la main, elle avance à son côté. Elle a accepté. Déjà elle doit imaginer ce qui va suivre, intérieurement elle se prépare. Éprouve-t-elle du désir ?... Va-t-elle se dérober, elle peut encore trouver un prétexte. Elle se tait, il extravague, toutes les conversations possibles à la rescousse, par bribes, par éclats. Elle sourit sans s'étonner... les choses sont bien plus simples, pures. Les rues en zigzags, ils progressent vers le but, elle marche d'un pas naturel, facile, lui ralentit, accélère, ne sait adopter une cadence juste, décente. La clé ballotte dans sa poche, la caresse, le numéro, des suggestions rapides... La ville chaude, la ville généreuse...

Servane dès son entrée dans la chambre s'est dirigée sur les feuillages. Des cris d'enfants montent de la Place, des bruits de jeux. Ils restent un instant dans l'embrasure, mains liées, penchés. L'œil se perd dans le circuit des branches, les carrefours aériens, les virages, les précipices, les sentes, les oiseaux pareils à des jalons... Il serre la main de Servane. Elle lui sourit, il l'entraîne doucement vers le lit en l'embrassant, ouvre des brèches dans le corsage, la jupe, des plages de peau nue... Avec stupeur, avec ardeur, il fourrage dans cette blanche cohue d'étoffe et de chair. Les seins sont des igloos parfaits où il caresse un peuple grouillant, chaud. Son ventre a la pureté des morènes d'eau douce. L'étreinte suit la spallation des aines, des fesses et de la nuque aux reins la glyphe par où le corps a voyagé sous les névés, car sa nudité est extraordinairement pure et semble issue des tourbes morainiques. Elle est blanche, noire, globale, avec des cheveux tordus, profonds comme les racines de la terre et de noirs sépales cernent les disques oculaires, ventral. La neige lui avait toujours été propice, en elle il avait déjà connu la fureur. La neige est un bain chaud. Il l'entrave, la libère et la force. Ses jambes comme des torrents séparent des rivages, ses reins dilacèrent un à un les glacis qui la bouclent, la tirent du sarcophage où elle hiberna. Soudain le plaisir l'évulse : ange nival. Les muscles pris au licou se débattent et rougissent : ange nodal...

Ses calepins pendant des pages et des pages d'insomnie évoquent passionnément cette double métaphore d'ange rival et nodal. Il joue sur les métamorphes du corps, tisse des hypallages, des assonances de ténèbres et de blancheur, de virulence et de candeur. Attentives, les griffes rouges de Claire entament chaque image, elle feuillette ses Exécrables Calepins. Il avait toujours été exalté. Ça fera comme elle avec Gert. La griserie s'éteindra. Puis des détails comiques... Elle rigole, écrire tout comme ça... quelle drôle d'idée ! il faut dire que c'est bien lui, que c'est cocasse ce modelé de la clé, ce numéro symbolique. Dans ses bons moments il ne manquait pas de paillardise. Pour l'instant, avec la bonne il en était au septième ciel, les yeux pas en face, l'esprit mielleux, puis il viendrait aux cochonneries, il en arriverait à la clé, au numéro... Son ange nival n'y verra que des avantages, la coquine... la sainte nitouche. Puis il se lassera. Il ne rapporte guère ses propos à la fille fatidique. Bouche cousue, belle et bête. Le vide fait mystère... tiens ! il a rendez-vous dès demain avec elle, les voluptés s'enchaînent... Ça s'enfle, ses calepins, des pages et des pages. Vénus inspiratrice. Des majuscules, des hyperboles, de fumeuses, de pompeuses platitudes, de la roupie de sentiment. Ça ne durera pas longtemps. Elle est plus objective, elle, au moins avec Gert. Concrètement elle l'utilise, elle le terrasse, l'ange de Hanovre, l'Apollon thérapeutique... le pharma... qu'est-ce que Paulin ne trouverait pas à chanter sur lui ? La Plaine, l'échoppe bourrée de médicaments, Gert passif, une cohorte de rouées, d'empoisonneuses, un territoire rectiligne, pas un arbre, pas une mer, pas une haie... l'uniformité des vices...

Le journal est tombé sur la table de nuit de Paulin. Claire a le génie de placer bien en vue les gros titres déplaisants, les nouvelles du naufrage ; justement, il ne veut plus en entendre parler. Informé ! le droit à l'information, tout dépend de laquelle... Il tourne la page : dossiers politiques, voilà ce dont il est curieux, il aime tout savoir, le carrousel des hommes, leurs bagarres, les crises, les euphories. Ça l'excite. Il a des amis qui depuis longtemps ont abdiqué leur droit de vote et s'en foutent. Lui, il va glisser son bulletin, ça lui plaît, remplace mystérieusement l'eucharistie de son enfance, il se confesse dans l'isoloir, invente une prière, pousse le papier dans la fente, le curé crie sa bénédiction : « A voté. » Il vote surtout pour les têtes, parfois pour les idéologies. Tant mieux si le héros choisi en personnifie une. Avant, et pendant longtemps, il ne croyait qu'aux partis, qu'aux systèmes généraux et déterminants. L'homme n'était qu'un pion régi par des puissances anonymes et mathématiques. Puis il a mesuré la connardise de ce néo-tainisme. En fait, les bonshommes n'en feraient qu'à leur tête, s'ils le voulaient vraiment, s'ils décidaient de taper sur la table un bon coup. L'histoire, sans doute, démontre que les héros surnagent à la surface d'un jeu de forces préexistantes, logiques, dont le reflux et le flux les convoient malgré eux. Il s'en moque. Il cherche partout des têtes, des bobines. C'est plus pittoresque. Il est démodé, borné, le Français ne sait pas voter, en voilà la preuve. Il est passé du parti communiste à l'extrême droite, puis est revenu en remplissant toutes les cases intermédiaires. Ce coup-ci, dans le journal, où est le bonhomme ? il aime les palabreurs rigolos, les véloces, les trépidants, les tempéraments d'infarctus, ceux qui s'esquintent, les surprenants, les théâtraux, les majestueux... Il avait eu, dans son jeune temps, un copain sénégalais qui lui avait dit : « Moi je ne vote que pour les politiciens majestueux. » Il avait fait sienne la formule. Il cherche partout le nerf et la classe. Il s'est fâché avec des amis mobilisés dans tous les partis. On vous respecte si vous restez à votre place. On s'habitue à votre teinte, elle vous donne un genre, même quand on ne partage pas vos idées, mais l'éclectique est honni, le polygame intempérant qui infiltre des bulletins de toutes les couleurs dans l'étroite fente des urnes. S'il votait rarement à la même enseigne, il ne votait jamais au hasard. Son choix était nécessaire, impliqué par une profonde, une infrangible certitude. Cela durait ce que cela durait... Il se délectait des menues informations, des papotages, des propagandes, il adulait les vains débats. Il exigeait dans le même caractère, manœuvres, finesses, byzantinisme vétilleux, chinoiseries concrètes, perfidies et scandales, coups de gongs, résolutions miraculeuses, vastes projets, Loyauté !

Aujourd'hui, c'est la période de vacances, pas grand-chose... Nos grands hommes cultivent des radis, pêchent l'anguille. Les partis de l'opposition méditent des rixes les pieds dans l'eau. Les révolutionnaires se cassent les reins sur des ventres de bourgeoises avides.

Paulin, éméché par cette information intervallaire, inconsistante d'été, a saisi ses calepins, le voilà qui gratte, gratte... : au fond tout ça c'est cul, c'est versatile, ça n'a ni queue ni tête. La mort aux deux bouts. Des vies rachitiques, qu'on voudrait fuir, mais c'est pareil à tous les azimuts. Il y a nos caciques en vacances, la famille, les enfants. Toujours des enfants pleins de pognon, roués, la braguette détraquée, la jupe auréolée. Puis les papas, les mamans indulgents, la promenade, le grand air, des panoramas en pure perte, des envies de pisser, de roter, de péter comme ça, on est en vacances, de baiser le très brillant et très jeune et prometteur polytechnicien qui vient apporter un dossier secret. Qu'il est ambitieux le petit salaud ! Il veut sa part du gâteau, bon Dieu... quel gâteau ?... le faire marcher un peu dans les allées. L'éphèbe babille, jargonne. Interdire la politique aux jargonneurs, aux valets, aux rataplats. « Vous êtes bronzé... monsieur le ministre. » Sa femme ce matin lui disait qu'il avait perdu un peu d'estomac. Qu'est-ce qu'il s'en fout ! c'est de la bedaine qu'il veut, des fanons, des poils, un membre braqué, turgescent qu'on le verrait saillir sous la flanelle dans les cérémonies du souvenir. Il y a des moments où l'ordre chavire, où l'on est à deux doigts de commettre des frasques... après tout... certes les collègues vous attribueront quelque démence, certificat médical à l'appui et truqué. Ils hausseront les épaules : « Le pauvre... j'en ris malgré moi... » En tout cas, le jeune polytechnicien, c'est pas lui qui ira bavarder, je le tiens au bout de sa nomination. La prochaine formule apprise qu'il profère, le mot chic d'école, il aura ma main au panier et je le bafoue, je l'enfourche le petit pédant ! Non, trop aisé : à coup sûr, je gagne. Plutôt serrer le jeu. La chevauchée s'il prononce tel ou tel mot, voyons... les mots à la mode, le tube de l'été, ah oui... déontologie ! S'il me dit déontologie, je papouille. L'inciter à toutes les facondes...

« Au fond qu'est-ce qui vous passionne dans la politique ? Je vous pose la question sincèrement, c'est les vacances, un jeune homme de votre âge... coller à ces affaires, à ces vanités... vous n'allez pas me dire que l'avenir de la patrie ?... c'est une question d'ambition, gros malin va !... — Non, cela me plaît... — Quoi cela ! — Gérer, conduire... les dossiers, les contacts... la chaleur humaine. — Mais c'est barbant tout ça ! et sur le chapitre de la chaleur vous mentez ! — Comment pouvez-vous dire des choses pareilles ? — C'est que je m'intéresse à l'être des choses, à l'ontologie, ça ne vous dit rien ?... en pêchant l'anguille, depuis quelque temps, une lubie... en voyant mon épouse vieillir, loucher sur le moindre livreur athlétique qui franchit notre seuil. Je me demande si je ne devrais pas tout lâcher, lui faire cadeau des gars dont secrètement elle a faim... a beau être la femme d'un ministre... et moi, me payer des jeunesses, des friandises quoi... nous gâter un peu, assez du caviar, du foie gras, des gueuletons sapés, des lubricités censurées, on ne peut plus rien se permettre, la presse est aux aguets, les purges, les expulsions menacent. On en est à la crédibilité !... vous aimez le mot n'est-ce pas ? crédible... il faut être crédible et j'oubliais : fiable. Vous avez l'air bouleversé... Je suis en vacances, je pêche l'anguille noire sous les cressons, je parle comme je ne reparlerai plus. Excusez-moi : un rot, eh bien oui, c'est une transgression, il faut m'excuser... mon fils parle toujours de transgression, papa tu ne seras jamais un transgresseur ! il s'agit de transgresser... alors je me suis mis à roter, c'est une infraction si dérisoire... si puérile, si peu destructrice, si ténue... Un pet !... ne faites pas cette mine. Pétez aussi... je vous en supplie... allez... on ne pète donc pas à Polytechnique ? C'est pas drôle !... mais non... puéril, des trangressions d'adolescent... imaginez-vous que j'ai envie d'aller plus loin ! Ne faites pas cette tête-là... Nous parlions donc de l'ontologie, le sujet vous laisse froid, vous êtes froid, vous fomentez votre avenir froidement, vous devez baiser froid, ou comme un fou congestionné en rut bref, honteux... perdre des minutes si précieuses... Baiser ! le mot vous choque... vulgaire, pas littéraire, observez que ça dépend du contexte, il peut devenir ultra-mondain, ultragracieux, le bras allongé des dames... la main à baiser. Avec qui baisez-vous en ce moment ? Comment est-elle ? dites-moi tout, est-ce un lui ? est-ce une elle ? ne vous offensez pas, nous sommes en vacances, nous pêchons l'anguille, ma femme ce soir vous fera une soupe de cresson. Alors dites-moi ?... les traits rigolos, ceux qu'on garde secrets, les manies... Allons... Des haies partout, pas d'oreilles, on passera l'éponge, on n'y reviendra pas. On fait de l'ontologie tout à fait bénigne, vous savez... Il paraît que c'est bien plus compliqué. Alors comment baise-t-elle ? Vous avez l'air abasourdi, vous n'irez pas loin, vous n'êtes pas solide, vous ne savez pas parer les coups. Il faut des réactions prévues pour toutes les situations. Par exemple : au pet, il fallait rire, ou bien faire le sourd, ou bien péter aussi. Pour les questions indiscrètes, il fallait, ou bien jouer le jeu, narrer une anecdote, ou bien changer de conversation avec souplesse, sans manifester surtout la moindre gêne. Faire comme si vous n'aviez pas senti le sujet... aujourd'hui, sans trop le montrer, comme cela... surtout, pas vous choquer. Alors ? rien... vous êtes jeune pourtant, pas de difformités visibles... A votre âge moi j'avais une maîtresse, elle ne pouvait pas jouir sans... J'y reviens, je n'y peux rien, j'ai l'esprit d'analogie. J'ai encore des pudeurs, voyez-vous, le mot dans un éclair m'a effrayé. Eh bien imaginez-vous que paradoxalement ses foudres m'excitaient. Elle avait le boyau tellurique, ça l'ébranlait tout en long, avec des soufres nauséabonds, j'étais un puisatier, un Tazieff... vous ne trouvez pas ça utile... pourquoi voulez-vous que cela soit utile ? c'est bien là que je vous reconnais tous. C'est bête, c'est anodin, j'en conviens... mais utile ! pourquoi donc ?... ce n'est pas intéressant ! on en dit bien d'autres qui ne le sont pas davantage... allons... pas de monsieur le ministre... je suis un pote en vacances à l'anguille... parlez librement bon Dieu !... ah ! vous trouvez que tout cela n'a rien à voir avec l'ontologie, ce mot vous ne le trouvez pas un peu bref ? il me souvient d'avoir entendu une formulation plus développée, avec un sens légèrement différent... vous voyez ? non... qu'est-ce que c'est pour vous l'ontologie ?... Mais c'est le sein de l'être, de l'être en soi, le bout à bout de tout, comme ça c'est plus présentable... vous vous en foutez de l'ontologie ! Ce qui vous accapare c'est la prochaine promotion... que j'ai dans ma poche, un poste de sous-préfet... eh !... eh !... Alors, pétez et vous l'aurez... ridicule... mauvais goût... je m'en fous, je suis fou, peut-être, oui mais je cacherai mon jeu, je ne parlerai pas ; si vous répétez mes propositions je nierai, pas de témoins, du cresson, des anguilles, c'est vous qui aurez tort, vous l'avorton, la fourmi de l'État contre moi le ministre, et qui plus est : un élu du peuple. J'ai tout le peuple derrière moi pour vous arracher ce pet libérateur. Allons... il faut vous rendre... il y a bien toujours un pet pour traduire l'estime dans lequel on tient sa planète, son ministre alors... vous savez, dans le temps, on vous aurait demandé de cracher sur le bon Dieu ; mon fils, lui, qui est un transgresseur moderne, vous eût exigé de baiser votre sœur. Vous n'en avez pas... Alors, votre frère, c'est plus prenant...

« Vous n'avez jamais lu le cinquième chapitre de *La Terre*... je crois que c'est le cinquième... ou le troisième... enfin, c'est tout au début, ça commence comme cela : " Jésus-Christ était venteux "... Et pendant tout un chapitre Zola symphonise trompettes et tambourins, des variétés de gammes, de pétulances. Vous n'aimez pas Zola... vous êtes indigne, vous n'aimez pas l'imagination... Sans doute, connaissez-vous l'échec de *La Terre*, l'anathème des petits salauds... Puisque l'on est en littérature : vous connaissez l'admirable Saint-John Perse ? vous ne lisez pas... j'avoue que de toute façon il vous serait difficile de le citer dans un discours électoral. Ça ne s'y prête pas, quoique vous savez... j'en ai entendu des meilleures. André Breton ! oui... et ça allait très bien, vous savez c'est pompier, Breton... Vous ne connaissez pas non plus ! Mais alors vous allez citer quoi ? Il faut citer, tout le monde cite, ça éblouit le peuple, la nation, les gens simples, les honnêtes gens... Alors, donc ! il y a un recueil de Saint-John Perse intitulé : *Vents*... Vents pour de vrai, grandes soufflées pneumatiques qui voyagent, là-haut, l'azur... Eh bien ! quand je relis le titre, je pense toujours aux furies éoliennes de ma première maîtresse. Elle mangeait du charbon pour prévenir les accidents. Elle en avait la langue toute noire, ça renforçait son côté Proserpine, tellurique, vous savez... Il y a des réminiscences inévitables et blasphématrices. Depuis quelque temps, toute pensée noble, bien malgré moi, me montre son derrière. Vous savez, cela fait un drôle d'univers dédoublé et des envies de s'esclaffer... des souvenirs qui me reviennent, des choses impayables dont on ne se vante jamais... Gide et Rousseau pourraient aller se rhabiller. Vous ! le polytechnicien... je vois bien que vous savez de quoi je parle. Allez... vous avez bien une anecdote, une audace ! un petit stupre... Je vous demande une audace, une seule... entre quatre haies, je ne répéterai pas ni ne repéterai : à mon stade transgressif, moins c'est recherché, mieux c'est... je vous adresse un ultimatum ! une anecdote ou votre nomination ! J'ai le papier dans ma poche, votre avenir, votre escalade, le soleil d'Austerlitz !... Décidément vous êtes une buse et je m'en torche, petit pédé !... Je n'ai rien contre les pédés, les grands, ils sont forts en ontologie, leur isolement relatif les enrichit. Mais je hais la graine des petites tantes, des mirliflores, des amateurs !... Vous ne vous fâchez plus... je devrais aller me reposer !... On analysera plus tard... écoutez : onnanalysera ! !... les folies que je viens de dire. Je n'ai plus ma tête !... Quoi ! on fera la déontologie du dossier à tête reposée !... Ah ! tu l'as dit ! ! tiens prends, sale rond-de-cuir, vomissure, cuistre ! prends mes cinq doigts et n'attends pas le reste, bas culotte ! Hop !... j'avais fait le pari. Tu ne réussiras rien de grandiose ! avec ton vocabulaire de chapelle, pas de langage à toi... tu as la fesse adipeuse, blême... tu as des soumissions... tes élégances m'écœurent, casoar ! Tu ne feras pas de grand chemin, commis ! Larbs ! Ah ! mais tu jouis ! !... fous-moi le camp, tiens ! même ma vieillissante femme dans ses ardeurs ne te désirerait pas ! »

Puis ras le bol de ce dialogue !... Ministres, polytechniciens et écrivains aux gogs... Refermer les calepins, sans même relire, les calepins ne sont pas destinés à publication.

Il faut revenir au journal, aux inévitables gros titres. Le naufrage, des suppositions fantaisistes. Une lame de fond aurait soulevé le bateau, l'aurait porté à des hauteurs vertigineuses pour le précipiter contre un écueil et l'y pulvériser. Ou bien un jaillissement de pétrole aurait troué soudain l'épaisseur océane et le navire se trouvant, par hasard, au passage de la trombe aurait fusé dans les airs. Il était resté un instant suspendu, coiffant la gerbe d'huile, puis s'était disloqué, consumé. L'absence de traces pouvait s'expliquer aussi par le ravage d'un nuage foudroyant de sauterelles, les bestioles abattues dépeçant voyageurs, équipage et capitaine, en un tour de main la carcasse du navire, désossée, mâchée, dilapidée. Des croquis illustrent ces différentes hypothèses. Tout est possible. Les voyants se passionnent. Ce déballage de mauvais goût lui donne le cafard, il imagine pourtant les jolies vagabondes dévorées par les insectes. L'éruption brutale du pétrole valait-elle mieux ? Mourir plein d'huile, suffocant... Mais la lame de fond est, à ses yeux, la plus cruelle fin : tout à coup, se sentir poussé à une vitesse furieuse contre un épieu tranchant, le ventre précipité sur un profil de couteau... Pourquoi a-t-il lu ce journal ? voilà les angoisses qui assaillent. Il a beau regarder par la fenêtre, en direction du café, pas l'ombre de Servane. Il est vrai qu'ils ne se sont donné rendez-vous qu'à dix-huit heures. Pourtant, à dix heures d'habitude, elle est déjà au travail, elle déambule parmi les chaises en faisant graviter les verres et le plateau, et il en est tout rassuré. Un retard sans doute, ou quelques heures de congé matinal dont elle aura oublié de lui parler. Ils retourneront à l'hôtel en fin d'après-midi. Cette fois, moins ému, il se promet de savourer chaque geste, chaque caresse. Éviter les hâtes dissipatrices, s'efforcer de faire coïncider chaque minute avec chaque région de la peau, chaque baiser, élan... Il sera plus lucide, le plaisir moins fou mais enrichi. Il aura pleinement conscience du bonheur... dans le bonheur vu, touché, possédé... Le temps incarcéré entre ses muscles lui sera soumis. On sonne à la porte, il ouvre : un groom rond rouge de cirque, une lettre sur un plateau, son cœur panique, il mourra du cœur, il déchire l'enveloppe, il n'a jamais su décacheter quoi que ce soit, il a toujours préféré dire aux filles de se déshabiller plutôt que de déchirer les habits. Les tempes battent, à travers les coups, les mots, la catastrophe, le père malade, congé obtenu, impossibilité de venir... un découragement d'adolescence, l'espace rétréci, muré, une oppression des poumons. Elle ajoutait que son père était malade depuis longtemps, il s'en souvenait, elle avait fait déjà allusion aux parents vieux... Elle lui avouait que son père était un ancien soldat de Champenoux, des étangs crépusculaires, qu'il ne s'en était jamais remis. Elle le conjurait de ne pas tenter de la rejoindre à Velaine, ce serait une humiliation faite au père et à elle... dans le désordre où plonge la maladie. Elle jurait pour lui qu'il n'essaierait pas de venir...

Il part sur-le-champ. Il tracera le portrait de Servane aux villageois, ils lui indiqueront la maison... Il réfléchit, où va-t-il tomber ? Qui sont les parents de Servane ? Son égoïsme d'amant va les importuner, les surprendre dans le trouble... Mais il ne dirait qu'un petit mot en passant, leur proposerait son aide... il combat, puis capitule. Il faut obéir à Servane, elle l'a exigé, elle condamnerait cette intrusion intempestive, interdite. Attendre que la maladie disparaisse, que Servane, elle-même, l'invite dans sa maison, qu'elle ait le temps de tout préparer ; ne rien brusquer ; mille fois par jour, il doit se répéter la même exhortation : ne rien brusquer, il en crèvera de l'impatience et de ses fougues. Mais oui... Il devait y avoir des raisons inconnues, déterminantes, qui justifiaient ce serment qu'elle avait fait pour lui, pourquoi eût-elle autrement insisté à ce point ?...

Maintenant il accuse les titres funestes du journal. Le naufrage lui porte poisse. Il y a du malheur et de la contagion dans cette sinistre affaire d'océan, de néant... Il a la vision fugace, terrifiante, de la piscine du vaisseau remplie de noyées... le navire continuant sur la mer, avec cette vasque intime, ce Léthé.

Pas de nouvelles de Servane. Il n'attendrait pas indéfiniment. Tant pis pour l'avanie, l'humiliation du père malade. Il part se promener en ville : sa rééducation... S'il demeure trop longtemps dans la Place, il ne réussit plus à la quitter sans déployer des efforts... Quoi faire ?... à moins d'aller au cinéma. Il n'y est pas retourné depuis des mois. Entrer, au hasard, dans la première salle qui se présente. Il verra bien. Il tombe sur un petit cinéma louche, un petit cinéma d'hommes seuls, d'Africains perdus. Le film à l'affiche est interdit aux moins de dix-huit ans, un film pornographique, il ne va tout de même pas entrer dans ce tapin. Après tout... ce n'est pas cher, trois francs cinquante, tout le monde devrait venir. Pas mal assis. L'écran presque sans taches. L'image fibrillée mais discernable. A l'entracte, ses regards sur des hommes occupant quelques sièges alentour, un mâle tous les dix sièges, parfois deux côte à côte, pas une femme. L'atmosphère : grognon. Bobine démarrée. Dans les moments de sexe, le silence s'élargit, total, et comme le film n'est fait que de ces moments-là, on n'entend pas un moustique. Une qualité de silence et de tension comme il n'en a jamais vécue, on doit sentir la même impression dans les guerres, entre les bombes. Le pire est qu'il est satisfait du film, un film porno... eh bien oui... mais en couleurs, la couleur c'est toujours beau, puis la musique prenante crée une seconde illusion, et l'illusion c'est son fort. Une intrigue fine, prétexte, donc moderne. Il dit cela pour s'excuser. Il a dû perdre sa délicatesse réputée, sa sensibilité d'artiste, à fleur de peau... Il cherche ce qui lui déplaît, ce qui est raté. Il ne voit rien. Les scènes se juxtaposent, à rythme rapide, érotismes de toutes natures amenés en prologues soignés, un peu léchés, peut-être. La technique souple, efficace, met en valeur les nudités. Il est même excité, les filles sont chouettes, les gars ont de l'aisance dans l'expulsion des culottes, des maîtres... le nylon aminci, toc... chassé, la fesse poche, tout cela très vrai, tangible. Des filles charnues, la plupart du temps, des fesses plus réelles donc, grumeleuses, qui flageolent un peu quand les demoiselles marchent. Des trucs bien vus, pénétrants, sentis. C'est beau le cinéma pornographique. Ici réside la connaissance profonde du cœur humain, de ses curiosités. Il a envie de faire un film du même genre lui aussi, si on lui donnait les moyens... on verrait ce qu'on verrait ! Mais celui-ci ne se défend pas mal. Il attendait du cinéma débile, risible, sonnant faux un niveau déplorable... comme ils disent, mais il n'y a rien à déplorer ; quand le rideau tombe il est même déçu, il aurait voulu qu'elles continuent les caravanes déshabillées. Le voilà tout étonné, scandaleuse révélation : il est donc si vulgaire. Ses amis, ses relations, ses belles accointances ne fréquenteraient jamais pareilles boutiques. La fatigue doit expliquer son abaissement. S'il n'avait pas redouté l'ironie des ouvreuses il serait resté à la séance suivante. Au fond, il vient peut-être de découvrir un chef-d'œuvre inconnu, dédaigné par tous, qu'aurait acheté pour la fesse une chaîne de cinémas bidons.

Cette intrigue mince, prétexte, ces épisodes contigus, sans lien, ces frénésies lentement préludées. Il en est sûr... le retour de certaines obsessions, c'est bon. Il en aurait juré. Certes, il n'a pas une grande expérience de ce cinéma-là, il se fie trop à son instinct et l'instinct dans ce domaine est vite contenté. Tant pis, au bénéfice du doute... il déclare le soir à Claire qu'il a vu un excellent film pornographique. Elle lui répond : « Mon pauvre chéri, tu as du retard... » C'est une querelle qui commence. « Il n'y a pas de retard ou d'avance à avoir pour un bon film, fût-il porno ! La beauté est intrinsèque, intemporelle, achronique !!! c'est le style ! — Si tu sors des choses pareilles à tes élèves, ces temps-ci, tu te feras jeter dehors. — C'est des petits cons mes élèves... d'abord je les aurai, je bifferai intemporelle qui fait idéaliste et je laisserai achronique pour sa modernité, ce vocable obscur et savant me sauvera... »

Il va s'accouder à la fenêtre, une femme est avancée dans l'embrasure voisine. Il lui adresse un petit salut. Elle lui jette un regard fugitif, s'abîme derechef dans une attitude d'insondable méditation. Elle ne pense à rien, il en mettrait la main au... Et les hommes qui passent en bas sur le trottoir la regardent, sans oser la siffler, comme une vierge...

La soirée traîne... la nouvelle serveuse rit dans les couloirs, dégringole des escaliers, éclats de verre brisé... le directeur ne la gardera pas longtemps. Mais Paulin est persuadé que tous les clients protesteront contre cette éviction, ce racisme... Elle avait des maladresses charmantes, un rire purificateur, on ne congédie pas des jambes de cette rareté. Il se demande où elle peut bien coucher. Là-haut, sous les combles, dans une chambre mal aérée, torride. Elle domine, au-delà de la Place, toutes les toitures de la ville, le début des lisières. Il n'envie pas sa situation, préfère rester plus bas enveloppé de murailles. Cependant, il rêve à une excursion là-haut : l'Africaine... son rire... quand il ouvrirait la porte, la surprenant en train de lire des bandes dessinées érotiques, bêtes, ou des histoires sentimentales. Il en improviserait une sur-le-champ, pour fortifier la séduction, n'importe quoi... une aventure d'amour un peu salée qui lui permettrait d'évaluer sa tolérance aux épices... non, il la regarderait avec gravité et il lui dirait la légende de Servane. Rirait-elle toujours ?... Mais sous quelle mansarde loge-t-elle, sous quelle coquette mansarde ? Il avait entendu, par hasard, le directeur de l'hôtel lâcher à une sorte d'inspecteur social : « Vous savez notre personnel vit dans de coquettes mansardes... » Le garçon raffiné, son copain félidé, la nouvelle Africaine, tous, survolant la clientèle, la chevauchant allégrement au sein des quiètes mansardes.

Le compagnon présumé assoupi de la voisine contemplative... a ouvert la radio ! notre rêveuse a protesté. Du coup, l'entêté a poussé à fond le bouton. La femme s'est propulsée dans l'embrasure de la fenêtre pour échapper au vacarme. Son buste se découpe avec alacrité, c'est une extravertie, dans tous les sens du mot, réclamant jeux de mains. Ne pas écouter ce que dit la radio... L'évocation redoutée, barbare... Le Naufrage. Il fixe son attention sur le torse de la voisine en saillie. Espère qu'elle répondra à ces marques d'intérêt et que les manœuvres suivantes les préserveront du naufrage fatal... Hélas, la vulgaire alléchée s'est mise à commenter les nouvelles. Le mari et l'épouse ne semblent pas d'accord. Lui, l'homme, affirme que le naufrage n'a jamais eu lieu, que c'est un coup monté, une baudruche, un gadget, un monôme, une galéjade ! il mélange... On veut par la publicité dévier les gens des grandes problématiques ! pour les enfoncer davantage dans la béatitude des Loisirs ! Il est éclairé lui ! on ne la lui fait pas... La femme se sentant écoutée de Paulin donne dans le style poétique : « Tu n'es pas onirique chéri !... » Elle appuie sur la première syllabe, la rendant équivoque. Le *one* s'élargit, nasalisé, féminisé, écarquillant l'orifice buccal, la langue rebondit au fin fond du palais ; cela fait une espèce de bruit gonflé, gras, obtus, devant la bouche, comme un ballon de chewing-gum glandulaire. Onirisme : le mot se bombe prétentieux et libidineux comme les deux mamelons du corsage tendu, s'arrondit comme un ventre, onirisme mon chéri... la femelle pulpeuse... « On a retrouvé des débris !! s'exclame-t-elle tout à coup, tu vois chéri ! tu as tort ! le naufrage s'est bien produit, je ne me trompe jamais, je le sentais... — Écoute un peu, bougonne le chéri déconfit... »

... Oui, les experts étaient formels, le bateau n'avait été ni victime d'un sabotage, ni d'une escroquerie d'assurances, d'un traquenard politique, d'une tempête, d'un écueil, d'un incendie, d'une bombe... les débris que l'on avait miraculeusement retrouvés étaient formels. Les journalistes portés aussitôt sur les lieux pouvaient en témoigner, en informer les vacanciers, minute par minute, sur toutes les plages du continent. Les dépêches étaient formelles : le bateau avait péri d'un malheur différent de toutes les calamités recensées jusqu'à ce jour, un malheur inconnu que l'on ne comprendrait peut-être jamais... Les partis de gauche interviewés ricanèrent, le mystère ça n'existe pas, on glissa des sous-entendus. La droite répliqua qu'il fallait rester digne et ne pas politiser au moment où les familles pleuraient encore les morts. On rivalisa de dignité. Les orphelins comblés de dons, d'argent, se gâtèrent et devinrent tout à fait vicieux. La droite mit fin aux insinuations totalitaires en révélant qu'un député conservateur faisait partie des disparus. Ce qui prouvait l'innocence... La gauche suggéra que le député était en fugue avec une danseuse, on parla de nos dignitaires corrompus, des monopoles, de la collusion des ministères et du strip-tease. Tout cela n'était pas raisonnable. Des voyantes affirmaient que le vaisseau avait été ravi par des extra-terrestres, la preuve vint confirmer leur intuition : un pêcheur qui fit des aveux : ... Une grande lumière... il en avait perdu la vue. Le pêcheur, le soir, s'adressa au pays dans une allocution télévisée, yeux découverts parce qu'on avait le droit de tout voir, d'être informé. Des milliers de patriotes eurent loisir de méditer sur les squirres, les humeurs vitreuses du supplicié. On fut passionné. La cote du ministre monta. On contesta les sondages, les chiffres. Un dossier était ouvert pour la millième fois. Les oculistes interrogés restaient sceptiques quant à la sincérité du pêcheur. Ce qui provoqua l'indignation des autorités de la science-fiction. On mena cabale, on fit le procès du rationalisme, de la civilisation bureaucratique et borgne. D'aucuns trouvèrent que cette dernière épithète ménageait peu le pêcheur. Un savant solennel dit qu'il fallait se soumettre, accepter les limites de l'entendement humain. Cette déclaration illustra des articles sur la modestie, vertu oubliée, s'il en est... ajoutait-on, cela avait toujours le mérite de prolonger l'idée de trois mots. On invita le savant partout, à des débats, jeux, divertissements télévisés. On ne parlait plus que de la relativité de toute science, des vicissitudes de l'hypothèse, du caractère contingent des choses, on se rapetissait, on faisait l'humble, le sage... On réédita des livres prudents, sceptiques... on fit des affaires. L'Église intervint, elle ne pouvait pas rester sourde à tant de modernes inquiétudes. Elle insista sur les bénéfices de la prière et de l'espérance. Les speakers procédèrent à des déontologies sans fin. Les journaux divulguèrent des documents : les grossissements des débris retrouvés. Il était bien difficile d'expliquer l'origine des espèces de meurtrissures que l'on distinguait. Elles ne rappelaient rien de familier. A moins que ce ne fût tout simplement la constriction de la mer. Il y eut encore des clichés sur chaque disparu, complétés de notices biographiques fournies. On rencontrait des cas prenants, des gens qui avaient décidé de partir en croisière au dernier moment, d'autres qui s'étaient fait remplacer. Il y en avait qui s'étaient décommandés la veille, frappés d'un deuil. Des qui tombés malades l'escale précédente étaient restés à terre. On voyait les bouilles, les frisettes, les lunettes, la moustache, les nichons, la lippe des morts. Trois cents bobines contiguës, douze lignes chacune, avec le trait frappant des choses du destin qui ne tiennent qu'à un fil : « Il était moins une... » « Ah si... » Trois cents femelles et pépés riches mangés par les tritons et des bijoux, des bijoux, au cou des vieilles, partis dans le grand large illuminer le ventre d'innombrables orphies, les seins d'une foule de jolies sirènes farouches.

Les choses s'aggravèrent. Un amiral de la Flotte sauta. Il fallait bien trouver un responsable ressortissant si possible à la navigation. Il y eut des pétitions, des signatures, quelques suicides de solidarité. Des préfets furent démis. Le ministère sauta et resauta. Le

Président assura la continuité de ces multiples sauteries. Des restaurants s'appelèrent : *Au Navire Naufragé, Au Miracle Neptunéen, Au Bouillon Fidèle,* on y mangeait dans un décor en forme de nef des crustacés, des écrevisses à la nage et des ailerons de requins. La jeunesse désespérée pour s'annuler maintenant préférait se noyer. On dressa des sondages : Aimez-vous la mer, la campagne ou la montagne ? Les résultats recouvrirent en partie le découpage politique. On déclencha des campagnes d'information, des grandes marches, des grèves de la faim, l'O.N.U. s'en mêla, la conscience universelle, on posa enfin le vaste problème de la Mer. Des assemblées plénières devraient se tenir chaque jour jusqu'à complète élucidation de la question. Certains, les tièdes, disaient qu'il n'était pas tant nécessaire de résoudre le problème que de le bien poser. D'autres dirent que si la mer n'avait pas existé, il aurait fallu l'inventer. Aux assemblées figuraient des philosophes, des romanciers bretons, des psychanalystes qui identifiaient Mer à Mère et annonçaient l'avènement du complexe paroxystique et thalassalisé d'Œdipe, un comité de gondoliers, des biologistes amniotiques, des infusoires, l'évêque de Saint-Pierre-et-Miquelon, des dirigeants de la marine internationale, des naufragés, des Crusoé, des navigateurs solitaires, des poissons rouges dans des bocaux et les marins de l'île de Sein pour que tout se passât dans l'honneur.

La piscine amniotique s'enfonce dans la carène du vaisseau. Hémorragie verte sous la grand-voile à l'enfourchure des ponts. Le beau navire n'a pu river son ancre quand sont passés les troupeaux d'opulentes baleines. Pourtant une mutinerie a éclaté, les marins ont harponné les passagers masculins et les ont jetés aux requins, puis ils sont allés saluer les dames qui les ont accueillis dénudées sur les tapis. Mais les mâts devinrent des épieux neptunéens, ils perforèrent et ruinèrent la chétive carcasse de l'esquif. Les mouettes gisaient sous le ciel sillonné de voyageurs...

Paulin achève ainsi la première série de ses Calepins Exécrables. Il relit. Le sens n'est pas évident. Il modifie la dernière phrase : Les mouettes gisaient sous le ciel itinérant. Qu'a-t-il voulu dire ? Il reprend, mot par mot, décèle une image conductrice et intermittente, puis une autre encore... Alors il boucle le paragraphe sur une injure illustrée d'un croquis circulaire.

... Servane ; il faudrait ouvrir des calepins intimes, homogènes, purement religieux et sentimentaux. Sur Servane, sur son absence... Aucune nouvelle, sinon ce seul mot bref et vieilli où elle l'a supplié de ne pas la rechercher. Il s'aperçoit qu'il ne la connaît pas, qu'il s'est contenté de la regarder par sa fenêtre pendant des jours, qu'il l'a possédée au troisième rendez-vous. Puis plus rien. Elle prenait rarement la parole, ses réponses étaient laconiques mais douces. Sa présence, son calme composaient une langue diffuse, personnelle. Dans la chambre, Place des Frondaisons, il l'avait trouvée docile conformément à son attente, manifestant un plaisir vigoureux, long, évident, haletant sans griffes et sans cri, traversant égale de murmure et de souffle toutes les métamorphoses auxquelles la soumirent ses...

Il savait qu'elle ne le laisserait pas longtemps incertain, qu'elle lui transmettrait quelque chose, un réconfort, une indication sur son retour. Parce qu'elle n'était pas du genre garce. Pas une coquette, une étourdie ; une fille sûre au contraire. Si elle lui avait commandé de rester à l'hôtel c'est qu'elle avait de solides raisons. Elle les lui révélerait quand elle en aurait le pouvoir. Tout était simple avec Servane. Pas de tension dramatique, de malentendus cruels. Il fallait se fier à la déesse de Champenoux, lui obéir. Elle ne faisait peser aucune menace, angoisse... Elle reviendrait simplement, et tous les soirs, ils rejoindraient la chambre lambrissée de feuillages.

... Puis il y a eu cette foudre. Cela fait une heure maintenant. Cet anéantissement, cette définitive terreur. Il avait entendu courir dans les couloirs. Courir qui ? de porte en porte... on avait frappé à la sienne, à ses poumons. C'était le groom, leste, rouge, flambant qui lui avait remis la lettre, sur un plateau, aiguë comme un couteau pour que, lui-même, il se tue. Servane lui disait qu'elle ne reviendrait pas à la terrasse du café, qu'elle ne pourrait plus le revoir, que son père était mort. Elle devait rester chez elle, avait des obligations nouvelles, elle faisait allusion à un enfant abandonné, adopté par son père avant la mort. Il ne comprenait pas... c'était idiot, cet enfant qui existait brutalement quand le père adoptif mourait, cette générosité de dernière heure... incompréhensible, mélodramatique. Elle ne donnait pas de réelle explication, elle ne l'éclaircissait pas. Chaque phrase, chaque bribe recelait une ambiguïté. Elle s'acharnait seulement à répéter qu'elle ne pourrait plus le revoir. Elle lui commandait de ne pas tenter de la rejoindre, elle renouvelait ce commandement. Elle jurait pour lui... Et tout cela n'avait pas de sens défini, le plongeait dans ces mystères, ces tensions, ces équivoques, ces impossibilités arbitraires, ces cauchemars qu'il avait toujours redoutés, contre lesquels il s'était inlassablement défendu et qui cette fois s'accomplissaient en plein jour. Le train du salut s'enfuyait entre ses mains tendues, vides, et des rires s'élevaient du dernier wagon...

Il a retrouvé un espoir et son courage. Il n'a plus rien à perdre. Il ira à Velaine, à Cercueil, il cherchera, il se perdra, il s'embourbera dans les étangs crépusculaires, il saura tout...

... La route d'asphalte bleu, des cyclistes lui barrent le passage, l'encerclent, le chahutent. Il accélère à travers les jambes et les shorts. Les vélos se bousculent, les chemisettes multicolores. Des injures, des malédictions le poursuivent. Les chemins caillouteux, les voies d'agression, de pillage. Les fermes rondes dans le soleil. Des insinuations de haies, de forêts. Les sentes se faufilent, se penchent, gravitent, surplombent. Le village le rattrape et le fuit, l'entoure comme une fille dans un rêve, qui rit, court se déshabiller vers la mer, s'engloutit dans un remous éperdu.

Il s'est ressaisi, il a ralenti et les objets ont recouvré place, consistance, des enchaînements élucidables. Il va frapper à la première porte, à l'embouchure de Velaine. Une vieille ouvre, se méfie, s'écarte, chevrote qu'elle ne sait pas, qu'elle n'entend pas, qu'il faut demander à côté.

A côté, une épicière ronde, dressée dans sa boutique écoute le signalement qu'il lui donne... une forte odeur de poireau, de chocolat vieux. Elle lui dit qu'il y a des tas de filles brunes dans le village, si on peut parler d'un village... autour de ce petit noyau, les fermes sont dispersées, vous savez, jusqu'aux bois, c'est étendu. Je ne peux pas vous dire exactement monsieur... Un enfant, un homme malade... ça serait peut-être le père Antoine, alors, tout simplement, tout près, à moins que... Allez toujours voir, là-bas, derrière le puits, mais vous savez les gens ne sont pas bavards, ils n'aiment pas les inconnus, c'est ainsi, c'est le pays qui le veut, il y a eu tant de guerres... les étrangers sont toujours venus pour leur casser, leur brûler tout...

— Mais madame c'est du passé, nous n'en sommes plus là, c'est mademoiselle Servane que je veux retrouver, mon amie... Elle travaillait en ville, au café, place des arts...

— Je comprends bien mon bon monsieur, mais je ne vois pas... Je suis une nouvelle établie, en plus, quinze ans seulement, c'est peut-être cela qui explique... Allez donc voir chez Antoine... peut-être que...

Derrière le puits, il découvre une ferme carrée, puissante, une forteresse. Il entre par un portail ouvert. A son apparition, un troupeau d'oies fuit d'une course oblique, têtes réunies, fendues, joues gonflées de furie.

Elles refluent vers lui, soudain précipitées, allongeant le cou et sifflant. Il recule et fait un geste du bras pour les chasser. Elles s'écartent et se mettent à tourner au milieu de la cour déserte, à tourner sans discontinuer, têtes juchées, proches, coassantes. Des poules jointes aux cris. Envol de pigeons. L'épouvante se répand, augmente... quelqu'un sort d'une grange :

— Qu'est-ce qu'il y a !? qu'est-ce qu'il y a... chien donc !... chien donc... de chien ! Qu'est-ce que vous voulez monsieur ?

— Voilà, je cherche une demoiselle brune... le père mort... l'enfant...

— Mais c'est étendu mon pauvre monsieur : Velaine ! jusqu'à Champenoux, il y a même une bande qui traverse Cercueil... Qu'est-ce qu'il faisait le père ? le mort ?

— Je ne sais pas.

— Vous ne savez pas ?... alors comment voulez-vous... y a bien eu un mort, mais il y a cinq jours ! et un tout vieux de quatre-vingt-dix ans. Votre demoiselle pouvait pas avoir un père si âgé. C'est le seul mort de ces jours... et pas des gens aimables...

— Il y a une fille dans la maison ?

— Peut-être bien... je ne sais pas... oui... je ne sais plus si elle y est encore, elle a dû grandir, partir peut-être... c'est pas des gens à qui l'on peut causer, c'est bien trop loin, tout en bordure des forêts. Ça servirait à rien d'y aller. Votre demoiselle n'est pas la fille d'un si vieux que ça, si elle est la fille d'un mort... Elle est peut-être d'à côté, vous savez Velaine, Cercueil... parfois l'on dit l'un pour l'autre, c'est pas bien limité... Alors ça vous reporterait vers la ville par l'autre bout... Ça serait tout autre chose... alors je ne pourrais plus vous dire... je ne connais pas tout le monde, il y a des nouveaux, des gens de la ville, comme vous ne savez pas le métier du père... sans le métier...

— Où est-elle exactement la maison du vieux, du mort ?

— Mais ça servirait à rien... ils n'ouvriront pas...

— Dites quand même.

— C'est compliqué... c'est pas utile, mon bon monsieur, toutefois... moi je veux bien... vous verrez du tertre là-bas, la route fait un coude, c'est dans la forêt, à droite... il y a un renfoncement d'herbages et surtout une rivière, oui une rivière surtout, c'est elle qui vous guidera, si vous y tenez vraiment, mais ça servira à rien, votre demoiselle ne peut pas être la fille d'un si vieux mort...

Du tertre, on voit, en effet, les champs mordre sur la forêt, et le ruban étincelant d'une rivière anguleuse. La voiture arrive dans un chemin, longe une haie derrière laquelle glisse le cours d'eau. La ferme est au-delà. Trouver une voie d'accès... Il s'arrête devant une barrière, descend du véhicule, avance, essaie d'ouvrir. Le cadenas solide bloque l'entrée. Il hésite, puis enjambe l'obstacle, esquive des fils de fer barbelés tendus au sommet. A quelques mètres devant lui, un étroit pont de bois franchit la rivière. L'eau s'engouffre sous les planches fragiles en grondant, hérissée de remous. Il ne sait comment expliquer pareille violence. La pente abrupte à cet endroit ne peut susciter le torrent à elle seule. Le phénomène paraît aussi furieux que local... Tout au fond du champ, derrière un rideau de sapins, émergent des fragments de toitures. Il s'élance sur le pont quand retentissent des aboiements, des bruits de branches poussées et de pas. Il s'immobilise, voit surgir d'un bosquet latéral un homme grand tenant trois chiens au bout d'une laisse. L'homme lui commande de ne pas traverser. Les chiens tirent sur leur collier, puissants, soufflants, gueules béantes. Ils se heurtent, font un bloc hirsute de colère et de poils. On dirait leurs trois têtes serrées, féroces, dégagées d'un corps commun. La voix forte de l'homme porte au-dessus du torrent, articulée, précise :

— Vous-n'avez rien-à-faire-ici !! Partez, vous ne passerez pas !

— Je cherche une jeune fille nommée Servane...

— Fichez le camp. Je vous dis de partir. Vous êtes chez moi !

L'homme est très beau, encore jeune, un regard bleu, fixe, une souplesse des muscles en jugulant les molosses.

— Je cherche...

— Vous êtes chez moi, je lâche mes chiens, j'ai le droit. Il n'y pas ici ce que vous cherchez !

Découragé, Paulin a reculé, repassé la barrière en évitant les barbelés ; les chiens, le voyant un instant suspendu, se convulsent, écument. Il rejoint sa voiture. Tout à coup, un homme tombe dans sa vue. Adossé au talus, l'homme paraît ivre et le regarde en riant :

— Eh ! eh !... il vous a mis à la porte... eh... c'est que vous êtes culotté, vous cherchez sa fille...

— Alors, il a une fille ?

— Je ne dis pas cela... je suis saoul... il doit être dans le malheur, dans le deuil... vous avez dérangé...

— Comment savez-vous cela ?

— Je suis un employé qu'il vient de mettre dehors...

— Il y a eu un mort... que vous dites ?

— Oui... le grand-père... quatre-vingt-dix ans... c'est pas une tristesse...

— La jeune fille s'appelle-t-elle Servane ?

— A ce qu'on dit... Ça serait possible... Servane ou un autre nom...

— Il n'y a personne d'autre ?

— Si si si... eh !... il y a le petit... pour tout vous dire... le fils...

— Le frère ?

— C'est pas dit... c'est pas dit... c'est qu'il n'y a pas de mère, la mère est morte depuis longtemps. Y a que le père et la fille. Et puis le fils. Un joli petit. Y a qu'un père... Y en a toujours eu qu'un... vous auriez tort d'insister, de chercher... parce que la fille elle aime son père, et le père pareil... qu'ils s'aiment tous les deux... maintenant que le vieux est mort, ils ont des sous, elle n'a plus besoin de travailler à la ville... c'est comme ça, c'est sa fille. Elle est belle... lui, vous avez vu, il est beau comme Jésus, comme le diable, c'est tout un. Ah... vous auriez tort de vous mêler... Il lâcherait ses chiens, il serait dans son droit... Ne faites pas cette tête mon jeune monsieur... c'est pas des bons pays par là, y a eu trop de morts en tous temps... c'est Champenoux, on ne peut pas oublier... moi-même... Alors, le père il veut garder sa fille, je les ai vus tous les deux... je leur ai dit que ça ne faisait rien, mais il m'a chassé, avec des menaces.... et puis voyez... je vous dis tout, si ça peut vous guérir... ils sont mieux tous les deux... je vous dis n'importe quoi... un père a le droit de vivre tranquille avec sa fille... je suis saoul...

... Ne s'est jamais senti démuni, perdu à ce point. Regarder par la fenêtre vers la terrasse du café devient réflexe douloureux, stérile. Essaie de reporter son attention sur les architectures sublimes de la Place, de leur confier son amour et sa foi. La pierre ne trompe pas. Infrangible, épanouie dans la tumescence de ses molécules et de ses grains, voilée d'un duvet poussiéreux, elle touche à son apothéose solaire. Midi. L'ombre expulsée s'étrangle le long des moulures, des corniches. La lumière occupe tout l'arrondi de la Place...

La tête appesantie, les membres ankylosés, il ressasse les interrogations de la nuit et de l'insomnie. Pourquoi les a-t-elle trahis lui et le gardien du torrent ? Si elle n'avait aucune raison de le tromper, de céder à ce touriste impatient, fugace, ce prétendu artiste... Il énumère les motifs classiques de l'infidélité : la vulgarité, le laisser-aller, le relâchement, la vengeance, l'irruption soudaine, incontrôlable du désir, le coup de foudre, une sorte d'automatisme, d'attitude réflexe comme dans un rêve, d'inconscience, de mystérieuse attraction. Ces dernières hypothèses lui semblent les plus vraisemblables et sauvegarder l'image qu'il s'est tracée de Servane. Il songe maintenant aux insinuations du vagabond, à ces révélations entrecoupées, brouillées d'homme saoul. A-t-il dit vrai ? Le gardien du passage était le père incestueux, brutal et beau... Champenoux dans l'écheveau de ses lisières noires leur conférant l'innocence ou l'impunité. Il sombre dans une rêverie, fascinations... il voit le couple, ouvre ses calepins, écrit, se réécrit l'histoire de Servane, non plus vue d'après l'étroite période de son apparition pour lui, mais à travers l'optique élargie de sa vie devinée, sa vie à elle, auprès du père, à la lisière des forêts. Il donne volontiers un rôle prédominant au grand-père. C'est lui qui a vécu toutes les guerres, surmonté les agonies au bord des étangs crépusculaires et qui meurt à quatre-vingt-dix ans, isolant les amants et leur fils. Il insiste sur le portrait du fils. Une seule femme parmi ces générations d'hommes : Servane.

... Il a fini. L'histoire est, à la fois, scandaleuse, grossière, poétique. Il voudrait éliminer la grossièreté, mais elle revient contre son gré, elle le submerge, le subjugue... les commencements du couple, l'approche, ces premiers attouchements, l'impuissance de la mère, son décès précoce, le grand-père hautain, éternel, qui ne prononce jamais une parole, perce les âmes, les pénètre, semble réserver un jugement toujours différé, plus secret, alourdi. Le couple fougueux. Leur ferveur, leur beauté. Leur autonomie. Se délecter, ravi...

... Transformer le personnage du grand-père, le rendre inoffensif, bénin. Le bonheur des amants est alors absolu. Modifier encore, inventer des tensions, des luttes, des jalousies de mélodrame, ou bien émousser, amortir les passions, les couler au flux des frondaisons intemporelles. Il est à son affaire, les crampes peu à peu libèrent ses membres, la tête s'échauffe. Il est étourdi. Il va mieux, reconstitue l'histoire, s'intéresse davantage au fils, le décrit : un adolescent intuitif, lascif. Il connaît tous les personnages, leurs érotismes, il les domine, les dirige. Le gardien du torrent courbe l'échine, finit par se désincarner à travers toutes les métamorphoses qu'il lui impose. Rien ne résiste plus. Le monde est transparent, les possibles s'échangent. Les âmes sous sa coupe; il combine, réinvente, épuise... ses héros n'ont plus de sens, son amour : exsangue, contingent. A ce naufrage, l'angoisse l'envahit. Il essaie vite de renflouer les personnages, de les figer, il voudrait les éterniser. Il se perd dans leurs lambeaux, bribes, oripeaux, appartenances floues, équivalences cruelles... Il décide de sortir, de fuir. Le ciel s'est imprégné de nuées blanchâtres, spongieuses... adoucissement; elles s'accumulent, hélas, et s'arcboutent en nuages consistants. L'azur compressé au ras des buildings forme une lisière bleue entre les murailles et le ciel obturé. Les nuages se consolident, délivrent des protubérances caillouteuses, crochues. Des décombres se chevauchent, sans assise, mais compacts, glissent le long du liséré d'azur protégeant la ville. Paulin fixe des yeux cette bande rétrécie, pure, coincée entre les bâtiments et le plafond bas. Elle s'étire, éblouit. Le ciel se bombe, tangible, contracté, descend, déborde sur les yeux, dans un renversement de fondations, de socles, de pans de murs déracinés. L'azur n'est plus qu'un trait, qu'une fissure séparant la ville terrestre de la cité du ciel catastrophé. Tout s'éboule. Paulin baisse instinctivement la tête... réprimandes, efforts pour rester calme. Sous les ruines, l'azur est englouti... Il hâte le pas dans les rues privées de jour...

Peu à peu : un certain ordre; reliefs et rugosités

célestes se sont fondus en murailles lisses, closes, ajustées scrupuleusement au découpage des toitures. Le monde solide, pétrifié. L'impression de cogner contre tout... s'essouffle. Les gens ont l'air à peine plus apeurés que de coutume. Il doit exagérer... avance fléchi, la tête glissée dans des failles bloquées de cailloux. Il chancelle, se traîne vers la terrasse d'un café, au fond, tout au fond, derrière les rangées d'hommes et de femmes assis, leurs chemises colorées. Il a pris du thé, il en a recommandé. Ça va mieux. Il voit les dos se détacher avec intensité, l'étoffe battre, palpiter.

D'où il se tient, il ne distingue plus le ciel ; mais cet espoir, ce sentiment, soudain, que l'atmosphère va s'éclairer... non... Servane disparue... au fond du désespoir, un vide où les terreurs désormais vont... La foule progresse étourdie, se bouscule, se blesse. Brusquement : un pantalon gris, cintré. Il ne voit pas plus haut le visage masqué par une tête d'homme qu'il voudrait écarter, détruire. La cohue subit une dislocation soudaine, alors il voit le pantalon gris, les seins nus sous le corsage très échancré, le visage de Claire. Il les distingue tous deux à présent, elle et Gert, débraillés, engagés dans une trouée, à pas vifs. Il a le bras lancé sur ses épaules et la main revient, le bout des doigts dans l'ouverture du corsage, sur la peau. Il rit. Il a chaud ; le torse imberbe, cuivré, apparaît entre les pans déboutonnés de la chemise. L'estomac abaisse la ceinture, fait un bourrelet légèrement velu et musclé. Elle rit, caresse machinalement l'abdomen en marchant, en tordant son pantalon de glaise molle. Les voilà donc racoquinés. Elle lui avait dit que le séjour de Gert s'achevait, qu'elle était fatiguée de lui mais qu'elle ne voulait rien brusquer. Pourtant, elle ne montre pas la relative indifférence qu'eût impliquée l'usure de sa liaison. En vérité, elle paraît chaleureuse, participante... Lui a-t-elle déguisé, elle aussi, une part de la vérité ? A-t-elle joué ses impatiences contre le gros Gert, l'athlète indolent et déambulatoire ? Le couple est absorbé par un remous. La foule illuminée signale un regain de soleil. Profiter de cette trêve, se lever, sortir... Le ciel est bleu, absolument bleu. Les décombres dont il était rempli ont disparu.

Gildas et Vivie ont médité un grand projet. Il s'agit de quitter leurs chambres pendant la nuit sans éveiller l'attention des parents et de la bonne, et de rejoindre le cimetière de Velaine pour y dormir. L'idée leur est venue lors d'une promenade à vélo. Par curiosité ils avaient visité le cimetière, l'avaient trouvé joli, isolé au milieu des champs, tapissé de silex roux, entouré de haies. Ils avaient fait le pari d'y coucher sans ressentir d'épouvante. Bien sûr, ce qu'on disait sur les fantômes était faux, mais il y avait audace, malgré tout, à braver les ténèbres au pays des morts.

... Personne ne s'est aperçu de leur départ. Ils traversent les champs, les propriétés interdites, s'attardent au bord de la mare aux anguilles dont le paysan les avait expulsés. Les adultes roupillent. Ils ont envie d'allumer des feux dans les granges, de libérer le bétail, de massacrer la volaille... Les fermiers ne se doutent de rien. Gildas est pris de fou rire à l'idée de... il souffle quelque chose à Vivie... « Non... ce serait trop risqué... — Tant pis, j'y vais, j'ai justement envie !... »

La maison d'un paysan se dresse derrière une palissade. Gildas inspecte la cour d'habitation, le silence est total. Il s'est faufilé jusqu'au seuil, a baissé culotte, affirme à la porte même de l'ennemi les preuves d'une irrécusable domination.

Vivie a félicité le héros : « Tu as beaucoup fait ? — Plein ! Plein !... — Moi, je n'aurais pas pu, j'aurais eu trop peur... dommage qu'on ne puisse voir leur figure demain... le petit déjeuner sera-t-il assez nutritif ? »

Ils arrivent au cimetière. La porte est ouverte... domaine public, on a le droit de rendre visite aux morts la nuit si l'on veut. La porte a grincé. « Ça grince toujours, les portes, la nuit, dit Gildas pour rassurer Vivie, c'est comme au cinéma... tu verras la lune se lever, il y aura des ombres... fantomatiques ! et des ululements de chouettes, ce sera comme dans la rédaction où j'ai obtenu la meilleure note... Les morts, c'est con, ça dort... ce n'est même pas drôle, peut pas y avoir de pépin... »

Une forme rapide, un cri affreux. Vivie se crispe à la main de Gildas, souffle coupé.

— Un chat !... j'avais oublié... tu ne vas pas flancher pour un matou ! tu sais bien que le cimetière était bourré de chats, l'autre jour. L'endroit leur plaît pour les mêmes raisons que nous, pour la chaleur des graviers, la tranquillité. Demain matin, on le fera... tiens... sur la grande dalle couverte de mousse, tu sais, celle de la famille Schmitz. Ça sera bien sec, au poil...

— Mais s'il vient quelqu'un.

— Pas le matin, pas en semaine, une chance sur mille... alors mieux vaut ne pas y penser, de toute façon on pourra se cacher. Les croix nous camoufleraient...

— Dis... tu as prévu où coucher ?

— N'importe où... mais sur la dalle puisqu'on vient d'en parler ! La mousse fera matelas.

— Vis-à-vis des morts, tu crois que c'est convenable ?

— Pourquoi ? oui... moi si j'étais passé, je serais content d'avoir des vivants sur le ventre... il n'y a pas d'injure, on ne pense pas mal d'eux, c'est simplement pour nous prouver qu'on n'a pas peur d'eux, qu'après tout ils sont gentils.

— Tu as dit qu'ils étaient cons tout à l'heure...

— Je t'ai dit cela comme j'aurais dit autre chose, par amitié... Allez, ma petite Vivie, aide-moi à enlever les pots de fleurs de la dalle et le crucifix... enlève-le tout doucement et mets-le sur la tombe voisine dans la position où on l'a trouvé, comme ça, il n'y a pas d'injure... quoique le bon Dieu... tu sais, il s'en fout !

— Tu m'as dit que tu n'y croyais pas...

— Je n'y crois pas, je n'y crois pas... je ne sais pas moi... en tout cas, je ne crois pas à celui du curé et de la confession. On ne pourrait rien faire si on y croyait, on serait obligé de tout raconter... Il doit en exister un autre, plus intelligent... qui permet qu'on s'aime, parce que alors... ce serait trop mesquin... surtout pour ça... l'on est si contents... je ne vois pas pourquoi le bon Dieu...

... C'est un peu dur, la dalle, hein ?... la mousse est mince, ça lance un froid, puis, l'on est en hauteur, c'est drôle... on est tout éclairé de lune... on devrait peut-être se coucher dans les allées, le long du gravier entre les tombes, viens... oui c'est beaucoup mieux, ça s'enfonce, c'est du gravillon par ici, c'est encore tout chaud de la journée, puis on est abrité... j'avais à moitié peur sur la dalle, on était trop à découvert.

— Je remets les pots de fleurs et le crucifix à leur place ?

— Oui, tu peux à présent... tu n'as pas froid ?

— Non, on est à l'abri, pas de problème, tu as envie de dormir ?

— Pas très... on va s'embrasser un peu si tu veux, on n'est pas obligés de dormir tout de suite, tiens... la chouette ! Qu'est-ce que je te disais... tu n'as pas la trouille ?...

— Non... je suis bien... on ne peut pas être mieux, Gildas...

... Un murmure léger, il ouvre les yeux et voit la main de Vivie plonger dans le gravillon épandu, se convulser sous son voilage tiède, grenu. Tout à coup, elle s'arrête, les doigts se mettent à labourer sur place, une zone de terre noire apparaît. Gildas ne sait pourquoi il pense aussitôt à Laura, à sa malheureuse entreprise de l'autre jour, au désordre qu'il a causé. Son désir de la jeune fille lui paraît affaibli, comme si elle l'avait déçu par son attitude... ses airs effarouchés, au bout du compte : son défaut de liberté. Laura... Laura... enfoncé dans sa litière de graviers... Laura pourtant.

A coup sûr, Vivie avait deviné ses déboires. Pour expliquer sa fièvre et son alitement, il avait eu beau arguer du refroidissement subi au bord de la rivière, elle n'avait pas été dupe. Elle avait déjà assisté au scandale de son évanouissement précédent. Les deux malaises étaient trop ressemblants pour qu'elle ne leur assignât pas une origine identique. Elle lui avait laissé entendre qu'elle n'ignorait rien, qu'elle pardonnait. Sans doute l'espérait-elle guéri par cette douloureuse leçon. La gentillesse de Vivie, l'espèce d'apitoiement dont elle avait témoigné les avaient rapprochés plus étroitement. Et puis, le comportement de son amie révélait, à la suite de ce jour fatal, de notables changements. Elle était devenue plus coquette, inventive, elle s'attachait à renouveler leurs divertissements, elle empruntait manières et subtilités aux magazines qu'elle dérobait chez la bonne. Gildas, charmé, se laissait prendre à ce déploiement d'imprévisible séduction. Puis, il y avait des pressentiments depuis plusieurs jours. Son désespoir de n'être pas encore un adulte fécond avait cessé. Il sentait que le moment approchait. Quand il passait sa main sur son ventre, il touchait des sortes de cils annonciateurs, des commencements de duvets. Vivie aussi changeait... et la sensation de tant de métamorphoses le saisit de son évidence radieuse au cœur du beau cimetière où il vient tout juste d'ouvrir les yeux.

— Tu es réveillée Vivie ?

— Oui... depuis longtemps.

— Tu as bien dormi ?

— D'un seul trait !

— Il est neuf heures, je ne crois pas qu'il puisse venir quelqu'un, de toute façon on se cacherait entre les tombes. J'ai tellement envie de rester encore...

— Moi aussi !... A la maison on leur dira qu'on s'est sauvé de bon matin pour aller à la pêche, ils n'y verront que du feu.

— Le paysan a dû mettre le pied dedans...

— Ah oui ! j'avais oublié... la tête qu'il a dû faire, on est dégueulasses...

— Dis... le cimetière est déjà tout chaud, ça sent l'ortie... et une drôle d'odeur amère... tu sais : comme le ventre des sauterelles quand elles laissent sur la main des taches jaunes... ça sent ces taches jaunes... c'est excitant... viens, ma petite Vivie, on va se mettre tout nus dans les gravillons, ils sont tout ronds, doux...

... Tu as vu : j'en ai quelques-uns...

— Oui, j'ai remarqué... il faut tout de même bien regarder, et tu as vu, moi ?... regarde...

— Tu en as aussi... ça devrait donc pas tarder, le jaillissement, la joie brûlante dont ils parlent...

— C'est certainement pour bientôt...

— On sera poilus jusqu'au nombril ! une grande effusion de poils noirs et chauds... et le jet !... et tu auras des seins, dis, des gros seins tout blancs...

— Regarde... tu es distrait, tu ne te rends compte de rien !

Gildas caresse le torse de Vivie, appuie le doigt au bout des aréoles qui imperceptiblement s'affaissent...

— Mais oui ! on dirait que cela commence... c'est plus tendre, c'est plus blanc... dis Vivie... on a de la chance, ça va être merveilleux ! Tous les jours ça va changer, il y aura quelque chose de nouveau... j'ai envie de rester toujours dans ce cimetière...

— Moi aussi...

— Tu vois, c'est les orties qui font chaud, elles enveloppent les haies, on voit les têtes flotter à la surface des tombes, avec les odeurs... Il ne faudrait pas dire qu'on aime les orties, on nous prendrait pour des fous... puis, c'est le gravillon aussi, les orties au bord du gravillon et les grandes dalles des tombeaux. Il faudrait faire quelque chose pour le grand jour... que ça n'arrive pas comme cela bêtement, n'importe où !

— Il faudrait construire une cabane.

— Oui, une magnifique, une sorte de palais ! où l'on ferait tout pour la première fois, j'ai maintenant envie de faire tout !

— L'idéal serait de bâtir dans le cimetière.

— Ça serait trop risqué, on pourrait essayer derrière la haie, à l'extérieur, il y a un taillis... là, on construirait sans se faire repérer et le cimetière serait tout au long.

— Oui, c'est ce qu'il y a de mieux à faire... on commencera quand ?

— Mais aujourd'hui ! on va bien préparer cela, avec des fleurs, des orties cueillies, fanées, toutes blanchies, tu sais... puis des branches épaisses, des matelas, plein de matelas, des couvertures de feuilles lisses, une toiture de sureau.

— On pourra même voler des ornements dans le cimetière. On les remettrait après... puis j'irai chercher de l'élixir, on se saoulera...

Le palais s'édifie contre la haie du cimetière perdu au milieu des champs. Des buses sans cesse gravitent, malaxant l'air doux. La chambre est haute, liée à un châssis de quatre troncs minces de sureau. Des boutons-d'or à tiges longues sont entrelacés d'orties au plafond. Des fleurs bleues, des pâquerettes, quelques coquelicots sont piqués aux parois de ramures. Le plancher est un chef-d'œuvre de capitonnage : d'abord, une couche de gravillons dérobés au cimetière, ensuite, une litière souple d'herbes coupées, puis de larges feuilles moirées, cloquées, de plantes parasitaires dont ils se frottent à l'occasion pour calmer les brûlures d'orties. Cela produit un rembourrage odorant et profond. Enfin, Vivie a rapporté du cimetière un chérubin ailé qu'elle scelle contre un mur et une statue plus grande de jeune fille fléchie qu'elle a dressée dans un angle mélancolique... Elle ajoute aux pieds de la jeune fille un vase rempli de pavots écarlates.

Tout est prêt. Personne ne pourrait deviner... Le taillis les camoufle. L'odeur vireuse de sauterelle touche à son paroxysme. Par une brèche, ils voient le cimetière, un flot de graviers blonds, un gros silex biseauté luit dans une allée comme un crapaud. Alors, ils boivent de l'élixir à satiété.

La mer n'était qu'un entonnoir sombre et plombé. Et le navire s'y trouvait cloué. Toutes les surfaces ondulaient, grises. L'écume grouillait, déferlait brusquement sur les flots quand nul obstacle n'affleurait qui justifiât pareille effervescence. Le vaisseau, lentement, sur place, se mit à tournoyer. Tous les passagers s'étaient rassemblés sur le pont. Les femmes : bouche ouverte, cheveux écartés. Les hommes : épaules tombantes, lèvres mordues. Le bateau était pris d'un tourbillon lent dont il ne réussissait pas à s'extraire. La mer gonflée n'était ni hirsute, ni chienne. On basculait dessus. Mais ce n'était pas le tumulte des tempêtes, plutôt un ordre, une danse puissante, selon laquelle le navire montait, descendait. Il ne craquait pas, il n'était pas submergé. Apparemment, aucun danger réel ne pesait sur lui. Il s'appelait le *Scipion.* C'était un paquebot de croisière comme tant d'autres. Le capitaine et ses lieutenants ne parvenaient pas à le sortir de sa lente giration. On eût dit qu'une aimantation s'exerçait sur lui.

... La mer se voûtait, une sorte de halètement arrivait d'en dessous, le bouillonnement s'accrut, des nappes de bave blanche se formèrent autour du *Scipion.* Le capitaine dit que cela n'était rien, un geyser sous-marin, une éruption, une effusion des abysses, dans cette région jeune, pubère. Ils se libéreraient bientôt. Les machines avaient mal répondu, les spécialistes étaient en train d'y mettre bon ordre et le capitaine fixait cette drôle de mer, barbouillée de salive, avec ce martèlement de l'intérieur. Puis, il y eut de longues lames jetées en avant, se suivant de près, se chevauchant. Le capitaine dit que cela ressemblait à l'émersion d'un sous-marin. Une femme lui saisit le bras et lui demanda pourquoi, alors, ceux d'en bas ne les avaient pas repérés. Le capitaine lui répondit que cela ressemblait à un sous-marin, mais que ce n'en n'était pas un. « C'est un phénomène physique... sans aucun doute... vivant... Calmez-vous tous. Allez vous habiller dans vos cabines, le vent fraîchit, que personne ne touche aux canots, mettez plutôt des gilets de sauvetage, si vous voulez, si cela peut vous rassurer, mais rien de grave ne nous menace pour l'instant. »

... Brusquement, la mer se haussa, se moula en une trombe marine qui passa roide et cambrée devant le navire. Les femmes eurent la gorge aride, les hommes serraient le poing sur leur bouche. L'écume gerbait, bondissait sur le sillage de cette trombe. Le bateau fut saisi d'un violent tangage. Le capitaine perdit l'équilibre, se ressaisit et ordonna à tous les passagers de serrer leurs gilets de sauvetage, mais de ne pas toucher aux canots, que cela ne servirait à rien. Les gueules ouvertes des hommes et des femmes. Leurs cheveux. Les maillots minuscules, jaunes, rouges, décochés.

La mer vrombit et l'eau sortit une nouvelle fois en trombe droite, puis elle se disloqua par lacets lents, gonflés, dans une rumeur de masses déplacées, une frénésie d'écume, un souffle... Elle se leva, longue, puissante, étreignit le *Scipion.* Les hommes et les femmes lancèrent leur cri et portèrent les mains à leur cou. Un heurt rythmé retentissait contre les murailles d'eau, plongeait, émergeait, tamponnait à nouveau les fortes houles...

Enfin, surgit au-dessus du chaos la tête ramassée, musclée, vernie, les yeux fixés sur le crâne plat. La bête sourde s'assenait en cadence contre la mer. L'énorme colonne du corps tiré, l'essor du monstre au-dessus des flots qui dévalaient sur toutes leurs pentes, étaient aspirés dans les anneaux, giclaient... les vides qui se créaient brusquement, l'eau bouleversée, échappant à elle-même, dans l'élan, le gouffre.

... Puis la gueule se contractant, massive, heurta le flanc droit du *Scipion* qui dans une clameur stridente éclata.

Toutes les radios serinent de fabuleux racontars sur le naufrage du *Scipion*. Paulin traqué est allé enfouir son angoisse au cœur de la ville, sous les feuillages de la petite place. Il s'est recroquevillé dans l'ombre, au pied d'un tronc. Il ne distingue même plus la base des murailles urbaines. Aujourd'hui, les enfants sont absents. La clameur de leurs jeux ne retentit pas. Seul, au milieu de la ville, perdu dans l'effusion des feuilles. L'azur tremblote, pitoyable, collé aux échancrures vertes. Le ciel étire son arcade loin au-dessus des panaches énormes des marronniers. Paulin a soif... Transparences !... L'air est saturé de chlorophylle. Nausée. Des bribes de végétal graisseux jonchent le sol, ruissellent sur sa joue. Il n'a pas la force de fuir. De toute façon, les murailles l'encerclent, la foule bloque les rues, les automobiles hurlantes... Il ne passerait pas.

... Les frondaisons grandissent, s'écartent dans le ciel, ceinturent des portions fragiles d'air, envahissent l'espace de tentacules grouillants. Partout, s'amenuisent des golfes lucides sur lesquels la marée empiète, foisonne, verte. Le végétal vorace : racines gonflées, plantes énormes, s'enchaîne et se soude obturant les distances à perte de vue. L'azur flageole, décousu, des bulles d'azur que Champenoux avale. Il fait noir. La lumière subsiste encore en estafilades rares, perçantes. Alors le feuillage bondit, pouffe, déborde, submerge le regard, en houles féroces, accapareuses, gonfle, écarquillé de champignons géants dont les jalons prolifèrent et s'alignent d'un seul tenant. Des explosions, des secousses creusent des profondeurs, ébranlent des lointains... dans les fissures croissent d'un trait de nouvelles, de violentes arborescences. C'est le siège final, le grand carnage vert des frondaisons dodonéennes devant Paulin hébété, la floraison des polypiers fous, les proues entrechoquées des forêts. Champenoux guerroie à des confins ultimes, triomphe dans l'invisible, des buses palpitent agrippées dans ses ronciers, des corbeaux meurent dans ses fougères pullulantes. Maintenant, c'est fait, Champenoux dilatée, noire, étale l'empire d'universelles ténèbres...

... Non, Paulin ne peut pas dire qu'il a imaginé, créé de toutes pièces la vision pour qu'elle figure dans ses calepins. Il craint plutôt d'avoir été victime, involontaire victime d'une hallucination. Est-ce bien sûr !... Il y a mis du sien ; à force de fixer le feuillage, de le grossir de toute sa terreur, il a déclenché l'illusion, un raz de marée auquel il s'est livré sans retenue. Tout serait resté à sa place, en bon ordre, s'il n'avait pas laissé trop de liberté aux images, à leur désir d'expansion. En fait, il est l'inventeur de son délire. Il a tout fabriqué, artistement monté pour que cela remplisse une belle page de calepins. Il n'a pas à s'inquiéter. Champenoux, Champenoux... est immobile aux périphéries de la cité. Devant lui, les murailles se découpent, lumineuses, au ras des branches. Il ne faut surtout pas céder aux mirages. Allons... tout ceci est le thème qu'il développera dans ses calepins, que la dactylo épluchera, corrigera, qu'il fera débiter en plusieurs exemplaires... Son épouvante était une inconsciente ruse pour que l'impression fût rendue plus vraie, vécue, quand il écrirait... Il est saisi d'un nouveau doute, n'est plus certain de la qualité esthétique du songe, de ces sornettes abusives, hugoliennes... vieillottes. Ce sera bête... bête... puis, la peur revient, comme si le mot : bête, se doublait d'un sens dissimulé, dangereux, lié au naufrage, aux rumeurs qui courent... La peur, la peur... Servane... il n'y a plus rien à guetter, à aimer.

Il y eut une pluie légère, le palais resplendissait de gouttelettes, d'odeurs... Le chérubin ailé se débattait dans l'ombre et la statue de jeune fille s'inclinait vers les enfants, le bras allongé, mélancolique. Le cimetière craquait dans toutes ses entournures séchées de soleil.

Gildas déshabille Vivie. Le torse surgit où il appuie ses mains. La chair molle s'effondre, perceptiblement gonfle quand il lâche. Ces premières tumescences le pénètrent d'un vertige, d'un lyrisme...

Il ôte la dernière parure, cérémonieuse, de dentelle noire, rare. Il frôle les pubescences originelles. Dans sa poitrine son souffle s'est bloqué, brûle. Vivie... Vivie... murmure-t-il. Une ortie détachée du plafond s'écroule et demeure allongée auprès d'eux, hérissée de limbes blanchis, de parfums. Il respire mieux, suit les primitives floraisons comme les mousses des chemins en lanière, les sentes duveteuses qui ouvrent la forêt de Champenoux. Vivie l'étreint, hausse son ventre. Il ne voit plus que cet angle charnu, suave, lobé d'abdomen et de cuisses, il se braque, il sent une trémulation, une vibration de tout son ventre écarquillé. Plus fort que de coutume, l'impression de grouillement et de vitalité s'accroît, Vivie, nue, divague et diverge sous lui ; les mamelons adoucissent les côtes. La sensation arrive à un paroxysme inconnu dont l'angoisse lui longe le thorax avec toute la joie environnante. Il y a une brûlure déferlante, il se crispe, la lame bondit au dehors...

Il se sent doux, noyé dans les nuages doux, les lambeaux déchirés du feuillage. Et Vivie sur son ventre tient les grappes chaudes pour en bloquer l'écoulement, en retenir l'odorante provende. La fadeur en est propagée soudain, le remugle exact du lierre. Plus tard, sous ses mains écartées, elle découvre son ventre couvert d'un glacis de bave sèche aux innervations de lierre.

Le soleil roulait sur les touffes farfelues de nuages pommelés. Ses rais frappèrent le bouclier de feuillages. Il gerbait dans les coquelicots, illuminant les balles des fleurs mûres. Il étreignit la chair des feuilles. Il prenait tous ses virages dans le ciel, sur les coudes lisses des branches. Des quetsches se tendaient à tous les horizons, violettes, explosées sous l'ardeur du jus.

Il portait maintenant son secret, flamboiement de bonheur intime au rivage des morts. Les croix mouillées foraient l'azur. C'était sa joie, la possibilité incessante de l'extase, et c'était là, scellé à son ventre, rivé à la croisée des jambes : triptyque pourpre, gibbeux, brillance, colonnes et coupoles de chair, délices des tombeaux. Il en était tout chamarré. Et souvent son bonheur suscita l'image de ces aubes puériles sur la place vide d'un village qu'éveillent soudain la rumeur et l'entrain des gens du cirque. D'un coup les mâts équilibrés dardent des pylônes surpassant tout et il voit inlassablement s'enfler et se tendre les flancs du chapiteau vert et bleu, ondoyant de cime en cime, oriflammes volantes.

... Alors Vivie, pour la seconde fois, offrit, le lendemain, son ventre bistre et creux, sanglé d'aines. Elle serra l'enfant contre sa bouche, contre ses flancs. Il sentit la radieuse efflorescence, ce gonflement, ce déploiement de ramures internes, la construction graduée, cadencée de sa gloire, autour de ses reins, dans les prolongements de ses cuisses et de son ventre musclé. Il fourmillait, frémissait comme un filet qu'une pêche miraculeuse bombe, comme un rivage de sable et d'écume de mer. Puis elle le sentit noyauté, verrouillé, au paroxysme de sa puissance et de sa beauté. Alors le dais du ciel gonfla, noirci d'orage, se fendit, tout corseté de brèches, de lézardes courantes, d'où jaillirent éclairs, étoiles, le firmament.

Le phénomène n'avait rien de semblable à la croissance qu'il avait connue avant. Ça n'avait été, jusque-là, qu'un plaisir sourd et comme enténébré dans les nuages de l'attente. Maintenant, c'était sa joie, se carrant, s'échafaudant, se cabrant comme le chapiteau vert et bleu d'un cirque.

... Comme ce chapiteau bourré à minuit d'applaudissements, d'éclairs grouillants, de clameurs. Gildas sentait sous lui une fauverie de gueules léonines et de toisons. Et c'était comme derrière l'enceinte roide, écartelée des cages, la poussée d'animaux fuligineux. Puis, l'image unique d'un trapèze nu se balançait dans la coupole silencieuse du cirque, fluant, refluant au-dessus de l'anneau exorbité des bouches.

Halètement de la foule comme des hélices fendant l'eau, bougeant l'air que pousse le trapèze d'un bord à l'autre du chapiteau.

Les crapauds mordorés chantent au bord des étangs crépusculaires. C'était une floraison d'images immédiates auxquelles s'alimentait sa joie : soleil levant, rivière à truites, Rousserole sous les racines, pièces d'or et pavots. Et Vivie subjuguée par l'élixir qu'il livrait à ses flancs en flaques chaudes, grappeuses...

Elle s'en oignait magiquement les aisselles, le sillon des fesses, l'arrière des oreilles et souvent le renflement palpitant des temples. Et c'était comme si elle eût été chamarrée de lui, adornée de son Gildas.

... Avant c'était comme Versailles immensément gris, tari, à l'aube, lacis de pelouses rases, statues... Quand se déclenche le ramage souterrain, des sifflements de serpents sous les piédestals et dans les vasques. D'un coup, de partout, l'eau darde, croissant, gerbant, tourbillonnant au pied des arbres, élargissant ses architraves. Les Adonis et les Vénus sont huilés d'eau ; le soleil en arceaux se jette dans les circuits du jardin et s'irise.

Les Adonis bombent le ventre, suspendant, de socle en socle, leurs triptyques charnus. Les seins, les fesses des Diane chasseresses se balancent. Elles avancent sur leur piédestal, jambes drues, longues, se pliant, le carquois fixé à l'échine, l'arc bandé, et la flèche ajustée scintille.

Elles marchent autour des bassins bouillonnants, autour des vasques où Julie somnole. Les bulles, sur leurs épaules, volettent.

Les Adonis s'érigent sur leurs socles, resplendissant dans le soleil, génies ascensionnels et parfaits.

Les jets croissent, se croisent, se nouent, moussent et redéferlent aux cuisses des déesses, aux corolles des fleurs ou s'entassent en nappes sphériques dans l'encoignure des criques.

Le silex des allées, équarri, remue des convexités bistre. Les houles râlent et balaient les pelouses.

Adonis et Vénus surnagent sur les radeaux des piédestals. Leurs fesses et leurs poitrines suspendues.

Les sapins groupés, les peupliers, toute la forêt royale se courbe sous la marée qui assaille... Murailles du château, enceintes des palais, multiples façades, dépliement des villes madréporaires sous le fracas, polypiers océaniques, universels embruns.

Quelque chose d'agressif enrichit l'événement récent. Le ventre de Vivie reçut Gildas lentement. Elle le couvrit de baisers doux, elle le pria. Ils n'avaient jamais eu que des parents lointains, ni amis, ni Dieu. Ils ne firent qu'un au milieu des champs.

Sur les mâts forestiers du chapiteau ondoyaient les tentes liquides, marines, fureur domptée des animaux, architecture et chaos. Ligneux châssis de l'océan entouré de tous les édifices de la ville.

Sous l'eau, il y a de belles, douces villes. Des bandes de poissons parcourent les avenues : ombres, mandoles ; d'une fenêtre émane une jolie bête au centre ovale, blanc, aux ailes lancéolées qu'elle traîne derrière elle, voile d'une robe du soir.

Puis viennent des poissons tigrés, à rayures d'organza jaune et vert, nerveux, propulsés dans toutes les embouchures de la ville. Une orphie passe, épie, rampante sous un portique. Deux créatures mâles, bossues, le corps bardé d'éperons, louvoient autour d'une troupe de lamproies.

Des nuages de bulles parsèment le ciel de la ville. Peut-être qu'un bal avait lieu encore, tout au fond d'un palais, garni de conques, couvert d'algues. Sur les tapis de lichen verdoyant dansent, ruissellent des femmes. Des épaulards-esclaves, en smoking noir et blanc, leur servent des mollusques sucrés, des oursins, des éponges farcies. Infiniment, elles dénouent leurs silhouettes d'eau, et dansent. Les parois de corail allument les palais. Ce sont des villes tranquilles et transparues, murailles, madrépores, sous l'étrave des houles. On voit trembler leurs cubes gélatineux, vaciller de grandes structures rocheuses creusées d'appartements et de couloirs. Les méandres des rues se montrent, intermittents, dans l'échancrure de feuillages immergés. Parfois, sous les replis de l'eau, surgissent des pagodes de moules bleues ; les toitures ardoise signalent la rare demeure des princes sous-marins. L'on s'y nourrit exclusivement de grands mollusques gonflés de lait. L'on dort, l'on s'aime dans leur vulve juteuse.

Il y a au milieu de la place un galion rouillé, chargé d'or, que tout le monde admire, sorte de météorite tombée d'un océan inconnu, et des êtres aux longs squelettes d'arêtes, doués de crânes ronds, blancs, gisent cramponnés dans des poses belliqueuses. L'un d'eux a un crochet de fer à l'extrémité osseuse de sa nageoire droite. Cet ergot bizarre reste coincé dans le thorax d'un autre être de même aspect, de même race, renversé à côté de lui.

Parfois, quand la mer se démonte, une musique naît, en surface des houles qui se heurtent. Ce concert sidéral touche les danseurs au fond de la mer. Ils regardent le dais du ciel marin, criblé d'étoiles spongieuses et remercient les princes, les turbulences cosmiques, dispensateurs d'airs et de cadences.

Souvent, la profondeur de la mer se charge d'ombres vertes, et l'on voit, à travers l'eau, croître des algues touffues, toute une végétation forestière qui se déhanche et se crispe aux lisières de la ville. Des troupeaux de rascasses à gueules de dieux khmers sillonnent ces solitudes, nageant parmi les tronçons rouillés d'armes, les casques rompus, vomis par des galions. Parfois les bêtes s'approchent des maisons : morilles sphériques, cellulaires, polypiers dodonéens remplis de poissons.

Gert est parti, Claire maussade regarde couler la pluie. Paulin vient de s'allonger sur le lit où il gémit de solitude, le cœur meurtri... Il était resté debout pendant de longs instants à regarder derrière la fenêtre et le spectacle l'avait désespéré. La terrasse, d'abord : entrelacs de chaises vides, de barres, de tringles. Avait-il jamais contemplé une plus sinistre nudité ? Il avait entrouvert la fenêtre, écouté la rumeur d'orage. L'air chaud lui bâillonna les lèvres. Il en fut écœuré. La pluie ricochait sur le trottoir rapide avec un bruit de mitraille, ou bien rappelait l'évulsion clapoteuse des grenouilles et des crapauds dont le tapage l'avait surpris, ce jour où il fit rencontre des deux enfants occupés à pêcher au bord des étangs crépusculaires. Oui, c'était bien le même assaut de ventres humides, voraces. Le déluge rabotait les façades, chassait les duvets poussiéreux sous lesquels le rocher protégé, jadis, palpitait. Fouettée, la pierre exhibait ses grains rutilants, morts. La fontaine avait été fermée. Neptune et les sirènes avaient cessé de prodiguer leurs généreuses effusions. Toute la violence de l'averse se retournait contre leurs silhouettes stériles, martelant les orifices à vide, les tuyauteries affleurantes, éborgnant les contours. La petite sirène tressautait comme un fétu dans la tempête. Neptune pourfendait d'un épieu dérisoire le monstre usé, ballottant sur le remous, ses ankyloses, ses rouilles. Les atlantes suintaient sous le poids des corniches, la gueule déformée de grimaces. Des boues s'accumulaient dans toutes les encoignures, on entendait des grognements venus du zoo. Les bêtes, sous le déferlement, s'agitaient, affolées. Les ours gigotaient en surface leur énorme fondement parmi l'excrément dilué. La panique faisait tournoyer éperdument leur groin au-dessus des tourbillons noirs. Le gorille dans l'orage bandait, ravi de cette équatoriale mousson qui avait expulsé la foule curieuse et ouvrait le large à ses visions. Il fixait un rêve de branchages, de fleuves, avec des toisons par paquets qui bondissaient, des mamelles lourdes, des entrejambes volants, velus, fendus de foudroiements à tous les horizons. Les chimpanzés nerveux se dérobaient au fond des cages, la tête sous les bras. L'éléphant se mit brusquement à appeler, portant au paroxysme l'angoisse de l'orage, comme si le pachyderme, communiquant d'un lien direct à l'âme du chaos, le réfractait dans la clameur continue de ses barrissements. A ce noble grondement, la frénésie des canards faisait un contrepoint jouisseur. Paulin imaginait les bedaines adipeuses renversées sous la douche, les cous dardés, l'épilepsie des ailes...

Les orages réunirent leurs troupeaux hirsutes au-dessus de la ville, franchirent les murailles extrêmes, hures jetées en avant vers les campagnes de Velaine, les lisières de Champenoux.

... Vivie et Gildas se sont déshabillés sous le coup de chaleur. Ils offrent aux pluies leur nudité. D'énormes limaces s'étirent, majestueuses, rougeoient sous les feuilles dilatées des choux.

Dans sa niche, Homère jappe, saute, retombe sur le dos, emmêle ses cuisses. Les enfants se demandent s'ils ne feraient pas mieux de le lâcher provisoirement. Il n'irait pas loin sous le barrage de pluie. La décision est prise. Vivie a hésité, songeant d'abord à utiliser un bâton, une fourche, puis elle a lancé la main, saisi à pleine paume la bête boursouflée qui se trémousse dans un écheveau de lézardes, de grumeaux. Elle la tient, en l'air, suspendue ; la bulle au cou s'écarquille, bat. La bouche dégorge un jus doré. Voici Homère posé dans les allées. Il émet des cris de bonheur... arrachement doux d'entrailles. Il se ramasse, s'enferme dans une jouissance pelotonnée, compacte. Les enfants craignent qu'il n'éclate.

Vivie assise sur le gazon auprès de Gildas. Tous deux savourent l'extravagance homérique. La pluie chaude déferle sur le ventre, le long des cuisses de la petite fille. L'orage rougit. Des fétus, des bribes, des scarabées morts, des épaves encore tièdes tombent des branches, ruissellent sur leurs flancs nus. Les limaces occupent le milieu des allées, se hissent et se dandinent dans une exhibition de bourrelets cramoisis. Une térébration partage le ciel, rejaillit douloureuse au ventre de Vivie, l'enrobe de pluie brûlante, assombrie rouge, soudain...

Gildas s'est penché :

— Vivie !... regarde... regarde...

Un filet de sang glisse sur le plat de la cuisse gauche jusqu'au genou.

— Vivie ! Il faut rentrer, te protéger... le jour pour toi aussi est venu.

Paulin geint dans ce massif étouffement de la chambre. Claire l'invective :

— Tu n'as qu'à prendre un calmant... deux ! et tu me ficheras la paix !... Bon Dieu... ce n'est pas marrant pour moi non plus, qu'est-ce que tu crois !... Je foutrai le camp, ça ! je te le jure, dès demain ! Foutre le camp... Cette nuit : étrange rêve... explosion d'une bombe atomique tout contre lui, champignon rapide, envahissant... il ne pouvait s'échapper ; mais soudain ! l'envol, cette course de lui-même, au travers du cosmos, sous la forme d'un fœtus-boomerang inouï, oblique...

... Foutre le camp, en effet, il a terminé depuis longtemps l'étude sur Callot, il a perdu Servane... il n'a plus qu'à consentir donc, et Claire rassérénée apportera un soulagement à son angoisse, un mot d'apaisement... Elle n'est pas méchante, Claire... Elle s'est toujours à peu près bien occupée de lui, jusqu'à ces derniers temps de revanche, de folie passagère... Pourtant, elle connaissait son aventure avec Servane ; accepter de partir revient à lui avouer l'échec. Ils seraient donc deux à avoir conscience du naufrage. Il a perdu Servane, il a perdu Servane... Elle aurait une lueur de moquerie dans l'œil, de mépris. Il se tait. Elle répète : « Je foutrai le camp, demain !... » attendant qu'il opine cette fois, parce qu'on n'en peut plus de la Place, de la ville. Il reste muet. Alors les invectives tombent. Il se dresse, il geint, il sort en titubant.

... Des hommes courent sous l'orage, à travers la Place.

— Que se passe-t-il ? Que se passe-t-il ? leur jette Paulin en les croisant.

L'un d'eux s'est retourné et dit :

— Des canalisations ont éclaté ! Il faut réparer d'urgence !

Paulin suit la troupe des costauds affairés, des sauveurs. Ils s'arrêtent sur le trottoir, en face de la fontaine de Neptune. Un tourbillon d'eau jaillit au milieu des pierres et envahit un espace grandissant de minute en minute. Les hommes éventrent les dalles exquises à coups de marteau-piqueur dans un fracas vertigineux. Ils saisissent les débris à pleines mains, les tripotent, les souillent agressivement. La terre noire apparaît, son ventre viscéral, sous l'œil hébété de Paulin. Maintenant, ils assènent de grands coups de pioche, creusent, se démènent dans la tranchée. Les silhouettes se brisent, jambes tendues, sangles roidies du ventre, visages durs. La terre imprègne les vêtements, colle aux fronts, aux bouches. La tranchée s'enfonce sous le martèlement. Corps brunâtres, échines sculptées de boue, jambes, bassins alourdis de tous les éboulis. L'énergie baisse, les mouvements s'empâtent, freinés par toutes les pesanteurs de l'eau et de la terre. Le marteau-piqueur claque, fait bondir les façades, torture les atlantes ligotés aux corniches. Les bêtes du zoo redoublent de terreur et de cris. Les mottes gluantes d'argile, les épanchements bitumineux autour des corps en lutte... C'est comme si à Velaine, à Champenoux, dans tous les fossés s'échinaient des hommes casqués, capotés de gadoue. Les pioches bataillant, les épieux, les baïonnettes... Dans la forêt de toutes les souilles jaillissent des faces hirsutes, des torses gondolés qui s'arc-boutent, s'éventrent avec lenteur, avec acharnement... La trépidation des marteaux-piqueurs, des fusils mitrailleurs fait danser tous les agonisants. Paulin a mal, le cœur broyé. La boue clapote, se déploie sur le trottoir de la ville en larges remous. Du zoo affluent les fientes des bêtes encagées. Les ouvriers piochent, désespérément ferraillent et s'enlisent. L'argile accable les bras, arrondit l'épieu. Les marteaux-piqueurs crachent des éclaboussures jusqu'aux flancs des sirènes, aux muscles de Neptune. L'éléphant barrit son appel visqueux, la déjection sonore d'un égout de muqueuses. Toutes les poussières de la Place : débris de dorures, moraines subtiles, impalpables morfils, éclats de marbre, biseaux, grains du rocher, sables ensoleillés de naguère s'entassent, méconnaissables, gonflent, collent !...

Les ouvriers sous l'orage n'arrivent plus à détecter le boyau, l'organe crevé. Les guerriers aveuglés s'enferrent sur leurs propres épieux. C'est toute la terre qui cède, soulève le bouclier rocheux de la ville pour lâcher ses sanies, ses venins. Paulin chavire, s'écarte, perd des yeux les hommes engloutis. La terre remue, les hommes, leurs cagoules d'argile ; les piques, la fureur du mitraillement. Son cœur broyé brûle. Des avalanches, des inondations...

... Au bord d'une rivière, une truite lance, par spasmes, sa queue fourchue, ouvre son muffle denteux. Le ventre tordu, renflé, jaune, luit, moucheté de sang. Les ouïes battent larges, puissantes : délire fixe, à la cadence de l'orage. Des cuisses blanches d'enfants s'éclairent de foudres intermittentes. Leurs silhouettes explosent en désordre de gestes, courses circulaires, bonds, chorégraphies des bras sur les plages illuminées du ciel, tandis que le poisson dépoitraillé, prenant appui sur ses nageoires, jette sa gueule vers l'orage, saigne des ouïes. Au paroxysme de l'angoisse, il dégorge un chapelet d'œufs roux. Alors, l'un des enfants se dresse, empoigne une branche aiguë de coudrier et d'un coup perce le ventre du poisson qui sous l'épieu se cambre, la gueule démesurément ouverte, fermée, au rythme du tonnerre et de l'agonie.

... Les ouvriers, les guerriers disparus, le serpent, les noyés... l'épieu enfoncé dans sa poitrine, il vacille et s'écroule, les bras allongés dans la fange, la bouche plongée au sein de l'ancienne poussière ; spasmes, contractions de la Place, succion... Dans toutes les tranchées s'étreignent des ombres. La terre pétaradant, éparpillant le sang. Tout le sol retourné... troncs verts, branches feuillues, frondaisons qui résistent, tremblent sur le torrent puis tournent, aspirées ; échines terreuses surnageant, tordues, dissoutes. Hures de sangliers jubilants, frénésie de paquets lardeux, toisons, laies, gigotements de mamelles dans l'extase de boue. Au fond des étangs crépusculaires : les poissons rageurs, dilatés, pourpres... et lui enfourné jusqu'à la nuque dans le limon, avec cette dernière vision d'architraves, de colonnes célestes, d'épées flamboyantes... les cimes épargnées et vernies d'eau des grilles.

Laura et Félix sont grimpés tout en haut du cerisier central. Le ciel est absolument pur. Ils se balancent dans les branches soulevées du vent. Ils ont noué des ramures voisines et se sont allongés sur ce dernier lit. Dévêtus, ils exhibent leur corps au soleil.

Les oiseaux ont dévoré toutes les cerises. L'arbre ainsi est plus nu, d'une verdure continue à la surface de laquelle naviguent les amants. Mais les oiseaux conservent un espoir ; juchés sur les pruniers environnants ils semblent attendre quelque miraculeuse renaissance de fruits. Ils guettent les feuillages sans s'effaroucher de la présence de jeunes gens, si paisibles, là-haut, liés aux cadences du vent. Laura contemple leurs bréchets plumeux, leurs ventres flavescents, leurs collerettes, comme des jalons, phares célestes, l'encerclant d'ailes fixes. Les oiseaux attendent, et dans le mouvement, la lumière, leurs silhouettes décuplées paraissent se rengorger, duvets volumineux... Attendent-ils vraiment l'improbable retour des fruits rouges ? ou bien, délégués par la divinité, ne protégeraient-ils pas leur couple ? guettant à l'horizon les lisières de la forêt et de la ville, veillant aux dispositions du monde le meilleur, à sa sauvegarde.

En bas, l'enceinte des troènes, à la limite du jardin, élargit sa couronne sombre, feuillue. Et les amants aiment laisser voyager leur regard le long de ce rempart sûr.

Les oiseaux tutélaires, les troènes odoriférants... Félix et Laura voient, au-delà, les forêts batailler dans les prés, Champenoux éclater en galops assaillant les frontières de la ville. Et les buses, les buses, là-haut, tout là-haut, gravitent, cherchent... et vont se poser sur les mirabelliers jaunes autour des amants, dans un déploiement d'envergures silencieuses, brunes, veillant après l'étreinte au repos exalté.

Gildas et Vivie viennent d'achever leur mission. L'eau est renouvelée, les cages sont nettoyées, les mauvaises herbes ôtées. Julie plus douce que jamais s'est ligotée aux ailerons d'Oscar sous les toises d'eau claire. Homère pose un problème. Perdu, au fond de sa loge, il rumine sans les regarder. S'ils le lâchaient, s'ils libéraient Homère pour toujours ?... Ils hésitent, ils craignent... Enfin Gildas s'est décidé, a saisi le crapaud, le pose au milieu des allées. La bête s'enfle, dresse la tête, et son regard hautain, cerclé d'or, pour la première fois contemple ses anciens bourreaux. Homère risque un pas en avant, puis saute, bondit et s'affranchit au bout des sentes. Le soleil fait ondoyer ses jaspures dorsales, la bête, au loin, n'est plus qu'une poignée de lézards, qu'une turbulence, une purulence dorée qu'absorbe la lumière radieuse. Homère délivré... Soulagement ultime comme si leur parfait épanouissement dépendait de la disparition d'Homère, le fabuleux captif.

Les après-midi, ils gagnent le cimetière de Velaine,

puis celui de Cercueil, puis d'autres, d'inconnus, aux marges des forêts, afin que soit illimité cet empire de silence et de feu. Ils se couchent entre les tombes, sur le gravillon roux. Les orties ondulent autour des rochers funéraires, une forêt de parfums, de limbes aigus, partout... l'odeur vireuse des sauterelles, leur chant.

Le soleil violent écorche la peau, arrache des crispations au caillou, on brûle totalement. La chair nue, imputrescible, s'absorbe. Des souffles arrivent de Champenoux, accompagnés d'ombres... un mirage de houles, de frondaisons crépusculaires. Quelques mousses horripilées se courbent dans les fissures du marbre blanc. Leurs corps se mouillent de sueur, brusquement retrouvent le désir, l'exaspération de vivre. Le rocher humecté, boit. L'étreinte étanche l'ardeur universelle. Ils s'écartèlent en criant le plaisir torride... puis se séparent, refluent aux margelles pierreuses, leur bouche contre l'étrave des tombeaux... parmi les dalles ensoleillées, paisibles, des cimetières villageois, leur regard noyé au bout des pistes caillouteuses, des sillages éblouissants...

POST-SCRIPTUM

Dans Le Figaro *du 24 novembre 1973, Michel Tournier salue la publication de* La Lisière

POUR SALUER GRAINVILLE

(...) Patrick Grainville est né il y a vingt-six ans à Villers-sur-Mer, petite station balnéaire normande dont les villas vieillottes et tarabiscotées s'effondrent les unes après les autres, entraînées par une falaise de boue qui glisse dans la mer. Ne cherchons point là de symbole. On serait sans doute mieux inspiré en analysant le sens de son nom où il y a de l'atome et de la cité, assez bonne approche de la monade leibnizienne. L'année dernière, il nous a donné un premier roman, La Toison, *déjà passablement étrange et foisonnant, mais qui préparait si évidemment celui de cette année,* La Lisière, *qu'il risque de disparaître derrière lui, ce qui serait dommage.*

La Lisière *allie superbement deux qualités souvent exclusives l'une de l'autre : une richesse exubérante et une construction très fine et très rigoureuse. Trois couples d'âges différents, et ayant chacun un lieu privilégié, se côtoient sans se mêler. Deux enfants de treize ans, Gildas et Vivie, se cachent tels des petits faunes dans des sous-bois, des fondrières, un fouillis végétal. Deux jeunes gens, Félix et Laura, ont pour cadre un jardin. Enfin la place*

Stanislas de Nancy est le champ clos où s'affrontent Claire et Paulin — la quarantaine — lui, un écrivain plus ou moins tâtonnant, obsédé par les gravures de Jacques Callot, exposées au musée lorrain, but de son séjour dans cette ville. Ces trois milieux constituent bien évidemment trois étapes d'un processus de mise en ordre, mais en même temps de fixation, voire de stérilisation.

Plus encore que les menues aventures de ces six personnages ou la trame de leurs relations, c'est l'esthétique dont procède ce roman qui retient. Préciosité. *Le mot tombe des lèvres ou de la plume du critique avec une rigueur d'arrêt de mort. Ramassons-le et voyons ce qu'il contient.*

Il est appelé à première vue par une avalanche de subtantifs rares et surtout par une profusion d'épithètes recherchées qui peuvent agacer certains lecteurs. Immarescent, tumescent, rubescent, pubescent, sanieux, nodeux, vireux... On aime ou on n'aime pas. Il y a là du Huysmans et même du Montesquiou. Mais — outre que ce matériel verbal est à sa place dans un contexte baroque et sophistiqué — il faut saluer chez Grainville le goût sensuel du mot, du substantif juteux, de l'épithète savoureuse, appréciée en dehors de leur rapport à une chose désignée.

Nous touchons là à l'un des ressorts essentiels de la technique précieuse qui consiste par métaphore ou recherche verbale à couper le langage de son enracinement dans le monde réel, afin de l'élever à la hauteur d'un cosmos autonome. Le précieux s'efforce d'arracher son discours à l'attraction terrestre, et de le placer sur orbite à l'abri de toute pesanteur. Les effets de l'opération sont multiples, mais on notera par exemple qu'en supprimant les notions de haut et de bas, elle brise la morne alternative pudibonderie-indécence où se débat le réa-

lisme (et le cinéma), et débouche sur un érotisme à la fois exacerbé et innocent. Au niveau où se situe l'anatomie précieuse, *les membres, les toisons et les orifices du corps se confondent et sont interchangeables, sous l'œil stupide d'une censure désarmée.*

En outre, puisque l'œuvre n'est pas un miroir promené le long du chemin, mais une ampoule scellée, il faut qu'elle réponde à une exigence exhaustive. *Le précieux — comme Noé dans son arche — a le devoir absolu de* tout *emporter. Ce projet encyclopédique se développe dans deux directions qui répondent en gros, l'une à la poésie, l'autre au roman, et qui se traduisent respectivement par la rareté et par la surabondance. On voit, ainsi, s'opposer aux deux bouts d'une évolution la rareté poétique de Maurice Scève et de Stéphane Mallarmé, et la surabondance romanesque d'Honoré d'Urfé et de Marcel Proust.*

Quelle voie empruntera Patrick Grainville dans ses prochaines œuvres ? Nous livrera-t-il la clé du monde dans quelques vers quintessenciés, ou tentera-t-il un inventaire exhaustif des choses dans un roman en dix volumes ? Ce qui est certain, c'est qu'entre le formalisme et l'aridité du Nouveau Roman, et les ressassements académiques d'un certain réalisme, il fait mieux qu'ouvrir une voie nouvelle.

Il prolonge par un effort de re-création une tradition séculaire à laquelle nous devons d'innombrables et purs chefs-d'œuvre.

Michel Tournier

DU MÊME AUTEUR

Aux Éditions Gallimard

LA TOISON, 1972.

LA LISIÈRE, 1973.

L'ABÎME, 1974.

Aux Éditions du Seuil

LES FLAMBOYANTS (prix Goncourt), 1976.

LA DIANE ROUSSE, 1978.

LE DERNIER VIKING, 1980.

LES FORTERESSES NOIRES, 1982.

LA CAVERNE CÉLESTE, 1984.

LE PARADIS DES ORAGES, 1986.

L'ATELIER DU PEINTRE, 1988.

L'ORGIE, LA NEIGE, 1990.

Impression Bussière à Saint-Amand (Cher),
le 3 janvier 1990.
Dépôt légal : janvier 1990.
Numéro d'imprimeur : 9891.
ISBN 2-07-038212-5./Imprimé en France.

47677